자유를 위한 변명

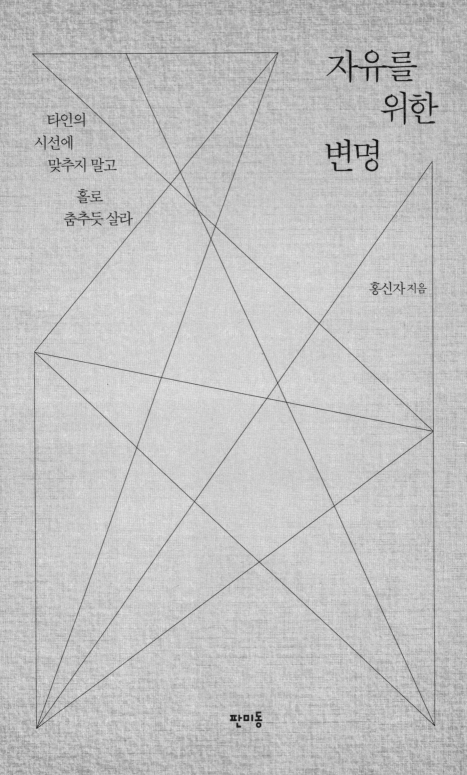

자유를
위한
변명

타인의
시선에
맞추지 말고

홀로
춤추듯 살라

홍신자 지음

판미동

배가 항구에 정박 중일 때는
아무런 위험도 없다. 하지만 배는
그러자고 있는 것이 아니다.

다시 『자유를 위한 변명』을 펴내며

이 책은 24년 전에 처음 출판되었다. 출판사의 권유로 이 얘기 저 얘기 써 본다는 것이 당시 베스트셀러가 되면서, 독자들의 열병과 같은 반응을 보았고, 거기에 나 자신도 놀랐었다. 인생 지침서로서 이 책이 얼마나 가치가 있는지는 잘 모르겠지만, 수많은 기로에서 자유를 찾아가는 그들을 만나면서 경이로움을 느꼈다.

세월이 흘러 세상이 바뀌고 이 책이 절판된 요즘에도, 나는 이 책을 다시 읽고 싶다며 찾는 독자들을 많이 만났다. 그중에는 20년 이상 간직하여 낡아 버린 책을 꺼내 들고 와 사인을 원하는 사람도 있었다. '이제 와 이 책을 다시 낸다는 것이 나에게 무슨 의미가 있을까?' 생각하며 내 마음을 들여다보니, 자유가 곁에 있는데 미처 그것을 보지 못하는 독자들에 선물을 주고 싶다는 갈망 같은 것이 여전히 남아 있음을 깨닫게 되었다.

사실, 나도 1년 전쯤 갑작스레 큰 선물을 받았다. 내 인생에서 한 번도 꿈꾸어 보지도 않았던 손자가 태어난 것이다. 신기하게도 그 아이가 잉태되기 얼마 전 나는 난생 처음으로 숨이 멈출 듯 아름다운 쌍무지개를 보았다. 그 순간 분명 무언가를 의미한다는 생각이 스쳐갔다. 그리고 얼마 뒤 딸아이로부터 임신했다는 소식과 출판사로부터 이 책의 개정판을 내겠다는 소식을 동시에 듣게 되었다. 그 쌍무지개는 손자와 독자, 이 둘을 만나게 된다는 의미였던 것 같다.

나는 지금의 독자들과는 전혀 다른 시대를 살았다. 내가 5살이 되던 1945년에는 2차 대전이 끝나 해방을 맞았고, 10살이 되던 1950년에는 6·25 전쟁이 일어났다. 해방 당시 만주에 살고 있던 우리 가족은 기차 지붕 위에 올라타고 고향으로 내려왔는데, 기차가 역에 정차할 때마다 뛰어 내리셔서 먹을 것을 얻어 오시던 아버지의 모습이 아직도 눈에 선하다. 또 전쟁의 아비규환 속에서 서로를 증오하며 죽이고, 끊임없는 폭탄 소리에 잠 못 이루던 악몽 같은 나날들이 머릿속에 생생하다. 나는 그 어린 시절부터 왜 이런 일들이 일어난 것인지 생각하게 되었고, 그 '왜?'라는 질문은 삶의 큰 숙제로 남았다. 나는 그 답을 찾아 수많은 강과 산, 드넓은 바다를 순례하며 지구를 몇십 바퀴 돌았다. 나는 끊임없이 나를 찾았고, 마침내 나를 만났다. 이제 그 숙제가 끝났고, 나는 오직 자유일 뿐이다.

2016년 담양 옥천골에서

홍신자

초판 머리말

이 책의 편집자는 나더러 내 인생을 요약하는 한마디 말로 머리말을 짧게 써 달라고 한다. 나는 여자로서, 그리고 역시 삶의 굴레에 갇힌 한 인간으로서 하고픈 것 다 하면서 살려고 했다. 그래서 진하고 절실하고 강렬한 체험이 하도 많아 마치 인생의 환상을 다 보아 버린 느낌이다. 이제 방 안에 누워 천장만 보면서 남은 인생을 살아야 한대도 별 억울할 게 없을 지경인데, 그 인생을 요약하란다, 한마디로.

요약하기 위해 되짚기 시작하니 옛 기억이 끝도 한도 없다. 엎치락뒤치락하던 순간도 너무 많아 기억 속에 풍덩 빠져 헤어 나오지 못할 것 같다. 그것이 괴롭다. 내가 지금 살고 싶은 것은 바로 이 순간인데, 옛 기억이나 붙잡고 있으면 이 순간은 자꾸만 어디로 가 버리고 말 테니 말이다. 아, 그래, 요약할 수 있겠다. 나는 항상 순간을 살았다고.

그러나 그렇게 요약하면 내 춤은 어떻게 되나? 뼈도 굳고 근육도 굳은 늦은 나이로 시작해서 내 인생의 애환을 모두 담았고 지금까지도 계속되는 내 춤은? 나는 다시 요약한다. 나는 춤추듯 순간을 살았다고. 이것도 역시 아닌가 보다. 모든 것이라고 생각했던 춤을 한때 완전히 버린 적도 있지 않은가? 마지막으로 다시 요약해 보아야겠다. 요약이 잘 못 되더라도 이젠 할 수 없다. 더 이상 생각하지 말고, 순간을 춤추기 위해 밖으로 나가야지.

나는 자유로워지기 위해 춤추듯 순간을 살았다. 이 책은 이 한마디를 쭉 잡아 늘인 것이다.

볼케이노에서

홍신자

차례

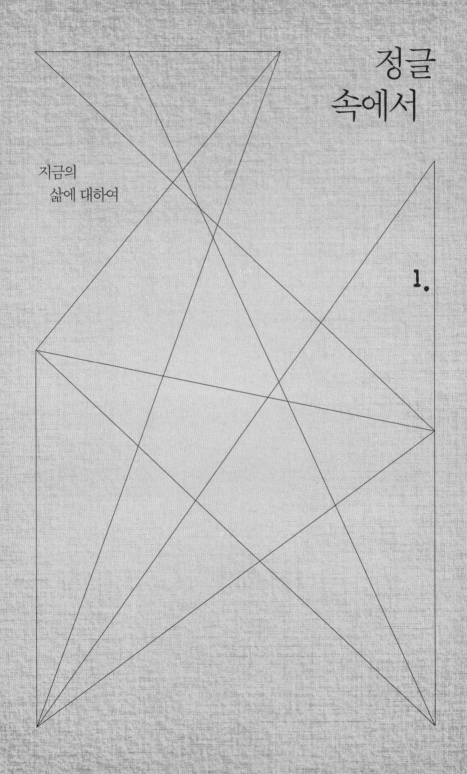

정글
속에서

지금의
삶에 대하여

1.

내가 지금 비록 완전히 자유롭지는 않지만,

그리고 이 세상에서 가장 자유롭지 못한 인간이

바로 나라는 생각이 들 때도 있지만,

한 가지 분명한 것은 있다.

그것은 내가 적어도 이만큼은 자유롭고

지금까지 자유를 절실히 추구하며 살아왔다는 사실이다.

그 과정은 환상을 깨트리기 위한 에고와의 싸움이었다.

그 싸움의 순간들에 있었던 이야기를

달리 들어 줄 사람이 없는 지금,

나는 종이 위에다 대화를 시작하기로 했다.

내가 지금 살고 있는 곳은 정글 속이다.

사실, 어디에서 산다고 할 만한 정착지가 나에게는 없다. 언제나 뉴욕으로, 서울로, 또 다른 곳으로 끊임없이 가고 또 떠나는 것이 나의 삶이기 때문이다. 그래도 어딘가로부터 올 때 '돌아온다'고 꼭 느끼는 곳은 있는데, 그것이 지금은 바로 이곳, 하와이 섬의 볼케이노(Volcano)라는 곳에 있는 정글 속이다.

정글이라고 하면 사람들은 퍼뜩 타잔 영화부터 떠올릴지 모르겠지만 내가 정글이라고 말하는 이곳은 그렇게 무시무시한 곳이 아니다. 독사나 맹수도 없고 토인도 없다. 사람 사는 곳이면 어디나 파고들어오는 민첩한 미국의 전기 회사 덕분에 전기도 들어온다. 그러나 어디를 둘러보아도 보이는 것은 오로지 나무와 풀과 꽃과 새밖에 없다. 이따금 무서운 상대를 전혀 만나 보지 못한 듯한 느긋한 작은 도마뱀을 구경할 수도 있다. 도마뱀은 우둔한, 또는 무심한 표정으로 내 발 앞을 지나가곤 한다.

우람한 아름드리나무는 별로 없지만 웬만큼 큰 귀여운 나무들이 수 없이 밀생해 있어서 사람이 지나다니기 힘들 정도다. 또 발 디딜 틈 없을 만큼 많은 양치류 식물들이 나무와 나무 사이를 가득 메우고 있다. 그리고 그것들은 언제나 촉촉하게 이슬을 머금고 있어서 그 사이로 지날 때면 언제나 기분 좋게 발이 흠뻑 적셔진다.

내가 이곳에 작은 오두막집을 짓고 살기 시작한 지 얼마 안 되었을 무렵 어이없는 일이 하나 벌어졌다. 어느 느지막한 오후, 나는 집 뒤쪽으로 산책을 나섰다. 이름은 정확히 알 수 없지만 샐비어 비슷한 빨간 꽃들과 풀유엽도 등의 울긋불긋하고 앙증맞은 꽃들을 감상하느라 허리를 숙이고 한참을 이리저리 돌아다녔다. 그것들은 그저 모양도 소박한 한해살이 풀꽃들에 불과했는데, 그 생동생동한 색깔과 소박한 아름다움에 취해 몇 시간을 그러고 다닌 것이다. 그러다가 문득 허리를 펴서 둘러보니 집은 보이지 않았고, 어느 쪽에 집이 있는지조차 가늠하기 힘들었다. 막 어둑어둑해진 참에 길을 잃어버린 것이다.

워낙 길이란 것도 없고, 또 내가 풀숲을 조심조심 발로 헤쳐 온 터라 지나온 자국도 남지 않았다. 길을 잃었다고 생각하자 문득 조바심이 일었다. 그래서 이쪽으로 황급히 몇 걸음 가 보면 내가 온 길이 전연 아니다. 또 방향을 바꾸어 황망히 저쪽으로 가 본다. 나무들이 낯설기만 하다. 다시 방향을 바꾼다. 느릿느릿한 걸음으로 왔으니 그다지 집에서 멀리 떨어지지 않은 것은 분명한데 도무지 방향을 찾을 수가 없었다. 점점 더 어두워져 지척에 있는 것들의 모습만 겨우 분간할 수 있었다.

마치 본능적으로 한 군데 가만있지 못하는 짐승처럼 나는 한동안 부산하게 허둥댔다. 그리고 누군가 들어 줄지 모른다는 생각에 도와 달라고 외쳐 보기도 했다. 물론 아무도 오지 않았다. 그러다가 내가 도대체 왜 이러지 하는 생각이 들어 소리를 내어 스스로 물어보았다.

"무슨 바쁜 일이 있기라도 한가?"

나는 소리 내어 대답했다.

"전혀."

"그럼 이 숲 속이 무서운가?"

"전혀."

"추운가?"

"추운가……."

생각해 보니 약간 서늘하긴 하다. 하와이라곤 하지만 여긴 비교적 고지대에 속해 있어서 열대나 아열대가 아니라 온대라고 해야 할 만한 곳이고, 그래서 밤이 되면 꽤 으슬으슬해진다. 그래도 춥다고 느낄 정도는 아니었다. 질문을 더 해 보지 않아도 서둘러 집으로 돌아가야 할 아무런 이유가 없다는 것을 나는 알았다.

이윽고 나는 느긋해져서 한 나무 밑동 근처에 앉을 만한 자리를 찾아 퍼더버리고 앉았다. 그리고 눈을 감았다. 새들도 휴식을 취하는지 아까까지만 해도 여기저기서 재재거리더니 지금은 사뭇 조용하다. 어딘가에서 조그맣게 바스락거리는 소리가 난다. 그 우둔하게 생긴 새끼 도마뱀이겠지.

가만히 의식을 호흡에 모았다.

내가 여기서 살기로 한 것은 바로 나를 만나기 위해서였다. 나를 방해할 것도, 나에게 환락에 대한 취미를 부추길 것도 하나 없는 이곳에서 마냥 지루해지기 위해서였다. 나 외엔 만날 사람이 아무도 없는 이곳에서 나를 만나고, 그래서 나를 뚜렷이 보고, 도시 생활을 하는 동안 어느새 다시 웃자라 버린 나의 에고를 정직하게 응시하자는 것이었다. 생각들이 일어난다. 나는 눈을 감은 채 그 생각들을 끊으려 애쓰지 않고 오히려 불러들인다. 그러고는 지켜본다.

끈질기게 들어와서 나를 지배해 온 것은 언제나 '나는 누구누구'라는 생각들이었다. 그것은, 나는 우월하고 고매한 존재라고 하는 최초의 그릇된 전제에서 출발한 그릇된 관념의 덩어리다. 그것은 나라는 존재에 대한, 나와 남들이 지어낸 위선의 말들이다. 나는 생각들이 구름처럼 피어나고, 피어나선 뭉치고 또 흩어지는 그 속에서 에고의 무수한 장난질을 정확히 목격한다.

나는 세계적인 무용가 홍신자다. 나는 죽어선 안 될 만큼 소중한 존재다. 나는 누구에게도 지탄을 받아선 안 될 만큼 고귀한 존재다. 나의 모든 행위 속에는 커다란 의미가 있다. 나는 모든 사람으로부터 존경을 받아야 한다……. 결국은 터무니없는 망상에 지나지 않는 이러한 생각들이 어느새 나의 무의식 속에 다시 진실인 양 살아난다. 깊이 들여다보면 그것을 믿는 이중적인 내가 보이는 것이다.

그러나 이러한 터무니없는 생각들은 내 의식의 표면에 하나도 나타나지 않는다. 갖가지 교묘한 관념들이 이런 터무니없는 생각을 감추기 위해 정교하게 얽혀 있어서 나 자신도 알아차리기 힘들다. 그러나 나는 명상을 통해 구석구석에 숨어 있는 그런 생각들을 끄집어낸다. 바로 나의 에고다. 이제 그것을 격파하기는 쉽다. 결국은 위선이라고도 이름할 수 있는 나의 이중성을 단지 '보기만 했을' 뿐인데도 나는 벌써 비참한 기분에 휩싸이게 되고, 이 비참함은 바로 나의 에고가 무너지기 시작했음을 말해 주는 것이기 때문이다. 나는 에고의 뿌리를 잡아 흔들어 버린다.

우리는 이런 순간에 느낄 비참함이 지독할 것이라는 공포를 갖고 있다. 물론 그것은 죽음보다도 더한 공포를 불러일으킨다. 그러나 그 공포는 단지 그 순간 직전까지의 일일 뿐이다. 그 순간 이후에는 그것은 공포도 그 무엇도 아니다. 오히려 그것은 자유의 희열을 안겨 준다. 나는 아무것도 아닌 존재라는 투명한 인식이 찾아와, 결국 잃을 것도 상할 것도 부서질 것도 하나 없음을 알게 되기 때문이다.

자유의 희열이 나의 의식과 온몸을 감싸는 것을 나는 느꼈다. 나의 에고가 또 한 번 죽는 것이다. 언젠가 에고는 또다시 살아날 것이다. 그러면 나는 또 그것을 죽일 것이다. 지금껏 그래 왔던 것처럼.

얼마의 시간이 흘렀는지 알 수 없었다. 형언할 수 없는 크나큰 희열 속에서 나는 눈을 서서히 떴다. 나는 습기가 촉촉이 밴 나무 밑동에 앉아 있었고 사방은 완전히 깜깜해졌다. 웬일인지 오늘은 달빛도 없다. 아, 내가 길을 잃었었지…….

아까까지는 몰랐던 사실인데, 지금 보니 바로 내 눈앞 멀지 않은 듯한 곳에 컴컴한 나무와 나무 사이로 불빛이 하나 빤득 빛나고 있었다. 나의 집인가? 내가 깜빡 잊고 낮 동안에 불 하나를 켜 두었던 모양이다. 길을 잃었다는 불안감이 내 눈을 가리는 바람에 나는 그것을 볼 수가 없었던 것이다.

나는 천천히 몸을 일으켰다. 내가 있는 곳과 집 사이의 거리가 궁금하여 그 불빛을 등대 삼아 한 걸음 한 걸음 헤아리며 앞으로 나아갔다. 집은 서른 걸음 정도밖에 떨어지지 않은, 너무나도 가까운 곳에 있었다. 이렇게 가까이에 집이 있었는데 살려 달라고 고함까지 치다니…….
어이가 없어 저절로 웃음이 터져 나왔다. 나는 속으로 말했다.

'바로 집 뒤뜰에서 길을 잃다니……. 그러니 정글이랄 수밖에.'

내가 이 정글을 처음 만난 것은 1984년이었다.

호놀룰루의 하와이 대학교로부터 공연 제의가 왔다. 뉴욕에서 활동 중인 이 동양인 무용가의 이름이 그곳까지 전해졌던 모양이다. 그리 크지 않은 규모의 공연이었지만 그것을 수락했다. 그랬더니 그다음에는 볼케이노 아트센터라는 곳에서 무용 워크숍을 열고 싶다고 하는 게 아닌가. 그 센터가 바로 이 섬에 있었다.

호놀룰루에서 공연을 끝내고 섬과 섬 사이를 운항하는 비행기를 타고 50분을 날아 찾아온 섬. 그곳은 하와이지만 하와이가 아니었다. 하와이, 그러니까 미합중국의 하와이 주는 여러 개의 크고 작은 섬들로 이루어져 있다. 카우아이, 오하우, 몰로카이, 마우이, 하와이 등이 대표적인 섬인데, 그중에서 아트센터가 있는 섬은 하와이였다. 섬의 정식 이름은 하와이였지만 섬 중에서 가장 크다는 이유 때문에 빅 아일랜드 (Big Island)라는 이름으로 더 많이 불리고 있었다.

사람들이 생각하는 하와이는 거기에 없었다. 훌라 춤, 비키니, 와이키키, 유흥장, 떠들썩한 관광객, 호텔…… 하나의 커다란 놀이터 같은 하와이의 이미지는 호놀룰루 공항이 있는 오아후 섬에 국한된 것이고, 대부분 거기서 끝나는 것이었다.

빅 아일랜드는 관광객이 드물고 조용한, 그리고 신비로운 섬이었다. 이 섬에서 둘째로 높은 산인 마우나 로아(4,107미터)를 중심으로 한 일대를 볼케이노라 부르는데, 나를 초청한 아트센터는 그곳에 있었다. 볼케이노 일대를 둘러본 나는 그 순수한 자연의 아름다움, 그리고 금방 느껴져 오는 역동적인 생명의 기운에 마치 달나라나 다른 행성에 온 듯한 착각에 빠졌고, 처음엔 너무 다른 세계로 느껴져 그저 멍할 뿐이었다.

지구 어느 곳에서 본 것보다도 강렬한 초록색을 띤 숲이 사방으로 펼쳐져 있고, 갖가지 꽃들 또한 울긋불긋 너무나 선명한 색깔들을 뿜고 있었다. 나무 둥치는 비가 많이 와서인지 썩은 듯이 거무스름하지만, 만져 보면 촉촉한 게 신선하고 생기에 찬 내음을 물씬 내뿜는다. 오직 여기에 있는 식물들만이 진정한 자기 색깔과 향기를 가지고 있는 게 아닐까 하는 생각이 들 만큼 생기가 돈다.

빅 아일랜드는 지구 상에서 가장 젊은 땅, 그래서 지금도 자라나고 있는 섬이다. 볼케이노라는 지명이 가리키듯, 섬 전체가 화산으로 생성된 것이고 여전히 화산은 활동 중이다. 섬의 동남쪽 끝, 바다와 만나는 한 모퉁이에서는 지금도 용암이 분을 삭이지 못하겠다는 듯 거칠게 바다로 뛰어드는 장관을 볼 수 있다. 이 때문에 섬은 조금씩 계속 넓어지고 있다. 이집트의 피라미드가 있는 지점과 이곳이 서로 정확히 대척점을 이룬다고 하니 그것도 예사롭지 않았다. 이곳은 확실히 영적인 기운이 가득한 영장(靈場)임을 직감으로 알 수 있었다.

나는 그때 섬에 머무르는 동안 내내 '참 아름답구나, 참 순수하구나.' 하는 말밖에 하지 못했다. 일을 마치고 뉴욕으로 돌아가면서 언젠가 꼭 다시 오겠다고 마음속으로 다짐도 했다. 그 뒤로 이곳에 자꾸만 오고 싶었고, 우연찮게 올 기회도 자주 생겼다. 아트센터 측에서 나를 초대하기 위해 워크숍을 간간이 마련해 준 것이다.

몇 번째 이곳을 찾아왔을 때, 나는 이곳에서 죽고 싶다는 생각을 하게 되었다. 너무나 아름다운 대자연을 대하고 나니 이곳에서 살고 싶다는 정도가 아니라 이곳에서 죽고 싶다는 생각마저 하게 된 것이다. 죽어도 되겠다는 안도감도 들었다. 해가 뜨고 지듯이, 계절이 변하듯이 모든 것은 그저 하나의 움직임, 천지 운행의 한 부분이 아닌가. 죽음은 생명의 끝장이 아니라 자연의 일부다. 너무나도 당연한 것이니 당연하게 받아들이라고 이곳의 자연이 나에게 말하고 있었다. 나는 받아들였고, 그래서 평화로웠다. 오랜만에 나는 큰 평화를 다시 맛볼 수 있었다.

열정만으로 버텨야 하는 무용가로서의 삶에서 때때로 물러서야 할 필요를 느끼고 있었던 나는 1년에 한두 달쯤이라도 여기에 와서 이렇게 세상과 끊어진 채로 쉬어 갈 수 있기를 바랐다. 나는 집이 필요했다.

그리고 마침내 나는 1987년에 이곳에 자그마한 목조 오두막집을 마련했다. 처음에는 나 혼자만의 명상과 휴양을 위한 장소를 생각했었다. 그러다가 이곳에서의 순수와 명상의 체험을 가까운 사람들과 나누고 싶어졌다. 일종의 아쉬람(ashram)을 생각한 것이다.

"그 누구도 아쉬람을 만들 순 없다. 아쉬람은 생겨 나는 것이다."

내가 구도자로서 인도를 헤매던 시절의 막바지에 만난 스승 니사가다타 마하라지(Nisargadatta Maharaj)의 말이 떠올랐다. 나는 구루(스승)가 될 수도 없거니와 아쉬람을 만들 수도 없지만, 명상으로 생활하는 하나의 공동체를 형성하고 싶었다. 그것은 나의 순수한 꿈이었다. 몇몇 떠오르는 사람이 있었고 나는 그들에게 나의 꿈을 보여 주었다. 그랬더니 그들이 독지가가 되고 후원자가 되어 주었다.

우선 목조 건물 하나를 자그마하게 짓는 것으로 그 일을 시작했고 그때부터 나는 이곳에 살기 시작했다. 지금은 춤을 추어도 될 만큼 꽤 넓은 스튜디오도 하나 들어서고, 작은 오두막 하나도 더 섰다. 달리 식수를 구할 수 없는 곳인지라 빗물을 받아 모을 물탱크까지 갖추고 나니, 비록 작은 면적이지만 내가 순수한 정글의 일부를 깨트렸구나 하는 죄책감을 느낄 정도까지 되었다. 건물들은 모두 나무를 재료로 했고, 납작하게 지었다. 자연을 깨뜨리는 죄책감을 조금이라도 더 납작하게 숨기고 싶어서였다.

이곳도 지금은 정글의 면모가 많이 사라졌다. 몇백 미터만 나가면 비록 띄엄띄엄하기는 하지만 인가도 있다. 가까이에 포장된 도로도 있다. 그래도 아직 나는 이곳을 정글이라고 부른다. 아직도 뒤란의 나무들 사이로 들어서면 길을 잃기에 충분한 정글다움이 사라지지 않고 남아 있기 때문이다.

나의 정글 살림은 이렇게 해서 시작되었다. 나는 세계 어디든 가지 않는 곳이 없을 정도로 항상 떠난다. 그리고 언제나 돌아와 쉬는 것은 이 정글 속이다.

"당신은 그런 도피처, 은둔처가 있어서 좋겠다."

사람들은 이런 말을 한다. 그러나 그는 내면을 들여다보는 일의 치열함을 모르는 사람이다. 이곳으로 돌아와 쉰다고 말했지만, 실은 단지 쉬는 것만은 아니다. 이곳은 사치를 부리기 위한 별장이 아니다. 나는 이곳에서 전투를 한다. 나는 도피하거나 은둔하기 위해서가 아니라 문제의 핵심과 정면으로 맞붙어 싸우기 위해 와 있다. 문제의 핵심은 바로 나의 에고다.

세상에 있는 동안에는 일에 휘말려 이 사람 저 사람을 만나고, 내가 만나려 하지 않아도 나를 만나러 오는 사람들과 시간을 보내야 한다. 그러다 보면 어느덧 나는 나의 본질을 잊고 만다. 내가 나의 본질을 잊는 것은 내가 항상 깨어 있을 만큼 완전하지 않기 때문이다. 나는 불완전하다. 어느 순간, 나를 뚜렷하게 바라보던 내 내면의 눈이 초점을 잃는다. 그러면 차츰 나 자신을 정직하게 보는 것이 두려워진다. 여가와 공백은 자신의 본질을 들여다보게 만들기 때문에 자꾸만 많은 일들 속으로 뛰어들어 그 틈을 메꿔 버린다. 분주함 속으로 도피하는 것이다. 나는 어떠어떠한 존재라는 허위의 '나' 속에 빠진 채 바빠져야만 편안해한다.

그러다가 문득 내 내면의 눈이 잠깐 시력을 회복하는 때가 오면 도피 중이었던 나 자신의 비겁함이 발각되고 나는 더 이상 편안할 수가 없다. 그러면 나는 스스로 유배를 결정하는 것이다. 무한정 많은 시간과 태연한 자연만 있으며, 아무런 할 일도, 심지어는 먹을 것조차도 제대로 없는 볼케이노 정글 속으로.

이곳의 맑고 신선하고 아름다운 자연은 사람에게 안정과 평온을 주지만 나는 안정과 평온을 얻지 못한다. 아직은 나에게 자연을 감상하고 있을 자격이 없는 것이다. 자연은, 각성된 의식도 아무런 과정도 없이 곧장 몽환적인 안정과 평온에 이르게 하는 마약과는 완전히 다르다. 자연은 먼저 치열한 내면적 동요를 필연적으로 거치게 한 다음 나에게 안정과 평온을 준다. 나는 자연에서 안정과 평온을 얻는 대가로 나의 거짓을 들여다보는 괴로움을 반드시 지불해야 한다.

소일거리도 없고 어떤 흥분의 재료도 없는, 공간의 극단적인 순수함이 나를 극단적으로 무료하게 하고, 나는 그 극단적인 무료함 속에서 호흡만 할 뿐 정말 아무것도 하지 않는다. 나는 그 무료함을 지켜본다. 그러는 동안 나의 내면에서는 조용하지만 너무나도 격렬한 동요가 일어나기 시작한다.

서서히 나 자신의 모습이 들추어진다. 아니, 까발려진다는 표현이 정확할 것이다. 탐욕과 분노와 어리석음으로 가득 찬 자신의 부끄러운 몰골을 보지 않기 위해 어느새 겹겹이 껴입은 옷들이 하나하나 벗겨지고, 환한 태양 아래 그것들이 빨래처럼 내걸린다. 내 몰골이 드러난다.

나는 본다. 나에게 탐욕이 일어났었다. 나는 생각의 힘으로 그것이 추한 모습을 띠지 않도록 윤색해 버림으로써 그 탐욕과 함께함을 부끄럽지 않게 만들어 버리는 우를 범했다. 탐욕에 입을 옷과 잠자리를 제공했던 나의 비겁함을 본다. 분노와 어리석음, 그리고 온갖 삿된 마음들이 수없이 일어났었음을 나는 본다. 마찬가지로 나는 그것들에게 그럴듯한 변명거리들을 자꾸만 만들어 주었고, 그것들을 떳떳한 하나의 관념으로 행세할 수 있도록 도와주었다는 사실을 본다. 허위로 똘똘 뭉친 비천한 나의 실체를 보아 버린다.

이때 나는, 고집스럽게 우겨 가며 필사적인 입씨름을 하던 상대방에게 '그래 네가 옳다. 나는 잘못되었다. 내가 졌다.'라고 시인할 때처럼 솔직하게 항복할 수 있는 용기를 가져야 하고, 나 자신을 무너뜨려야 하는 아픔을 느껴야 한다. 아니, 나는 그보다 몇 곱절 큰 용기를 가져야 하고 그보다 몇 곱절 큰 아픔을 느껴야 한다. 왜냐하면 항복해야 하는 것도, 항복받아야 하는 것도 나 자신이기 때문이다.

나의 에고가 부서지면 전투는 끝난다. 이제 나는 자연의 아름다움에 눈을 돌릴 수 있고, 그 속에서의 무료함마저 행복하게 누릴 수 있게 된다.

"당신은 그런 전투장, 전쟁터가 있어서 좋겠다."

누군가 말을 바꾸어 이렇게 부러워한다면 나는 대꾸할 말이 없다. 또 무언가를 소유했구나 하는 부끄러움을 느낄 뿐이다.

이 유배지를 떠날 수 있는 때가 곧 나에게 찾아올 것이다. 그것은 내가 이제 무엇을 하더라도 투명한 의식으로 항상 깨어 있을 수 있다는 자신이 생겼을 때다. 나는 생활하는 사람이다. 내 생활의 무대인 뉴욕, 서울, 그리고 세상의 도시들을 더 이상 도피처로 삼지 않을 수 있다는 자신이 생기기 전에는 나는 아직 나갈 수 없다. 세속에 물들지 않고, 탐욕에 사로잡히지 않고, 어리석음에 빠지지 않으며, 분노에 휩싸이지 않으리라는 확고한 자신이 생길 때 나는 비로소 세상으로 나아간다.

더 이상 수행과 일이 구분될 필요도 없으며 더 이상 아쉬람과 세상이 구분될 필요도 없는 그런 순간이 오면, 내 몸이 그것을 먼저 알아챈다. 몸에서 춤이, 그리고 노래가 저절로 사뿐히 흘러나온다. 나는 풀숲에 발을 적신 채 나무 사이를 돌며 춤추고 노래한다. 그렇게 일어난 춤이 내 다음 작품의 모티브가 된다.

상상하기 어렵겠지만 나에겐 전화도 있다.

세상과의 끈을 이어 놓아도 흔들리지 않을 자신이 있다는 생각에서 몇 년 전 이곳에 전화를 설치했다. 부끄러움이 없지는 않다. 초절주의자 소로(Henry D. Thoreau)는 도끼 한 자루만을 달랑 들고 월든 숲 속으로 들어가 혼자만의 독립 선언을 했다던데, 나는 전화기까지 끌고 들어와 이곳을 '현대식' 정글로 만들어 버렸으니 말이다.

전화를 놓고 나니 웃지 못할 일도 생겼다.

한번은 집 앞마당을 어슬렁거리며 노래를 부르고 있는데 전화벨 소리가 들려왔다. 또 카렌(Karen) 아니면 하이너(Heiner)겠거니 하는 생각이 들어 별로 받고 싶지 않았다. 그들은 나의 공연을 주선하고 일 처리를 맡아 주는 사람들인데, 보나 마나 얼른 세상으로 나오지 않고 뭘

하느냐고 재촉할 터였다. 나는 아직 나가지 않을 것이라고 말할 테고, 그들은 도대체 나에게 '스타'로 활약하고 싶은 열의가 있느냐 없느냐고 성화를 부릴 게 틀림없다. 나는 그들과 늘 똑같은 논쟁을 반복하는 것이 싫었다.

그래서 전화벨 소리를 무시하고 노래만 하고 있는데, 꽤 긴 시간이 지나도 소리가 멎지 않았다. 심상치 않다는 생각이 들었다. 그래서 집 안으로 들어가 전화를 받으려고 했더니, 아직 분명 벨 소리는 들리는데 그 소리가 전화기에서 나는 건 아니었다. 자세히 들어 보니 소리는 바깥에서 들려오고 있었다. 밖으로 나와 소리 나는 곳을 추적해 보니 그것은 빨간 꽃이 핀 오히아(Ohia) 나무 꼭대기였다. 그 순간, 거기서 포르르 날아올라 재빨리 다른 곳으로 사라지는 새 한 마리가 눈에 들어왔다. 벨 소리가 아니라 그 새의 노랫소리였던 것이다.

아무래도 전화벨 소리가 새소리를 모방해 만들어졌겠지만 그 새의 규칙적이고 일정한 울음소리는 전화벨 소리와 너무나 닮았다. 그 새의 이름을 알 수 없었기에 나는 누가 그것을 가르쳐 줄 때까지는, 멋진 이름은 아니지만 전화벨이라고 부르기로 했다. 지금도 나는 이 전화벨 때문에 가끔 혼돈을 일으키곤 하지만 덕분에 카렌과 하이너의 성화도 새소리쯤으로 여길 수 있게 되었다.

나를 세상으로 불러내기 위해 안간힘을 쓰는 카렌과 하이너 외에 전화선을 타고 내게로 오는 사람은 내 남편, 그리고 이곳에서 만나 친구가 된 비이(Be)라는 할머니다.

내 집으로부터 10여 킬로미터 떨어진 곳에 사는 비이는 은퇴한 노인들의 복지를 위해 배급되는 식량 쿠폰으로 생활하는 할머니다. 그러나 그녀의 퇴락한 모습 뒤에는 영국 귀족 집안의 후손이라는 긍지, 그리고 아름다움을 볼 줄 아는 지성이 있다. 예술에 대한 내 입장과 내 생활 방식을 이해해 주는 그녀이기에 나는 오래전부터 그녀와 친구로 지내고 있다.

그녀는 작은 일이라도 나를 도와주는 것을 좋아한다. 그녀가 없었다면 나의 이곳 생활은 아마도 불가능했을 것이다. 철저히 두문불출하는 나는 그녀가 없었다면 그야말로 빗물만 받아먹고 살아야 했을지도 모른다. 그녀는 나를 어디든지 데려다주고, 또 나를 위해 식료품을 대신 사다 주는가 하면 우체국 사서함에 든 내 우편물까지 걷어다 준다. 그래서 그녀로부터 전화가 오면 내 쪽에서 먼저 오늘은 시내로 안 나가느냐고 넌지시 물어보기까지 한다. 그러면 그녀는 반갑다는 듯이 재빨리, 그리고 경쾌하게 묻는다.

"아하, 필요한 게 뭐지?"

에고와의 싸움이 일단락되고 내 의식의 잔때가 씻기고 나면, 나는 이제 이곳의 자연에 도취할 수 있는 면허를 받는다. 그런 날이 왔기에 나는 전화로 비이를 불렀다. 20여 분이 지나자 그녀는 평소처럼 다 찌그러진 승용차와 함께 나타났다.(이 찌그러진 승용차에 대해서는 언젠가 다시 이야기할 기회가 있을 것이다.) 우리는 차를 달려 고지대로 갔다.

국립공원으로 지정된 볼케이노 권역 내에 있는 고지대에는 큰 평원(鎔岩臺)이 있다. 그리 오래지 않은 세월 전에 화산 분출로 형성된 곳이어서 거기엔 풀 한 포기도 돋아 있지 않다. 오로지 사방으로 끝도 없이 펼쳐진 것은 용암이 굳어서 생긴 거무죽죽한 암석뿐이다. 장관이다. 마치 팥죽의 표면과 같은 형상을 한 그 넓디넓은 평원은 더러 끊어지고 균열되긴 했지만 거의 하나로 연결되다시피 한 엄청난 반석이다.

우리는 그 위에 개미처럼 올라섰다. 다시 한 번 나는 죽어도 되겠다는 생각을 한다. 가마솥 팥죽 위에 내려앉은 파리의 기분이 이런 것일까……. 나는 마치 허파를 활짝 열어젖히기라도 하듯 한껏 심호흡을 했다. 거칠 것 없는 평원 위로 청상한 바람이 힘차게 불어와 내 가슴을 씻어 주었다.

내려오는 길에 차 속에서 비이가 말했다.

"오늘이 보름날이야. 일곱 시 이십 분. 갈 거야?"

이곳 근처에 사는 사람들은 매달 보름날 저녁이면 달이 돋는 시각을 알아내 각자 음식들을 마련해서 동쪽에 있는 해변에 모인다. 바다 위로 떠오르는 달을 맞이하는 야회를 벌이기 위해서다. 열 명 남짓 모이는 조촐한 소풍. 비이는 나더러 그 달맞이 소풍에 참여하겠느냐고 묻는 것이었다.

"어쩌지, 나는 갖고 갈 음식이 없는데?"

"걱정 마. 내가 있잖아."

더 이상의 말이 필요 없었다.

블랙 샌드 비치(Black Sand Beach). 이름 그대로 검은 모래의 바닷가다. 그날 저녁 무렵, 달맞이를 위해 여느 때처럼 우리가 모인 해변의 이름이다. 모래라기엔 알갱이가 너무 큰, 작은 콩알만 한 모래가 바닷가에 넓게 펼쳐져 있다. 색깔은 신비로운 검은색. 용암이 파도에 바스러져 만들어진 것이다. 언덕 위 방갈로에 식탁을 마련하여 요기를 한 다음 우리는 모래밭으로 나가 달을 기다렸다.

해는 이미 지고 달은 아직 떠오르기 직전, 온 하늘이 까맣고, 온 바다가 까맣고, 온 모래밭이 까맣다. 거기에 우리 또한 까만 점과 점으로 앉아 말도 없이 숨죽여 달을 기다린다. 이제 잠시 후면 저 태평양의 크고 밝고 순수한 달이 떠오를 것이다. 이곳의 달은 정말 밝다. 밤중에 눈을 떠 너무나 밝은 달빛 때문에 아침이 온 것으로 착각했던 것이 몇 번이던가……

갑자기 여기저기서 탄성이 터져 나온다. 어느덧 달이 높이 걸렸다. 달은 언제나 이렇게 갑자기 떠오른다. 달빛은 티끌 하나 없는 투명한 대기를 타고 내려와, 매끈매끈하고 딱딱한 껍질을 가진 파충류 같은 검은 바다의 비늘을 반짝이게 하고 있었다. 해변 저쪽 끝 야자수들이 어렴풋한 그림자로 형태를 드러냈다. 나는 쏟아져 내려오는 달빛을 피부로 느낀다. 달이 보내는 영기(靈氣)를 느끼고 앉아 있노라면 내 귀에는 분명한 성계(星界)의 음률이 가늘게 들려온다. 나도 탄성을 올렸다.

이것이 자연이다. 나는 달빛에 완전히 '항복하여' 모래밭에 엎드려 버렸다. 역시 대자연은 우리가 맞이하는 맨 처음의, 그리고 마지막 스승이다. 나는 그 앞에 엎드린 것이다.

마침내 나는 자연으로부터 안정과 평온을 얻는다. 이제부터는 오직 '자연 속에서 뒹군다.'고 표현할 수밖에 없는 생활을 시작하는 것이다. 처음엔 나는 나를 발견하기 위해 애를 썼다. 그러나 이제는 이 자연 속에서 내가 누구인지를 잊어버리기 위해 애를 쓸 것이다.

  나는 누구인가……. 글쎄, 나는 이제 내가 누구인지를 거의 생각하
지 않는다. 망신을 당하려면 아버지 이름자도 기억나지 않는다는 속담
도 있지만, 어느 순간 진짜로 내 이름까지 생각나지 않는 때가 오는 것
이다. 숲 속에 앉아 게으름과 지루함 속에 자신을 완전히 내맡기고 그
저 문자 그대로 숨만 쉬면서 살다 보면 자신을 까마득히 잊어버린다.
왜냐하면 그 무엇과도 나를 구분할 필요를 못 느끼기기 때문이다.
  나는 이런 상태에 행복을 느낀다. 깨달음을 얻고자 했던 그동안의
노력도 바로 이런 상태에 이르기 위해서가 아니었을까. 나는 깨달음을
얻기 위한 노력을 스스로에 대해 품고 있는 환상을 깨뜨리는 것으로
시작했었다. 스스로에 대한 환상을 깨뜨리기 위해선 우선 내가 나에
대해 품고 있는 생각을 환상이라고 인정해야 한다.
  아주 어린 시절의 이야기가 하나 있다. 내가 초등학교 1학년 때였
던가. 마리아라는 여선생이 한 분 계셨다. 물론 마리아라는 이름은 내
가 지어 부른 이름이다. 그녀는 해맑은 얼굴에 언제나 태도가 정중하
고 머리털 한 올도 흐트러짐이 없는 단정한 차림을 하고 있어서 너무
도 고결해 보였다. 그때 나는 그녀가 진짜 성모 마리아일지도 모른다
는 생각까지 했다.
  그 마리아 선생 때문에 하루는 짝꿍과 싸움이 벌어졌다. 그는 남자
애였는데 그만한 시절이면 품기 마련인 선생에 대한 환상을 갖고 있지
않았다.

"그 선생님은 밥도 안 먹고 변소도 안 간다."

이것은 나의 주장이었다. 그런데 녀석은, 그녀가 밥만 먹는 게 아니라 국도 먹고 똥도 싸고 쉬도 한다는 것이다. 녀석은 그것을 직접 보았기 때문에 확실하다고 자기 가슴을 주먹으로 쾅 쳐 보이기까지 했다.

바로 그날, 우연찮게 마리아 선생이 화장실로 가는 장면을 목격한 나는 깜짝 놀라 몰래 그녀를 뒤따라갔다. 그러고는 잠시 후 그녀가 들어가 있는 화장실의 문을 힘껏 잡아당겼다. 허술하게 걸려 있던 문이 활짝 열리고 똥그래진 그녀의 눈과 내 눈이 정통으로 마주쳤다. 그녀는 치마를 올리고 쭈그려 앉은 채였다. 충격 때문에 나는 문을 닫을 생각도 못 하고 쏜살같이 도망쳐 나왔다. 그러곤 너무 분해서 교실 옆에 주저앉아 엉엉 울고 말았다.

환상이 깨진 것이다. 그런 환상이 내 머릿속에 생기기 전에나 깨진 후에도 그 여선생의 본질에는 아무런 변함도 없었지만 나는 속이 상하고 배신감까지 느꼈다. 물론 환상이란 말도 본질이란 말도 아직 알 턱이 없던 어린 시절의 이야기다.

남에 대해서 품었던 환상은 이렇게 단지 그 부정적인 현장을 목격하는 것만으로도 간단히 부서진다. 그리고 그 환상이 부서졌을 때의 아픔이란 것도 별 게 아니다. 그러나 자신에 대한 환상은 상황이 좀 다르다. 자신에 대한 환상은 너무나도 교묘히 짜인 하나의 작품, 명작이다. 어디를 건드려도 모순을 잘 찾아내기 힘들 만큼 논리적이고 또 조직적이다. 이 명작의 작가는 바로 교활하고 영악한 나 자신의 에고다. 이 환상은 깨뜨리기도 힘들고, 힘들여 깨뜨리고 나면 그만큼 고통도 크다.

내가 지금 비록 완전히 자유롭지는 않지만, 그리고 이 세상에서 가장 자유롭지 못한 인간이 바로 나라는 생각이 들 때도 있지만, 한 가지 분명한 것은 있다. 그것은 내가 적어도 이만큼은 자유롭고 지금까지 자유를 절실히 추구하며 살아왔다는 사실이다. 그 과정은 환상을 깨트리기 위한 에고와의 싸움이었다. 그 싸움의 순간들에 있었던 이야기를 달리 들어 줄 사람이 없는 지금, 나는 종이 위에다 대화를 시작하기로 했다. 신변잡기 그 이상도 이하도 아니겠지만 거기에는 삶의 조건들로부터 자유롭고자 싸웠던 나의 흉터들이 담길 것이다.

이제, 머지않아 나는 이곳을 떠나 또 세상으로 나간다. 나는 이미 나를 불러내기 위해 안간힘을 쓰던 이들에게 자진해서 전화도 해 두었다. 세상에서의 일들이 이미 시동이 걸렸고 조직되기 시작했다.

정글. 이 정글을 떠나지 않고 영원히 살기로 마음먹는 날이 언젠가는 오겠지만 아직은 아니다. 당장은 내가 다시 이곳으로 돌아오게 될지조차 알지 못한다. 다시 돌아온다면…… 이곳은 나와 마지막 기항지가 될까? 역시 아직은 알 수 없다. 어쩌면 나의 마지막 기항지는 빙설로 뒤덮인 알래스카일지도 모르고, 아니면 어머니의 향기가 묻은 나의 고향 한국일지도 모른다. 미래의 일은 아무것도 모르지만 어쨌든 나는 지금 여기에 있다.

전화벨이 울린다. 저쪽 방에서, 아니 숲 속에서인가?

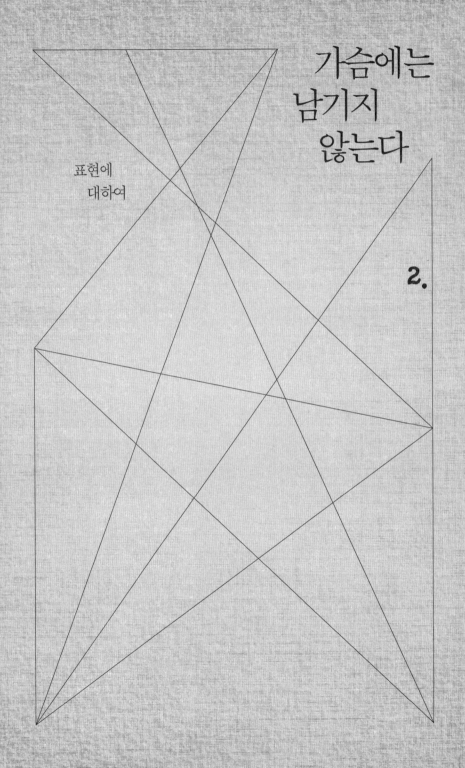

가슴에는
남기지
않는다

표현에
대하여

2.

감추고자 하는 자는 결코 자유로워질 수 없다.

자유로운 사람이 되기 위해서는

자신의 모든 것을 웃음으로, 울음으로,

표정으로, 그리고 말과 글로

모두 쏟아내야 한다.

가슴에 빈 공간만 남기는 것이다.

그러고 나면 우리가 할 수 있는 것이 무엇인가?

빈 가슴으로 서로를 꼭 껴안는 것이다.

나는 참으로 웃기를 좋아한다. 그것도 소리 내어 크게. 우스운 일이 생겼을 때 너무나 큰 소리로 웃어 버리곤 해서 그 소리 때문에 다른 사람들이 다시 웃게 되는 때도 자주 있다. 나는 잘 웃을 뿐만 아니라 잘 울기도 한다. 물론 소리 내어 엉엉 울어 버린다. 한마디로 나라는 사람은 가슴속에서 일어나는 감정을 표현할 때 결코 절제하고 싶어 하지 않는다고 할 수 있다. 절제하지 못하는 한편, 죽었다 깨어나도 억지로 웃거나 울지는 못한다. 잘 웃거나 잘 우는 성격은 예나 지금이나 마찬가지다.

"어디서 계집애가 흰 이빨을 다 드러내고 소리까지 내며 웃는 거냐! 넌 아마 시집을 가기도 힘들겠지만, 만에 하나 가더라도 금방 쫓겨 오고 말 게다."

아주 어릴 적, 주위의 어른들은 나에게 이런 핀잔 겸 악담을 수없이

하곤 했다. 그들이 다른 식으로 악담을 했다면 나도 어쩌면 다소곳하고 더러 내숭도 부릴 줄 아는 사람으로 성장했을지 모른다. 그러나 시집을 못 갈 것이라는 말은 나에게 전혀 위협이 되지 않았다. 결혼하는 순간 여자는 족쇄를 차는 것과 똑같다는 것을 나는 어린 눈으로도 분명히 늘 보아 왔고, 그래서 그런 따위의 족쇄라면 미룰 대로 미루다가 늦게 찰수록 좋은 거라고 생각하고 있었다. 까짓 시집 같은 것 못 가도 좋다고도 생각했다.

그래서 그런 핀잔 겸 악담에는 아랑곳하지 않고 또 '하하하' 하고 웃어 버리곤 했다. 그러면 또 어른들은 내 머리에 알밤을 한 대 먹이면서 발끈하는 것이다.

"너라는 녀석은 그렇게 말해도 못 알아듣는구나."

이런 일이 무척이나 자주 있었다. 이런 시련에도 불구하고 나의 잘 웃는 성격이 꺾여 버리지 않은 것은 정말 다행이지만, 그렇다고 그런 성격이 온전하게 보존되지만은 않았다. 시원스레 웃지만 마음 한구석엔 늘 어떤 무거움이 쌓여 가고 있었다. '하하하' 하고 내가 웃으면 마음속에서 또 하나의 내가 불쑥 일어나 이렇게 말했다.

"너, 그러면 안 된다는 말 못 들었어?"

지금 생각해도 도무지 이해할 수 없는 것은 그 당시 웃음에 대한 어른들의 태도다. 그들은 감추지 않고 솔직히 활짝 웃어 버리는 것을 왜 그토록 나쁘게만 보았을까?

우리 집은 이른바 뼈대 있는 집안이었다. 이 충청도 시골 양반집에서는 허세와 억압이 빚어내는 무표정과 무감응, 그것이 곧 미덕이었다.

그런 미덕을 갖춘다는 면에선 나는 싹수가 노랬고 그게 내 천성이었다. 나는 자주 큰 소리로 웃었고, 그만큼 많은 질책이 내 웃음 뒤에 따라왔다.

나는 이런 억압이 싫었다. 생활 속의 다른 행동거지에 대한 억압들과 맞물려 차츰 그것은 커다란 구속이 되었고, 나는 이런 구속에서 벗어날 수만 있다면 무엇이든 할 수 있을 것 같았다. 그래서 기회만 있다면 이 집안, 이 동네, 이 나라를 미련 없이 떠나 버려야지 하는 생각이 어린 시절의 내 가슴에 하나의 각오로 자리 잡게 되었다. 나는 집안 어른들이 바라는 미덕의 싹 대신 방랑의 싹을 틔우고 있었다.

성년이 되어 이젠 주변 사람들도 나의 천성에 면역될 무렵인 1966년, 나는 오랫동안의 꿈을 좇아 미국으로 훌쩍 떠나 버렸다. 그때 내 나이 스물다섯이었고, 그것이 지금까지 25년이 넘게 지속되어 온 타향살이의 시작이었다. 딱히 마음대로 웃고 싶어서 미국으로 떠난 것은 아니었지만, 그것도 분명 많은 이유 중 하나였음은 부정할 수 없다.

어린 시절 나는 때때로, 미래에 꼭 하고 싶은 일의 목록을 머릿속으로 작성하곤 했다. 그때마다 늘 빠지지 않고 그 목록의 한 칸을 차지하는 것이 하나 있었다. 그것은 바로 '아무런 방해도 받지 않고 실컷 웃는 것'이었다. 그 포부는 결국 미국이 아니라, 당시로서는 생각지도 못했던 인도라는 나라에 가서야 마침내 풀 수 있었다.

모든 감정에서 벗어날 수만 있다면 삶에 무슨 고통이 있을 수 있겠는가. 식물인간처럼 감각을 상실하고 의식이 마비된 상태가 아니라, 오직 초월했으므로 가능한 무감정의 상태에 도달할 수만 있다면, 그때 인생에는 아무런 고통이 없을 것이다.

세상에는 많은 수행자가 있다. 그들 중 많은 이가 수행의 궁극적인 목표를 모든 감정으로부터 자유로워지는 데 둔다. 그들은 웃지도 울지도 않으려고 하며 그런 감정의 억제를 수행의 일부로 삼는다. 그런 이들을 나는 많이 보았다. 나 또한 스스로를 수행자로 생각하고 있으며 궁극적인 목표를 같은 곳에 두고는 있지만, 경우가 조금 다르다. 나는 감정을 억제하지 않는다. 그리고 그것의 표출도 억지로 가로막지 않는다.

나는 웃음이나 울음을 참는 것을 수행의 일부로 보지 않는다. 나는 기뻐하고 슬퍼하며, 거리낌 없이 웃고 거칠 것 없이 운다. 이렇게 하는 것이 오히려 그런 슬픔과 기쁨으로부터 벗어나는 길이요, 그것에 얽매이지 않는 길이라는 생각에서다.

감정으로부터 자유로워지기 위해 일부러 감정을 억제한다는 생각 속에는 큰 잘못이 있다. 왜냐하면 감정은 원인이 아니라 결과이기 때문이다. 어떤 일의 결과를 아무리 뒤바꿔 봐야 원인에는 아무런 변화가 없다. 원인이 살아 있는 한 결과는 다시 찾아오기 마련이다. 계속 거슬러 올라가서 최초의 근본적인 원인을 찾아내고 그것을 변화시킨다면, 그것이야말로 올바른 수행이라고 할 수 있을 것이다. 그러나 그러지 못하고, 결과로 나타난 감정만을 문제 삼아 그것을 억제하고 떨쳐 버리려고만 하는 것은 차라리 그것에 휩쓸리는 것만 못하다. 떨쳐 낼 수 있는 대상이 아닌 감정을 떨쳐 내려고 하는 동안 오히려 그것에 사로잡히게 되며, 그것에서 벗어나야 한다는 강박관념으로 인해 고통만 가중될 뿐이기 때문이다.

내 천성에 맞게 나는 감정을 방일(放逸)시키는 방법을 통해 그것으로부터 자유로워지고자 했다. 내 속에서 일어나는 감정에 뛰어들어 나를 온통 내맡김으로써 감정을 풀어놓아 버리기로 했다. 이래야 한다거나 저래야 한다거나 절대 판단하지 않고 그냥 내맡기는 것이다. 그러면 나는 그것으로부터 놓여날 수 있으리라고 생각했고, 실제로 그렇게 놓여나는 순간을 체험하기도 했다.

나의 생각은 이러했다. 슬퍼해도 된다. 그러니 슬픈 일이 생긴다고 해서 두려워할 것이 없다. 기뻐해도 된다. 그러니 기쁜 일이 생긴다고 해서 걱정할 것이 없다. 어떤 감정이 일어나도 상관없으니 그것 때문에 괴로워할 필요가 없다. 나는 그저 슬퍼하거나 기뻐하면 되고 울거나 웃어 버리면 된다. 있는 그대로 보고, 생기는 그대로 방일시키고, 그리고 고개를 끄덕여 버리면 그만인 것이다.

깨달음을 얻고 삶의 진정한 자유를 얻기 위해 행하는 많은 명상법 중에 웃는 명상법도 있다. 웃는 명상법이 있다는 사실은 곧 감정의 순수한 방일을 통해서도 자유를 얻을 수 있음을 말해 준다. 이 명상법에 쓰이는 웃음은 얄팍한 미소가 아니다. 자기를 완전히 잊고 계속 크게 웃어 버리는 그런 웃음이어야 한다. 그 웃는 명상법에는 전통적으로 전해 오는 것도 있긴 하지만 새로 만들어지는 것이 더 많다. 실은 방법이랄 것도 없다. 그냥 웃는 것이니까. 누구나 그것을 만들어 낼 수 있다. 다만 웃을 줄 모르는 사람만은 그것을 만들어 내지 못할 것이다.

인도로 갔을 때 나는 '병자'였다.

미국 생활을 한 지 10년 동안, 나는 팔자에 없던 전위 무용가가 되어 소위 성공이라는 것을 했다. 그리고 잠시 귀국해선 한국 무용계를 약간 시끄럽게 하는 공연도 몇 차례 했고 그래서 유명해지기도 했다. 그러다가 나는 모든 것을 청산하고 도를 닦겠다며 인도로 또 훌쩍 떠났다. 그것이 1976년도의 일이다. 내가 왜 인도행을 결정할 수밖에 없었는가 하는 것은 말처럼 간단하진 않지만, '삶의 근본적인 문제에 대한 회의를 느껴서'라고만 우선 말해 두련다.

그때 나는 도를 깨우쳐 보겠다는 무섭고도 엄청난 욕심을 품고 있었다. 그리고 그것을 위해 정말 온갖 것을 다 해 보았다. 며칠씩 계속 잠을 안 잔다거나, 며칠을 계속 맨발로 걷는다거나, 여러 날을 송장들 속에서 명상을 한다거나, 괴로운 단식을 하고 또 하고……. 도통(道通)에 좋다는 모든 고행은 다 해 보았다. 마치 병든 자가 막다른 골목에 이르러, 이 약이 좋다면 이 약을 써 보고 저 약이 좋다면 저 약을 써 보는 것이나 다름이 없었다. 나는 그때 깨달음이 도대체 무엇이며 부처님의 경지가 무엇인가를 꼭 체험해 보겠다는 욕망을 앓고 있는 심각한 병자였던 것이다.

그 병자가 인도에서 가장 자주 찾은 곳은 화장장이었다. 인도의 모든 강변에 화장장이 있지만, 그중에서도 가장 잊을 수 없는 것은 갠지스 강이다. 우리말로 '성하(聖河)'로 옮겨지기도 하듯이 이름 그대로 성스러운 갠지스 강 화장장 옆에서 나는 밤새도록 웃었던 별난 경험을 갖고 있다.

갠지스 강은 모든 인도 사람들이 죽음의 시간을 맞이하기 위해 몰려드는 곳이다. 강변에는 화장장이 즐비하여, 방금 죽음을 맞이한 나신의 시체들이 장작더미 위에서 불꽃에 휩싸여 물을 뚝뚝 떨어뜨리고 있다. 그 타는 연기가 강변을 자욱하게 만든다.

자신의 죽음이 가까웠다고 생각한 사람들은 죽기 전에 써야 할, 그리고 화장하는 데 필요한 최소한의 돈만을 마련하여 단출한 마지막 행장을 꾸려 이곳으로 찾아든다. 그러나 준비한 마지막 밑천이 바닥나도록 죽음을 맞이하지 못하는 불행한 사람들이 많다. 그들은 그곳에서 아직 죽지 못한 육신을 끌고 다니며, 더러 거지가 되고, 더러 도둑이 되고, 더러 강도가 되고, 급기야는 화장되지 못하는 시체가 된다.

그곳엔 죽음을 맞이한 육신이 기화(氣化)되는 성스러움과 함께 세속의 온갖 비천함이 공존한다. 시체 타는 연기 사이로 음식을 만들어 먹는 사람들의 모습이 보인다. 한쪽에는 쭈그리고 앉아 용변을 보는 사람이 있는가 하면, 다른 한쪽에는 열심히 경전을 읽으며 그것을 강의하고 풀이하는 사람도 있다.

그 묘하고도 꿈속 같은 강변. 구도의 길에서 우연히 만나 일행이 된 나와 몇 명의 수행자는 저녁나절 그 강변의 한구석을 차지하고 모여 앉아 누군가의 화두에 촉발되어 크게 웃기 시작했다.

지극히 성스럽고도 비속한, 지극히 정결하고도 추잡한, 지극히 고요하고도 북적대는 이곳, 극과 극이 서로를 간지럽히는 이 강변, 우리 세상, 우리 인생이 너무 우습지 않은가. 우리, 새벽의 마지막 별이 사라질 때까지 웃기만 한다면 도통할 수 있으리라…….

웃을수록 웃음에 겨워 우리는 아픈 배를 움켜잡으며 밤새도록 웃고 또 웃었다. 나 자신, 그리고 세상 모든 것을 향해 크게, 크게 웃어 젖혔다. 바로 웃는 명상이었다.

그곳에 내 웃음소리가 크다고 머리에 알밤을 먹이는 동네 어른 같은 것은 없었다. 어쩌면 나는 난생처음으로 웃고 싶은 만큼 실컷 거리낌 없이 웃었나 보다. 무슨 숙명이 있어 이 머나먼 갠지스 강가에까지 와서야 실컷 웃어 보겠다던 포부를 마침내 풀고 있나……. 그런 생각에 또 웃었다. 이후로 다시는 웃지 못하게 된다 할지라도 아무런 미련이 없을 것 같았다. 누군가 하룻밤을 내내 그렇게 웃을 수만 있다면, 내가 그때 밤샘 웃음을 통해 깨우친 것을 말없이 알 수 있으리라.

어느 순간에 이르렀을 때 내 웃음은 공허한 소리의 울림으로 남았고 나의 가슴속에는 아무것도 남아 있지 않았다. 웃음은 단지 관성을 받아 내친 대로 계속 뻗어 나가고 목은 이윽고 쉰 듯한 소리를 내고 있었다. 가슴속에는 우스움도 우스운 감정도 사라지고 아무것도 남지 않았는데 웃음은 여전히 나오고 있었다.

어느덧 무심(無心)의 순간이 찾아온 것이다. 물론 그 순간에는 그런 사실조차 알 수 없었다. 새벽녘 자욱이 깔린 강 안갯속으로 세상이 어렴풋이 밝아오고 있을 때 나는 단지 골골거리며 웃고 있을 뿐인 나를 발견하게 되었다. 그저 웃고 있다는 것 외에는 아무것도 알지 못하는 한 사람이 앉아 있었고, 그것이 바로 나였다. 내 곁에 있던 사람들은 모두 어디로 가 버렸는지 주변에는 아무도 없었다. 나는 눈을 뜨고 있었으나 그들이 사라지는 모습을 보지 못했던 것이다. 대체 얼마 동안을 내가 이런 상태로 있었을까……. 나는 모든 것에 대해 웃어 버렸고, 그리고 지나간 그 순간이 고통도 번민도 없는 무아의 순간이었음을 알아차리게 되었다.

나는 내 속에 아무것도 남아 있지 않았던 바로 그 순간의 크나큰 희열을 자유라는 말 외에 달리 표현할 말을 찾지 못한다. 나는 웃음으로 모든 것에서 풀려나는 자유를 체험했던 것이다. 그 지독한 웃음을 통해 나의 병은 차도를 보이기 시작했다.

래핑 스톤(Laughing Stone).

'웃는 돌'이다. 이것은 지난 1981년 9월에 내가 구성한 무용단의 이름이다. 나는 이것을 볼케이노 정글 속 나의 집 앞에도 조그맣게 적어 놓았다. 돌을 보라, 돌도 웃고 있지 않은가, 그러니 사람인들 왜 못 웃으랴, 하는 뜻의 내 표어인 셈이다.

웃는 돌이라니……. 말장난 같기도 하고 그냥 멋 부린 말 같기도 하다. 그래서 많은 사람이 의아해하고 그렇게 이름 지은 이유를 궁금해했다. 하지만 이유는 간단하다. 그냥 돌이 웃기 때문이다.

당신도 가끔 이런 말을 하지 않는가.

"꽃이 웃고 있다."

물론 그것이 단순히 멋 부린 말 한마디에 불과할는지 모르지만 당신은 아마도 정말 그렇게 느꼈을 것이라고 나는 믿는다. 아름다운 꽃이 향기를 발하며 바로 눈앞에 있다 해도 고뇌에 빠져 있는 사람의 눈에는 들어오지 않는다. 꽃은 거기에 있지 않은 것이나 마찬가지다. 사람은 자신의 의식이 열려 있는 만큼만 사물을 인식하고 느낄 수 있기 때문이다. 그러다가도 어느 때 자신이 기쁨으로 충만해지면, 꽃이 눈에 들어올 뿐만 아니라 웃고 있다고까지 느끼게 된다. 바로 자신의 기쁨을 가지고 사물을 본 것이다.

인도에 있는 동안 나에게는 축복된 체험의 순간이 자주 있었다. 순례자로 이리저리 떠돌던 그때, 나는 일정한 잠자리도 없이 끼니도 제대로 챙기지 못하고 떠돌이 걸인과 같은 생활도 해 보았다. 벤치나 몸을 눕힐 만한 자리가 있으면 그곳이 하룻밤 잠자리가 되기도 했다.

그냥 맨바닥에서 잔 날도 있었다. 나는 그때까지 30년이 넘도록 한 번도 맨땅에 얼굴을 비비며 잠을 자 본 적이 없었다. 처음으로 그런 잠을 자고 깨었던 아침은 그래서 지금도 잊을 수가 없다. 대지에서 스며 올라온 습기와 냉기 때문에 몸은 천근처럼 무거웠지만 형용할 수 없는 어떤 축복된 느낌이 나를 가득 채웠다. 눈을 떴을 때 땅이, 흙이, 풀잎이, 풀잎 끝의 이슬이, 벌레가, 그리고 돌이 햇빛을 받으면서 서서히 조금씩 깨어나는 것이 보였다. 그 모든 것이 나와 하나로 연결되어 있으며 모든 것이 하나의 큰 생명 속에 함께 살아 있다는 각성이 불현듯 찾아왔다. 그 큰 생명 속에 내가 모든 것과 한 덩어리로 연결되어 이렇게 살아 있다는 사실이 큰 축복으로 여겨졌으며, 나는 그것을 크나큰 기쁨 속에서 받아들일 수 있었다.

그 순간 나의 의식이 그 모든 것을 향해 열렸고, 그 열린 공간으로 그들의 모습이 들어왔다. 그들이 살아 있다고 깨닫는 순간 그들의 웃는 모습이 보였다. 나는 큰 축복에서 비롯된 나의 기쁨 속에서 그들을 보았다. 그것은 일상적 의식 상태에서가 아니라 깊숙한 곳에 있는 의식, 또 다른 의식에 의해 느껴지는 그러한 느낌이었다. 그것은 모든 사물에 대한 절실한 '존재(Being)'로서의 체험이었다.

돌은 다른 모든 사물과 마찬가지로 살아 있다. 모든 사람이 마치 무생물, 무가치한 것의 대표 선수인 양 치부해 버리는 돌. 누구나 그것이 죽은 것이라고 생각하기에 나는 특히 돌에 정을 느낀다. 그래서 나는 '웃는 돌'이라고 말한다. 생명 있는 것만이 진정 웃을 수 있으니까. 웃지 못하는, 그래서 실은 돌보다 더 죽어 있는 인간들이 얼마나 많은가.

그 뒤로 나는 살아 있는 돌의 찬 듯하면서도 따뜻한 느낌이 좋아졌다. 돌이 많은 강변 같은 데를 찾아가 돌을 만지면서, 또 돌이 나의 온몸을 만지도록 허락하면서 하루를 보내기도 했는데, 그럴 때면 정말 아무것도 더 필요한 것이 없는 절대적인 행복감을 느꼈다. 돌을 들여다보면서 한참을 그냥 앉아 있기도 하고 두 개의 돌을 마주쳐 소리를 내기도 한다. 돌이 맞부딪쳐 나는 소리는 정말 웃음소리 같다. 나도 깔깔거리고 웃는다. 그렇게 나는 돌과 사랑을 나누는 것이다.

나는 남들에게도 돌의 웃음을 느끼게 해 주고 싶다는 생각으로 공연하는 작품에 돌을 몇 차례 사용하기도 했다. 맨 처음 사용했던 것은 아마도 1979년 서울의 독일문화원 무대에 올렸던, 소리와 춤으로 구성한 「나는 불타는 한 덩어리」였던 것 같다. 그리고 1991년 12월 「홍신자의 소리」라는 이름으로 서울 동숭동아트센터에 올렸던 작품에도 돌을 데리고 나갔다. 이 작품 속에서 나는 관객들에게 조약돌을 연속적으로 마주쳐 나는 소리를 들려주기도 하고, 또 돌을 나의 볼과 몸에 비벼 보이기도 했다. 공연이 끝나 로비에서 지인들과 인사를 나눌 때 한 후배가 다가오더니 이런 우스갯소리를 했다.

"정말 돌이 깔깔거리고 웃던데요. 왜 무용단 이름을 '래핑 스톤'으로 했는지 알겠어요."

아마도 웃음소리를 물리적으로 닮은 돌의 연타음을 두고 한 말이었겠지만, 어쩌면 그는 돌의 내면적인 웃음을 진짜로 느꼈을지도 모른다.

나는 잘 웃을 뿐만 아니라 잘 운다고도 말했다.

웃음과 울음은 종이 한 장 차이다. 아니, 종이 한 장 차이도 되지 않는다. 그 사이에는 종잇장의 앞면과 뒷면 정도의 차이가 있을 뿐이다. 이쪽에서 저쪽으로 건너가기 위해서는 단지 페이지를 슬쩍 넘기기만 하면 된다. 극한에 이른 웃음은 그래서 울음의 영역으로 넘어가고, 마찬가지로 극한에 이른 울음은 웃음의 영역으로 넘어간다. 갓 태어난 아이는 먼저 울고 나서 웃음을 배운다. 아이를 키워 본 사람이라면 누구나 웃음이 울음의 변형이라는 것을 알 것이다. 웃음은 울음이 약간 진화된 꼴이며, 그래서 울음은 인간의 근원적인 곳에 좀 더 가까이 닿아 있다는 차이가 있을 뿐, 이 둘은 본질적으로 같다.

나의 공연 작품 속에는 자주 처절한 울음소리가 끼어든다. 그래서 그런지 처절한 울음소리와 함께 나를 기억하는 사람들이 많다. 한번은 존경하는 황병기 선생이 가야금을 맡고 내가 소리를 맡아 함께 연주한 「미궁(迷宮)」을 테이프로 처음 들었다는 한 젊은 남자를 만난 적이 있었다. 틀림없이 '뭔가'를 느끼게 될 거라는 친구의 권유에 따라 듣게 되었다는 그는 이런 말을 했다.

"친구가, '뭔가'를 느끼려면 꼭 아무도 없는 밤중에 혼자, 반드시 불을 다 꺼서 깜깜하게 해 놓은 다음에 들어야만 한다고 했어요. 그래서 시키는 대로 했는데, 그거 완전히 울음소리더라구요. 귀신 소리처럼 너무나 처절하고 비통하고 을씨년스럽고⋯⋯. 온몸에 소름이 쫙 끼쳤어요. 그날 밤 잠도 제대로 잘 수 없을 만큼 '뭔가'를 느끼긴 했는데, 근데 그게 공포였던 것 같아요."

친구가 그런 괴상한 주문을 했다는 것이 우습기도 하고, 이 사람이 그런 주문을 순진하게 따랐다는 것이 재미있기도 해서 슬며시 내 마음속에 장난기가 떠올랐다. 그래서 짐짓 불쾌하다는 투로 쏘아붙여 보았다.

"아니, 지금 도대체 무슨 말씀 하시는 거예요? 세상에, 어떻게 그것을 울음소리로 생각할 수가 있죠? 그건 웃음소리라구요, 웃음소리!"

실제로 「미궁」은 단지 울음소리가 아니기도 했다. 그랬더니 그는 금방 굉장히 죄송하다는 표정이 되어 어쩔 줄을 몰랐다.

"아, 저, 그런가요? 그러고 보니 그랬던 것 같군요. 진작 그렇게 생각했더라면 잠을 못 자지는 않았을 텐데⋯⋯. 죄송합니다."

무척이나 순진한 사람이었다.

어느 날인가, 나는 그 사람의 친구가 했다던 장난스러운 주문의 속뜻이 문득 궁금해졌다. 그래서 나도 그런 식으로 아무도 없는 밤중에 불을 끈 채 나의 「미궁」을 한번 들어 보았다. 나 또한 지독한 전율이라고 할 만한 '뭔가'를 느낄 수 있었다. 설마 내가 내 소리에 그런 전율을 느끼게 될 줄은 미처 몰랐었다. 그 뒤로 그것도 하나의 감상법이 되겠다는 생각에 이따금 「미궁」을 들어 보겠다는 사람을 만나면 나도 그런 장난스러운 주문을 해 보곤 했다.

혼자서 소리(voice) 연습을 하다 보면 그것이 웃음이나 울음으로 끝날 때가 많다. 그중에서도 울음으로 끝나는 때가 더 많은 것 같다. 스튜디오나 빈방에 혼자 앉아 우선 조용히 깊은 호흡으로부터 연습을 시작한다. 바잔(신을 찬양하는 인도의 종교적인 노래)을 부르거나 악기를 쓰면서 목청을 높이 돋우었다가 낮게 가다듬는다. 이렇게 한참을 연습에 열중하다 보면 어떤 과정에 이르러 절로 울음이 나와 버린다. 그런 때면 크게, 울고 싶은 대로 울어 버린다. 남들을 괴롭히지 않을 정도로 엉엉 소리 내어 울고 나면 맑은 물에 온몸을 속속들이 씻어 낸 것처럼 시원해진다. 응어리진 것들과 긴장된 것들이 풀어져 사라진다. 울음이란 이렇게 사람을 정화하는 것이구나 하는 것을 늘 느끼게 된다.

혼자 연습에 열중하다가 울음이 터지는 것은 나 자신의 마음이 한없이 겸허해지는 순간에 일어나는 일이다. 정신과 육체, 그 둘도 아닌 하나의 것이 스스로 정화되기를 원해 자동적으로 그런 현상이 일어나 버리는 것이다. 말릴 수도 없다.

문득 늙으신 어머니와 같이 영화 구경을 갔던 생각이 난다.

한국에서 잠시 대학 강단에 섰던 시절이니 10년도 훨씬 더 전의 일이다. 어머니가 모처럼 시골에서 내가 있는 서울로 올라오셨다. 칠순을 훨씬 넘긴 어머니는 오랜만의 나들이에 마음이 무척 설레었는지 한복까지 예쁘게 차려입고 계셨다. 그러나 주름살이 깊이 패고 그늘이 드리운 어머니의 얼굴에서 내가 읽을 수 있었던 것은 고생스럽고 한스럽기만 했던 당신의 인생이라 마음이 안쓰러웠다. 나는 그런 어머니께 평생 못 해 본 효녀 노릇이나 한번 해 보자 싶어, 제일 하고 싶으신 게 뭐냐고 물었다. 어머니는 그 무슨 무슨 영화가 그렇게 슬프고 잘되었다더라 하시면서 영화 구경을 원하셨다. 전형적인 멜로드라마라고 할 수 있는 한국 영화였다.

극장에 관객이 의외로 많았다. 지금은 그 영화가 단지 관객의 눈물을 짜내는 데만 성공한 영화였다는 것 외에는 아무것도 기억할 수 없다. 제목도 줄거리도 배우 이름마저도 기억할 수 없으니 그만큼 시시했다는 얘기도 될 것이다. 당시만 해도 한국 영화란 내용이나 배우의 연기, 연출이 훌륭하지 않아도 관객을 많이 울릴 수만 있으면 인기를 얻을 수 있었던 모양이다. 그 영화는 울린다는 것 외엔 다른 목적이 없어 보였다. 그러니 이 한국 영화를 보고서 울지 않는 사람은 스스로 얼마나 맥 빠질까. 영화의 3분의 2가 지나가는 동안 바로 내가 그런 사람이었다. 나는 그렇게 맥 빠진 채로 앉아서 마냥 지루해하고만 있었다. 영화가 어서 끝나 주었으면 하는 생각뿐이었다.

그러다가 끄트머리에 이르자 사정이 달라졌다. 나도 모르게 가슴이 답답해지더니 눈이 아리기 시작했고 이윽고 눈물이 주르르 흐르는 것이다.

나는 그 당시 15년여를 타국에서 떠돌다가 막 돌아온 터였고 그동안 한국 영화를 볼 기회가 없었기 때문에, 영화마다 농담처럼 따라붙는 '손수건 없이는 볼 수 없는 영화' 같은 광고 문구에 대한 감이 전혀 없었다. 아닌 게 아니라 그날 내겐 정말 손수건이 없었다. 눈물은 마구 흐르고, 흐르는 눈물을 연신 손등으로 닦으며 훌쩍거리던 나는 마침내 목에 둘렀던 스카프를 풀어 얼굴을 훔치고 코를 풀었다. 여기저기서 관객들의 흐느끼는 소리가 들려왔다.

"아이구, 참 안됐구나. 저 일을 어쩔꼬!"

어머니는 거푸 그렇게 되뇌면서 마냥 서럽게 우셨다. 어찌나 서럽게 우시던지 이러다 노모에게 무슨 일이라도 생기지 않나 하는 걱정이 더럭 생겨날 정도였다. 마음 같아선 어머니의 그런 안타까운 탄식에 맞장구라도 치고 어깨라도 어루만져서 달래 드리고 싶었지만 나에겐 그럴 경황이 없었다. 우선 나부터 울음을 삼키기에 바빴고 목 놓아 꺼이꺼이 울고 싶었기 때문이다. 영화가 어떻게 끝났는지 모를 정도로 정신없이 울다가 우리는 극장을 나왔다.

하오의 인파가 도심의 극장 앞을 가득 메우고 있었다. 나는 아직 울음과 여운을 가셔 내지 못한 채 멈춰 서서 명암 순응을 위해 부신 눈을 끔뻑거리고 있는데, 어머니가 대뜸 말씀하셨다.

"배고프다, 애야. 우리 어디 가서 맛난 것 좀 먹자."

공을 통통 퉁기듯 명랑한 음성이었다. 뜻밖의 너무도 명랑한 음성에 놀라서 나는 어머니를 보았다. 그날, 그토록 엉성한 영화 한 편이 사람을 그토록 심하게 울릴 수 있다는 것 다음으로 불가사의한 것은 어머니의 그 해맑아진 표정이었다. 아까까지 그렇게 서럽디서럽게 울던 어머니는 도대체 어디로 가셨나 싶었다. 그러자 나도 덩달아 신이 났다.

"그래요. 뭐가 제일 드시고 싶으세요? 말씀만 하세요."

나는 그때까지 손에 들고 있던, 눈물과 콧물로 뒤범벅이 되어 두르지도 못하게 된 스카프를 한번 쓱 내려다보고, 그것을 둘둘 말아서 호주머니에 푹 쑤셔 넣었다. 그리고 어머니와 팔짱을 끼고 경쾌하게 걷기 시작했다.

어떤 의미에선 울음이 그 자체로 하나의 작은 해탈이다. 어머니의 해맑아진 얼굴을 보면서 나는 다시 한 번 그것을 느낄 수 있었다.

어머니 시대의 여성의 삶이 한 맺힌 것임을 증명하기 위해 많은 말이 필요하지는 않을 것이다. 그녀는 조선에 태어나 일제강점기를 겪었으며 전쟁터에 서 있었고 한국을 걷고 있다. 첩질에 열 올리지 않고 아내에게 매를 들지 않는 정도의 인자함을 지닌 남편과 함께 사는 것만도 행복이라고 여기면서 평생 자기 의견이란 것이 없이 살아왔던 여자. 무지근하게 가라앉은 유교적 가풍 속에서 숨도 크게 쉬지 못하고 살아왔던 여자. 언제였던가. 어머니는 어린 나를 붙잡고 말씀하셨다. 장마철이었다.

"동네 앞 시내가 흙탕물로 큰 강이 됐더라. 우당탕퉁탕 거칠게 흘러가는 그 흙탕물을 보면서 내가 무슨 생각을 했는 줄 알아?"

어머니는 한숨을 한 번 푹 쉬고는 말씀을 이으셨다.

"에이그, 네가 뭘 알겠니? 너희만 없었더라도 난 말이다……."

나는 어렸고 어머니는 끝까지 말하지 않았지만, 우리만 없었다면 어머니는 그 흙탕물 속으로 뛰어들고 말았으리라는 것을 눈치로 알아듣고 그만 가슴이 움찔했었다.

극장을 나섰을 때 어머니의 명랑한 음성을 듣고 경쾌한 걸음걸이를 보면서 나는 생각했다. 어머니 저 평생의 원통함과 억울함을, 하긴 눈물이 아니고서야 무엇으로 씻어 낼 수 있을까……. 어머니, 가슴에 쌓였을 그 숱한 고통일랑 큰 울음, 많은 눈물로 모두 홀가분하게 씻어 버리세요. 나는 마음속으로 기원했다. 어머니에겐 그것이 곧 해탈이 될 수 있으리라는 생각이었다. 그러나 어머니는 그 뒤 1년도 채 못 되어 저세상으로 가셨다. 응어리진 가슴을 울음으로 다 풀기엔 턱없이 짧은 시간이었다.

그 극장에서 나를 울린 것은 무엇일까? 그것은 겸허해진 나의 마음이었다. 내가 그 극장에 앉아서 만약 영화의 질이나 그 영화가 형상화해 내는 슬픔의 질 따위를 따지면서 끝까지 비평적인 관객으로 남아 있었다면, 결코 울음은 터져 나올 수 없었을 것이다. 그러나 어느 순간 나도 모르게 가슴을 활짝 열었고 마음을 바닥에 내려놓았다. 그리하여 배우의 어설픈 연기에 구애받지 않고 영화의 예술적 수준에 아랑곳하지 않으면서 그 슬픔에 동참할 수 있었다.

울음을 만드는 것은 슬픔이라기보다는 겸허함이라고 할 수 있다. 그리고 겸허함이란 가슴속에 공간을 만드는 것이다. 자신을 완전히 방기한 듯한 진정한 울음이 나오는 것은 바로 그렇게 가슴에 공간이 생겼을 때다. 마음속에 자리한 온갖 잣대와 저울과 기준들, 결국 에고의 다른 이름에 불과한 그것들의 고삐가 느슨해지고 날이 무디어져 바닥에 내려놓이는 순간, 작은 해탈인 울음이 찾아온다. 겸허해질 수 있을 때 우리는 울 수 있다. 그러니 울 수 있다는 것은 곧 겸허해질 수 있다는 것이며, 다시 말해 가슴에 공간이 생겨 그 여유로운 공간으로 세상을 안을 수 있음을 말해 주는 것이다.

언어를 통하지 않는 표현은 언어보다 강렬하다. 강렬할 뿐만 아니라 오히려 정확하고 정직하게 그 무언가를 전달한다. 웃음과 울음이 그렇고, 얼굴 표정이 그러하며, 손짓과 발짓, 그리고 피부의 접촉, 걸음걸이가 그러하다. 그것들은 무엇을 감추고 자시고 할 여유가 없을 만큼 직접적이고 일차적이다. 거짓이 끼어들 여유가 별로 없다. 나는 의사 전달을 그런 표현들에 더 의존하는 편이다.

말을 하지 않고 살고 싶다는 생각을 할 때가 있다. 말을 하는 동안 정신적인 에너지가 소모되고, 잡다한 말의 끝에는 언제나 허무감이 찾아오기 마련이다. 그리고 그사이에 위선과 속임수가 곧잘 끼어든다. 말을 하지 않는 동안 시각과 청각, 그리고 모든 감각이 예민하게 살아난다는 것은 누구나 알고 있을 것이다. 나에겐 그 감각들이 오히려 소중하다. 꼭 해야 한다면 진실된 말만을 하며 살고 싶다. 하지만 가슴속의 진실을 그대로 말하고 나면 그것이 비록 진실이라 하더라도 듣는 쪽에서 상처를 입을 때가 있다. 상대방이 그 진실을 수용할 상태가 아니라면 나는 차라리 침묵을 택한다.

말을 잘하지 않는 나를 보고 어떤 사람들은 무관심하고 냉정하다고 하지만, 말없이 있어도 내 표정은 언제나 진실을 말하고 있다. 표정에서 진실을 얼마든지 읽어 낼 수 있는데 다만 그들이 그것을 놓치고 있을 뿐이다. 가슴속의 진실을 그대로 말해도 그것을 수용할 수 있는 사람 앞에 서면 나는 누구보다도 수다스러워질 것이다. 그런 상황이 오기 전까지는 조용히 표정으로나 이야기하는 것이다.

표정 하나가 백 마디 말보다 많은 것을 전할 수 있다. 그런데 우리나라 사람들은 말보다 표정을 더 아끼는 것 같다.

늘 떠돌며 살지만 그래도 1년에 한 번쯤은 꼭 고국 땅을 밟는데, 김포공항에 내려서면 아찔해진다. 사람들이 하나같이 표정이 없다. 며칠 지나면 나도 다시 그 굳은 얼굴에 익숙해지지만 처음엔 우선 바짝 긴장된다. 시내로 들어서면 역시 거리를 꽉 메운 사람들 모두 잘 훈련된 군인처럼 무표정하다. 인파에 휩쓸리다 보면 문득, 이거 내가 데모 군중에 끼어든 것 아닌가 싶다. 모든 것을 알고 초월한 무표정은 보는 사람에게 편안함을 주지만 그냥 굳어 버린 얼굴은 그 반대다. 서울 사람들의 얼굴은 사람에게 불안감을 주는 쪽이다.

아마도 우리 동양인은 철저한 유교 사상과 더불어 자라서인지, 항상 변함없이 점잖은 얼굴을 하는 것만이 미덕이라고 안다. 그런 전통 때문에 우리 얼굴의 근육들이 기능을 잃어버렸는지도 모른다. 설마 정서 자체가 각질화한 건 아닐 것이다. 굳은 안면 근육을 해방시킬 필요가 있다는 생각이 든다. 내면에서 일어나는 미세한 느낌의 변화를 그대로 얼굴에 떠오르게 하는 것을 나쁘게 볼 이유가 없다.

한때 연기 공부를 좀 해 본 나는 이마나 턱, 입술, 콧구멍, 속눈썹의 미세한 움직임들까지도 어떤 표현과 분위기를 줄 수 있다는 사실에 감동했었다. 그 이후 얼굴 세부의 철저한 근육 운동과 단련에 큰 관심을 갖고 있다. 그래서인지 누구를 만나면 자연히 그런 얼굴의 세부적인 움직임이나 표현, 눈빛에 먼저 신경을 모은다.

우리는 자주 얼굴이 붉어지거나 하얘지지만 표정엔 별 변화가 없다. 색깔만 변하는 것이다. 무언가 반대로 되었다는 생각이 든다. 한번은 누군가가 나를 시험하는 심한 농담을 한 뒤, "얼굴색 하나 안 변하는군, 대단해." 하면서 감탄사를 연발했다. 그러나 그는 변하지 않은 게 얼굴색뿐이었다는 것을 알지 못했다. 나의 속눈썹이나 눈동자엔 긴장이 순간 왔지만 그가 알아채지 못했던 것뿐이었다. 표정은 감정의 변화를 정직하게 반영한다.

어쩌다 지나간 날들의 사진들이 나온다. 다 똑같은 나임에 틀림은 없으나 그렇게 다 달라 보일 수가 없다.

"이게 나란 말인가!"

실감이 안 간다. 마치 다른 사람의 사진이라도 구경하고 있는 기분이 된다. 그것은 세월이 나의 모습을 바꿔 놓아서라기보다 그때그때의 감정이 다 다르고, 그에 따른 표정과 표현도 다 다르기 때문이다. 같은 날 하루의 날씨라고 해도 마냥 계속 같을 수 없듯 감정도 순간순간 늘 변화한다.

진실한 마음으로부터 우러나온 표정은, 그것이 슬픔이든 즐거움이든 상대방의 마음까지 움직인다. 그러나 표정 없이 하는 말들은 어디까지가 진실이고 어디까지가 거짓인지 측정하기 힘들다.

어느 날 나에게 어느 신문으로부터 난생처음 원고 청탁이란 것이 들어왔다. 나는 내가 글을 쓰는 사람이 되리라고 생각해 본 적이 단 한 번도 없었다. 다만 편지 정도의 글을 쓰기 좋아했을 뿐이다. 원고 청탁이라니, 나는 수줍어 농담으로 넘기고 싶었다. 그러나 청탁하는 이가 하도 간곡하게 부탁을 하고 고집도 여간하지 않아서, 결국 그러마 하고 말았다.

생각나는 대로 펜 가는 대로 써서 주었더니, 기교나 양식도 전연 모르고 내키는 대로 써 버린 그것이 오히려 구수해서인지 글이 재미있다고들 했다. 그럴지도 모른다는 생각이 들었다. 내가 춤꾼이지 무슨 글쟁이냐고 글쓰기를 거부했던 것은 고정 관념이요 버려야 할 생각이었다. 꼭 잘 쓴 글만 글일 수는 없다. 억지로 무엇인가를 하려고 하거나 하지 않으려 할 때 비로소 무리가 온다. 하게 되었을 때, 할 기회가 왔을 때, 억지 부리지 않고 그것을 하면 무엇이든 자연스럽다.

그 후에 원고 청탁이 다 받기 어려울 정도로 많이 들어왔다. 나는 생각나는 대로 그냥 글을 써 보는 것이 부끄럽거나 이상하다, 또는 건방지다는 생각이 들지 않았다. 무대에서 표현할 수 없는 것을 글로 표현할 수도 있다. 가슴에 빼곡하게 미어질 듯이 뭉쳐 있는 그 느낌들을 글로 써 보는 것도 몸을 통한 표현 이상으로 필요함을 알게 되었다.

많은 사람이 말동무를 찾는다. 진정한 친구라기보다는 자기 말을 들어 줄 사람이 필요한 것이다. 자기의 가슴속 깊은 말을 진정으로 나눌 수 있는 사람이 이 세상에는 그다지 많지 않다. 그러나 일단 글을 통해서는 말 이상으로 절실하게 자신에 대해 얘기할 수 있다. 나는 무엇이든 정직하게 말해도 좋은 친구를 찾던 오랜 방황 끝에 군소리 없이 내 이야기를 들어 주는 '종이'라는 친구를 만났다.

나는 말을 영 안 하다가도 가슴에서 일어나는 말을 그냥 내뱉기 때문에 비록 그것이 진실일지라도 상대방에게 상처를 주는 때가 많았다. 그러나 글은 달랐다. 유보된 공간과 거리가 있기 때문이다. 수용자의 상처를 걱정하지 않고 더 진실한 말을 더 직설적으로 내뱉을 수 있었다.

이 세상에 비밀 없는 사람은 없을 것이다. 나도 지금은 '비밀 같은 것은 없애자.' 주의로 나가고 있지만, 한때는 누구 못지않게 많은 비밀을 끌어안고 살았다.

비밀을 안고 있으면 그것을 털어놓고 싶은 충동과 그것을 지켜야 한다는 강박감 사이에서 계속 갈등하게 된다. 그 갈등상태가 결국은 부담이 되고 자유로운 사람이 되는 것을 방해한다. 종교가 그러한 갈등상태를 해소하는 방편이 되기도 한다. 비밀이 있는 자가 신부에게 모든 것을 털어놓는다. 그러고는 눈물을 흘리고 스스로 용서받았으며 해방되었다는 느낌을 받는다. 그는 털어놓고 싶은 충동과 지켜야 한다는 강박감 양쪽을 충족시키는 절묘한 절충안을 찾은 것이다. 왜냐하면 털어놓았으나 공개된 것은 아무것도 없기 때문이다.

나는 나그네가 되어 세상 여러 곳을 돌아다녔다. 그 나그넷길에서, 필생의 비밀이라며 자기 내면의 이야기를 남김없이 털어놓는 사람을 적어도 서너 명은 만났다. 어떤 때는 내가 그런 사람이 되기도 했다. 우리는 그날 이전에는 서로 알지 못하는 사이였고, 다음 날이면 다시 만나지 못할 사이였다. 우리는 나그네였기에 절묘한 절충안을 찾을 수 있었던 것이다. 털어놓았으나 공개된 것은 아무것도 없는.

그러나 이 방법이 절묘하기는 하지만 근본적인 해결책은 아니다. 그것은 스스로에 대한 얕은 속임수일 뿐이며, 그로 인해 얻어진 해방감이란 것도 실은 일시적인 것에 지나지 않는다. 더 근본적인 것은 에고를 없애는 것이다. 비밀이란 무엇인가? 그것은 자신의 근사한 모습을 깨뜨리지 않기 위해 감추는 부분을 말한다. 그런데 실로 깨뜨리지 않아야 할 근사한 모습이란 게 있기는 한가? 없다. 우리는 단지 하나의 생명일 뿐 결코 근사하다 아니다 말할 수 있는 존재가 아니다. 근사하다고 말하는 것은 단지 에고가 만들어 낸 허울에 불과하다.

비유를 하나 들고 싶다. 어떤 사람이 밥 한 끼를 굶었다. 그는 마주 앉은 사람에게 그 사실을 감추고 싶어 한다. 그러나 위장은 정직한 것이어서 꼬르륵 소리를 낸다. 그는 다시 그 소리가 상대방에게 들릴까 봐 두려워한다. 왜냐하면 그 소리가 밥을 굶었다는 사실의 증거가 될 것이기 때문이다. 그는 그 소리를 감추기 위해 기침을 한다. 그리고 그 기침이 가짜 기침이 아니었음을 보여 주기 위해 주기적으로 필요 없는 기침을 한다.

"천식이신가요?"

기침을 수상하게 여기는 상대방에게 그는 결코 이 모든 것이 밥을 굶었기 때문이라고 말하지 못한다. 그는 천식을 앓고 있다고 말한다. 밥 한 끼 굶었다는 것이 결코 감출 필요가 없는 사실임을 깨닫기 전까지는 그는 천식 환자 행세를 계속한다. 이런 식으로 밥 한 끼 굶었다는 사실보다 더 한심하고 사소한 비밀 때문에 평생을 천식 환자로 지내는 어리석은 자를 우리는 많이 볼 수 있다. 마침내 왜 기침을 하는지조차 잊어버린 채 거짓 기침을 끊임없이 해야 하는 부자유스러운 존재가 되어 버리고 마는 것이다.

비밀이란 자신을 근사하게 드러내 놓고 싶어 하는 에고의 장난이다. 모든 비밀 뒤에는 이 에고가 숨어 있다. 비밀이란 결국 아무것도 아니다. 아무것도 감출 필요가 없다. 우리의 정체는 워낙 하찮은 것이어서, 설령 그것이 탄로 난다고 해도 아무도 우리를 해치려 들지 않을 것이기 때문이다.

감추고자 하는 자는 결코 자유로워질 수 없다. 자유로운 사람이 되기 위해서는 자신의 모든 것을 웃음으로, 울음으로, 표정으로, 그리고 말과 글로 모두 쏟아내야 한다. 가슴에 빈 공간만 남기는 것이다. 그러고 나면 우리가 할 수 있는 것이 무엇인가? 빈 가슴으로 서로를 꼭 껴안는 것이다.

멀고 길었던 인도의 고행길에서 내가 배운 것 중 가장 큰 것은 모든 존재를 향한 자비심이었다. 그 뒤로 이 지구의 모든 인간을 한꺼번에 안아 주고 싶은 충동도 자주 느꼈다. 물론 나를 자비롭게 보는 마음도 커졌다. 그럴 때마다 내가 나를 안아 주고 싶고 또 누가 나를 조용히 안아 주는 기대감이 생겨난다. 서구에 오래 머물렀던 덕분에 자연스레 포옹하는 습성이 몸에 밴 탓도 있겠지만 나는 사람을 만나면 다짜고짜 껴안고 싶어진다.

오래전의 이야기다. 뉴욕 근교에서 열흘 동안 '몸과 정신의 신경요법'에 대한 워크숍이 있었다. 나는 이 분야의 전문가는 아니나 항상 관심을 갖고 있었으므로 그 대표를 만난 후 참석하게 되었다. 신경을 어떻게 쓰느냐에 따라 그 영향이 어떻게 몸으로 나타나고, 또 몸의 자세를 어떻게 갖느냐에 따라 그 영향이 어떻게 신경에 미치는지, 그 원리를 이해하고 교정하는 연구 모임이었다.

그 워크숍의 참석자 중 몇 사람은 '허그 포 헬스(Hug for Health)'라는 말을 가슴에 새긴 티셔츠를 늘 입고 있었다. 포옹이 건강에 좋다는 얘기다. 포옹을 많이 하라고 격려하는 일종의 포옹찬양주의자들이었다. 그 워크숍의 지도자는 인간은 적어도 하루에 포옹을 열네 번은 해야 한다고 주장했다. 그 열네 번이라는 숫자가 어디에서 왔는지는 모르나 요는 포옹을 자주 하는 게 역시 좋다는 것이었다.

이 워크숍에 참석했던 경험과 그에 따른 생각을 글로 적어 모 신문에 「포옹」이란 제목으로 기고했다. 나는 그 글에서 이렇게 썼다.

"한국에 돌아온 지난해 가을부터 지금까지 내가 누구와 안아 본 기억은 통틀어 열 번 미만이다. 하루에 다 해도 모자라는 횟수다. 끝없이 뛰기만 하는 이 가슴이 웬지 허전해 옴을 느낀다. 때로는 누구를 만나면 말은 나누지 않고 포옹만 오래 하다 헤어지고 싶다.

나는 자주 어린이들을 지켜보기를 즐긴다. 그리고 그들과 자주 놀고 싶다. 그들은 매달리고 안기고 또 안기기를 무척 행복해한다. 그리고 때론 어른들도 지켜본다. 대개 그들은 자기 팔로 자기를 감싸고 있음을 본다. 팔짱을 끼고 있는 것이다. 실은 누가 안아 주지 않아 스스로 안고 있는 형상이다. 그럴 때마다 난 가슴이 뻐근함을 느낀다. 그리고 안아 주고 싶은 충동이 생긴다. 그러나 때로 그들은 거부하고 멋쩍어한다. 나는 늘 생각한다. 왜 우리는 어른이 되면서 그런 순진하고 아름다운 행위들을 잊어 가고 있을까? 항상 어른스럽게만 행동한다는 것이 피로하지 않은가?"

그 뒤에 어떤 사람을 만났는데, 그 글을 읽고 자신과 몇몇 사람이 포옹 그룹을 만들었다며 만나면 포옹으로 인사한다고 했다.

"서로 가입하겠다고 난리예요. 포옹이 좋은 줄 알면서 왜들 그렇게 포옹하기를 싫어했던 걸까요?"

그 그룹 회원이 얼마나 늘었는지 모르겠다.

양쪽 팔을 벌려 사람을 안을 때 우뇌와 좌뇌가 균형을 찾아 조화를 이룬다. 그리고 그 순간 흐르는 에너지에는 무언가를 치료할 수 있는 힘이 있다. 인간은 좌뇌나 우뇌 중 한쪽을 집중적으로 쓰는 경향이 있다. 과학자나 학자들, 논리적인 일을 하는 사람들은 좌뇌, 예술가나 감성이 풍부한 자들은 우뇌를 활발하게 활용한다. 이 좌우 양쪽의 뇌를 균형 있게 쓴다는 것은 여러 가지로 의미가 있는 일이다. 둘 사이의 균형을 찾는 새로운 방법들이 쏟아져 나오고 있는데, 그중 대표적인 것이 바로 양쪽 팔을 벌리는 것이다. 게다가 포옹은 가슴까지 동원한다. 당연히 머리에도 좋고 몸에도 좋을 수밖에 없다.

근래는 남자들이 창녀를 찾아가서 섹스를 요구하는 것이 아니라, 그냥 실컷 안아만 달라고 한단다. 아무도 자기를 안아 주는 이가 없다며. 정말 외로운 현실이다.

우리, 가슴속의 진실을 모두 털어놓자. 웃음으로, 울음으로, 진실된 표정으로, 그리고 말과 글로 모두 쏟아 버리자. 그리하여 가슴에 아무 것도 남기지 말자. 이는 가장 가까이에서 자신을 구속하고 있는 것을 떨쳐 버리는 자유의 첫걸음이 될 것이다. 그러고는 모든 응어리를 씻어 낸 빈 가슴으로 서로를 꼭 껴안아 주는 것이다. 무엇보다도 몸에 좋다지 않는가?

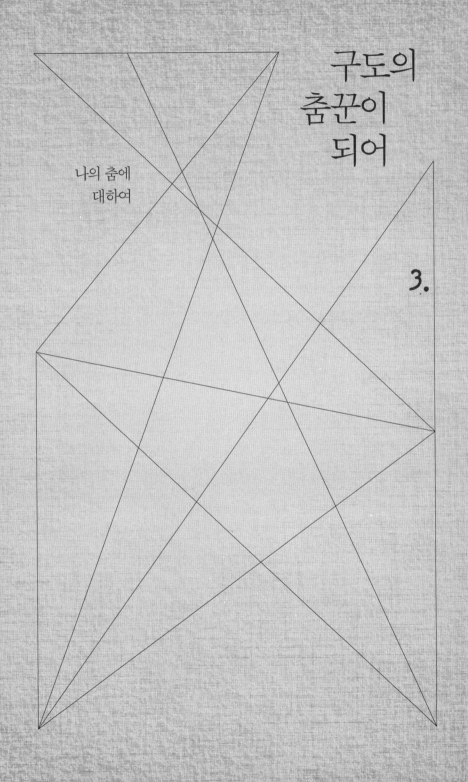

구도의
춤꾼이
되어

나의 춤에
대하여

3.

"노래 부르고자 하는가?

그러나 그대 자신이 노래해서는 결코 안 된다.

삶의 펄펄 끓는 에너지가

그대를 통해서 노래로 흘러나오게 하라.

춤추고자 하는가?

그러나 그대 자신이 춤춰서는 결코 안 된다.

삶의, 이 야생의 에너지가

그대를 통해서 춤으로 흘러나오도록 해야 한다."

나는 알윈 니콜라이(Alwin Nicolai)의 무용 학교에서 무용을 처음 배우기 시작했다. 알윈 니콜라이는 무용으로 나를 감동시킨 최초의 사람이었다. 이제 막 무용을 시작했던 어느 날, 나는 강의 시간에 그에게서 이런 이야기를 들었다. 그 이야기는 아주 단순했지만 나는 아주 커다란 것을 느꼈다.

이사도라 덩컨(Isadora Duncan)이 살아 있을 때 필라델피아의 한 극장에서 무용 공연을 했다. 니콜라이는 이 공연을 본 어느 두 관객의 대화를 우연히 듣게 되었다. 한 관객이 이렇게 말했다.

"나는 그녀가 무대 바닥으로부터 천천히 일어나며 팔을 조금씩 들어 올리는 장면에서 눈물이 나왔다."

그러자 다른 한 관객이 깜짝 놀라며 소리쳤다.

"나도 바로 그 장면에서 눈물을 흘렸는데!"

한 사람은 무대에서 먼 발코니 위쪽 끝에서 춤을 보았고, 또 한 사람은 반대로 바로 무대 앞쪽에서 보았다. 비록 한 극장에서 본다고 해도 무대와 떨어진 거리가 다르고 각도가 다르면 사람마다 눈으로 받아들이는 그림, 그러니까 춤의 영상은 완전히 다를 수밖에 없다. 그 두 사람은 눈으로는 다른 것을 보았는데 동시에 같은 것을 느꼈던 것이다. 더구나 이사도라의 동작은 그저 일어나며 팔을 들어 올리는, 단순하기 그지없는 것이었는데도 말이다.

나는 그 이야기를 듣고 말 없는 단순한 몸짓이 사람에게 눈물을 흘리게 할 수 있다는 것에 감동했지만, 무용이 단지 시각에만 호소하는 예술이 아니라는 것도 강하게 느꼈다. 눈에 보이지 않는 그 무엇이 전달된다……. 그리고 눈에 보이지 않는 그것을 보아 내는 '눈 아닌 눈'이 있다……. 무엇이 전달되고 무엇으로 그것을 보는지, 이제 막 무용을 시작한 햇병아리로서는 그것을 손에 잡은 듯이 명확히 이해할 수 없었지만 나는 그래도 뭔가를 생각하고 있었다.

어쨌든 나는 겨우 출발선에 서 있을 뿐이었다. 그것은 앞으로 춤을 추면서 계속 풀어 가야 할 과제였다. 나에게는 이런저런 생각보다 춤 공부에 우선 열심히 매달리고 몸을 훈련시키는 것이 더 중요했다. 큰 감동을 주는 춤을 출 수만 있다면……. 당장은 그것이 전부라고 생각하자고 그때 나는 스스로를 타일렀다.

사람들은 뜻밖이라고 하겠지만, 무용가라는 직업은 내 팔자에 없던 것이었다. 나는 내가 무용가가 되리라곤 정말 꿈에도 생각하지 못했다.

그런데 지금 나는 무용가가 되어 있고, 마치 배가 고파 밥을 먹듯 그렇게 춤을 추며 살고 있다. 생각하면 우스운 일이다.

한국에서 대학을 다닐 때만 해도, 그리고 미국으로 유학을 떠났을 때만 해도 내 머릿속에 무용을 하겠다는 생각은 단 한 번도 떠오른 적이 없었다. 그때까지 나는 현대 무용을 제대로 구경조차 해 본 적이 없었던 것이다.

대학에서 나는 영문학을 전공했다. 특별히 전공하고 싶은 것이 없었던 나였지만 당시 나를 지배하던 미국에 대한 막연한 동경 때문에 영문학을 전공으로 선택하였고, 대학 4년 동안 나는 학문으로서보다는 도구로서 영어를 공부했다. 그리고 대학을 졸업한 지 얼마 지나지 않은 1966년 미국을 향해 떠났다.

미국은 그때 나에게 꿈이자 자유였다. 거기에선 무엇이든 해 볼 수 있고 이룰 수 있다고 생각했다. 나에겐 하고 싶은 것들이 너무 많았다. 다분히 세속적인 것들이긴 했지만, 한마디로 요약하면 '실컷 살고 싶다.'는 것이었다. 그런 나의 열망을 불태우기 위해선 나를 구속할 것이 전혀 없는 새로운 공간이 필요했다. 그래서 나는 적극적으로 새로운 공간을 향하여 떠났던 것이다.

미국으로 유학을 떠나면서 막연히 영문학을 계속한다고 정해 놓곤 있었지만, 막상 미국에 도착했을 때는 이미 그 생각도 사라지고 없었다. 단 한 가지를 제외하곤 그때 나에게 분명한 것은 아무것도 없었다.

"나는 앞으로 하고 싶은 것만을 하고, 하고 싶은 것이면 무엇이든 한다."

그것만이 유일한 명제였다. 그 외에는 분명한 것이라곤 아무것도 없이 뉴욕의 한 모퉁이에서 거대한 미국의 모습을 숨죽여 응시하며 나는 새로운 인생을 시작했다. 당장은 내가 가장 하고 싶은 것이 무엇인지조차 불분명했다. 그것을 탐색하고 모색하기 위한 방황에 나는 시간을 바쳐야 했다.

지금 내가 걷고 있는 길과 비교하면 너무 우습지만, 한동안의 방황 끝에 스스로 선택하여 공부하기 시작한 것은 호텔경영학이었다. 비록 잠깐이긴 했지만 어떻게 내가 그런 분야에 매력을 느낄 수 있었는지 지금 생각해도 웃음이 나온다. 일찍이 한국에선 들어 본 적도 없는 생소한 분야라는 것과 너무 노골적이다 싶을 정도로 세속적인 그 이름에서 오히려 신선함을 느꼈기 때문이었는지도 모른다. 한동안 열심히 했지만 이름대로 너무 세속적이었기에 나는 답답함을 느꼈다. 앞날을 머릿속으로 그려 보니 이것은 완전히 돈을 벌기 위한 비즈니스일 뿐이었다. 나는 하고 싶은 것만 하기로 했는데, 정녕 내가 하고 싶었던 것이 이런 일이었단 말인가? 돈을 벌어서 무엇을 하려고? 나는 회의에 빠졌다.

그렇게 회의에 빠져 있을 무렵, 누군가의 말처럼, '우연을 가장한 숙명'으로 춤이 나에게 다가왔다. 현대 무용의 대가 알윈 니콜라이의 무용 공연을 우연히 보게 된 것이다. 지금과는 달리 당시 그는 전위 무용을 했는데, 무대와 조명, 리듬, 음향, 동작, 그 모든 것 앞에서 나는 어떤 전율에 사로잡히고 말았다. 아, 춤으로 이런 세계를 펼칠 수 있구나. 저 춤을 보라! 저 한없이 자유로운 춤. 말로 표현되지 않는 정념과 욕망과 상상과 철학, 그것을 저렇게 손으로, 팔로, 다리로, 온몸으로 표출할 수가 있다, 분출할 수가 있다!

'저것이다!' 하는 깨우침이 순간적으로 찾아왔다. 지금까지 나의 삶에서 가장 큰 고통은 응어리진 것을 분출하지 못하는 것이었음을 새삼스럽게 깨달았던 것이다. 그래, 나는 분출하고 싶었던 거야.

나는 열에 들떠 집으로 돌아오자마자 침대 위에 몸을 던졌다. 집이라고 했지만 그것은 주로 독신 할머니들이 입주해 사는 임시 주거지 같은 곳이었는데, 모델 일을 하면서 학교에 다니는 한 여자와 룸메이트가 되어 생활하고 있었다. 나는 침대에 엎드린 채로 꼼짝 않고 생각했다. 나는 이제 춤을 출 것이다. 나는 모든 것을 터뜨리고 또 분출하는 춤을 출 것이다.

내가 침대에 시체처럼 엎드려 있으니 룸메이트가 궁금해하며 무슨 일이 있었느냐고 거듭 물었다. 나는 아무 일도 없었다고 간단히 대답했지만 실로 그날 내게 일어났던 일은 일생 동안 가장 큰 일이었다. 그것이 1967년, 미국으로 건너간 지 꼭 1년 만의 일이었고, 그때 내 나이 만 스물일곱이었다.

다음 날, 나는 유명하다는 무용 카운슬러를 찾아가 내가 무용을 할 수 있겠는지 물었다. 카운슬러는 내 나이를 물었다. 나이를 알려 줬더니 뜻밖이라는 듯 눈을 동그랗게 떴다. 남들은 열 살도 안 되어 시작하는 무용인데 나이 스물일곱에 시작해선 좀 어렵지 않겠냐면서 고개를 저었다. 육체적으로 적응하기 힘들어서 아마도 무용가로 성공할 생각은 하지 않는 게 좋겠다고 했다. 어쩌면 당연한 대답이었는데도 나로서는 전혀 예상치 못한 것이었으므로 온몸에서 힘이 쭉 빠져 버렸다.

내가 너무 암담해하고 있는 게 안되어 보였는지 카운슬러는 위로하는 투로 말했다.

"당신은 동양인이어서 그런지 모르지만 그렇게 나이 들어 보이진 않는다."

그 말을 뒤로하고 돌아 나오면서 나는 생각했다.

'내가 또 잘못 짚었을지 모르지만 지금으로선 가장 하고 싶은 것이 무용이다. 이것뿐이다. 나는 무엇이든 하고 싶은 것을 하자고 마음먹지 않았는가. 포기하진 말자. 단지 어렵다는 것이지 할 수 없다고 말하진 않았다. 가령 내가 무용가로 성공하지 못할지라도……. 아니, 성공할 수 없다는 생각은 하지 말자. 나는 꼭 성공하고 싶다, 성공해야 한다, 성공할 것이다. 내 인생의 한 시기에 해답처럼 다가온 이 무용을 향해 지금 나아가지 않는다면 평생 한이 될지도 모른다. 어쨌든 춤을 배우겠다는데 그것을 누가 말리겠는가.'

나는 알윈 니콜라이가 세운 무용 학교가 뉴욕에 있다는 것을 알아내고 그 다음 날 바로 등록했다. 그러자 다른 것은 눈에 들어오지 않았다. 그때까지 쥐고 있었던 호텔경영학은 발로 걷어차 버렸고 뒤도 돌아보지 않았다. 그렇게 시작한 것이 나의 무용 인생이다.

내가 되고 싶었던 것은 무용가였다. 그런데 그로부터 8년 동안 나는 무용가로서보다는 '운동선수'로 살았다. 나에게 다시 젊음이 주어진다고 해도 그때의 그런 육체적 고통을 감수하는 무모함을 다시 발휘할 자신이 없다. 춤을 위해 '근육을 찢었다.'는 표현이 꼭 맞았다. 그 나이까지 한 번도 해 본 적 없는 동작을 매일같이 하면서 근육을 펴고 다스렸다. 팔도 찢고 다리도 찢고 목과 어깨도 찢고 허리도 찢었다. 어느 날 아침에는 침대에서 일어나다가 그대로 꼬꾸라져 기다시피 해서 화장실에 가기도 했다. 고통은 엄청났지만 몸이라는 것을 처음으로 절실히 느끼고 발견할 수 있었던 참으로 소중한 시기였다.

언제나 그랬듯 경제적으로도 참 어려운 시기였다. 그렇게 지친 몸을 질질 끌며 밤이고 낮이고 푼돈을 벌 일거리를 찾아 헤매야 했다. 모두의 반대를 무릅쓰고 도망치듯 떠나온 유학이었기에 고향의 부모님께 손 벌릴 입장이 아니었다. 부모님도 물론 나에게 뭉칫돈을 던져 줄 만한 형편은 아니었다. 나를 먹여 살리는 것은 전적으로 내 몫이었다. 호텔에서 접수를 보는 번듯한 일부터 애완용 고양이 밥 먹이는 보잘것없는 일까지 그야말로 안 해 본 일이 없었다. 그런 생활 중에도 나는 니콜라이의 무용 학교와 컬럼비아 대학교 무용과 대학원 석사과정을 거쳐 뉴욕 예술학교에서 안무 공부를 마쳤다. 한눈팔지 않고 눈코 뜰 새 없이, 문자 그대로 온몸을 바친 8년의 세월이었다. 그동안 방세가 싼 곳만을 골라 예닐곱 차례 이사를 다녔는데, 언제나 폐허를 방불케 하는 저 스탠턴 거리의 처참한 빈민촌은 한 번도 벗어나지 못했다.

이렇게 보낸 세월이라, 뉴욕 예술학교를 마칠 무렵 학교 무대에 올린 시험적인 작품을 보고 학장 스튜어트 호디스(Stewart Hodes)가 "이제 너에게 더 가르칠 것이 없다."고 했을 때, 나는 마치 검술의 스승으로부터 하산을 허락받은 검객처럼 비장해져서 눈물까지 핑 돌았다.

나에겐 언니가 하나 있었다. 언니는 굉장히 차가운 사람이었다.

고운 얼굴을 하고 있었지만 아주 냉정하고 자기중심적이었다. 그녀는 시집을 가서 딸 둘을 낳고는 불치의 심장병을 앓게 되어 친정으로 돌아와 10년 가까이 병석에 누워 있었다. 어머니는 언니의 병을 고쳐보자는 유일한 희망으로 성덕도(聖德道)라는 종교에 필사적으로 매달렸고, 아버지는 약으로 언니의 병을 고쳐 보겠다는 일념으로 방방곡곡을 다 헤매고 다니셨다. 그러나 그녀는 절망적인 상태였다.

어느 날 형부가 찾아와 둘만 있게 해 달라고 했다. 방 밖 마루에 나가 앉아 있으려니 형부가 무슨 말을 했는지 그녀의 울부짖는 소리가 방문을 넘어왔다. 형부는 그녀를 달래는지 아니면 나무라는지 밖에선 그저 웅웅거리는 소리로만 들렸다. 그녀는 계속 울었다. 한참 뒤에 형부가 나왔는데 계면쩍은 얼굴로 나를 한 번 쓱 보고는 마루에 걸터앉았다. 그는 먼 산을 보며 말없이 담배 한 대를 피우고 그대로 돌아갔다. 내가 방 안으로 들어갔을 때 언니는 아직도 울고 있었다. 그녀는 이불깃을 붙잡고 쪼그려 앉은 채 울부짖었다.

"내가 이혼을 해 줄 줄 알아? 내가 이 모든 걸 두고 죽을 것 같애? 난 이혼 안 해. 두고 봐라, 난 멀쩡하게 살아난다!"

나는 형부가 무슨 말을 했는지 짐작이 갔다. 언니가 이렇게 병석에 누운 10년 가까운 세월 동안 아이들과 형부의 생활은 뒤죽박죽이 되어 버렸다. 동생인 나부터도 이제 그녀를 가련하게 느끼는 단계를 넘어 짐스럽게까지 느끼고 있는 터였으니, 잠깐이나 다름없는 부부 생활을 했던 그의 심정이야 오죽했으랴. 나 같았으면 남편이 그러기 전에 내 쪽에서 먼저 이혼을 해 달라고 청했을 것 같았다. 나는 언니더러, 이혼을 해서 그들에게 정상적인 생활을 돌려주는 게 어떻겠느냐고 말하고 싶었지만, 차마 할 수가 없었다. 어쨌거나 그녀는 여전히 가련한 존재였기 때문이다.

이튿날 아침, 언니는 나를 부르더니 이런 말을 했다.

"내 병은 치료될 수 있을 거야, 그지? 그런 기분이 들어. 컨디션도 좋고. 어때? 내 얼굴이 좀 나아 보이지 않아?"

그러면서 그녀는 퀭한 두 눈으로 나를 보았는데, 나는 그녀의 모습에서 건강해질 기미는커녕 어떤 섬뜩함을 느낄 수 있을 뿐이었다. 그런 일이 있고 오래지 않아, 그녀의 기대에도 부모님의 노력에도 아랑곳없이 그녀는 죽음을 맞이했다. 내가 미국으로 떠나기 1년 전쯤, 그녀 나이 서른여섯이었다. 그녀의 인생은 짧았고, 그 짧은 인생의 3분의 1을 병석에서 보냈다. 언니라는 생각을 떠나서 꽃도 채 피우지 못하고 사라져 버린 한 여자의 한을 절실히 느껴야 했다. 나는 끝도 없는 울음을 터뜨렸었다.

이제 무용 수업을 마치고 나 자신의 작품을 만들려고 했을 때 언니의 그 한스럽기만한 짧은 생애에 대한 생각이 머릿속을 떠나지 않았다. 나는 무용으로 그녀의 한을 풀어 보고 싶었다. 그렇게 해서 탄생시킨 춤이 바로 「제례(Mourning)」였다. 나는 이 작품을 1973년 3월 신인 안무가를 선발하는 전위 무용 극장 '댄스 시어터 워크숍'에서 올렸다. 그 극장은 세계 실험 예술의 본고장인 뉴욕에서도 정평 있는 곳으로, 50명이 도전하면 5명쯤에게 무용가로서의 길이 열린다. 나에겐 운이 따랐다.

「제례」는 우리의 전통적인 곡소리를 내는 것으로 시작해서, 장사 지낼 때 하는 일련의 의식(儀式)들을 변형시켜 구성한 정적인 무용이다. 곡을 하염없이 하다가 길고 검은 머리를 찬찬히 빗은 뒤 돌아앉아 등을 내놓고 옷을 갈아입는다. 그리고 화로에 종이를 사르고 촛불을 끄면 막이 내린다.

관객 모두가 동양의 정서를 알 리 없는 서양인들인데 나는 그 앞에서 나도 모르게 진짜로 곡을 하고 말았다. 너무나도 비통한 울음이 내 온몸에서 밀려 나왔다. 생각조차 끼어들 틈이 없는 그 울음으로 아마 나는 언니의 한을 모두 토해 놓고 있었던가 보다. 무용이 어떻게 끝났는지도 알 수 없었다.

약간 허전하고 얼떨떨한 심정으로 무대 뒤에 앉아 채 사그라지지 않은 설움에 들먹이고 있는데 일면식도 없는 어떤 서양 여자가 다가와 팔을 벌렸다. 그녀는 나를 꼭 껴안더니 영문 모를 울음을 터뜨렸다. 그녀와 울음에 내 눈에선 다시 눈물이 흘렀다. 우리는 말이 없었다. 한참을 그러고 있다가 그녀는 조용히 등을 보이며 사라졌고 나는 생각에 잠겼다.

무엇이 있어 이 동양의 깊숙한 한과 슬픔과 몸짓에 저 서양 여인은 눈물지었을까. 나는 춤을 추었고 그녀를 감동시킨 것은 분명하지만, 그녀가 무엇을 보았는지는 알 수가 없었다. 그녀는 눈에 보이지 않는 그 무엇을 눈 아닌 눈으로 보았을지도 몰랐다. 그러나 아직 나는 그것을 명확히 알 수 없었다. 감동시킨 것은 분명 나였는데도 그 감동의 정체가 나에게는 모호하기만 했던 것이다.

이튿날《뉴욕 타임스》가 이 신인 무용가의 첫 작품을 이례적으로 호평해 주고, 유일한 무용 전문지《댄스 매거진(Dance Magazine)》이 크게 다루어 줌으로써 나의 데뷔는 소위 '화려한' 것이 되었다. 나는 이「제례」를 뉴욕에서만 스무 차례 이상 공연하게 되었고, 무대 뒤로 다가와 영문 모를 울음을 터뜨리고 가는 그런 서양인들을 심심찮게 만날 수 있었다.

같은 해 9월 황병기 선생의 주선으로「제례」는 한국의 국립극장 무대에도 오르게 되었다. 엄청난 관객이 몰려들었으며 한마디로 요란한 반응이 일어났다. 춤이란 것을 꼭 미적인 관점에서만 보려고 했던 당시 한국 관객들에게는 충격적일 수밖에 없었을 것이다.

평단의 반응은 분명하게 찬반으로 갈렸다. 내 춤을, "춤도 아니다, 그게 무슨 춤이냐."면서 분노하던 사람들은 대개 무용가들이었으며 스스로 춤의 대가로 자임하던 사람들이었다. 그들의 입장에서는 내 춤이 춤에 대한 모독으로까지 생각되었던 모양이다. 그런가 하면《춤》지의 조동화 선생 같은 분은 "홍신자는 큰 배다. 이제 그 배가 우리에게 왔다." 하면서 굉장한 평을 해 주셨고,《동아일보》는 "전위 무용과 전통 음악의 재회에 성공"이라는 큰 타이틀로 공연 내용을 기사화했다. 박용구 선생은 "1940년 이후에 처음 보는 감동적인 독무였다."고 크게 호평해 주었다. 1940년이라고 말한 것은 아마 최승희의 무용을 두고 한 말이었을 것이다.

한참 뒤의 일이다.「제례」가 안겨 준 충격이 크긴 컸던 모양이다. 몇 년 전, 서울 모 여대에서 철학을 가르치는 김 모라는 교수 한 분을 처음 만나게 되었는데, 그는 나에게 아리송한 첫인사를 건넸다.

"17년 만에 재회를 하게 되었군요. 다시 뵈려고 17년을 준비했습니다."

무슨 뜻인가 했더니, 1973년 서울에서 「제례」를 공연하고 17년이 흘렀다는 얘기였다. 당시 서울대 2학년생이었던 그는 그 공연을 보고 커다란 충격을 받아 죽음을 깊이 느끼게 되었다고 했다. 그는 결국 전공을 물리학에서 철학으로 바꾸고 죽음을 연구했다.

"죽음이 내 전공이죠."

그러면서 그는 하하 웃었다. 물리학을 그만두고 철학을 시작한 것이나 지금에 와서 철학과 교수가 된 것 모두가 「제례」를 본 데서 비롯되었다니, 나로서는 고맙다고 해야 할지, 아니면 영광이라고 해야 할지 뭐라고 할 말을 찾기가 어려웠다. 그는 그렇게 「제례」를 보고 인생의 행로를 바꿨다지만, 실은 내가 인도로 떠나게 된 것도, 남편을 만나게 된 것도 모두 「제례」와 무관하지 않으니 이 작품이 내 인생의 행로도 바꿔 놓은 셈이다.

그것은 성공이었다.

나는 이제 어디를 가면 알아보는 사람이 많아 불편할 정도로 꽤나 유명해졌고, 나의 춤의 형태도 갈수록 틀이 잡혔다. 그러나 거기에는 구멍이 하나 있었다. 춤이란 것이 나에겐 점점 알 듯 모를 듯한 것으로 여겨지는 것이었다. 뉴욕의 다운타운에서 2년여에 걸쳐 작품 활동을 계속하면서 그런 구멍은 자꾸만 커졌다. 감동을 주어야 했고 실제로 감동을 주기도 했지만, 영원한 감동을 주기 위해서는 내 춤 속에 무엇을 담고 나를 어떻게 표현해야 하는지 어렴풋하기만 할 뿐 도무지 명확히 손에 잡히지 않았다. 나에게 어느 날 한계가 올 것이라는 두려움이 생기기 시작했다.

관객들에 대한 환멸도 있었다. 어느 때는 환호와 갈채로 열광한다. 훌륭한 공연이었다고 굉장하다고 떠들어댄다. 그러다가 잔뜩 기대를 걸고 관람한 다음 공연이 별로 신통치 않으면, 사기꾼이라고까지 하면서 태도가 표변한다. 나는 그들의 그런 변덕이 싫어졌다.

문득 찾아온 이 회의감은 어쩌면 너무 앞뒤 안 가리고 맹렬히 질주한 뒤에 오는 허탈감 때문인지도 몰랐다. 나는 우선 인정받고 성공한다는 데 목표를 두었다. 그리고 그것에 모든 것을 바쳤다. 아무래도 내가 목표를 너무 가까운 데 두었던 것도 같았다. 이제 목표했던 곳에 이르러 한숨을 돌리고 보니, 춤이 오히려 나를 구속하기 시작한다는 생각과 함께 그동안 잔뜩 미뤄 두기만 했던 삶의 다른 의문들까지 솟구쳐 심사가 몹시 뒤숭숭해지고 만 것이다.

그 무렵, 나는 뉴욕 시티 헌터 칼리지 강당에서 이사도라 덩컨의 후세들이 추는 「여신 세 자매(Three Graces)」라는 무용을 보게 되었다. 춤의 내용은 각각 광채, 환희, 개화를 상징하는 그리스 신화의 세 자매 여신을 소재로 한 것으로, 50~60대쯤 된 여자 셋이서 추는 아주 단순한 왈츠였다. 워낙 단순한 왈츠였기 때문에 거기에 테크닉이 있을 필요도 없었고 그런 게 보이지도 않았다. 그 춤에 나오는 동작들이란 대단할 게 하나도 없는 너무나 평이한 것들이었다. 무용을 배우지도 않았고 무용을 구경해 보지도 못했던 어린 시절의 나도 그런 춤은 추어 본 적이 있다. 알 수 없는 흥에 사로잡혀 아무도 없는 골방에서 뜻 없이 돌아도 보고 하늘을 쳐다도 보고 손을 들어도 보고 했던 춤. 그들은 바로 그런 춤을 추고 있었던 것이다. 그런데도 내가 그 춤을 보면서 느낀 것은 지금까지 느끼지 못했던 크나큰 감동이었다.

정말 놀라웠다. 어찌 저리도 간명하고 담백한 춤이 많은 사람을 울릴 수 있었고, 백여 년이 지난 오늘날까지도 이렇게 신선한 느낌으로 다가올 수 있는 것일까? 그들의 춤은 무의미하다고까지 할 수 있을 정도로 그 속에 담긴 게 아무것도 없었다. 그런데 감동적이었다. 바로 거기에 내가 지금까지 품어 왔던 의문에 대한 해답이 있었다. 그러나 그때 나는 그 사실을 몰랐다. 그 사실을 알았더라면 나는 굳이 인도로 떠나지 않아도 되었을 것이다. 그때 나는 단지, '단순함이야말로 진정한 감동을 줄 수 있구나.' 하는 정도로만 정리했을 뿐이었다. 그 생각도 옳았지만 실은 그 이상의 무엇이 있었던 것이다.

「여신 세 자매」에서 받은 감동은 결국 나를 이사도라 덩컨 무용단의 일원이 되게 만들었다. 나는 「제례」를 올렸던 한국의 국립극장에서 1975년 이사도라의 무용을 소개했다. 내가 이사도라의 작품을 처음 대할 때의 그런 순수한 감동을 전하고 싶었으나 한국의 관객들은 역시 첫 귀국 공연 때와 같은 '충격'을 기대했는지 시들한 반응을 보였을 뿐이다. 나는 이사도라의 무용을 제대로 갖추어 한국에 소개했다는 것을 위안으로 삼았다. 크게 실망하진 않았다. 무용이 내 마음을 떠나가고 있었기 때문이다.

인도…….

내가 너무 자주 인도를 이야기하게 되더라도 용서해 달라. 인도는 내 인생의 극히 짧은 한 시기의 사건이었지만, 그 용광로를 거치면서 내 인생의 모든 것이 변해 버렸기 때문이다. 나는 그 3년의 시간을 어느 때보다도 길게 살았고, 그 기간은 내 인생의 나머지 시간을 모두 합한 것만큼의 무게를 지니고 있다.

나는 드디어 먼 구도의 길을 택하여 인도로 떠나기로 결심하였다. 나의 한 생애가 끝나고 또 다른 생애를 시작하는 기분으로……. 갑자기 떠난 것이기는 했지만, 벌써부터 인도는 나를 부르고 있었고 나는 그 부름에 답하고 있던 중이었다. 결정적으로 떠나기 한 해 전인 1975년, 나는 인도 문화부 초청 순회공연을 기회로 삼아 인도의 성지들을 순례하면서 그 결심을 굳혔다. 생의 모든 의문을 파헤치기로 한 것이다.

그것은 곧 무용을 버린다는 것을 의미했다. 모든 것이라고 생각했던 춤이었지만 절대적인 것은 아니었다. 나는 인생의 한 시기에 가장 하고 싶은 것을 찾고 있었고, 마침 춤이 그 해답이 되어 준 것뿐이었다. 이제 춤 이상으로 절대적인 것을 찾아야 할 때라는 판단이 서자 나는 자유롭게 춤을 시작했듯이 자유롭게 그것을 버릴 수 있었다. 다시는 나의 무대를 마련하지 못한다고 할지라도 결코 후회는 없을 것 같았다. 나를 비롯한 모든 무용인이 측은해 보였고, 환상 속에 빠져 무언가 착각하며 살고 있는 것으로 느껴졌다. 깨어나자고 흔들어 주고 싶었다.

그러나 무용을 단념하고 인도로 떠나온 지 몇 개월이 되기도 전에 나는 내 마음과 깊은 대화도 없이 머리로 모든 것을 판단하고 결정해 버렸다는 것을 알게 되었다. 춤이란 무슨 물건처럼 깨끗이 버리고 손을 툴툴 털면 그만인 그런 게 아니었던 것이다. 그것은 내 몸속에 고스란히 남아 있었다. 무용 공연이 어디에 있다면 금방이라도 주저앉을 듯한 버스를 타고서라도 가야만 했다. 누가 춤을 추지 않나, 어디에 무용 공연이 없나, 내 눈과 마음은 무용을 다시 찾기 시작하였다.

때로는 격렬한 몸의 율동이 나를 걷잡을 수 없이 취하게 만들었다. 인간의 본능엔 식욕과 성욕 외에도 움직이고 싶어 하는 본능이 있음을 체험할 수 있었다. 다시 춤을 추기 위해서라면 무엇이라도 할 수 있을 것 같았다. 길가에서도, 버스 안에서도, 식당에서도, 아무 데서나 춤추고픈 충동이 불쑥불쑥 솟아났다. 내 몸에 춤의 신이 들린 것 같았다. 이대로 가다간 나는 마침내 미쳐 버리거나 미친 듯이 아무 데서나 춤을 추거나 둘 중의 하나가 되어, 결국 정신병원에 감금되는 신세가 되고 말 것 같았다.

어느 날 점심시간 무렵이었다. 나는 인도의 어느 도시 대로변을 걷고 있었다. 한 레코드 가게 앞을 지나는데, 디스코 리듬과 흡사한 아주 경쾌한 음악이 흘러나오고 있었다. 그 음악 소리에 이끌려 발이 저절로 그 가게 안으로 옮겨졌다. 나도 모르는 사이에 음악에 젖은 내 몸이 조금씩 들먹이기 시작했고, 그러자는 생각도 없었는데 이윽고 그것이 춤이 되고 말았다. 물론 내겐 춤을 추고 있다, 아니다 하는 의식조차 없었다. 마치 오감이 정지되고 정신을 잃은 양 그렇게 율동에 몸을 온통 맡기기만 했지 내게 생각 같은 것은 있지도 않았다.

얼마의 시간이 흘렀을까. 문득 내 팔이 높이 치켜져 있다는 느낌과 함께 나는 정신이 번쩍 들었다. 미친 듯이 춤을 추며 뱅그르르 한 바퀴 돌고 막 팔을 치켜든 순간이었던 모양이다. 이런, 내가 춤을 추고 있었구나. 잠깐 몸의 균형을 잃었다가 되찾으며 나는 잠에서 깬 사람처럼 좌우를 둘러보았다. 몸의 움직임은 계속되었지만, 이젠 그때까지 보이지 않던 것들이 눈에 들어오기 시작했다. 바로 맞은편에는 점원이 카운터 위에다 손가락으로 장단을 맞추며 아주 신이 난 듯한 얼굴로 나를 구경하고 있었다. 그리고 가게 앞 길가에는 사람들이 빽빽이 모여들어 나를 보고 있었다. 나의 동작은 일시에 딱 멈췄다.

인도 사람들의 눈을 본 적이 있는가. 웅덩이 같고 황소 눈처럼 끔뻑끔뻑 초점이 없는 그들의 큰 눈을 본 적이 있는가. 그런 눈들이 나를 향해 수없이 빛나고 있다는 것을 의식하는 순간, 내 몸은 순식간에 얼어붙고 말았다. 그들 눈에 나는 미친 사람으로 비쳤을 것 같았다. 잠시 후면 정말로 구급차가 경보음을 울리며 달려와 나를 정신병원으로 끌고 갈지도 모른다는 생각이 들었다. 나는 흐트러진 내 물건을 주섬주섬 챙겨 멋쩍은 웃음으로 순간을 때우며 허둥지둥 그곳을 벗어났다. 뒤도 돌아보지 않고 총총걸음으로 길을 건너는데 뒤에서 박수 소리가 들렸다.

이젠 나를 통제할 수 없을 것 같았다. 그리고 이렇게 내 몸에서 걷잡을 수 없는 힘으로 자연스럽게 솟아나는 춤을 과연 나는 버려야 하는지 회의가 일어났다. 춤에 대한 회의를 느껴 춤을 버리고 인도로 왔는데, 이젠 춤을 버렸다는 것에 대한 회의가 밀려온 것이다. 나는 춤을 버릴 수 없고 다시 춤으로 돌아가야 하리라는 것을 예감하고 있었다.

이즈음에 나는 그를 만났다.

라즈니쉬 만디르(Rajneesh Mandir), 내가 아는 한 가장 위대한 사람. 그리고 나는 그의 산야신(제자)이 되었다. 1976년 7월의 일이다. 나는 이때의 일을 부족하나마 나의 책 『라즈니쉬와의 만남』에 이미 털어놓았기 때문에 다시 자세히 말하지는 않으련다.

라즈니쉬의 정식 제자가 되기 전, 나는 그의 강의를 여러 차례 들으면서 일주일에 걸쳐 그와의 개인적인 회견이라고 할 수 있는 저녁 다르샨에 참가했다. 그는 여느 강의 때와 마찬가지로 다르샨 때에도 의자 깊숙이 앉은 채로 사람들과 대화를 나눈다. 떨리는 가슴으로 참석한 그 첫 다르샨에서 나는 그에게 말했다.

"저는 한국에서 왔으며 뉴욕에서 무용가 생활을 했습니다. 지금은 무용을 계속해야 할지 그것을 버려야 할지 회의에 빠져 있습니다."

나는 사실, 위대한 스승을 만났으니 인생의 커다란 문제들, 그리고 구도의 길에 관한 엄청난 질문들을 해서 그 대답을 듣고 싶었다. 그러나 뭐라고 표현할 수 없는, 그에게 감돌고 있는 위엄과 성스러움, 지혜의 커다란 힘 앞에서 그만 기가 꺾여 모든 것을 까맣게, 아득히 잊어버렸다. 겨우 떠올린 질문이 그것이었다.

"음, 그래? 무용가라고?"

그는 잠시 진지한 눈빛으로 나를 보았다. 나는 그의 광채를 뿜는 듯한 큰 눈을 마주 보고 있을 수가 없었다. 무슨 죄라도 지은 사람처럼 자꾸만 고개가 숙어졌고 바닥에 납작 엎드려 버리고 싶은 심정이 되었다. 그의 목소리가 들렸다.

"어떤 움직임이라도 좋으니 한번 해 보라."

얼떨떨한 느낌과 함께 어떤 거역할 수 없는 기운을 느꼈다. 언어보다 동작이 더 자유스러운 나에겐 어쩌면 다행스러운 요구였다. 생각 같은 것은 하고 있을 여유가 없었다. 나는 무심히 손으로부터 팔, 어깨, 가슴, 드디어 온몸을 앉은 채로 천천히 움직여 보였다.

라즈니쉬는 큰 숨을 쉬었다.

"됐다. 너는 무용을 그만두어선 안 된다. 나는 네 팔과 다리의 아름다움을 보려고 한 것이 아니었다. 나는 네 동작의 아름다움을 보려고 한 것이 아니었다. 나는 다만 네가 얼마나 춤 속에서 스스로 사라져 버릴 수 있는가를 보려고 했던 것이다. 너는 타고난 무용가다. 결코 무용을 중단해선 안 된다. 계속하라. 너에겐 춤이 곧 구도의 길이 될 것이다. 너는 그 길을 통하여 깨달음으로 가야 한다."

그는 춤을, 무용가를 좋아했다. 그는 모든 예술 중에서 가장 순수한 예술이 춤이라고 하였다. 그의 말은 짧았지만 그 커다란 깨우침이 나를 뒤흔들어 놓았다.

춤을 추는 순간 나는 사라진다. 춤은 보이지만 춤추는 자는 사라지는 것이다. 그리고 보는 자의 영혼에만 가닿을 뿐 그 흔적은 남지 않는다. 그 춤이 나의 것이라고 자아를 내세울 수는 없다. 자아를 내세운다면 그 전에 춤이 사라져 버릴 것이다……

나는 그로부터 앞으로 일주일간 매일 다르샨에 참석할 수 있다는 허락을 얻었다. 그것은 특혜였다. 다르샨에 참석할 기회를 얻기가 까다롭기도 하거니와, 아직 정식 제자가 아닌 사람에게는 고작해야 한 차례 정도가 허용될 뿐이기 때문이었다. 두 번째 다르샨이 있던 저녁, 나는 그를 위해 밤새워 준비한 춤을 추었다. 나의 춤은 무언으로 표현하는 감사의 마음이었다. 라즈니쉬를 포함하여 10여 명의 사람들이 관객이었다. 아니, 거기에 관객은 없었다.

라즈니쉬 아쉬람의 거의 모든 명상 음악을 작곡한 독일인 음악가 도이터(Deuter)가 나의 춤을 위해 피리를 불어 주었다. 나의 손은 무게를 느낄 정도로 조용히, 그리고 천천히 위로 올라가고 동시에 고개는 땅을 향하여 떨어지고 있었다. 그것은 그에게 완전히 항복한 내 몸의 언어였다. 10분 정도의 짧은 춤이었지만 나는 아마도 지금껏 이 순간을 위하여 춤을 연마했나 보다 싶을 만큼 진정으로 춤추었다. 내 혀는 그것을 몰라도 내 춤은 나의 깊은 의식의 흐름을 알고 있었다. 나는 나의 전부를, 나의 과거와 현재와 미래를 송두리째 바치는 듯한 춤을 추었다. 끊임없이 관객을 의식하면서 춤을 추어온 나였건만, 그때 내 의식 속엔 관객이 없었다. 그리고 나도 없었다.

춤이 끝났을 때 라즈니쉬는 나에게 시선을 고정한 채, 무언가 심각하다는 표정으로 '음' 소리를 냈다.

"푸나로 오라. 이 도시에는 인도 음악과 무용의 훌륭한 선생들이 있다. 무용을 계속하겠다면 여기서 무용을 공부하면서 나의 산야신이 되어 살기 바란다."

그의 산야신이 된다는 것은 세속에서 지니고 있던 나의 모든 것을 버려야 하는 것이었다. 며칠 동안 많이 망설였다. 그러나 결국 나는 그의 산야신이 되었다. 1976년 7월 26일이었다. 그날, 그는 나에게 '마 푸렘 바티야(Ma Purem Batya)'라는 새로운 이름과 함께 계(戒)를 내려 주었다. 푸렘은 사랑을, 바티야는 회오리바람을 뜻했다. 종이에 적어온 계를 몸소 찬찬히 읽어 주던 그의 그윽한 음성을 나는 평생토록 잊지 못할 것이다.

"……그대는 완전히 죽었다가 다시 살아나지 않으면 안 된다. 기억하라, 사랑의 회오리바람을. 삶의 에너지가 그대를 사로잡는 대로 따라가거라.

노래 부르고자 하는가? 그러나 그대 자신이 노래해서는 결코 안 된다. 삶의 펄펄 끓는 에너지가 그대를 통해서 노래로 흘러나오게 하라. 춤추고자 하는가? 그러나 그대 자신이 춤춰서는 결코 안 된다. 삶의, 이 야생의 에너지가 그대를 통해서 춤으로 흘러나오도록 해야 한다. 이것이 바로 참된 종교의 길이요, 구도자의 자세인 것이다. 이것이 바로 삶의 충만이며 영원의 세계에 사는 것이다.

바티야, 삶의, 이 야생의 에너지가 어디로 그대 자신을 이끌고 갈지 그 누구도 알지 못한다. 그대의 동작은 이제 순수한 움직임으로 바뀐다. 여긴 어떤 목적도 없다. 오직 순수한 법열과 에너지의 충만이 있을 뿐이다……."

나는 벅찬 심정으로 그 말을 듣고 있었다. 그리고 그것은 내 몸속으로 흘러들어와 그대로 내 몸의 일부가 되어 버렸다.

라즈니쉬를 만난 이후 나는 춤에 대한 개념을 완전히 다시 생각하게 되었다. 그는 춤에 대하여 아직까지 아무도 들려주지 못했던 위대한 이야기들로 나를 일깨워 주었다. 그는 춤을 떠나려던 나에게, 춤이 무엇인지도 모른 채 마냥 추기만 하던 나에게 춤을 새로이 일깨워 준 것이다.

차츰 모든 것이 분명하게 보이기 시작했다. 나는 많은 춤을 보았고 많은 춤을 직접 추었다. 그중에는 감동이 진하게 전달되는 작품도 있었고, 그렇지 못한 작품, 심지어는 불쾌감마저 주는 작품도 있었다. 이들을 갈라놓는 것은 바로 '에고'의 있고 없음이라는 것을 나는 이제 명확히 보게 된 것이다.

춤은 무엇을 증명하거나 제시하기 위하여 추는 것이 아니다. 춤은 등의 아름다운 선을 자랑하고 팔다리의 기교를 과시하기 위한 것이 아니다. 무엇을 보여 주겠다는 의지가 강해질수록 춤은 보이지 않고 춤추는 자의 몸만 보인다. 보이는 것은 춤이 아니라 '내가 여기에 있으니 나를 보아 주세요.' 하고 말하는 사람인 것이다. 그런 춤은 보는 이를 괴롭힐 뿐이다. 그것은 춤이 아니다.

하나의 무용 작품이 무대에 오른다는 것은 엄청난 고통의 합계라는 것을 나 자신도 너무 잘 안다. 몸을 혹사시킨다는 말이 꼭 어울리는 육체 단련은 말할 나위도 없고, 조명과 의상, 음악, 장치 등에서 각 방면의 담당자들과 세부 사항의 완전한 합의를 보기까지 치러야 하는 갈등 또한 엄청나다. 거기에 또 개개의 무용수들 간에 호흡이 일치해야 한다. 그리하여 공연을 하루나 이틀쯤 앞두고 하는 최종적인 무대 연습이란! 그것은 문자 그대로 전쟁이다. 초조함이 연습 무대를 격전장으로 만들어 버린다. 이처럼 과정에 들이는 각고의 힘과 노력에 비하면 무대에서 춤추는 시간은 너무도 짧다. 순간을 위해 그렇게도 힘겨운 싸움들을 하며 어렵사리 끌고 왔는데, 막상 그 순간에, 있어야 할 춤은 없고 사람들만 있다? 고생이 다 무슨 소용인가.

이제 나의 춤은 완전한 '자기 없음'이 되어야 한다. 관객을 의식해서도 안 된다. 자아를 의식해서도 안 된다. 오직 순수한 에너지의 흐름만이 몸에 실려 저 영원의 율동으로 남게 해야 한다. 그것은 곧 무아(無我)의 상태다. 무아의 상태는 인간이 경험할 수 있는 가장 큰 자유의 상태다. 춤은 그 자유로 가는 길을 제공해 준다. 춤추는 자와 보는 자 사이에 말없이 흐르는 저 감동은 바로 자기를 완전히 놓아 버린 자유의 희열을 교감하는 데서 오는 것이다.

나는 춤을 다시 생각했다. 파도처럼 순간적으로 엄습해 왔다가 사라지고 또 멀리 퍼지는 에너지, 그것이 나의 춤이다. 그 에너지와 더불어 나의 몸을 움직이는 것, 그것이 춤이다.

나는 춤의 소리를 듣는다. 그것은 이 몸을 통하여 오는 신의 소리다. 나는 사라지고 신의 소리가 흐르는 것이다. 나의 팔이 올라가고 있지만 내가 그것을 움직이는 것이 아니다. 나는 나의 움직임을 지배하지 않는다. 신이 그 움직임을 지배하도록 나는 다만 그 신을 불러들일 뿐이다. 신이 내 속으로 들어온다. 마침내 나는 신이 되는 것이다. 신의 소리는 다시 멀리 퍼진다. 바람처럼 파도처럼 에너지로서 흔적도 없이 그렇게 사라진다. 춤추는 자는 사라지고 춤만이 남는다. 시간과 공간을 초월한 이 순간이 바로 신의 순간이 아닌가.

그러나 신을 불러들이기 위해선 먼저 죽여야 할 게 하나 있었다. 에고였다. '나'라고 하는 존재의 집은 너무나 좁아서 신과 에고, 둘이 한꺼번에 들어설 수는 없기 때문이다. 라즈니쉬 곁에서 보낸 2년 가까운 세월은 바로 그 에고를 부수고 죽이는, 그리고 언제 그것이 되살아나더라도 죽일 수 있도록 연습을 해 두는 기간이었다. 그의 말대로 나는 완전히 죽었다가 다시 깨어났다. 그리고 그의 철학을 내 몸에 심었던 그 세월 동안 언제나 내 구도의 중심은 춤이었다. 그는 말했었다.

"춤의 신비, 춤의 순수, 춤의 자유, 그것이 너의 길이다."

그 길을 가던 나는, 다시 그 길을 가기 위해, 마침내 라즈니쉬를 떠났다. 그리고 인도를 떠났다. 인도를 떠나기 전 나에게는 또 한 분의 스승이 있었지만 나는 그 또한 떠났다. 니사가다타 마하라지. 그는 인생이 환영임을 절실히 깨닫게 해 주었다. 그리고 어차피 환영인 이 삶, 스스로가 영원한 큰 생명의 한 부분임을 깨닫기만 한다면 세상으로 나아가 무엇이 되어도 좋다고 하면서 그는 나의 영혼을 떠밀어 주었다. 인도, 인도에 있던 스승들, 그리고 인도에서의 나, 이 모든 것이 나에게 벅차게 안겨 준 인생의 해답을 소중히 끌어안고 나는 1979년 뉴욕 한복판으로 다시 돌아왔다. 절제하지 않은 고행과 순례로 내 육신은 다시 걸을 수 있을지조차 알 수 없는 진짜 병자가 되어 있었지만, 내 영혼은 그 어느 때보다도 고결해져 있었다.

인도에서 돌아온 그해, 뉴욕에서 이사도라 덩컨의 하나 남은 마지막 수양딸 테레사 덩컨(Theresa Duncan)의 무용 공연이 있었다. 그녀는 막 83세를 맞았었다. 그녀의 춤이 시작되었을 때 나는 눈물이 터져 나올 듯 가슴이 아팠다. 그녀의 몸은 이미 쇠퇴하여 걸음의 중심조차 분명해 보이지 않았다. 겨드랑 밑 팔뚝 살과 허벅다리의 살은 몇 겹으로 축축 늘어져 너덜거리고 있었다. 얼굴을 비롯한 목과 온몸은 가늘고 굵은 주름투성이였다. 그녀가 춤추는 동안, 나는 춤만이 일생 동안 그녀의 구세주였고 춤만이 일생 동안 그녀의 종교였음을 읽을 수 있었다.

고개를 숙인 채 느릿느릿 팔을 들어 올리는 그 모습, 천천히 발을 옮겨 놓는 그 모습. 시간과 움직임이 흐르자, 어느덧 노추(老醜)한 육신은 자취 없이 사라지고 이윽고 춤만이 아름답게 남아 나의 가슴을 빼앗아 가고 있었다.

무용이 끝난 후 나는 무대 뒤로 그녀를 찾아갔다. 그리고 언젠가 낯 모르는 서양인들이 나에게 그랬던 것처럼 말없이 그녀를 껴안았다. 이 순간, 우리 사이에 무엇이 흐르고 있는지 나는 이제 분명히 알고 있었다. 잠깐이었지만, 거기엔 이대로 이 밤이 흘러가 버렸으면 하는 영원의 시간이 있었다. 테레사 덩컨, 그녀는 한때 나에게 무용을 지도해 주던 스승이기도 하다. 여덟 살 나던 해 이사도라에게 선발되고 그녀의 수양딸이 되어 집을 떠난 지 20년 만에야 자기 집으로 돌아갈 수 있었던 사람, 그녀는 일생을 이사도라의 춤과 정신 속에서 살았다. 이윽고 우리는 팔을 풀고 서로를 보았다. 그녀는 더듬더듬 말했다.

"당신네 나라, 한국에 가서도 난 이사도라의 춤을 추고 싶다. 그리고 중국에 가서도 이사도라의 춤을 추고 싶다. 나는 죽을 때까지 세계 곳곳으로 가고 또 가서, 이 위대한 이사도라의 춤을 전하고 싶다. 나에겐 시간이 얼마 남지 않았지만."

눈물 맺힌 그녀의 눈은 소녀의 그것처럼 빛나고 있었다.

"물론 그래야지요. 곧 그런 날이 올 것입니다."

위로의 말이었지만 나의 말에는 그런 확신도 실려 있었다. 그녀의 눈이 더 크게 반짝였다. 잠시 후 사람들이 들이닥쳤다. 그녀가 흥분된 마음으로 이 사람 저 사람을 안는 모습을 뒤로 보면서 나는 객석으로 돌아 나왔다. 떠들썩한 분위기는 사라지고 사람들이 모두 떠난 텅 빈 객석. 나는 어둑한 무대를 바라보며 얼마간 그 자리에 조용히 앉아 있고 싶었다.

눈이 오나 비가 오나 꾸준히 계속하는 그 모습, 그것은 신앙심의 경지에 이른다……. 나에게도 이제 춤은 종교와 같은 것. 나는 이제 구도심을 안고 춤의 세계 한가운데로 돌아왔다. 내가 80세 되는 날을 기다릴 이유도 없지만, 그때가 오는 것을 두려워할 것도 없다. 그때가 오더라도 나 또한 저렇게 순수하게 춤추고 있으리라. 인생은 결코 길지도 짧지도 않은 거니까……. 철없이 나의 춤만이 진짜 춤이라고 교만을 부렸던 어린 날이 새삼 부끄러워진다. 춤을 시작했던 시절로부터의 일들이 눈앞을 스쳐 지나갔다.

"당신은 이곳이 좋은 모양인데 나하고 직업을 바꾸겠소?"

문득 말소리에 놀라 고개를 돌려 보니 옆에서 늙은 극장 수위가 열쇠 꾸러미를 흔들어 보였다. 내가 너무 오래 있었던 모양이다. 묵묵히 극장을 빠져 나오니 밤이 이슥해져 있었다.

나는 춤에 대한 자세를 완전히 바꾸었다. 춤에 대한 확고한 의식이 있었고, 이제 회의나 갈등 같은 것은 없었다. 나는 드디어 춤과 자유롭게 만나고 있었던 것이다. 춤추는 나의 에고가 사라져 순수한 법열의 경지에 들어서지 않으면 나의 춤을 보는 자의 에고도 사라질 수 없다. 그때 우리의 만남은 한 에고와 또 다른 에고의 만남일 뿐 아무것도 아니다. 그런 만남이라면 굳이 춤을 통하지 않아도 지겹도록 많이 이루어지고 있다. 우리가 춤을 통해 서로 만나고자 하는 것은, 평상시에는 이를 수 없는 저 높은 의식의 차원에서 서로 만날 수 있기 때문이다.

그러기 위해서 나는 관객을 의식하지 말아야 했고, 나를 의식하지 말아야 했고, 마침내 춤마저도 의식하지 말아야 했다. 내가 공연을 계속하는 한 완전히 관객을 의식하지 않는다는 것은 숙명적으로 불가능한 일이지만, 과거에 나를 인도를 휘몰았던 그런 갈등이 다시 찾아오진 않았다.

나의 작품은 어느 것이든 궁극적으로 자유에 이르고자 하는 인간의 몸짓이다. 많은 작품 중에서도 그런 몸짓이 에너지로서 가장 순수하게 표출되었던 것은 아마도 1984년에 발표한 「나선형의 대각선(Spiral Stance)」이 아니었을까 싶다. 솔로로 공연했고 나름대로 완성도도 높았다고 생각하는 이 작품은, 한창 구도에 정진하던 한 수녀를 수녀원에서 뛰쳐나오게 만들었다.

어둠이 지배하는 무대 위에서 나는 왼팔로 해골 하나를 내 따뜻한 가슴에 소중히 끌어안고 서 있다. 그뿐이다. 언뜻 보면 그뿐이지만, 그러나 거기엔 작은 움직임이 있다. 내 몸은 바닥에 뿌리를 박은 듯 붙박이로 서서 천천히, 천천히, 마치 여린 봄바람에 꽃대가 흔들리듯이 그렇게 마냥 원을 그리며 흔들린다. 오른팔은 몸의 반대 방향으로 원형을 그리고 그 손끝이 예민하게 춤추고 있다. 내 몸의 움직임은 탄생과 죽음, 탄생과 죽음, 탄생과 죽음……. 변함없이 끝없이 도는 생의 윤회와도 같다. 그 움직임은, 탄생과 죽음이 전부라고 말하지 않는다. 너무나 단조로운 회전의 무한 지속. 그 움직임은 너무나 단조로운 나머지 삶에 의해서도, 죽음에 의해서도 구속받지 않는 한 인간의 움직임으로 그렇게 남는 것이다.

'그것도 춤이냐.'고 말하기 딱 좋은 춤이었다. 실제로 무용의 대가라 할 만한 사람에게서 '꼼짝 않고 한 자리에 서 있기만 하는 그게 무슨 춤이냐?'는 힐난을 듣기도 했다. 그러나 무용을 전혀 모른다 할지라도 삶과 죽음의 문제를 깊이 파고들어 본 사람은 그 춤에 큰 감명을 받았다고 말했다. 「나선형의 대각선」은 받아들이는 사람의 의식에 따라 춤을 만날 수도, 만나지 못할 수도 있는 작품이었다.

그 춤의 관객이었던 한 젊은 수녀도 춤을 모르는 사람이었다. 공연이 끝났을 때 그녀는 내게 다가와 말했다.

"제가 무엇을 느꼈는지 아세요?"

그녀는 처음에 죽음을 느꼈다고 했다. 그러고는 단조로운 그 움직임을 보면서 곧 폭발적인 동작의 변화가 일어나겠지 하는 조마조마한 심정으로 끝까지 기다렸단다. 그러나 춤은 끝내 아무런 변화도 보이지 않고 막을 내렸다.

"그러자 폭발적인 변화는 내 속에서 일어나 버렸어요. 사람들이 당신을 '구도의 춤꾼'이란 말로 부르더니, 정말이지 춤으로 구도가 가능하다는 것을 느꼈어요."

예쁘고 경건한 얼굴의 그녀는 공부도 많이 했고 구도의 길 깊숙이가 있는 사람이었다. 그녀는 나와 많은 이야기를 나누고 싶다고 했고 나도 그러고 싶었다. 그러나 공연 후에는 복잡한 뒷일이 많은 법이다. 나는 그녀에게 내 전화번호를 알려 주면서 다음 기회를 보자고 했다.

며칠 후 그녀에게서 전화가 왔고 우리는 다시 만나게 되었다. 그때 그녀가 나에게 한 질문은 나의 옛날을 생각나게 했다.

"지금 제 나이 스물일곱이에요. 선생님 춤을 보면서 춤으로써 구도가 가능하다는 것을 깨달았어요. 내 마음이 한없이 그쪽으로 가고 있어요. 지금 시작해도 제가 춤을 출 수 있을까요?"

"물론이죠!"

나는 힘주어 말했다.

"더구나 당신은 지금 춤으로 밥벌이를 하겠다는 게 아니잖아요? 직업으로서가 아니라 구도를 위해서라면 스물일곱이 아니라 마흔일곱, 아니 죽기 하루 전이라도 결코 늦었다고 할 수 없죠."

그때 그녀는 결심을 했다. 얼마 후 그녀는 결국 수녀복을 벗고 춤의 길로 들어섰다. 춤을 추기 위해 구태여 수녀 생활을 버릴 것까지는 없었지만, 수녀 생활이란 것이 새벽 6시부터 밤 10시까지 일과가 엄격히 정해져 있고 여러 가지 금제(禁制)가 많다. 그녀의 신앙에 문제가 있는 것 같지는 않았지만 두 가지를 양립시킬 수 없다고 판단한 그녀는 수녀 생활보다는 춤을 통한 구도의 길을 가기로 한 것이다. 역시 인간에게는 어떤 숙명 같은 것이 있나 보다 하는 생각이 들었다.

춤을 통해 구도를 하려고 할 때뿐만이 아니라, 실은 직업적인 무용가가 되려고 할 때도 반드시 나이가 문제 되는 것은 아니다. 무엇을 하는 데 정해진 시간은 없다. 언제부터라도 무엇이든 시작할 수 있다. 나 자신만 해도 20대 후반에 무용을 시작했고 서른이 넘어 데뷔했다. 또 새로운 무엇을 찾아가기엔 너무 늦었다고 모두가 말하는 서른여섯에 인도로 떠났다. 그리고 나이 마흔이 넘어서야 결혼도 하고 아이도 하나 낳았다. 그러나 나 같은 사람은 비교도 안 될 정도의 사람도 많다. 일본인 무용가 가즈오 오노가 바로 그런 사람이다. 가즈오 오노는 1970년대 초 75세의 할아버지로 뉴욕의 라마마 극장을 통해 세계 무대에 데뷔했다. 나는 한국의 《춤》지를 위해 그를 만나 인터뷰한 적이 있는데, 그때 그는 이미 80세가 넘었지만 여전히 왕성한 활동을 계속하고 있었다. 그는 고등학생이었던 시절 일본에 온 아르젠티나라는 브라질 출신의 유명한 여자 무용가의 공연을 보고 춤에 매혹되었다. 그 이후 혼자서 야금야금 남몰래 독습을 하면서 교사 생활을 하다가 만년에 들어서야 자기만의 작품을 무대에 올릴 수 있었다. 그리고 75세 때부터 본격적인 무용가로 활동을 시작해서 결국 성공했던 것이다. '이것이 인생이다.' 하는 생각이 들게 하는 인생 역정이었다. 그를 만났을 때 내 나이 마흔이 넘었지만 나는 아직 '열중쉬엇' 하고 있어도 되겠다 싶었다.

모든 사람이 구도를 위해, 또는 공연을 위해 춤을 출 수는 없다. 그러나 모든 사람은 춤을 출 수 있다. 집에서든 밖에서든, 혼자서든 여럿이서든 모든 사람이 춤을 추었으면 하고 나는 바란다. 춤을 추면 즐거워진다. 즐거워지면 자신과 남에게 사랑을 베풀 수 있는 여유가 생긴다. 그리고 춤은 머리로 추는 것이 아니기에 춤을 통해 생각은 없어지고 움직임만 남는 신선함과 자유를 느낄 수 있게 된다. 춤을 추면서 자신을 만난다면 그땐 많은 것이 달라져 보일 것이다.

　나는 어디에서고, 아무 때고 춤추기를 잘한다. 그런데 유독 그것이 잘 안 되는 곳이 있다. 바로 한국이다. 모이면 춤추고 노래하던 3000년의 전통이 있다고 중국 역사책에 기록되기까지 했던 우리나라인데, 언제부터 이렇게 굳게 무장된 의식이 지배하게 되었을까? 한국에 돌아오면 나도 어느새 그런 환경에 지배를 받고 굳어지는 자신을 발견하고는 '아직 나는 자유롭지 못한 존재로구나.' 하는 것을 절감하게 된다. 젊은 이들에게선 약간 다르다는 느낌을 받곤 하지만, 그들의 춤 역시 어느 한정된 공간에 갇혀 있다. 몸을 구속하는 무거운 공기에 나는 답답해진다.

　자유로운 몸의 움직임을 천시해야 할 이유는 없다. 그것을 계속 천시할수록 춤은 퇴폐를 향하여 가게 되어 있다. 그러나 '춤은 신성한 것이다!'라고 나는 부르짖고 싶다. 앞으로 한국 땅에서 내가 춤을 통하여 해야 할 일이 하나 있다면, 그것은 개방된 공간에서 많은 대중과 어우러져 춤 또는 움직이라고 해야 할 무언가를 자연스럽게, 자유롭게 함께 체험해 보는 것이다.

　자연 속으로 돌아오면 나의 몸은 다시 그런 무거운 공기로부터 해방된다. 미국 동부에 마서즈 빈야드라는 아름다운 섬이 있다. 특히 밤의 파도 소리가 유난했다. 밤에 모래밭을 거닐 때, 또는 눕거나 앉아서 파도 소리를 듣고 있노라면, 아무것도 아닌 내 존재가 느껴지곤 했다. 흡사 찰나의 파도 소리와 같이 금방 일었다 이내 사라지는 아무것도 아닌 내 존재에 대해 밤이면 늘 생각을 했다. 그리고 파도 소리를 들으며 잠들 수 있는 곳, 그런 곳에 살고 싶다는 생각이 들었다.

그곳에서는 「야드(Yard) 여름 무용제」라고 해서 매년 여름만 되면 무용가들이 모여, 먹고 자고 연습하고 작품을 만드는 행사가 열린다. 나도 몇 번 안무가로 초대되어 그곳에 간 적이 있는데 그곳에서는 일정한 시간만 되면 무슨 일을 하다가도 춤을 추도록 되어 있었다. 그러나 나는 정해진 그 순간뿐만이 아니라 24시간 모든 행동에 춤을 담고 살았다. 그곳의 자연이 나에게 모든 것을 훌훌 벗어 놓게 했기 때문이다. 거기서 만난 다이애나라는 한 무용가가 이런 말을 했다.

"내가 만일 부자였다면 당신을 통째로 사 버렸을 거야. 그리고 우리 집에 살게 하면서 하루 종일 그 춤추는 모습을 보면서 살았을 거야."

그녀가 가난했기에 다행이었다. 언젠가 어떤 이는 나를 조그만 인형만 하게 만들어서 호주머니에 넣고 다니다가 생각나면 꺼내 보고 싶다고 말하더니…….

마서즈 빈야드에서처럼 이곳 빅 아일랜드에서도 나는 모든 것을 벗어 놓는다. 그리고 언제고 일어서서 저 파도 소리를 향하여 나아갈 수 있다. 여기 이 순간을 놓치고 싶지 않다. 이곳에선 탄생과 죽음이 다 눈앞에 보인다. 생명이 끓어 넘치고 있으며, 또 그것의 죽음이 있다. 검게 굳은 용암, 그리고 한쪽에선 새로이 일어나는 화산.

해변의 한쪽 끝으로 가면 하늘을 떠받치고 있는 수십 미터의 거대한 수증기 기둥을 볼 수 있다. 땅끝이 토해 놓는 뜨거운 용암과 차디찬 바닷물이 만나면서 이루어진 거대한 수증기 기둥이 언제나 하늘을 찌르고 있다. 그 가까이 다가가면 쉭쉭거리는 대지의 흥분과 안개처럼 흩어지는 바다의 거친 호흡을 느끼게 된다. 다시 보름달이 솟는 밤, 그곳에 가서 밤을 보내고 싶다. 그곳에 가서 검은 모래를 밟으며 춤추고 노래하고 싶다. 나는 많은 무대에 섰었지만, 나의 마지막 무대는 결국 자연이 아니겠는가.

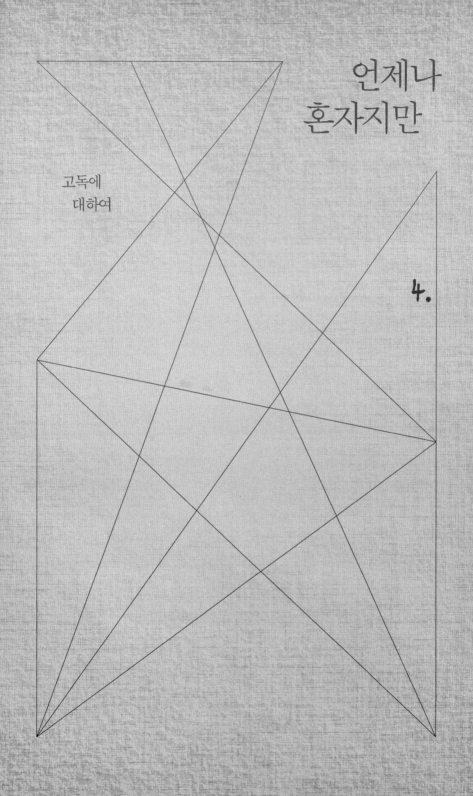

언제나
혼자지만

고독에
대하여

4.

지금은 오히려 진정한 혼자됨을 위하여

나는 이렇게 스스로 찾아왔다.

이곳 정글에서 나는 24시간 혼자다.

이렇게 언제나 혼자지만

외로움을 결코 느끼지는 않는다.

혼자인 상태를 두려워하지도 않는다.

오히려 큰 축복과 행복을 느낄 뿐이다.

드디어 나는 뉴욕의 하이너에게 전화를 했다. 하이너는 작곡가이면서 레코드 제작을 함께 하고 있는 사람이다. 나는, 며칠 후에 정글을 떠나 뉴욕에 가기로 했던 예정을 좀 더 미루기로 했다. 그와 나는 내 특유의 '소리'를 함께 녹음하기로 했었다. 그런데 나는 이곳에 좀 더 남았다가 다시 보름달이 돋는 밤에 해변으로 가서 호젓하게 하룻밤을 보내고 싶어졌고, 녹음 작업이 그것보다 급할 게 하나도 없다는 생각을 하게 된 것이다. 항상 어디론가 떠나는 생활을 하니 언제 다시 여기 보름날 밤의 해변을 보게 될지 기약할 수도 없지 않은가. 더욱이 오랜만에 롭상 타시(Lobsang Tashi)가 찾아오겠다고 연락해 오기도 했던 것이다.

나는 이곳 정글에서 24시간 나 혼자다. 이렇게 나는 언제나 혼자지만 이런 상태에서 외로움은 결코 느끼지 않는다. 혼자인 이 상태를 두려워하지도 않는다. 오히려 큰 행복을 느낀다. 쏟아지는 햇빛과 하루에도 몇 차례씩 내리는 비, 새소리, 바람, 그리고 숲의 푸르름이 언제나 내 곁에 다가와 앉지만, 그것들이 나 혼자만의 상태를 방해하진 않는다. 타시도 바로 그것들과 똑같은 사람이다.

타시는 금발 머리에 신비로운 파란 눈을 한 30대 중반쯤 된 남자다. 나는 그의 이력을 자세히 알지 못하지만 그와 나는 친구가 되었다. 14년 전, 이 섬으로 와 필리핀 출신 이민들이 주로 모여 사는 가난한 해변 마을에 집을 마련한 그는, 나와 마찬가지로 '떠돌이' 생활을 하고 있다. 그는 별로 유명하진 않지만 유럽에 진출해서 행위 예술을 한다고 했다. 그러나 내가 보기엔 카운슬링이나 명상 지도가 더 주된 일 같다. 그가 이 섬에 머무르는 것도 아마 1년에 서너 달쯤 될까. 그나 나나 불규칙하게 이 섬을 찾아오기 때문에 두 사람이 만나기란 무척 드문 일이고 항상 예정에 없던 일이다.

그로부터 전화가 왔었다.

"신자, 당신이 와 있을 것 같았어."

"와, 당신도 와 있었어?"

"당장 갈 테니 꼼짝 말고 있어."

부릉, 자동차 소리가 볼케이노 정글의 집 앞마당을 울린다. 나는 창문을 내다본다. 수풀 사이로 지프차 한 대가 멈춰 서고 노랑머리가 언뜻 보인다. 그가 왔다. 나는 문을 열고 나가 그를 향해 팔을 벌렸다. 그도 저쪽에서 팔을 벌리며 걸어오고 있다. 그를 볼 때마다 느끼는 것이지만, 아마 세상에 이처럼 남성과 여성의 구별이 없어진 몸매를 하고 있는 사람도 드물 것이다. 그를 처음 보았을 때는 어린아이 같다고, 천사 같다고 느꼈었다. 이 섬에는 아직 누드 비치가 남아 있는데, 언젠가 나는 그와 함께 그곳으로 가서 알몸으로 한나절을 지내 보기도 했지만 그에게서 남성을 느낄 수는 없었다.

우리는 포옹으로 인사를 나누고 잡담을 늘어놓기 시작했다. 막 수영을 하고 온 참인지 발갛게 그을린 얼굴이 반짝거렸다. 그는 며칠 전에 섬으로 돌아왔다고 했다.

"운이 좋았군. 난 얼마 안 있어 여길 떠나려고 했는데."

"또 공연이 있군그래. 날짜가 잡혔어?"

내가 날짜를 알려 주자 그는 늘 품고 다니는 수첩을 꺼냈다. 그리고 별자리를 그린 지도를 바닥에 펼쳐 놓았다. 수첩에 깨알처럼 인쇄된 역년표를 손으로 짚어 가며 대조하더니 이윽고 설명을 시작했다. 이때는 무슨 별의 영향을 받는 시기여서 사람과 사람의 커뮤니케이션이 어쩌고⋯⋯. 그는 점성학에 조예가 깊다. 그는 열을 올리지만 나는 그것이 무슨 말인지 알아들을 수가 없었다. 귓등으로 듣다가 결론을 재촉했다.

"그래서 도대체 좋다는 거야, 나쁘다는 거야?"

그는 자기가 들여다보던 것을 한번 쓱 보고는 말했다.

"좋기도 하고 나쁘기도 하다는 거지. 공연은 엄청나게 성공적이겠지만 돈은 하나도 못 벌 거야."

나는 하하 웃고 말았다. 그걸 별한테 물어봐야 아나? 나는 항상 알고 있는 것인데……. 나는 농담을 던졌다.

"완전히 정반대로 될 수 있는 날짜를 좀 뽑아 줘, 빨리."

우리의 대화는 잡담에서 예술, 성(性), 명상에 대한 토론으로 옮겨 갔다. 그러다가 우리는 오두막과 오두막 사이에 세운 스튜디오로 들어섰다. 그는 나의 스튜디오를 명상 장소로 곧잘 빌려 쓰곤 했다. 나는 나대로 소리를 지르면서 명상을 하고, 저는 저대로 앉아서 묵상을 하기 시작했다.

롭상 타시라는 이상한 이름은 그의 본명이 아니다. 그의 본명은 앨버트인지 프레더릭인지 듣긴 들었는데 잊어버리고 말았다. 롭상 타시란 이름은 티베트에서 망명 온 어느 라마승이 붙여 준 티베트식 이름이고, 타시는 그에게서 티베트 불교와 명상을 공부한 뒤 모든 것이 변했다.

구도와 명상의 세계를 아는 그였기에, 1984년 이곳에서 가졌던 나의 공연을 처음 보는 순간 나에게 완전히 매료되고 말았던 것이다. 그때부터 우리는 친구가 되었다.

나는 소리 지르기를 멈췄다. 그도 묵상에서 깨어났다. 나는 그에게 말했다.

"타시, 오는 보름날 밤에 나를 블랙 샌드 비치로 좀 실어다 줘."

"목요일만 아니면."

매주 목요일이면 그는 전화 코드를 뽑아 버리고 커튼을 내린 채 하루 종일 앉아서 인도의 요기처럼 명상만 한다. 그날은 음식도 먹지 않고 물만 마신다. 언제부터 그래 왔는지는 모르지만 그것이 그의 생활이다. 다행히 보름날은 목요일이 아니었다.

　바닷가에는 서서히 어둠이 깔리고 있었다. 바람에 스치는 야자수 잎
이 속삭이는 소리를 내고 있었다. 칙칙거리며 치솟고 있는 은빛의 거
대한 수증기 기둥이 멀리 보였다. 검은 하늘은 단지 그 수증기 기둥에
의해서만 지탱되고 있는 것 같았다. 나는 철썩이는 파도 소리를 한순
간도 놓치지 않겠다는 듯이 귀 기울여 들으며 검은 모래를 밟고 서 있
었다. 타시는 차에서 침낭을 내려 들고 오고 있었다. 나는 검은 바다를
향하여 노래를 불렀다. 나의 노래는 물론 가사도 없고 온몸을 뒤트는
절규 같은 것이지만 이 바다와 잘 어울린다. 노랫소리는 파도 소리와
씨름하다 이윽고 그 속에 휩쓸려 버린다.

　보름달이 떠올랐다. 수증기 기둥은 더욱 신비로운 은빛이 되었고 더
욱 힘차게 솟는 듯하다. 나는 반짝이는 검은 모래 위를 맨발로 걸어가
며 춤을 추었다. 내 몸에서 춤이 일어났으니 내키는 대로 그 춤을 따라
가다 보면 꽤나 긴 시간이 흐르겠지만, 그동안 타시가 따분해할까 봐
걱정하지는 않아도 된다. 이 바닷가로 함께 오자고 청한 것은 나였지
만 그에게 부담 같은 것은 전혀 느낄 필요가 없다. 이 자연 속에서 저
는 저대로 할 일이 있을 것이다. 마치 이 반짝이는 검은 모래처럼, 저
파도처럼, 달처럼, 그도 또한 이 순간의 자기 할 일을 알고 있는 사람이
다. 우리는 이곳에 같이 있되 서로를 방해하지 않는다. 나는 춤만 추면
된다. 걱정할 것은 아무것도 없다.

　내 크나큰 동경의 바다는 하염없이 철썩이고 달빛은 검은 모래 위

로 우주의 음악을 실어 나른다. 관념을 벗어난 시간은 이미 정지해 버렸다. 모래에 스민 습기가 발에 차이는 것을 느끼며 나는 비로소 내 춤이 끝났음을 알아차린다. 저쪽으로 타시가 두 개의 침낭을 나란히 펴 놓은 채 석상처럼 앉아 묵묵히 바다를 응시하고 있는 모습이 보였다. 나는 그쪽으로 가서 내 침낭 위에 앉았다. 그가 보고 있는 것은 수증기 기둥이었다. 나는 그에게 말을 건넸다.

"저쪽에 가 본 적 있어?"

"물론이지. 저 수증기 기둥을 만져 보기까지 한걸."

앞에서 말한 대로 그 수증기 기둥은 끓고 있는 용암이 차가운 바닷물 속으로 뛰어들면서 일어나는 것이다. 그곳에 가까이 가기 위해선 용암이 굳어 이루어진 넓은 벌판을 걸어 들어가야 한다. 그 벌판을 어느 정도 걸어가다 보면 더 이상 들어가지 말라는 경고 표지판이 나타난다. 지금 밟고 서 있는 이 벌판이 탄탄한 대지로 느껴지겠지만, 실은 불과 몇 미터 아래에 용암이 들끓고 있으며, 단지 벌판은 그 위에 불안정하게 떠 있는 껍질일 뿐이라는 것을 글과 그림으로 잘 보여 주고 있다. 강 위의 얼음처럼 언제 쩍 갈라져 떠돌게 될지 모르는 것이다. 세상에 미련이 많은 사람은 거기서 돌아 나와야 한다.

나는 몇 번이나 그 너머로 가서 수증기 기둥을 가까이에서 보고 왔다. 그 위험 표지판을 마음에 잘 새긴 다음 그 안으로 들어서면 한 걸음 한 걸음마다 삶과 죽음을 절실히 느낄 수 있다. 벌판 곳곳의 균열된 틈에는 누런 유황 가루가 그을음처럼 앉아 있다. 그 틈에 손을 대 보면 지하로부터 뜨거운 열기가 훅훅 끼쳐 나오는 것을 느낄 수 있다.

수증기 기둥 바로 아래에 다가서면 그것이 뭉게구름 같다는 것을 절감하게 된다. 실제로 방금 수증기로 솟아올랐던 수분이 응결되어 비처럼 아래로 내린다. 나는 그 아래에 얼굴이 촉촉이 젖을 때까지 서 있곤 했다. 바다와 만나고 있는 붉은 지옥의 입구를 말없이 바라보면서……

타시와 나는 이 섬의 아름다움에 관한 이야기와 우리들 떠도는 인생에 관한 이야기로 밤이 깊어지는 줄을 잊어버린다. 달빛과 별빛에 젖어, 남국의 훈풍에 젖어, 그리고 파도 소리에 젖어 그렇게 밤이 깊어 가는 줄을 모르다가 어느새 스르르 잠들어 버리는 것이다. 그러다가 햇빛이 얼굴을 핥으면, 정글 속의 내 집으로 돌아가는 것조차 무의미하게 느껴지는 바닷가의 신선한 아침이 되어 있는 것이다.

이튿날 아침 타시는 나를 정글로 태워다 주고 언제나 그랬듯이 기약도 없이 사라졌다. 나는 다시 혼자가 되었다. 그는 내가 혼자 누리는 이 시간을 깨뜨리지 않기 위해 잠시 바람처럼 조심스럽게 다가왔다가 그렇게 사라져 버렸다.

혼자만의 상태를 두려워하고 그것을 견디지 못하는 사람들을 나는 많이 보았다. 고독을 병으로 앓고 있는 사람들이다. 특히나 뉴욕은 사랑이 모자라는 도시여서 그런지, 거기에선 그런 사람보다 그렇지 않은 사람을 만나기가 더 어려웠다.

내가 아는 사람 중에는 이런 사람이 있었다. 그는 그림 공부를 하겠다고 비장한 각오로 객지에 나와 있는 사람이었는데 외로움을 못 견디어 몸까지 야위어 갔다. 그는 매일 밤 아파트에 도착하면, 아무도 없는 줄 뻔히 알면서 벨을 누른 다음 "여보!" 하고 소리쳐 부르며 들어간다고 했다. 싸늘한 아파트에 그냥 들어갈 수가 없어서다. 그리고 그날 있었던 일을 벽을 향해서라도 중얼중얼 지껄이지 않으면 잠을 잘 수가 없다고 했다. 그의 집에는 밤새 TV가 켜져 있어야 했다.

그런가 하면 이런 사람도 있었다. 그는 한국에서 온 소설가였다. 오래전부터 미국 여행을 꿈꾸어 왔던 그에게 한 언론사가 한 달 동안의 체재 경비를 제공하며 여행의 기회를 주었다. 하도 설레어서 며칠 잠을 설치고 비행기에 올랐는데, 그 순간부터 처자식이 생각나 못 견디겠더란다. 비행기는 미국으로 가고 마음은 한국으로 가고 있었던 것이다. 그는 미국에 도착하자마자 다음 비행기로 돌아가고 싶어 했다. 밤에 잠도 오지 않고, 미국이 아니라 천국이라도 눈에 들어오지 않을 지경이 되었다. 보내 준 측의 성의를 생각해서 길지도 않은 기간이니 며칠이라도 더 있어야겠는데 순간순간이 괴롭기만 하다는 것이었다.

"내가 무슨 유난스러운 애처가도, 자식만 생각하는 놈도 아니었는데 말이야. 이거 어떻게 된 건지……."

외로움을 견디다 못해 그는 결국 일주일을 간신히 넘기고 처자식이 기다리는 고국으로 돌아갔다.

그런 사람이 수도 없이 많았지만, 우연히 만나 친구가 된 어떤 할머니의 경우는 좀 특별했다. 나는 그녀를 생각하면 우습기도 하고 울적해지기도 한다.

딸 희를 낳은 지 3개월쯤 되었을 무렵이다. 아기를 안고 뉴욕의 업타운으로 가는 버스를 탔는데 그 버스 안에서 굉장히 멋있는 은발의 80

대 할머니를 보게 되었다. 참 곱게 늙었다는 생각을 하며 나는 그녀를 자꾸 보게 되었고, 그녀는 우리 아기가 보고 싶어선지 자꾸 나를 보았다. 그렇게 마주 보다가 우리는 서로 웃음을 보냈다. 우연히도 우리는 내리는 정거장이 같았다.

그 할머니가 청하는 바람에 우리는 커피숍에 들어가 앉게 되었고, 나는 그녀의 간단한 이력을 들었다. 그녀는 배우였다. TV에도 자주 나오고 영화에도 다수 출연했다. 80세를 넘긴 그 무렵에도 아직 배우 생활을 포기하지 않고 배역을 찾아 돌아다니고 있는 중이란다. 이런저런 이야기를 꽤 오래 주고받다가 그녀가 물었다.

"근데 아까 왜 나를 그렇게 쳐다보고 있었지?"

"하도 아름다워서요. 근데 당신은 왜 그랬죠?"

"하도 아름다워서."

우리는 그런 말을 하면서 크게 웃었다. 그리고 다시 만나자는 약속까지 하고 헤어졌다.

며칠 후 나는 초대에 응해 그녀의 집을 방문하게 되었다. 그녀는 조용한 아파트에 혼자 살고 있었다. 그녀는 많은 사진과 풍성한 이야기로 찬란했던 자신의 역사를 보여 주었다. 분명 찬란한 역사이긴 했지만 다소 과장도 없지 않았다. 그녀는 자신이 프로모터가 되어 내 TV 출연을 추진하겠다는 등의 말을 했다.

나에 대해 무척 호의적인 관심을 보이며, 수시로 점심을 사 주고, 또 나의 공연이 있을 때면 큰 샴페인을 들고 나타나기도 했다. 그런 관계가 1년가량 지속되었다. 그러다가 내 쪽에서 꽤 오래 연락을 끊고 지내게 되었다. 우선 내가 바쁘기도 했지만, 만날 때마다 늘 똑같은 '찬란한 역사' 이야기에만 매달려서 그것을 계속 들어 준다는 것이 너무 괴로웠기 때문이다. 그녀가 지나치게 나의 환심을 사려고 하는 것도 문제였다.

그러던 어느 날 아침 그녀로부터 전화가 왔다. 아주 다급한 목소리였다.

"아주 중요한 문제가 있어서 꼭 너를 만나야겠어. 이제 내가 살면 얼마나 살겠어? 제발 빨리 우리 집으로 좀 와 줘."

나는 중요한 문제가 도대체 뭐냐고 물었다. 그날 나에게는 해야 할일이 많이 있었기 때문이다. 그러나 그녀는 분명한 대답은 하지 않고 그냥 '굉장히 중요한 문제'라고만 거푸 말해서 내 궁금증만 부풀려 놓았다. 전화를 끊고 그 이야기를 남편에게 했더니 그는 대뜸 이렇게 말했다.

"그 할머니 혹시 부자 아냐?"

"아주 못사는 것 같지는 않았어. 근데 왜?"

그러자 남편이 말했다.

"그럼 어서 가 봐. 그 할머니가 머지않아 죽게 될 것을 예감하고 당신한테 유산을 물려주려고 그러는지도 모르잖아?"

그의 말은 농담이었지만 미국 같은 사회에선 충분히 가능한 이야기였다. 꼭 그런 일이 아니더라도 궁금증이 너무 커져 있어서 나는 그녀에게 가 보아야 할 것 같았다. 외출 준비를 마치고 나서면서 나도 농담을 했다.

"금방 다녀올게. 돈이 생기면 어디에다 쓸지 연구 좀 하고 있어."

"연구할 것도 없어. 돈이 생기면 희야를 데려와야지."

그 한마디에 나의 농담은 빛을 잃고 말았다. 그 몇 개월 전 우리는 딸애를 한국의 시댁에 보내 둔 상태였다. 추상화를 그리는 남편과 전위 무용을 하는 나에게는 고정적인 수입이 없었다. 게다가 그 무렵 나는 컬럼비아 대학원에서 무용학 박사과정을 밟고 있는 중이었다. 학업과 공연을 계속하면서, 파트타임 일거리로 푼돈 벌이에 필사적으로 매달리지 않으면 최저 생활도 유지하기 힘들었다. 그런 상황이었기에 우리는 눈물을 머금고 희야를 한국으로 보내 할머니, 할아버지께 돌봐달라고 해 놓았던 것이다.

어느새 나는 그런 행운이 생기면 좋겠다는 생각까지 하면서 부랴부랴 그 할머니 집을 찾아갔다. 그런데 그녀는 본론은 꺼내지 않고 평소처럼 그 '찬란한 역사'를 한참이나 노래하면서 뜸을 들였다. 그러고는 또, 점심을 먹자, 차를 한 잔 더 하자, 하면서 시간만 보냈다. 그럴 때마다 나는 '중요한 문제'에 대한 이야기를 재촉했지만 그럴수록 그녀는 묘한 웃음만 흘릴 뿐이었다. 이윽고 늦은 오후가 되었을 때 그녀는 서랍에서 뭔가를 꺼내 보여 주었다.

"어제 이것을 샀는데, 장담하지만 당첨 가능성이 90퍼센트야."

그것은 복권이었다. 세상에…… 나는 기가 막혔다. 얼마나 당첨 가능성이 큰지는 몰라도 복권 한 장을 가지고 이렇게 아침부터 하루 종일 사람을 붙들어 놓았단 말인가. 어처구니가 없었다.

"이게 당첨되면 우리에겐 큰돈이 생기는 거야. 그 돈으로 우리 둘이

서 한국의 희야를 만나러 가자."

이런 말을 진지하게 하고 있는 그녀의 눈에서, 나는 어떤 광기와 함께 또 무언가를 읽을 수 있었다. 그것은 지독한 외로움이었다. 그러자 나는 모든 것을 순간적으로 확연히 알 수 있었다. 그녀는 고독을 병으로 앓고 있었던 것이다. 그토록 자신의 '찬란한 역사'에 매달리는 것도, 나에게 환심을 사려는 그 많은 행동들도 모두 그 병의 증상이었다.

나를 좋아하는데 내가 연락도 끊고 만나 주지 않으니 이런 얕은꾀를 짜냈다. 복권 한 장을 중요한 일이나 되는 것처럼 포장해서 그것을 빌미로 나를 하루 종일 붙들어 놓고 함께 지낼 수 있었던 것이다. 그리고 그녀로서는 복권을 핑계로 삼으면 적어도 추첨할 때까지는 자주 만날 수 있으리라고 생각했던 모양이다. 그러다가 정말로 당첨되면 한국으로 갈 수도 있는 것이고. 찬란한 역사를 가진 할머니였지만 외로움에 지쳐 있는 그 모습은 연민만을 불러일으켰다. 어떻게든 나를 곁에 붙잡아 두고 싶어 하는 그녀의 집념이 무섭게 느껴졌다. 슬며시 내 몸에 소름이 돋았다.

고독을 병으로 앓고 있는 사람은 남을 이렇게 괴롭힌다. 내가 그녀를 도와줄 수 없다는 것을 나는 알고 있었다. 그 병은 자신만이 치료할 수 있다. 내가 그녀의 위안이 되어 주고 고독으로부터의 도피처가 되어 줄 수는 있겠지만, 어디까지나 그것은 일시적일 뿐이다. 그녀는 스스로 거기서 해방되어야 한다.

그러기 위해선 그녀를 완전히 혼자로 만들어 주어야 한다는 것을 나는 알고 있었다. 내가 도와줄 수 있는 일이라면 그뿐이었다. 다만 그날은 이미 하루가 다 기운 터였으므로 기쁜 마음으로 나의 하루를 그녀에게 나누어 주자고 너그럽게 다짐했다. 이젠 내 쪽에서 그녀의 찬란한 역사를 건드려 불러내기도 하고 늘 보아 왔던 사진에 진심으로 관심을 가져 주기도 하면서, 모든 이야기를 즐겁게 다 들어 주었다. 그리고 밤늦게 그녀를 웃으면서 꼭 안아 주고 돌아왔다. 그러고는 그녀를 다시 만나지 않았다.

이미 10년도 더 지난 시절의 이야기니 그녀는 아마 저세상 사람이 되었을 것이다. 그때 내가 한 행동이 너무 냉정한 것이었다고 할지 모르지만 나는 그녀를 위해서 옳은 행동을 했다고 생각한다.

지나온 시간을 돌이켜보면 나는 언제나 혼자였다. 그러나 고독해서 못 견디는 상황까지 가 본 일은 없었다. 천성적으로 고독에 강한 체질이었기 때문이거나 그런 것을 느낄 수도 없을 만큼 늘 바빴기 때문인지도 모른다. 물론 나에게도 고독했던 순간들이 없었던 것은 아니다.

어릴 때는 친구들이 많아서 혼자 있는 시간이 별로 없었다. 집안 식구들도 우글우글 많았는데 그렇다고 각방을 쓸 형편도 아니었기 때문에 혼자 있었던 적이 별로 없었다. 대학 때도 마찬가지였다. 결혼하여 서울에 살고 있는 오빠 집에서 지내느라 고독할 틈이 별로 없었다. 뉴욕에 가서도 마찬가지였다. 물론 처음 그곳에 도착했을 때는 그렇지 않았지만.

1966년 6월 미국으로 떠나던 날, 낮에 식구들의 배웅을 받으며 김포 공항까지 나왔는데, 사실 배웅 나온 사람들 모두가 내가 떠난다는 것에 아직도 놀라고 있었다. 쭉 아무 말 없이 있다가 바로 하루 이틀 전에 갑자기 통보했던 터였기 때문이다.

그때만 해도 미국 비자 내기가 그리 쉽지 않았다. 유학 자격시험, 인터뷰, 재정보증서 제출, 보증인 등등의 조건이 지금보다도 굉장히 까다로웠는데 아무튼 서류 제출부터 비자가 나오기까지 3년이 걸렸다. 게다가 나는 중간에 차질까지 생겨서 다시 서류를 제출하느라 또 몇 개월을 소비하는 등 과연 갈 수나 있을지 불투명한 상태였다. 그런 상황이었기 때문에 모든 것이 확정되기 전까지는 일절 발설하지 않고 있었던 것이다.

어머니와 아버지도 떠나기 이틀 전에야 그 사실을 알았다. 갑자기 그런 이야기를 털어놓으니 모두 믿기지 않는 표정들이었다. 그래서 그랬는지 내가 떠나는 날 공항에는 온 가족이 총집합을 했다. 막 떠나려는 사람을 앞에 두고 그들은 저마다 못마땅해서 한마디씩 했다.

"그런 데 간 사람치고 잘되는 사람을 못 봤다."

"시집이나 가지 과년한 처녀가 이게 무슨 일이냐?"

"지금이라도 생각을 바꾸면 안 되겠니?"

나는 외로웠다. 자유를 찾아가는 자로서 내 속에는 많은 명제들이 들끓고 있었지만, 그것을 그들과 공유하는 게 불가능했기 때문이다. 내가 무슨 말을 한들 그들을 이해시킬 수 없다는 것을 알았기에 입을 굳게 다물고 대답하지 않았다. 개중에는 이런 말로 마음을 돌이켜 보려는 사람까지 있었다.

"비행기 타는 게 얼마나 위험한 건지 알기나 해?"

아닌 게 아니라 비행기가 폭발할까 봐 걱정이 되던 시절이었다.

김포공항을 떠나 미국에 도착하기까지 거의 2박 3일이 걸렸다. 당시만 해도 미국을 직행 항로로 단번에 갈 수가 없었기 때문이다. 일본에서 하루를 묵은 뒤 비행기를 갈아타고 하와이의 호놀룰루로 가서 거기에서 다시 비행기를 갈아타고 가야 했다.

기운을 꺾는 식구들의 말도 있었지만, 그 2박 3일의 첫날은 그래도 희망과 포부로 부풀어 기운차기만 했다. 그러나 차츰 희망과 포부는 뒤로 숨고, 그 나머지 날들은 두려움으로 온통 얼룩져 버렸다.

중간 기착지인 일본에서 나는 한 사람을 만나기로 했었다. 중학교 시절부터 늘 마음으로만 생각하며 혼자 좋아하던 남자가 있었는데, 그가 일본에 유학 중이었다. 나는 그에게 편지를 했었다. 어린 시절 제대로 말 한번 건네 보지 못했던 나였지만 이젠 일본이란 낯선 공간을 그와 공유하게 된다는 것에 용기를 얻어 그에게 만나자고 청했던 것이다.

나로서는 오랫동안 그려 오던 만남이었다. 그러나 여전히 서먹서먹한 것으로 끝나고 말았다. 그날 밤 우리는 늦게까지 많은 이야기를 나누었지만 그저 이웃집 청년과 동네 소녀로서 나누는 이야기에 그치고 말았다. 이튿날 한두 시간 그와 함께 동경 시내를 둘러보기도 했지만 그뿐이었다. 나는 결국 그와 손도 한번 잡아 보지 못했다. 나중에 뉴욕에 도착하고서 그에게 긴 편지를 보냈지만 답장이 없었고 그것으로 끝이었다.

그는 내 기억 속에 오래 머문 사람 중 하나였다. 미국으로 가는 길은 그에게 공간적으로 잠시 가까이 갔다가 영원히 멀어지는 아득한 아쉬움의 길이었다. 지금이야 이렇게 마음 편히 그의 이야기를 하고 있지만 정말 가슴 아리던 시절이었다. 이후로도 오랫동안 그는 나의 꿈속에 나타날 정도로 내 마음속에서 떠나지 않았다. 어떤 때는 그를 다시 만나 예전에 속으로만 품었던 감정들을 모두 쏟아 놓고 싶다는 열망이 불처럼 일어나곤 했다. 그러나 다 혼자만의 환상이었다.

비행기가 칠흑 같은 하늘을 날고 있는 동안, 마치 허허벌판이나 광막한 사막을 향해 날아가고 있다는 느낌이 나를 가득 채우기 시작했다. 거기, 뉴욕이라는 엄청난 대도시에 대해 준비되어 있는 것이 아무것도 없음을 실감했기 때문이다. 거기에서 유일하게 내가 의지할 끈이라곤 앞서 유학 가 있던 친구의 전화번호 하나뿐이었다. 이제 거기에 내가 내동댕이쳐지면 무엇을 향하여 어디로 가게 될지 모든 것이 캄캄하고 두렵기만 했다. 나는 몇 번씩 친구의 전화번호가 적힌 수첩이 품속에 틀림없이 들어 있나 확인해 보았다. 그런 내 모습을 옆에 앉은 흑인 승객이 자꾸 흘끔거리며 쳐다보았다. 그는 한국에서 군인 생활을 마치고 지금 고국으로 돌아가는 중이라며 괜히 친한 척을 했다.

떠나오기 전 나는 친구에게 편지를 해서 한동안 머물 곳을 알아봐 달라고 해 두었고, 그녀는 공항으로 마중을 나오겠다고 답장을 했다. 그러나 케네디 공항이 가까워질수록, 혹시 그녀가 나오지 않으면 어떻게 하나, 나왔다 해도 만나지 못하면 어떻게 하나, 자꾸만 불안해졌다. 그런 불안감이 커지자 아까까지만 해도 괜히 귀찮게 여겨지던 그 흑인 병사가 이젠 의지할 대상으로 비치기 시작했다. 나는 단신으로 이국땅에 가는 스물다섯 살 처녀였고 그는 흑인에다가 군인이었으며 남자였다. 그래서 몹시 겁나긴 했지만, 만일의 경우엔 그가 나의 구원자가 되어 줄지도 모른다는 생각에, 이번엔 내 쪽에서 말을 붙이며 친한 척을 하였다. 그가 한국에서 복무했다는 사실 하나만으로도 어떤 유대감을 느낄 수 있었다.

케네디 공항에 도착했을 때는 새벽녘이었다. 비행기에서 내릴 때도 그 흑인 병사와 되도록 거리가 떨어지지 않도록 주의하면서 미행하듯이 내렸고, 짐을 찾을 때도 그의 모습을 놓치지 않도록 신경을 썼다. 한눈으로는 그의 뒷모습을 좇으면서 친구가 기다리기로 한 대합실로 가 보니 혹시나 했던 일이 현실로 나타났다. 친구는 나와 있지 않았다. 나는 당황했다.

나는 흑인 병사가 사라지는 쪽을 발돋움하여 살펴보면서 급히 친구에게 전화를 했다. 그녀는 태평스럽게도 자고 있었다. 그녀는 잠에 취한 목소리로 말했다.

"지금은 새벽이잖니? 나는 잠을 좀 자야겠다."

그러고는 자기는 공항으로 나갈 수 없으니 이리저리해서 숙소를 혼자 찾아가라고 했다. 참 냉정하구나 싶었다. 그녀가 불러 주는 대로 나는 정신없이 메모를 했지만 도저히 혼자서 찾아갈 자신이 없었다. 우물거리다간 그 흑인 병사마저 놓칠 것 같아 전화를 오래 붙들고 있을 수도 없었다. 전화를 끊기가 무섭게 흑인 병사가 사라진 쪽으로 달려가 그를 붙잡아 세웠다.

"나는 지금 맨해튼에 있는 렉싱턴 로지로 가야 하는데, 길을 찾아갈 수가 없다."

나는 서툰 영어로 그에게 사정했다. 그는 알 듯 모를 듯한 미소를 지었다. 나는 순간적으로 '이거 지금 내가 크게 잘못하고 있는 건 아닐까.' 하고 생각했다.

"나는 지금 자마이카 코인스라는 곳으로 간다. 그곳에 가면 당신이 원하는 곳으로 가는 버스가 있다. 나를 따라오면 된다."

그는 가능하면 친절하게 보이기 위해 다시 미소를 지었지만 나의 의혹과 불안은 더 커지기만 했다. 직접 가는 버스도 있을 텐데 왜 굳이 자기 가는 곳으로 따라오라는 걸까……. 그러나 서툰 영어 때문에 그런 것은 따져 물어보지도 못했다. 더구나 도와 달라고 사정한 쪽은 나였고, 그때 나는 마치 관청에 온 촌닭처럼 모든 것에 어리둥절해 있었다. 덩치가 큰 그는 나에게 시간을 주지 않고 더플백을 매고 성큼성큼 걷기 시작했다. 나는 커다란 가방 하나를 질질 끌며 그를 뒤따라갔다. 몸이 자꾸만 움츠러들고 다리에서 힘이 빠져나갔다. 내가 자꾸만 작아지는 느낌이 들었다.

새벽길을 버스로 달리는 동안 나의 머릿속에선 그야말로 오만 가지 상상이 다 떠올랐다. 날이 환해졌을 무렵 자마이카 코인스라는 그의 동네에 내렸는데, 어수선한 길에는 우락부락한 흑인들만 보였다. 이제 나는 누가 옆에서 고함만 살짝 질러도 그대로 쓰러져 버릴 만큼 떨고 있었다.

그는 버스가 오려면 시간이 걸리니까 잠시 자기 집에 가서 쉬었다가라고 했다. 그는 아직 나에게 어디에서 버스를 타야 하는지 알려 주지 않은 상태였다. 내가 얼어붙어 있으니 그는 따라올 테면 오고 말려면 말라는 식으로 앞장서 걸어갔다. 어쨌거나 그는 아직 나의 적이 아니었다. 언제라도 적이 되면 그때 도망치자 생각하며, 바짝 긴장한 채 거리를 두고 그를 따라갔다.

잠시 후 그는 어느 집 앞에 멈춰 서서 문을 두드렸다. 문이 열리더니 50대쯤 된 흑인 여자가 나타났다. 그는 더플백을 내팽개치고 "엄마!" 하고 어린애처럼 소리치면서 그녀를 껴안았다. 그 모습을 보자 나는 거의 주저앉을 정도로 긴장이 일시에 풀려 버렸다. 긴장이 너무 풀리는 바람에, 그들이 나더러 쉬어 가지 말라고 해도 쉬어 가야 할 만큼 내 몸엔 힘이 하나도 남아 있지 않았다. 그들에게서 나는 따뜻한 차 한 잔을 얻어 마셨다. 내가 괜한 의심을 했던 것이 너무도 미안했다.

흑인 병사의 친절한 본심을 확인하는 것으로 해프닝은 끝났지만 그 새벽녘의 몇 시간 동안 내 머릿속에는 정말 만감이 교차했다. 지금 생각하면, 그때 나는 혼자만 낯선 세상에 떨구어졌다는 데 열세를 느끼고 그 위축감 때문에 모든 상황을 제대로 파악하지 못했던 것 같다.

그가 태워 준 버스를 타고 곧 맨해튼 시내로 들어갔다. 숙소로 정한 렉싱턴 로지는 시외에서 온 여자 여행자들이 잠깐 머물곤 하는, 제법 많은 사람을 수용하는 기숙사 같은 곳이었다.(물론 지금은 없어졌다.) 나는 짐을 풀고 일단 식사를 했다. 빵, 토스트 등이 놓여 있는 큰 테이블에 낯모르는 사람들과 빙 둘러앉자 흑인 요리사들이 음식을 날라 주었다.

나는 모든 것이 서툴렀기 때문에 옆 사람의 눈치를 보느라 정신이 없었다. 내 모습이 어색해서 그랬는지 음식을 날라 준 뚱뚱한 흑인 요리사들이 팔짱을 낀 채 나를 쳐다보고 있었다. 마치 '야 노랭이, 너 얼마나 야만적으로 먹나 한번 보자.' 하는 식의 표정이 역력했다. 그들이 그런 눈으로 보고 있으니 행동이 더욱 부자연스러워져서 나는 뭘 먹고 있는지도 알 수가 없었다. 배는 고프더라도 차라리 먹지 않는 것이 편할 것 같았다. 나는 그곳에서 몇 달 머물렀는데 한동안은 식사 시간이 괴롭기만 했다.

지금 같았으면야 누가 보든 말든 편한 대로 손으로도 집어 먹고, 먹고 싶은 것이 있으면 더 달라고도 했겠지만, 그때 나는 부끄러워하는 것도 많고 가리는 것도 많은 처녀였고, 무엇보다도 두려움에 떨고 있었다. 더구나 때는 1966년이었다. 지금은 한국 사람이 어느 나라를 가더라도 기죽지 않고 당당하게 행동할 수 있겠지만, 그땐 시절이 달랐다. 식사 시간뿐만 아니라 실은 나의 모든 생활이 그런 상황의 연속이었다.

처음부터 끝까지 모든 것을 나 혼자 헤쳐 나가지 않으면 안 되었다. 먼저 유학을 와 있던 친구만 믿고 있었는데, 그녀는 내가 기대어 서려고 하기도 전에 슬쩍 비켜서 버렸다. 나는 거의 쓰러질 듯한 상황이었다. 그녀는 내가 도착한 지 며칠이 지났을 때 숙소로 나를 찾아왔다. 그리고 미국 생활의 여러 가지를 마치 관공서 직원처럼 사무적으로, 수박 겉핥기식으로 일러 주었다.

"나에게는 내 생활이 있어. 아주 바쁜 생활이지. 내가 엄마처럼 너를 도와줄 수는 없어."

그러고는 금세 일어서서 사라져 버렸다. 그녀로서도 아르바이트하랴, 학교생활 하랴, 여러 가지로 바쁘다는 것을 이해는 할 수 있었지만, 의지할 데가 아쉬운 나로서는 냉정하게만 느껴졌다. 가슴 아픈 일들이 매일같이 일어나고 있었으므로 더욱 야속하게 느껴졌다. 그러나 그녀가 그때 그렇게 처신하지 않았다면 나는 어차피 혼자여야 하는 미국 생활에 오히려 적응이 늦어졌을 것이다. 어차피 모든 것은 혼자 헤쳐가야 했던 것이므로.

어느 날 밤부터 갑자기 항문에 출혈이 있었다. 화장실에 가 앉기만 하면 좍 쏟아질 정도로 심했다. 변기에 괴어 있는 붉은 핏물을 보면 가슴이 철렁하면서, 이러다 내가 어떻게 되어 버리는 것이 아닌가 하는 걱정에 화장실에서 울기도 여러 번 했다. 누구에게 말도 꺼내지 못하고, 또 말하려고 해도 상대가 없어서 답답한 가슴을 끌어안고 몇 날을 보냈다.

그런 증상이 며칠씩 계속되자 나는 거의 초주검이 되었다. 초주검이 되었다는 것은 육체적으로가 아니라 정신적으로 그랬다는 말이다. 나의 심지는 약해질 대로 약해졌다. 그렇게 약해진 순간을 넘기고 나니 오히려 용기 같은 것이 솟았다. 이젠 수치감 같은 것이 문제가 아니었다. 그래서 숙소에 있는 사람 중에서 마음씨가 좋아 보이는 사람만 보면 그를 붙잡고 내 증세를 호소했다. 아직 영어가 서툴렀기 때문에 몸짓과 표정으로 더 많은 것을 이야기해야 했는데 그것도 고역이었다.

그러나 그렇게 어렵사리 호소를 하고 나면 그들의 반응은 한결같이 무덤덤했다. 잘 알지도 못하는 처지에 별 이상한 말을 다 한다는 표정만 지을 뿐이었다.

나는 혼자였다. 외로웠다.

밤이 되어 방에 혼자 드러누워 수심에 잠겨 천장만 보고 있는데, 한 여자가 나를 찾아왔다. 30대의 예쁘장하게 생긴 여자였는데 그녀가 처음으로 나에게 관심을 보였던 것이다. 그녀는 내 증세를 심각하게 듣고는 서둘러 나를 병원으로 데려다주었다.

나는 응급실에서 하룻밤을 보내야 했다. 당직 의사가 심각한 표정으로 바쁘게 이리저리 오가는 모습을 보면서 응급실 침대에 누워 있으려니 나 자신이 그렇게 처량하게 느껴질 수가 없었다. 하고 싶은 것이 너무 많아서 이 머나먼 타국까지 기를 쓰고 왔는데 정작 하고 싶은 것은 하나도 해 보지 못하고 이대로 죽는구나……. 그때 나는 하도 서러워 눈물을 주르르 흘리고 말았다.

이튿날, 의사는 별말 없이 약봉지 하나를 쥐여 주고는 가라고 했다. 그다지 대수로운 증세가 아니었는지 약을 먹으며 며칠을 보내니 씻은 듯이 출혈이 멎었다. 걱정했던 것에 비해 싱겁게 끝나긴 했지만, 결코 싱거웠다고 할 수 없는 경험이었다. 아마도 너무 긴장하고 혼자라는 사실에 너무 스트레스를 받았기 때문이었던 모양인데, 지금도 왜 그때 출혈을 했는지 정확한 이유는 알지 못한다.

그런 일까지 있고 나니, 이젠 친구를 만들지 않으면 이 외로운 현실을 헤쳐 나갈 수 없다는 사실을 절실히 느끼게 되었다. 그때부터 숙소에 있는 사람들 중에서 마음이 좋아 보이는 사람만 있으면 어떻게든 사귀어서 친구로 만들어 두려고 노력했고, 그래서 이 사람 저 사람에게 말을 건네 보곤 했다. 그러다가 지니라는 50대의 여자를 알게 되었다.

그녀는 키가 크고 몸집이 우람하고 담배를 피우기도 하는 것이 여러 모로 꼭 남자 같은 느낌을 주었다. 그렇지만 생긴 것과는 달리 그녀는 자상하고 열성적인 사람이어서 한번 말이 통하자 쉽게 가까워졌다. 그녀는 오하이오 주에서 살던 과부였는데, 아들을 결혼시키자 그곳 생활을 청산하고 뉴욕으로 온 터였다. 그녀는 그 어렵던 시기에 그나마 위안이 되어 준 사람이었다. 그러나 그 위안도 오래가지 못했다.

어느 날이었다. 그녀와 함께 길을 걸어가다가, 누군가와 함께 걷고 있다는 사실에 나도 모르게 마음이 푸근해져서 그녀의 손을 무심코 잡았다. 나로서는 다정함을 표시하려고 그랬던 것이다. 그런데 그녀는 사납게 내 손을 뿌리쳐서 나를 무안하게 했다. 그러고는 눈을 무섭게 뜨면서 언성을 높이는 것이었다.

"도대체 왜 내 손을 잡는 거야!"

"나는 단지……."

내가 어물거리고 있는데 그녀는 획 몸을 돌려 혼자 총총히 걸어가 버렸다. 나중에야 그 이유를 알게 되었다. 뉴욕에서 손을 잡고 걸어 다니는 여자들은 모두 동성연애자들이라고 생각하면 틀림없다는 것이었다. 그런 우스꽝스러운 연유를 알게 되었을 때도 나는 웃을 수 있는 형편은 아니었다.

이런 생활을 몇 개월 계속하며 나는 유학 초기의 준비들을 마쳤다.

정말 하루도 평탄한 날이 없었다. 뉴욕에서의 생활은 매일같이 소설 속에나 있을 법한 사건으로 점철된 날들이었다. 물론 그 이후도 마찬가지였지만.

렉싱턴 로지에 머물면서 '뉴 스쿨 포 소셜 리서치'라는 대학에서 어학 코스를 마쳤다. 코넬 대학교 호텔경영학과에 등록하고부터 1년 동안은 학교 기숙사 생활을 했다. 그 뒤에 학교에서 사귄 친구와 값싼 아파트를 얻어 자취 생활을 시작하면서 본격적인 뉴욕 생활이 시작되었던 것이다. 처음 나와 자취 생활을 시작했던 타이앤(Tyan)은 기억해 둘 만한, 참으로 인상적인 여자였다. 키가 크고 지나치게 여윈 몸매를 하고 있었는데, 언제나 웃으면서 소곤소곤 말하던 모습이 오래 잊히지 않는다. 나중에 나는 그녀 덕분에 난생처음으로 나체촌에서 일주일을 보내는 경험도 하게 되었다.

호텔경영학을 버리고 무용을 만나기 전까지는 그런 외롭고 두려운 상황에서 빠져나오지 못했다. 무용을 만나고 나서는 너무나도 뜨거운 열정으로 그것에 매달렸으므로 외로움을 탈 겨를도 없었다. 철저히 혼자 헤쳐 나가야 한다는 것을 충분히 다짐하고 있었던 터라 그 다짐이 효과를 발휘했는지도 몰랐다. 어쨌든 그 이후 7년의 세월은, 한마디로 말하면, 항상 춤과 함께 있었기 때문에 외롭지 않았던 시기라고 할 수 있다. 그러나 아무래도 외로움을 해결했다기보다는 단지 그것을 잊고 있었던 모양이다.

무용에만 전념했던 7년 동안 외로움이 해결되고 사라져 버린 것이 아니라 단지 잊고 있었다는 것을 나는 그 요란했던 한국에서의 「제례」 공연 뒤에 깨달았다. 그때, 그 요란한 갈채 뒤에 느꼈던 짙은 허무감과 외로움은 나를 큰 갈등 속으로 몰아넣었다. 인도에 가서야 끝날 방황의 씨가 마침내 싹을 틔운 것이다. 벌써 20년 전의 일이다. 지금이야 그 순간의 일이 담담한 기억의 한 부분으로 화해 절절한 열기를 모두 상실했지만, 그땐 정말 그런 감정들이 뼈에 사무치게 다가왔다.

그 공연은 나를 일약 스타로 만들어 주었다. 물론 나로서는 계속 칼을 갈았던 것이긴 했지만 다른 사람들이 보기에는 갑작스러운 것이었다. 한국에는 내 무용의 선배나 후배가 한 명도 없었기 때문이다. 그렇게 한국 무용계에 전혀 기반이 없었던 나에게는 과분하다고 할 국립극장, 지금은 없어진 서울 명동의 국립극장이 나의 무대였다. 1,200석 극장이 관객으로 모두 들어차고 입석까지 발매했다. 그러고도 관람을 할 수 없었던 사람들이 극장 앞을 가득 메웠다. 그것만으로도 당시 예술계 최대의 화제가 되어 버렸다. 예상하지도 못한 반응이었다. 당시로서는 유례가 없을 정도로 많은 관객을 끌었다는 면에서도 성공적이었지만, 공연 그 자체도 성공적이었다.

첫날 공연이 끝났을 때 무대 뒤로 돌아오니 정신을 차릴 수가 없었다. 나는 커다란 거울을 들여다보며 한동안 멍한 상태로 있었다. 관객의 박수 소리가 아련히 들려 왔고 나는 아직 옷도 갈아입지 못한 채였는데, 수많은 사람이 무대 뒤로 들이닥쳤다.

조동화 선생을 비롯한 한국 무용계의 저명인사들이 찾아와 일면식도 없었던 이 무용가를 격려해 주었다. 그리고 앞다투어 나에게 손을 내미는 사람들 중에는 학창 시절의 동창들, 그동안 소식을 모르고 지내던 옛 친구들도 섞여 있었다. 그러나 수십 명이나 되는 사람들이 워낙 밀물처럼 한꺼번에 몰려들었기 때문에 누가 누구인지 얼굴이 제대로 보이지 않았다. 그들이 저마다, 나는 누굽니다, 굉장했습니다, 한마디씩을 건네거나 손을 잡아 주고 돌아가는 동안, 나는 그저 입을 딱 벌린 채로 고개를 끄덕이며 간신히 답례를 하고 있었지만, 사실은 거의 정신을 잃을 정도였다. 그러기를 한 30분, 밀물처럼 다가왔던 그들은 어느새 썰물처럼 떠나갔다.

무대 뒤에는 언제 그런 일이 있었느냐는 듯이 싸늘한 적막감이 감돌았다. 그곳에는 내 전신을 비춰 볼 수 있는 커다란 거울과 나 자신만이 덩그러니 남아 있었다. 잠시 전만 해도 환호의 절정 앞에 서 있었던 나였기에 나의 가슴에는 커다란 구멍이 뚫려 버렸다.

나는 옷을 갈아입고 물건을 챙겨 들고 객석 쪽으로 돌아 나와 그곳을 둘러보았다. 아무도 없었다. 조금 전까지만 해도 그곳을 빽빽이 메우고 있던 수많은 사람들은 모두 사라지고 어둑하고 허허로운 공간만 남았다.

그들은 무대에 서 있던 무용가 홍신자와 순간의 시간만을 함께 나누고 그렇게 떠나 버린 것이다. 거기엔 인간 홍신자의 시간을 함께 나눌 사람이 아무도 없었다. 나에게 관객은 무엇인가. 처음으로 나는 그것을 심각하게 생각하며 몸을 떨었다. 크게만 느껴지는 극장에서 터벅터벅 걸어 나오는 나의 발소리만 외롭게 울리고 있었다. 극장 밖에도 나를 기다리는 사람은 없었다. 인파마저 줄어든 초가을 도심의 밤에 제법 스산한 바람이 불었다.

그때 연희동 오빠 집에서 묵었는데, 그곳으로 돌아와 보니 가족들이 기다리고 있었다. 그들도 물론 극장에 왔었다. 그러나 극장에서의 그 요란한 소동으로 보아 틀림없이 나에게 무슨 대단한 계획이 있으려니 하고 나를 위해 일찌감치 사라져 준 것이었다. 나중에 알게 되었지만 다른 사람들도 마찬가지였다. 모두가 자기에게는 차례도 돌아오지 않겠다는 지레짐작으로 모두 자리를 비켜주었다는 것이었다. 그 덕분에 나는 언젠가는 꼭 느껴야 할 절대적인 고독감을 극적으로 느끼게 되었다. 그날 밤은 도통 잠을 이룰 수가 없었다.

저녁상을 받아 놓고 가족들이 둘러앉아 저마다 한마디씩 하는데, 모두 내 작품을 탐탁지 않게 생각하는 눈치였다. 마지못해 칭찬이라고 하는 말이 이랬다.

"우리 집안에 철학자가 하나 났나 보다."

어머니의 경우는 제일 심했다. 그녀는 내가 한국에서 제일 큰 공연장에서 춤을 춘다니까, 화장도 예쁘게 하고 아주 예쁜 춤을 추리라고 기대했던 모양이다. 그래서 공연이 있기 전까지는 만나는 사람마다 딸자랑을 늘어놓고, 공연 전날은 나보다 더 설레어 잠을 설치기까지 하셨다. 그런데 막상 공연이랍시고 가 보니 화장도 제대로 안 한 얼굴로 청승맞게 곡을 해 대는 바람에 그만 충격을 받고 중간에 나와 버리셨다는 것이다. 어머니는 반쯤 돌아앉은 채로 말씀하셨다.

"그래, 미국까지 가서 거지꼴로 그 고생을 하며 배웠다는 게 겨우 그 거란 말이냐?"

나에겐 진정으로 무언가를 나눌 수 있는 사람이 아무도 없었다.

다 옛날이야기다. 지금은 오히려 진정한 혼자됨을 위하여 나는 이렇게 스스로 찾아왔다. 이곳 정글에서 나는 24시간 혼자다. 이렇게 언제나 혼자지만 외로움을 결코 느껴지는 않는다. 혼자인 상태를 두려워하지도 않는다. 오히려 큰 축복과 행복을 느낄 뿐이다.

한때 고독은 절실했지만 그것에 대한 두려움에서 벗어나는 것은 의외로 쉬웠다. 삶에 대한 근본적인 의문이 풀리자 그것은 한꺼번에 사라졌다. 더 근본적이고 더 큰 두려움에서 벗어나니 저절로 쉽게 해결되어 버린 것이다. 단지 그 근본적인 두려움에서 벗어나는 과정이 어려웠을 뿐이다.

더 근본적이고 더 큰 두려움은 바로 죽음에 대한 두려움이다. 나는 인도에서 죽음에 대한 두려움에서 벗어났다. 인생을 살아가면서 느끼는 어떠한 두려움도 죽음이라는 근본적인 두려움 앞에서는 다 무색해진다. 죽기를 두려워하지 않는다면 다른 그 무엇이 두려우랴.

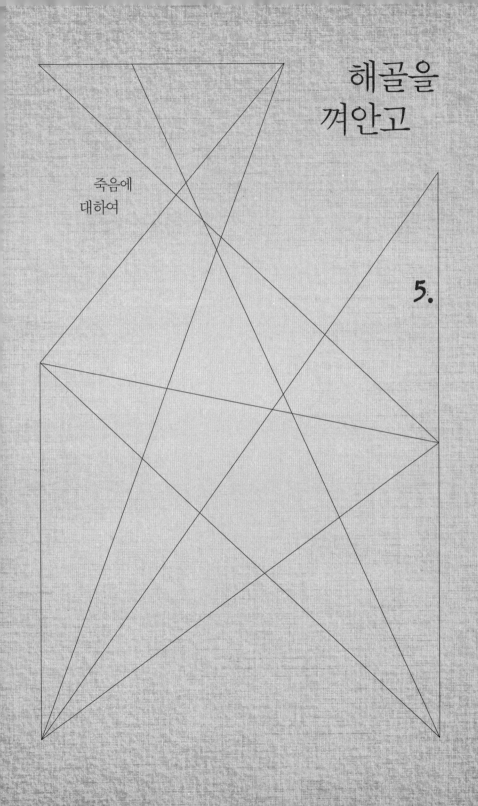

해골을
껴안고

죽음에
대하여

5.

"저에게 두개골을 하나 구해 주실 수 없겠습니까?

많은 공부를 하지 않은 사람의 것이라도 좋습니다만……."

"무엇에 쓰려는가?"

"항상 같이 있고 싶습니다."

"무엇과 같이 있고 싶다는 건가, 죽음과?"

나는 고개를 끄덕였다.

나는 죽음으로부터 자유로워질 수 있을 때까지

죽음이 아니라면 해골과라도

항상 맞붙어 있어 보아야겠다는 마음이었다.

티베트 사람들은 죽은 사람의 뼈로 악기를 만들기도 하고 목걸이나 의식용 제구 등을 만들어 쓰기도 한다. 허벅지 뼈는 훌륭한 피리가 된다. 납작하게 잘린 두개골은 두 개가 장구처럼 맞붙어 딱딱하고 귀여운 소리를 내는 작은 북이 된다. 이런 것들은 티베트 사람들이 사는 곳 어디서든 쉽게 볼 수가 있었다.

특히 두개골은 문자 그대로 해골바가지로 만들어 거기에 쌀을 담아 두기도 한다. 쌀을 담아 둔 두개골은 티베트의 어느 여염집에서나 볼 수가 있었는데, 그것은 양식을 담아 둔다기보다는, 우리나라 사람들이 장독대에 정화수를 떠 놓듯 하나의 의식적인 행위로서 그렇게 마련해 놓는 것이었다.

인골(人骨)은 어쨌거나 죽음의 잔류물이요 흔적인데도 그렇게 티베트 사람들은 삶의 현장으로 그것들을 끌고 들어와 이곳저곳에서 마주

하고 있었다. 그들은 죽음을 혐오나 회피와 대상이 아니라 매우 친숙한 그 무엇으로 받아들이고 있다는 사실을 나는 피부로 느꼈다. 죽음에 대한 그들의 그러한 친밀감이 어디에서 오는 것인지 나는 궁금했다. 그때만 해도 나에게 있어 죽음은 가장 큰 두려움의 대상이었으며 가장 큰 숙제 중의 하나였기 때문이다.

내가 티베트 사람들의 생활을 처음 본 것은 1976년도였다. 속박을 끊고 자유를 찾아야겠다는 생각으로 시작한 10년간의 미국 생활을 정리하고 인도로 떠나온 지 얼마 되지 않아서였다.

10년의 미국 생활 동안 나는 자유를 누렸다고 생각했었다. 무용가 홍신자라는 이름으로 성공도 맛보았고 명성도 얻었다. 그러나 성취해야 할 것을 해냈다고 생각한 바로 그 순간 감당할 수 없는 허탈감이 찾아왔다. 그때, 서른여섯 해를 살면서 밀쳐 두기만 했던 삶의 본질적인 질문들이 한꺼번에 가슴속으로 쏟아져 들어왔던 것이다. 밀린 숙제들이었다. 손도 못 댄 채 미루어 두었던 숙제들 앞에서 절망하는 개학 전날의 초등학생처럼 나는 절망하고 또 절망했다.

나에게 짧은 목표들은 언제나 있었다. 그래서 움직여야 할 방향이 있었고 할 일도 있었다. 그 방향으로 뛰고 그 일을 하면서 늘 열심히 살아왔지만, 정작 가장 간단한 단어로 이루어진 짧은 질문들에 대해서는 정답을 말하기는커녕 입도 뻥끗할 수 없었다. 왜 사는가, 또는 왜 죽는가?

견고하다고 생각했던 나는 위태롭게 서 있는 허술한 집 한 채에 불과했다. 너무도 낯익은 질문이 하나 굴러와 그 집의 기둥에 툭 부딪히자, 그만 그 집은 폭삭 주저앉고 말았다. 나는 짐을 쌌다.

후배들을 불러 살림살이 중에서 쓸 만한 것들을 골라 가게 한 뒤 뉴욕 생활의 모든 것을 처분했다. 그때까지 살아오면서 쌓인 모든 것을 깨끗이 정리했다. 누구의 주소 한 줄, 전화번호 하나 남기지 않았다. 그리고 마지막이라는 생각으로 한국의 가족들을 찾았고 하룻밤을 어머니 품에서 잤다.

그날 밤, 나는 잠자리에서 귓속말처럼 옆에 누운 어머니에게 털어놓았다.

"어머니, 저는 뜻한 바가 있어서 내일 인도로 아주 떠납니다. 어머니 살아생전에 돌아올 수 있을지 모르겠습니다."

어머니는 소스라치듯 놀라 벌떡 일어나 앉으셨다. 어차피 없었던 자식처럼 품을 떠나 타국에서 산 지가 이미 10년인데, 어머니는 무엇이 또 그렇게 놀랍고 서운하셨던 것일까. 울기도 하고 나를 붙잡아 흔들기도 하며 많은 말씀을 하셨다. 그러나 내 귀에는 결심을 바꿀 만한 어떤 말도 들려오지 않았다. 나는 어머니가 체념할 때까지 눈을 감고만 있었다. 얼마나 지났을까, 어머니는 자리에 몸을 털썩 눕히셨다.

"그래, 난 모르겠다. 네 아버지한테는 뭐라고 할 테냐? 기절이라도 안 하실지."

이튿날, 아침상을 물린 뒤 나는 아버지께도 같은 말씀을 드렸다. 아버지는 무슨 말씀인가를 하시려다 기침만 연거푸 고통스럽게 토하셨다. 오래전부터 아버지는 천식을 앓고 계셨다. 나는 물 잔을 집어 드리면서 찬찬히 아버지를 살펴보았다. 75세 노인이 되신 아버지는 오랫동안 편찮았던 뒤여서인지 너무도 노쇠하고 기력이 쇠진해 보였다.

아버지와 나는 눈이 마주쳤다. 아버지는 이것이 마지막 모습이 될지 모른다고 생각하셨는지 이윽고 비통한 울음을 터뜨리셨다. 나는 아버지가 우는 모습을 그때 처음으로 보았다.

"산 너머에 행복이 있을 것 같아 산을 넘으면, 그 산 너머엔 또 산이 있을 뿐이다." 언제나 그렇게 말씀하시곤 하던 아버지…… 내가 미국으로 떠날 때도 아버지는 그렇게 말씀하셨다. 나는 마음속으로 '이제 이게 마지막으로 넘는 산이에요.' 하고 말씀드렸다. 나는 가슴이 아려 그 자리에 더 이상 남아 있지 못하고, 비통해하는 아버지를 한 번 힘껏 끌어안아 드리고는 도망치듯 후닥닥 방을 나왔다. 마루로 나서니 어머니가 마당에서 서성거리는 모습이 보였다. 나는 고개를 숙이고 마루에 걸터앉아 신발을 신었다. 눈물이 흘러 신발 앞에 떨어졌다.

그렇게 헤어진 터라 인도에 도착하고도 한동안은 아버지의 비통해하시던 얼굴이 가슴속에서 지워지지 않았다. 그 무렵 나는 수행을 위한 동굴도 찾아보고 사원들도 기웃거리고 구루들도 탐방하면서 이른바 고행을 시작한 지도 꽤 오래되었지만, 아직 순례자가 아닌 관광객 수준에 머무르고 있었다. 그러나 곧 나는 인도에서 찾아야 할 것을 어렴풋이나마 깨닫기 시작했다. 저 거대한 히말라야를 먼저 만나기로 했던 것이다.

델리에서 출발해 히말라야까지 사흘 밤낮이 걸리는 기차를 탔다. 기차 안에서 먹고 자며 사흘을 가는 동안 나는 아버지에게 아주 긴긴 편지를 썼다. 인도에 관한 이야기, 고행을 시작하게 된 이야기 등 일생 처음으로 나에 대해 진지하게 말씀드리는 편지였다. 뉴욕에서 살던 때처럼 '잘 있다, 편안하시냐, 다음에 또.' 하는 식의 형식적인 편지가 아니었다. 나는 정신적으로 성숙한 면모를 아버지께 보여 드리고 싶었다. 그리고 인도에서 커다란 희망을 발견하게 되었다는 것도 알려 드리고 싶었다. 그동안 늘 품고 있었던 죄송한 마음도 거기에 모두 털어 놓았다. 편지 한 장으로나마 지금껏 못한 효도를 한번 해 보자는 마음이었다. 거처도 정하지 못했기 때문에 그 편지에 발신인 주소는 적을 수가 없었다. 물론 거처가 정해졌다 해도 나의 소재를 누구에게도 알릴 순 없었다.

나중에 알게 된 일이지만, 아버지는 그 편지를 받기 전에 돌아가셨다. 내 편지는 아버지가 돌아가신 지 5일째, 그러니까 출상하던 날 도착했던 것이다. 사랑하는 아버지의 죽음에 나는 눈물 한 방울도 보태 드리지 못했다.

아버지께 편지를 부치고 나서 나는 다르질링이란 곳에 도착했다. 다르질링은 인도 북단의 고원지대에 있는 곳인데, 중국의 지배하에 들어간 티베트에서 망명해 온 티베트인들이 새로 자리 잡은 곳이었다. 중국, 인도, 네팔의 경계선에 있는 이곳에 가기 위해선 산을 빙빙 도는 기차를 타고 무려 여덟 시간을 올라가야 한다. 얼마나 지대가 높은지 다 올라가서 내려다보니 구름이 발아래에 깔려 있고 그 밑으로 새들이 날아다니는 모습이 보일 정도였다. 이 세상인지 저세상인지, 나는 그 아

래를 굽어보며 '꿈에서나 볼 수 있는 나라에 내가 와 있구나.' 하고 생
각했다.

내가 티베트 사람들의 생활과 그 생활 속에 파고들어 와 있는 죽은
자들의 뼈를 만났던 곳이 바로 이 다르질링이었다. 나는 여기서 죽음
과 관련된 의식(儀式)을 하나 목격하게 되었는데, 내가 볼 때 그것은
바로 49일재(日齋)였다. 그것을 그들은 '바르도 퇴돌(Bardo Thodol)'이
라고 했다.

인간이 죽어도 49일 동안은 그 혼이 모든 것을 느끼기 때문에 아직
죽은 것이 아니다. 아직 죽지 않은 이 혼은 좀 더 좋은 세계로 가기 위
해, 일생 동안 공부한 것을 동원해서 마치 지도를 갖고 길을 찾아가듯
저세상을 찾아가게 된다. 이 기간에 그의 주위에서는 경험 많은 승려
들이 줄곧 경을 읽어 준다. 경을 읽어 주는 것은, 희미하게 남아 있는
꿈을 다시 이야기함으로써 상기시켜 주듯이 세상에서 배운 것들 중 희
미한 것에 대해 다시 이야기해 주는 과정이다. 이렇게 가면 되고 저렇
게 가면 된다. 잊어버리지 말라. 이러이러한 빛을 찾으라. 놀라지 말라.
이런 식으로 49일 동안 계속 귀띔을 해 주는 것이다. 여기에 뼈로 된
악기와 장신구도 동원된다.

이 모든 것이 티베트판 '사자의 서'라고 할 수 있는 『바르도 퇴돌』에
연원을 두고 있었고, 그곳에는 이것을 공부하는 승려들이 아주 많았다.
그들은 높은 차원의 세상으로 가지 못하면 다시 이 세상의 고통 많은
중생으로 태어난다고 믿기 때문에 어떻게든 더 높은 차원의 세상으로
갈 방법을 공부해야 한다고 생각하고 있었다. 3년짜리 『바르도 퇴돌』

공부 과정이 있다기에 찾아가 보았더니 놀랍게도 서양 사람까지 있었다. 거기에 앉아 내리 3년을 그것만 공부하기 위해 그들은 멀리 유럽에서 이 고지까지 찾아왔다는 것이다. 그런 그들이 놀랍긴 했지만, 죽음 이후의 시간을 위해서 3년을 공부할 생각은 나에게 아직 없었다. 나에게 급한 것은, 죽은 자로서 죽음을 어떻게 맞이할 것인가가 아니라 산 자로서 죽음을 어떻게 맞이할 것인가 하는 문제였기 때문이다.

그래도 죽음의 상황과 영혼의 행로를 말하고 있는 『바르도 퇴돌』의 대의만은 배워야겠다는 생각에 나는 그들 틈에 끼어 공부를 시작했다. 『바르도 퇴돌』은 육신의 죽음 이후를 말하고 있었다. 그러나 나는 아직 육신을 끌고 다니는 존재일 뿐이었다. 게다가 죽음 뒤의 행로를 알기 전에 당장 살아 있는 자로서 직면해야 하는 죽음의 공포로부터 해방되는 것이 내게는 더 급했다. 내게 중요한 것은 죽고 나서의 49일이 아니었다. 단 하루라도 좋으니 아직 죽지 않은 날에 내가 가져야 할 죽음에 대한 분명한 의식을 얻는 일이었다. 그러므로 나에게 『바르도 퇴돌』은 체험이라기보다는 강독(講讀)의 대상이었다.

어느 날 우리를 가르치던 라마승이 죽은 사람의 두개골에 대하여 이런 말을 해 주었다.

"사람의 두개골을 보면 그것이 많은 수행을 거친 사람의 것인지, 그렇지 않은 사람의 것인지 알 수 있다. 공부를 많이 한 사람의 두개골에는 구멍이 크게 뚫려 있는데, 거기로 그 사람의 영혼이 빠져나간 것이다."

그는 그렇게 믿고 있었지만, 나는 그것을 믿어야 할지 말아야 할지 알 수가 없었다. 하지만 생전의 공부가 사자의 육신에 어떻게든 흔적을 남길 수 있다는 사실은 굳이 부정할 이유가 없었다. 나는 언제나 떨쳐 버릴 수 없는 죽음에 대한 근원적인 두려움 때문에 괴로워하고 또 그 문제의 해결을 위해 죽음과 정면으로 맞서 보려 하고 있었기에 한 가지 생각이 떠올랐다. 그래서 두개골이란 화제를 놓치기 전에 재빨리 그에게 부탁했다.

"저에게 두개골을 하나 구해 주실 수 없겠습니까? 많은 공부를 하지 않은 사람의 것이라도 좋습니다만……."

"무엇에 쓰려는가?"

"항상 같이 있고 싶습니다."

"무엇과 같이 있고 싶다는 건가, 죽음과?"

나는 고개를 끄덕였다. 나는 죽음으로부터 자유로워질 수 있을 때까지 죽음이 아니라면 해골과라도 항상 맞붙어 있어 보아야겠다는 마음이었다. 인골로 만든 악기나 목걸이 등은 쉽게 구할 수 있었지만, 그렇게 가공되고 기능이 강조됨으로써 죽음이 거기에 거의 남아 있지 않은 것은 소용이 없을 것 같았다. 죽음의 형상이 좀 더 많이 남은 해골 그대로가 필요했다. 그러면 그것을 구해 줄 수 있을 것 같았기에 나는 눈빛으로 부탁의 강도를 높였다.

며칠 뒤, 그 라마승은 아래쪽이 떨어져 나간 해골(해골바가지였다.) 하나를 나에게 내밀었다. 해골을 처음으로 만져보는 것이었기 때문에 손을 몇 번이나 접었다 폈다 하며 머뭇거리다가 용기를 내어 덥석 받아들었다. 느낌이 꺼림칙했다. 생전에 공부가 부족했는지 구멍은 없었다. 『바르도 퇴돌』은 언젠가 다음 기회에 그 깊은 부분까지 다시 배워 보리라 생각하며 나는 해골 하나만을 달랑 들고 그를 떠났다. 그 뒤로 이것은 어디를 가든 나를 따라다녔다.

히말라야의 깊은 계곡, 해가 지자 적막이 깊어져 숨소리만 크게 들리는 외딴 오두막집에서 해골과의 첫 하룻밤을 보내게 되었다. 나는 촛불을 켜 놓은 채 해골을 들고 혼자 앉아서 우선 그것을 쓰다듬어 촉감을 느껴 보는 것으로 그것과의 관계를 시작했다. 어떤 거부감이 손끝에서 일어나 휙 온몸을 휘감는다. 꺼림칙한 느낌. 이 느낌은 무엇일까? 이 느낌은 도대체 어디에서 오는 것일까? 어디에서 오는 것인지 나는 물론 나중에야 알았다. 바로 나의 에고였다. 그때는 아직 그것을 모르던 때라, 당장은 그 꺼림칙한 느낌의 본체를 주시하기 위해 그저 계속 매달릴 뿐이었다.

나는 그 해골에 물을 받아 왔다. 그리고 그것을 마셔 보려고 했다. 그것을 입 가까이 가져가긴 했지만 도저히 입술에 댈 수가 없었다. 망설이다 도로 내려놓고, 심호흡을 한 번 하고 다시 그것을 든다. 몇 번을 이렇게 시도한 뒤에야 겨우 그것을 입술에 대고 억지로 입안으로 물을 밀어 넣을 수가 있었다. 그러나 그 물을 삼킬 수는 없었다. 토악질하듯 물을 뱉어 내고 한참 동안 해골을 바라보기만 했다. 다시 그것에 손을 뻗었다. 이번엔 눈을 질끈 감고 곧바로 입으로 가져갔다. 딸그락하고 뼈가 내 이빨과 부딪혔다. 치가 떨렸다. 입으로 들어온 물을, 그 어떤 생각이 일어나기도 전에 재빨리 꿀꺽 삼켰다. 그러고는 몸서리를 치면서 해골을 바닥에 내려놓았다.

이 지독한 거부감은 도대체 무엇인가?

그것은 두려움이었다. 나는 내가 도대체 무엇을 빼앗길까 봐 두려워하는지 알 수가 없었다. 어쩌면 내가 대단한 상상력을 발휘하여, 해골에서 손이 자라나고 그 손이 내 손을 붙잡고 함께 나락으로 곤두박질하는 모습을 언뜻 보기라도 한 것일까? 나는 두려움의 진원을 알아낼 수가 없었다. 해골은 나에게서 아무것도 빼앗아 가지 못한다. 해골에는 그러한 힘이 없다. 나에겐 해골에 빼앗길 만한 그 무엇도 없다. 나의 이성은 그렇게 말하고 있었다.

나는 해골을 다시 집어 들고 남은 물을 바닥까지 마셔 버렸다. 그리고 그것을 몸에 대고 문지르기 시작했다. 몸부림을 치며 소리를 질렀다. 나는 이것에 아무것도 빼앗기지 않는다. 아니, 나에게는 빼앗길 게 아무것도 없다. 해골로 인해 어떻게 되지 않는다는 안도감이 피부에 내려앉을 때까지 나의 가슴, 얼굴, 팔과 다리, 내 몸의 모든 부분을 온통 그것에 내맡기며 소리를 질렀다. 이윽고 두려움이 가라앉았고, 나는 진정되어 해골을 껴안고 쓰러져 잠이 들었다. 걱정했던 악몽 같은 것은 없었다.

다음 날부터 죽음에 대해서는 아직 모르겠지만 적어도 해골하고만큼은 친숙해졌다. 해골에 나는 밥을 담아 먹었다. 그것은 내 공양 그릇이 되었다. 나에게 그릇은 그것 하나밖에 없었다. 내가 잠을 잘 때 그것은 머리맡에 놓여 내 잠의 파수꾼이 되었다. 나는 해골에 대고 말했다.

"너는 나의 죽음이고 나의 밥그릇이다. 나와 함께 다니자."

나는 죽음과 관련된 것은 무엇이든 그것을 피하지 않고 찾아다녔다. 죽음을 가장 절실히 느낄 수 있는 것은 시신을 태우는 불길이 솟고 있는 화장장이었다. 인도의 웬만한 강변에는 거의 화장장이 있다. 화장장은 인도에서 생활하는 내내 내가 가장 즐겨 찾는 곳이 되었다. 나는 수시로 화장장을 찾았고, 거기에서 노래를 부르고 춤을 추고 명상을 했다.

　거기에서 내가 발견한 한 가지 분명한 사실은, 인도 사람들은 죽어서가 아니라 살아서 죽음을 맞이하기 위해 그곳에 찾아온다는 사실이었다. 궁극적으로 맞이해야 할 죽음의 장소를 살아서 찾아오는 그들의 모습에서 나는 어떤 아름다움을 느꼈다. 나도 저들처럼 나에게 죽음이 가까웠을 때 수동적으로 당하지 않고 그것을 정면에서 적극적으로 맞아들이리라. 아직 무엇이 저들로 하여금 저토록 죽음과 자연스럽게 만날 수 있게 하는지 알 수 없었지만, 나도 저들처럼 죽음을 대하리라고 생각했다.

　그들 개개인에게 무슨 커다란 깨달음이 있었던 것 같지는 않다. 인도 사람들이라고 모두 부처일 리 없지 않은가. 그것은 단지 그들의 문화요, 관습이요, 생활일 뿐이었다. 그러나 그것이 바로 생활이라는 것이야말로 경외심을 가지지 않을 수 없었다. 그 어떤 거대한 의식이 있어서 그것을 생활로 만드는 것일까. 죽음을 생활 일부분으로 받아들이게 하는 그들의 공통된 의식이 궁금했다.

　인도의 모든 강변에 황혼이 찾아오고 죽은 자의 육신이 타는 연기가 피어나선 사그라지고 있었다. 나는 화장장에서 알 수 없는 마음으로 노래를 불렀다. 몸을 조금씩 움직여 춤도 추었다.

어쩌면 나도 저들처럼 죽음을 자연스레 생각하며, 또 생활 일부분으로 생각하는 사람이 될 수도 있었을 텐데……. 어린 시절의 기억이 스쳐 지나간다.

초등학교 때, 고향 마을 시골에서 읍에 있는 학교로 가자면 그 길 중 가에 있는 화장터 앞을 지나야 했다. 처음엔 물론 그것이 화장터인 줄 몰랐지만, 수시로 그 앞으로 사람들이 무리 지어 가는 장면을 보았고, 이야기로 들으니 사람의 시체가 불태워지기 위해 그곳으로 간다고 해서 그곳이 화장터임을 알게 되었다. 그 사실을 알고 나서 매일 그 앞을 지나다닐 때마다 막연한 두려움도 들었지만 그때 나에게 더 강하게 일어났던 것은 그 안에서는 어떤 일이 벌어질까 하는 호기심이었다.

어느 날은 학교로 가던 길에 발길을 돌려 사람들이 모여 있는 그곳에 들어가 보려고 했다. 그랬다가 어른들의 호된 꾸지람을 듣고 거의 발길질에 차이다시피 해서 쫓겨 나와야 했다. 나는 단지 결혼식이 보고 싶어 결혼식장에 가듯 그렇게 단순한 호기심으로 구경을 하려 했을 뿐이었다.

"이런 데 오면 안 돼!"

어른들의 고함 소리와 표정은 정말 무서웠다. '지금은 아직 초등학생이고 어려서 그곳에 들어갈 수 없어도 언젠가는 구경할 수 있겠지.' 하고 생각하면서 나는 되돌아 나왔다.

매일 화장터 앞을 지나 학교를 다니면서, 시체가 들어가지 않는 날도 거기에 사람이 있다는 것을 알게 되었다. 거기엔 사람이 살고 있었다. 나는 결국 한 번도 그곳에 들어가 보지는 못했지만 먼발치에서 언제나 그 사람을 볼 수 있었다. 그리고 화장터에 사는 저 사람은 어떤 사람일지 늘 궁금해했다.

우습지만 그때 미래의 내 직업을 화장터지기로 해야겠다는 생각도 잠깐 했다. 화장터지기가 되어 그 안에서 살면 누구의 방해도 받지 않고 구경을 실컷 할 수 있으리라는 너무나도 단순하고 어린 생각에서였다. 그리고 어린 시절이긴 했지만, 시체가 태워진다는 데 어떤 묘한 매력을 느끼기도 했다.

그 무렵에 전쟁이 일어났다. 어디에 가면 누구가 죽어 있다더라, 어디에 가면 시체가 산더미처럼 쌓여 있다더라 하는 소문이 아이들끼리의 화제요 하루하루의 뉴스였던 시절이었다. 살아 있는 사람이 아닌 죽은 사람을 구경한다는 것은 모험심과 호기심을 잔뜩 동하게 하는 일이었기 때문에 나는 그 소문의 현장들을 찾아다니기를 좋아했다. 그러나 늘 그 현장에서 경험하고 오는 것은 머리가 멍해질 정도의 악취였다. 사람이 죽어 있다는 것은 더러운 것이었다, 그 악취처럼. 그 악취가 불 속에서 타 버릴 것을 생각하고, 어린 시절이었지만 그것을 정화(淨化)라고 느꼈는지도 몰랐다. 그리고 그것이 화장터에 매력을 느끼게 했는지도 몰랐다.

어쨌거나 어린 시절, 죽음은 아직 두려움의 대상이 아니었다. 죽음은 단지 생활 속의 새로운 사건이었고, 나는 그것을 일상사요 지극히 당연하고 자연스러운 무엇으로 받아들이며 자라고 있었다.

그러나 나에게 자아에 대한 의식이 싹트면서 죽음도 대한 두려움도 싹트기 시작했다. 성장하면서 나는 나 자신을 하나의 독립된 존재로 보기 시작했고, 하고 싶은 것, 되고 싶은 것, 이루고 싶은 것에 대한 많은 생각을 만들어 냈다. 그리고 다른 이의 죽음은 곧 나의 죽음에 대한 약속이라는 것을 알게 되었다. 상상으로 그 죽음의 현장들에 나를 대신 눕혀 보았다. 내가 시체가 되어 거기에 눕고 거기에서 썩고 거기에서 불탄다. 두려움이 밀물처럼 찾아왔다. 하고 싶은 것, 되고 싶은 것, 이루고 싶은 것이 너무 많아 죽기가 싫고 무서웠던 것이다. 나를 사라지게 하고 싶지 않다는 강한 열망이 내 존재를 순식간에 갑옷처럼 감싸 버렸다. 그 갑옷 안에서의 삶, 그것이 그때까지의 내 삶이었다.

그 갑옷을 뚫는 화살을 쏜 것은 라즈니쉬였다. 나는 그가 쏜 화살을 맞기 위해 자진해서 몸을 던졌다. 그의 산야신이 된 것이다. 그는 죽음에 대해 산야신들에게 말했다.

"생명은, 진짜 생명은 죽지 않는다. 죽는 것은 에고인 것이다. 에고는 죽음의 부분이지 생명이 아니다. 너에게 에고가 없다면 죽음도 없다. 네가 에고를 의식적으로 버릴 수 있다면 너는 죽음을 이긴 것이다. 갑자기 죽음이 너의 의식을 두드린다면, 너는 아마도 인생의 허무를 느낄 것이다. 인생의 무의미를 느낄 것이다. 죽음은 인생의 진실을 그대로 보여 주기 때문이다."

그의 말은 내가 무엇과 싸워야 하는지를 알려주는 힌트가 되었다. 아쉬람에서 그의 설법을 듣는 생활을 하면서 나는 나대로 혼자만의 싸움을 벌이기 시작했다. 그것은 스스로 추궁하듯 끝임없이 던지는 질문의 사슬이었다.

죽음이 두려운가? 무엇이 죽는가? 육신이 죽는다. 육신이 죽는 것을 왜 두려워하는가? 그것은 개체가 소멸되는 것이기 때문이다. 그렇다면 개체란 존재하는 것인가?

개체란 본디 없다. 우리가 개별적인 존재라고 스스로를 인식하고 있는 것은 다만 개개의 육신이 따로 분리된 데서 생긴 착각일 뿐이다. 우리가 개체라고 믿고 있는 그것은, 오직 전체로서 하나인 우주의 크나큰 생명, 저 유일하고 영원한 우주적 실체를 부분적으로 반영하고 있는 아주 작은 거울일 뿐이다. 모든 잘못은, 우리가 어디에 포함된 부분이 아니라 완전히 분리된 독립된 실체라고 자신을 오해하는 데서 비롯된다. 이 오해 때문에 유한한 것과 무한한 것을 혼동하고 급기야는 유한한 것에 모든 의미를 실어 버린다. 수행이란 결국 유한자와 무한자를 혼동하지 않도록 훈련을 쌓는 것이다.

죽음이 두려운가? 무엇이 죽는가? 육신이 죽는다. 육신이 죽는 것을 왜 두려워하는가? 스스로를 독립된 한 실체라고 보았기 때문이다. 그렇게 본 것은 누구인가? 그것은 나의 에고다. 그 에고는 어디에 있는가? 이 육신 속에 있다. 우리가 죽음을 맞이하면 육신이 소멸되면서 에고도 함께 소멸한다. 죽는 것은 결국 에고다. 죽는 것을 두려워하는 것도 에고다. 에고가 자신의 소멸을 두려워하고 있는 것이다.

에고란 무엇인가? '나'라는 존재는 실제로 존재하는지조차 믿을 수 없는 불투명한 존재다. 에고는, 바로 그런 나의 존재의 불확실성에 불안해하는 내 속의 또 다른 나다. 그것은 내가 존재하는지 그렇지 않는지를 극명히 따지지 않으면서 불안을 메꾸는 데만 급급하다. 그리하여 무수한 외적인 조건들로써 내가 확실히 존재한다는 증거를 삼으려 하는 것이다. 모든 갈망이 여기에서 일어난다. 죽음에 대한 두려움은 그런 갈망이 쌓아 올린 모든 것을 상실한다는 데서 생기는 것이다. 어떻게 될까, 육신의 죽음이 찾아오기 전에 에고를 먼저 죽이면?

나 자신을 향한, 막장까지 몰아붙이는 수많은 질문을 던지고 그것에 대답하는 날들 속에서 나는 서서히 조금씩 깨어나고 있었다. 그러나 진정 큰 깨달음은 그런 피상적이기까지 한 자문자답 속에 있지는 않았다. 진정 큰 깨달음은 그 너머에 숨어 있다가 어느 날 순간적으로, 아무런 사건도 없이 갑자기 내게 찾아왔다. 물론 그것은 과정도 없이 찾아든 돌발적 결과였다고만 말할 수는 없을 것이다. 나는 그만큼의 준비를 하고 있었으니까.

지금, 그 큰 깨달음의 순간을 말과 글로 표현할 수 없는 답답함에 내 정신이 극도로 피로해진다. 나는 그때 모든 것을 '가슴'으로 일순간 '느꼈다.' 순간적으로 모든 것이 명료해지면서 마치 우주의 커다란 혼돈 상태와 같은 것이 내 가슴을 뻐근하게 꽉 채웠다. 그러나 그것은 단지 혼돈만은 아니었다. 단선적인 언어로는 그러한 합리적이고 조화롭고 질서 있는 혼돈을 모순되지 않게 설명할 방법이 없다. 그것은 물이 설탕을 녹이듯 모든 것을 함께 녹여서 품고 있는 우주의 섭리였던 것이다. 그 섭리는 인생이 무엇인지, 삶과 죽음이 무엇인지, 모든 것에 대답해 주고 있었다. 나는 지금까지 나의 외부에서 얻어 안고 있던 모든 지식과 관념을 송두리째 벗어던졌다.

이제 나는 나 자신이 스스로 빈 배가 되어야 한다는 것을 느끼고 있었다. 나는 한 척의 배다. 그 위에서 노를 젓고 있는 사공은 나의 에고다. 그러나 그 배는 사공을 필요로 하지 않는다. 배에게는 자연스러운 물결의 흐름을 따르는 것 외에는 아무런 목적도 없기 때문이다. 한때 역류를 거슬러 치올라 가려고 애썼던, 부질없이 강 건너편에 이르려고 애썼던 그 사공은 이제 없어져야 한다. 나는 빈 배로 떠가야 한다. 더러 바람에 흔들리고 물결에 일렁이겠지만, 저 대해로 향하는 강물의 순조로운 흐름에 실려 무심히 가는 것이다.

가다가, 설령 다른 배에 부딪혀 그 배의 시공을 물에 빠뜨리더라도 그는 나를 탓하지 않을 것이다. 누가 그저 물결에 떠 왔을 뿐인 사공 없는 빈 배를 탓할 것인가? 가다가, 어쩌면 배는 대해에 이르기 전에 강물 속으로 가라앉을 수도 있을 것이다. 그러나 그때의 빈 배는 물속에 가라앉은 빈 배일 뿐이다. 빈 배가 무엇을 걱정하랴?

나는 드디어 에고를 죽였다. 그러나 그것이 말처럼 쉽지는 않았다. 에고가 죽는 과정은, 실제의 죽음에 따르는 모든 두려움과 고통이 그대로 현실화되는 과정이었기 때문이다. 그것은 실제의 죽음과 똑같은 것이었다.

눈을 감는다. 명상 상태로 들어가 나 자신을 보며 본질적이지 않은 것은 모두, 하나하나 버려 나간다. 나는 부정하고 싶지 않은 것을 부정해야 하고, 인정하고 싶지 않은 것을 인정해야 한다. 그리고 나 스스로에게조차 감추고 싶었던 치부를 죄다 들추어 놓는다. 그것을 만천하에 공개하듯 내보인다. 실제로 온 우주가 내 앞에 있지 않은가.

나는 이제 죽는다……. 죽음을 생각할 때마다 애착으로 다가오던 것들이 다시 밀려온다. 그것들을 향해 묻는다. 나는 이제 죽는다, 너희는 의미가 있는 것이냐? 단단한 질문의 벽에 부딪혀 내 인생의 지나온 전 과정이 빛을 잃고 흐물흐물 무너지는 것이 보인다. 내 인생의 업적에 담긴 지독한 무의미 때문에 나는 더 이상 비참해질 수 없을 만큼 비참해진다.

이제 나는 그런 나 자신을 향해 돌아서서 묻는다. 그러면 저 지독한 무의미에 한없는 애착을 느끼던 너는, 너는 의미가 있는 것이냐? 너는 의미가 있는 것이냐? 나는 드디어 가느다란 한 가닥 밧줄에 매달린 곡예사와 같은 형국이 된다. 아래로는 천 길, 만 길 깊이를 알 수 없는 캄캄한 나락이 있다. 한번 손을 놓으면 캄캄한 저 나락 속으로 나는 영원히, 영원히 바닥을 만나지 못하고 떨어질 것이다. 내가 의지하고 있는 것은 밧줄 한 가닥뿐이다. 이 밧줄은 나의 존재를 정당화해 줄 유일한 이유, '나에겐 살아 있어야 할 목적이 있다.'는 사실이다. 나는 얼마나 자주 이 상태에서 손을 놓지 못하고 돌아 나가야 했던가. 지금 이 손을 놓지 못한다면 저 밧줄엔 다시 뼈와 살이 붙고 모든 것이 제자리로 돌아갈 것이다.

나는 마침내 손을 놓아 버렸다. 엄청난 중력에 끌려 나는 한없이 떨어진다. 나의 내부에서 나의 심장을 찢을 듯이 끌어당기는 엄청난 힘에 감당할 수 없는 고통이 찾아왔다……. 그러나 그것은 순간이었다. 그러자 놀라운 일이 벌어졌다. 캄캄한 나락은 감쪽같이 걷히고 그것은 일순간에 환한 백색 공간으로 변했다. 그리고 나는 어딘가로 떨어져 내리는 것이 아니라, 그 공간 속에 안정되게 '존재'하고 있는 것이었다. 나는 눈을 떴다.

그날 밤, 몸살이 찾아온 듯 온몸이 불덩이처럼 뜨거워지면서 식은땀이 흘렀다. 나는 푸나의 시내에 작은 방을 얻어 숙식을 하고 있었다. 방이라고는 했지만 몸 하나를 눕히면 꽉 차는 작은 공간이었다. 찾아 주는 이 아무도 없는 그 작은 공간에 누워, 툭 하면 40도를 넘기는 고열에 시달리며 여러 날을 시름시름 앓았다. 아물아물 정신이 혼미해지고, 조금만 정신을 늦추어도 아주 까무러쳐 버릴 것 같은 상태가 자주 나를 덮쳤다. 일주일가량을 물만으로 버티며 마치 죽어 가는 듯한 육신을 가만히 지켜보았다. 나의 에고가 죽어 감에 따라 몸도 일정한 정도까지 죽는 것일까…….

겨우 운신하게 되었을 때 나는 라즈니쉬를 찾아가 그에게 몸이 자꾸만 아프다는 사정을 털어놓았다. 그는 내 눈빛을 보며 모든 것을 단번에 알았다는 듯이 말했다.

"지금 앓고 있는 네 몸의 병은 정신에 일어난 변화 때문에 생긴 것이다. 그 병을 앓고 나면 이제 너의 몸이 신성해질 것이다. 가끔 우리는 심신의 독을 씻어 내기 위하여 병을 필요로 한다."

나는 이해할 수 있었다.

아직 20대인 한 여자 산야신이 병으로 죽었다. 그녀의 산야신 이름은 호흡을 의식한다는 뜻의 비파사나(Vipasana)였다. 처음 아쉬람을 찾아왔을 때 호흡에 이상이 있었기 때문에 라즈니쉬가 그런 이름을 준 것이다. 그녀가 죽어 간다는 말을 들은 라즈니쉬는 우리에게 말하였다.

"나는 생명을 연장시킬 수 없는 사람이다. 너희 모두는 가서 죽음을 중지할 수 없는 연약한 인간의 힘을 느껴 보기 바란다. 죽음을 맞이하는 비파사나의 곁으로 가서 죽음이 말해 주는 인생의 진실을 보기 바란다."

나는 그녀의 죽음을 지켜보았다. 산야신들이 모여든 그녀의 방에는 죽음이라는 엄연한 현실을 그대로 받아들이는, 한편으로는 축복을 보내는 듯한 야릇한 평화가 감돌았다. 그녀가 마지막 숨을 거두었을 때, 나는 그것이 죽음이라기보다는 한 뭉치의 에너지가 온 방 안으로 이완된다는 느낌을 받았다. 짧은 생애의 희비극이 마감된다……. 그 드라마의 끝을 보는 순간 나는 허탈한 웃음을 한바탕 웃고 싶었다.

그녀의 시신은 아쉬람으로 옮겨져 씻긴 다음 깨끗한 오렌지색 산야신 옷으로 갈아입고 화장터로 떠났다. 떠나기 전 라즈니쉬는 우리에게 죽음을 어떻게 받아들여야 하는지에 대한 짧은 설법을 했다.

"그녀는 죽음을 순순히 받아들였다. 그것은 가장 힘든 일이다. 왜냐하면 인간은 그렇게 교육받았기 때문이다. 죽음은 인생의 끝장이요, 두려움이요, 그리고 고통스러운 것이라고 말이다. 그러나 죽음은 생의 한 부분이지 생의 끝장이 아니다. 그것은 인생의 절정일 뿐이다. 인생의 절정을 두려워한다면 어찌 인생을 즐거워할 수 있겠는가?"

그러니 그것을 축복하는 축제의 밤을 가지라고 그는 우리에게 말했다. 수많은 산야신이 그녀의 뒤를 따라갔고, 화장터에서 그녀의 시신이 불길에 휩싸이자 노래하며 춤추기 시작했다. 밤의 어둠은 시신을 사르는 불길과 춤추는 산야신들의 오렌지색 옷을 아름다운 꽃무리로 피어나게 했다. 새벽녘, 마지막 연기가 가늘게 하늘로 올라갈 때까지 우리의 춤, 우리의 노래는 끝나지 않았다.

죽음은 이렇게 아름다운 의식이었다. 죽음은 이렇게 아름다운 축제였다. 죽음은 이렇게 아름다운 춤이요 노래였다.

인도 수행 시절 나에게는 또 한 분의 스승이 있었다. 니사가다타 마하라지. 나는 라즈니쉬를 떠나 그를 찾아갔었다. 그때 그는 80세였고, 뭄바이 시내 사창굴 중심가의 다락방에 살고 있었다. 그 사창가에는 10대에서 50대에 이르는 여인들이 반나체로 길가에 나와 손님을 끌고 있었다. 나는 매일 그 길을 지나서 삶이며, 죽음이며, 인생의 크나큰 숙제를 들고 스승을 찾아갔다. 그 길은, 그들과 나는 같은 여성이면서도 가고 있는 길이 이렇게 다르구나 생각하게 하는 길이었다. 길의 옳고 그름을 떠나서 말이다.

당시 나는 뭄바이에서도 가장 싸구려 여인숙 다락방을 월세로 얻어 지내고 있었다. 지붕 위에 덧지어진 그 다락방은 나 혼자 누우면 꽉 찰 정도로 조그만 방이었다. 양철판 한 장으로 겨우 하늘만 가린 낮은 천장 때문에 태양이 내리쬐는 한낮에는 그 열기를 견딜 수 없었다. 밤이라 해도 덥긴 마찬가지였다. 가파른 사다리를 타고 올라가 신발을 머리맡에 벗어 두고 잠을 잤다. 아침에 잠에서 깰 때는 언제나 한증탕에서 잠을 잤나 싶게 온몸이 흥건하게 젖어 있고 방바닥은 축축해져 있었다.

찬물에 몸을 담가 겨우 기운을 되찾으면 인도의 저 언제 봐도 넘어질 듯한 버스를 두 차례 갈아타고 구루에게 간다. 몸은 데쳐진 야채처럼 풀이 죽었지만 가슴은 스승으로부터 깨우침을 받으리라는 희망으로 다시 팽팽해져 있다.

그의 방 역시 가파른 사다리를 조심조심 타고 올라가야 했다. 그러면 거기 넓은 다락방에 니사가다타는 번쩍이는 눈동자와 앙상하게 마른 어린아이 같은 몸매로 기다리고 앉아 있다. 그러고는 세계와 인도 전역에서 찾아오는 자들을 맞이하고 그들의 질문에 절대적인 언어로 대답하는 것이다. 그의 곁에는 늘 통역하는 분이 한 분 있었고 나의 질문과 그의 대답이 서너 시간 오가면 순식간에 하루가 지나가 버리곤 하였다.

그는 죽음을 이렇게 말했다.

"그것은 부분적인 육신의 변화이다. 통합(integration)은 끝나고 해체가 거기에 있는 것이다."

나는 물었다.

"그러면 육신이 있음을 알던 의식의 주체는 어떻게 됩니까? 육신이 사라지면서 그것도 사라지는 것인가요?"

"육신을 아는 주체는 육신의 탄생을 통해 생겨났다. 그것은 죽음과 함께 사라진다."

"결국 아무것도 남지 않는단 말입니까?"

그는 천천히 고개를 저었다.

"아니다. 생명이 남는다. 의식은 자신의 현현(顯現)을 위해 탈 것과 장비를 필요로 한다. 생명이 다른 육신을 생산할 때 다른 의식 주체가 생겨나는 것이다."

"그러면 첫 번째 의식과 두 번째 의식은 서로 관계가 있다고 할 수 있습니까? 그들 사이에 필연적인 인과 관계가 있습니까?"

"그들 둘 사이에 개체 대 개체로서의 관계는 없다. 그러나 거기엔 분명히 관계가 있다. 거기엔 기억의 육신, 인연의 몸이라고 할 수 있는 무엇이 전체적으로 흐르고 있다. 그것은 생각되고 욕망되고 성취된 모든 것의 기록이다. 개개의 의식이 그것을 알지 못해도, 그사이에는 한데 뭉쳐진 구름 같은 형상을 한 그 기록이 전해지고 있는 것이다."

나는 6개월 동안 매일 아침 그를 만났다. 그와 함께 나는 살아 있는 인간이 전할 수 있는 가장 위대한 지식을 공부했다. 나의 공부는 그를 통해서 끝났다고 할 수 있을 것이다.

언제였던가, 인도에서의 그 치열했던 구도도 이제 기억의 한 부분이 되어 가던 무렵이었다. 나는 미국 플로리다에서 종교 무용 연구를 하던 중이었다. 그해 여름은 유난히 더웠다. 30년 만에 맞는 최고의 무더위라고 요란하게들 떠들고 있었다. 내가 있는 곳은 미국에서도 가장 더운 남부 플로리다였다. 낮이면 흘러내리는 땀과 더위에 지친 몽롱한 의식 때문에 아무것도 할 수가 없었다. 그래서 나는 사치스러운 휴식으로 바다로 나가 수영을 하곤 했다.

그날도 바다로 수영을 나갔는데 그날따라 왠지 바다 깊은 쪽까지 가보고 싶었다. 잘하지도 못하는 수영 실력으로 겁도 없이 혼자서 퍽 깊은 데까지 헤엄쳐 들어갔다. 그러다가 갑자기 파도가 거세어지는데 나는 꼼짝없이 파도 안에 갇힌 신세가 되고 말았다. 뒤돌아보니 꽤 멀리 나와 있었다.

파도가 내 몸을 가지고 놀기 시작했다. 나는 이리 뒤엎어지고 저리 내동댕이쳐지며 점점 깊은 바다로 끌려 들어가고 있었다. 물을 몇 모금 마셨다. 옆에는 아무도 없었다. 아무도 없다는 사실이 나를 당황하게 만들었다. 나는 손을 허우적대며 소리를 질렀다. 그러나 구원의 손길은 없었다. 나는 자꾸만 거센 파도 속으로 파묻혀 들어갈 뿐이었다. 물속으로 몇 번씩 곤두박질쳤다 떠오르면서 난 이제 살아날 가망이 없다고 생각했다. 그러자 닥쳐온 것은 공포였다. 지독한 공포에 나는 발버둥을 쳤다. 나는 또다시 죽음의 공포에 사로잡혀 발버둥 치고 있는 자신을 발견하고, 역시 죽음에 대한 본능적인 공포는 어쩔 수 없는 것인가 하면서 그 경황에도 어떤 서글픔을 느꼈다.

바로 죽음이 나를 찾아왔구나. 지나간 일들이 주마등처럼 내 머릿속을 스쳐 가고 있었다. 시간이 획일적으로 느껴졌다. 과거도 미래도 현재도 없는, 다만 '아하, 시간은 관념이었구나.' 하는 그런 허탈. 그러자 그때 이상하게도 나는 꿈에서 깨어난 듯 정신이 맑아지기 시작했다. 나 스스로도 몸이 오싹해질 만큼 냉정한 침착 같은 것이 찾아왔다. 파도에 몸이 솟구쳤다. 하늘 멀리 구름이 떨리고 있는 것이 보였다. 그리고 다시 저쪽 멀리 해변에 사람이 모여들고 있는 모습이 뒤집혀서 보였다. 나는 생각했다. 발버둥 치다 죽음에 당하고 말 것이 아니라 찾아온 죽음을 능동적으로 받아들여야 한다. 내가 내 죽음의 주인이 되어야지.

"생명은 죽지 않는다. 죽는 것은 너의 에고일 뿐이다."

죽음에 대한 그동안의 깨우침을 압축한 듯한 문장 하나가 내 머릿속을 스쳤다. 그것은 라즈니쉬의 말이었다.

나는 발버둥 치던 것을 그만두고, 마치 스승께 조복하듯이 체념 속에서 물결에 나 자신을·완전히 맡겨 버렸다. 머리가 어지러워지기 시작했고 몸이 둔해지면서 더 이상 숨을 쉴 수가 없었다. 물이 자꾸만 목으로 넘어왔고 더 이상 마실 수 없을 만큼 많은 물을 마셨다. 그런데 이런 힘든 순간을 넘어서자 갑자기 내 몸은 지극히 편안해졌고, 편안해지다 못해 황홀해지기까지 했다. 이미 나의 의식이 아니었기 때문일 것이다. 그러더니 일순간 모든 것이 딱 멎었다.

시간도 없는 공간, 넓이를 알 수 없는 암흑. 먼 듯 가까운 곳에서 작은 불빛 하나가 빤득인다. 시끄러운 소리가 들렸다. 그러자 모든 것이 갑자기 확 밝아졌다. 나를 둘러싸고 있는 몇 명의 구조원과 의사가 보였다. 병원 응급실이었다. 기계들이 내 몸을 누르고 있었다. 나는 천 근의 무게로 짓눌러 오는 두통 때문에 눈을 질끈 감았다 떴다. 의사가 말했다.

"살아났군. 당신, 운이 좋았어. 바닷물로 배를 잔뜩 채웠더군. 만약 그 물로 허파를 채웠더라면 당신은 벌써 저세상으로 갔을 거야."

아, 내가 살아났구나……. 눈물이 주르르 흘렀다. 처음에 그것은 기쁨과 안도감의 눈물이었다. 생명이 다시 내 육신 속을 감돌아 흐르고 있다는 사실에 대한 기쁨과 안도감. 눈물이 자꾸만 나왔다. 그러나 이미 그 눈물은 기쁨과 안도감으로 인한 것이 아니었다. 이제 그것은 자책과 연민의 눈물이 되었다.

살아났다는 것에 기쁨과 안도감을 느끼다니. 도대체 이 기쁨과 안도감이 무엇이란 말인가. 이 기쁨과 안도감은 바로 죽기 싫다는 집착의 반증이 아닌가.

조금 전까지만 해도 나는 죽음을 자신 있게 능동적으로 맞이하려 했었다. 나는 죽음에 대한 두려움을 초월하지 않았던가. 죽는 것은, 소멸하는 것은 단지 에고일 뿐이라며 초연하게, 오히려 기쁘게 죽음을 맞이하려 하지 않았던가. 역시 죽음에 대한 본능적인 두려움은 어쩔 수 없는 것인가……. 죽음, 나는 그것의 초월과 포박 사이를 아직도 오락가락하고 있었던 것이다.

나는 눈을 감았다. 호흡을 가다듬었다. 그리고 나의 가슴을 뻐근하게 채우며 다가왔던 그 우주의 섭리를 다시 느끼고 그것을 놓치지 않도록 명상을 시작하는 것이다.

나는 오늘도 명상한다. 내 죽음의 주인이 되기도 하고 종이 되기도 하면서 갈마드는 나의 의식을 붙들어 매기 위해서. 그리고 항상 큰 섭리 속에서 뚜렷이 깨어 있기 위해서……. 깨어 있는 의식으로 나는 말한다. 마치 용변을 보듯 자연스럽게 죽음을 맞이해야겠다고.

몸이
곧 법당

몸에
대하여

6.

몸은, 어디까지가 나에게 허용되는

최소한의 욕망인지를 알려 주는 척도가 된다.

이 몸을 건강하게, 정결하게, 신성하게

보전하는 데 꼭 필요한 것이 아니면

모두 지나친 욕망이요 세속적인 욕망이다.

이 몸이 나의 법당인 것이다.

나는 그 속에서 경건해진다.

볼품없는 지팡이 하나에 몸을 의지하고 나는 다시 뉴욕으로 돌아왔다. 1979년 여름이었다. 내 얼굴은 이미 10년은 더 늙어 보였고 다리는 심하게 절룩거렸다. 나는, 결혼해서 뉴욕에 살고 있는 조카네에 신세를 지게 되었다. 달리 거처할 곳도 없었다. 낮이면 조카 내외는 밖으로 나갔다. 아무도 없는 집에 나 혼자 남아 고장 난 내 육신을 보며 하루하루를 보냈다.

마음 같아선 이 뉴욕에서 훨훨 날며 춤을 추고 싶었다. 그러나 그럴 수 없는 몸이었다. 춤은 고사하고 제대로 걷지도 못하는 상황이었다. 그리고 그런 꼴로는 한국의 어머니를 뵈러 갈 수도 없었다. 나는 어디 갈 곳도 없었으며 뉴욕에는 연락이 닿는 옛 동료도 없었다. 몸이나 성하면 당장 왕년의 무대를 찾아 헤매서 한때의 동지들을 죄다 만날 수도 있을 터였다. 하지만 그것은 좀 뒤로 미루어야 했다. 우선 몸부터 고

처야 했던 것이다.

뉴욕에 있는 병원의 권위 있는 의사에게 정밀 진단을 받았다. 온갖 신경과 근육 계통의 테스트 결과 좌골신경에 이상이 있다는 진단이 나왔다. 바로 거기에 간장이 쌓여 있으며 그 신경이 연결되는 모든 부분이 아프다는 것이었다. 그 선이 아래 척추로부터 다리 뒤쪽이며 발뒤꿈치까지 연결되어 있다. 의사는 이렇게 말했다.

"당신의 병은 약이나 수술로 치료되는 것이 아니다. 우선 치료할 수 있다는 확신을 가지는 것이 가장 중요하다."

뜻밖이었다. 무엇이든 물질로 해석하고, 칼로 해부하고, 문제가 좀 있으면 팔이건 다리건 잘라 버려야 한다고 믿는 게 서양 의학이다. 그런데 서양 의사가 이런 말을 한 것이다. 나는 뒤통수를 한 대 얻어맞은 기분이었다.

그의 말은 나의 병을 치료할 수 있는 방향을 잡는 데 도움이 되었다. 우선 확신을 가진 뒤에 나 혼자서 치료해야 한다. 스스로 병의 원인을 발견해 내고 그것을 토대로 치료 방법을 찾아내자…… . 나는 치료에 도움이 될 만한 의료 기관, 식이요법 센터, 운동요법 센터, 각종 치료법 등에 관한 정보를 수집하는 한편, 지나온 나의 행적을 반성하기 시작했다.

왜 이런 병이 생기게 되었는가? 그것은 그동안 신경을 무리하게 쓴 결과였다. 신경의 과로가 몸에 영향을 끼쳤다. 약해진 몸으로 무리한 단식을 너무 자주 한 바람에 영양실조까지 겹쳤다. 그리고 잠자리를 조심하지 않고 차가운 곳에서 함부로 잔 것도 이유가 되었다. 인도에 있던 동안은 그런 생활의 연속이었다. 딱히 한 가지로 이유를 집어낼 수는 없었지만, 거슬러 올라가면 무용을 시작하던 때부터의 여러 가지 사정이 복합적으로 빚어낸 결과라고 보아야 할 것이었다. 그것을 종합하면 한마디로 '지금까지 몸을 너무 섭섭히 대우했다.'는 것이었다.

　실제로 통증이 찾아온 것은 인도를 떠나기 몇 달 전, 인도 동남부 해안의 휴양지 고아(Goa)에서 모처럼의 휴식을 취할 때였다.

　나는 이제 라즈니쉬도 떠났고 새로이 만난 또 한 분의 스승 니사가 다타도 떠나 있었다. 나는 고행으로 지친 심신을 좀 쉬게 하고, 나의 치열한 한 시기를 받아 준 인도를 마지막으로 둘러보는 순례 여행을 함으로써 인도와 작별하고 싶었다. 그 여행의 첫 지점으로 당도한 것이 바로 고아였다.

　지상의 천국으로 불리는 열대 지방의 해변, 그곳은 세계의 히피들이 모이는 해변이었고, 누구나 나체로 수영을 할 수 있는 유일한 피서지였다. 야성적인 야자수 나무가 우거져 있고 언제든 그 열매를 따서 그 속의 신선한 물을 마실 수 있는 낭만적인 곳이다. 밤이 되면 파도 소리가 유난하여 가슴이 벅차오르곤 했다. 해가 지면 히피나 연인들은 그 모래밭에 모여 팬티만 걸친 채 경쾌한 음악에 맞춰 생각을 잊고 춤을 추곤 하였다.

　새벽이 되어 무한히 넓고 끝이 보이지 않는 그 푸른 바다의 모래밭을 걸으면 문득 파도 속으로 사라져 버리고 싶은 충동을 느낀다. 장엄한 바다 앞에 너무도 작은 인간들……. 그런 생각에 젖다 보면 어느덧 아침 해가 떠 있고 내 몸에서 땀방울이 맺히기 시작했다. 이런 상념을 잊기 위하여 나는 다시 바닷속으로 어린애처럼 뛰어들어 가 개구리헤 엄을 치곤 했다.

고아에서 내가 지낸 숙소는 관광객들이 묵어 가는 방갈로 같은 것이 었다. 풀짚으로 이엉을 얹은 모습이, 벽을 발랐다 뿐 우리나라의 원두 막을 그대로 연상하게 했다. 앞으로는 훤히 트인 바다가 보이고 파도 소리가 가까이 들리는, 해변의 정취를 물씬 느낄 수 있는 잠자리였다.

코코넛, 파파야, 망고, 파인애플 등의 열대 과일이 풍성한 곳이어서, 그곳에서는 과일을 갈아 만든 무스라는 일종의 주스로 식사를 대신했 다. 특별히 빵 같은 것을 따로 먹지 않아도 끼니를 때울 수 있었다. 어 쩌면 나는 인도에 온 이후 처음으로 잘 먹고 잘 잤던 것 같다. 그곳에 서의 며칠은 인도에서 보낸 다른 어느 날들보다도 넉넉하고 평화로웠 으며, 사치스럽기까지 한 것이었다.

그렇게 며칠을 휴식하며 잘 지낸 어느 날 아침이었다. 잠에서 깬 나 는 무심코 자리에서 일어나려다 몸이 으스러지는 듯한 고통 때문에 "악!" 하고 나도 모르게 비명을 지르고 말았다. 몸을 꼼짝할 수가 없었 다. 화장실로 가기 위해 애써 움직이려 하니 지독한 통증과 함께 덜컥 허리 쪽에 충격이 온다. 격심한 통증이 숨을 몰아쉬게 했다. 이게 도대 체 어떻게 된 것인가…….

이를 악물고 겨우겨우 기어서 화장실을 다녀오고 나니 온몸에서 땀 이 비 오듯 쏟아지고 있었다. 하루 종일 그곳에 틀어박혀 있었는데, 앉 아 있지도 누워 있지도 못할 만큼 고통이 심했다. 가까이에 병원도 없

자유를 위한
변명

었다. 그리고 누구 하나 나의 사정을 알아 줄 사람이 곁에 있는 것도 아니었다. 영문 모를 고통에 식은땀만 쏟으며 아무런 치료 방법도 강구하지 못한 채 시간을 보내야 했다. 나는 이틀 뒤에 북쪽으로 출발할 예정이었다. 인도 북단까지 가야 하는 먼 여정이 아직 나를 기다리고 있는데, 고행의 끝을 결국 이렇게 쓰러지는 것으로 마감하는가. 나는 심호흡을 하며 몸을 어떻게든 추슬러 보려고 애썼다.

이튿날도 상황은 마찬가지였다. 그러나 꼼짝 않고 있으면 몸이 석회처럼 굳어 버릴 것 같은 느낌이 들었다. 눈물이 찔끔찔끔 나오도록 심한 고통을 참으며 손가락부터 시작하여 팔다리의 관절들을 조금씩 접었다 폈다 하는 운동을 했다. 어쨌든 걸을 수 있게만이라도 해 보자는 생각이었다. 두 팔과 오른쪽 다리는 그래도 덜 심한 편이었다. 통증은 왼쪽 다리와 허리 부분을 중심으로 해서 온몸으로 퍼지고 있었다.

나는 그 좁은 방갈로 안 이쪽 끝에서 저쪽 끝까지 기어가는 운동을 했다. 한쪽 끝에 가 닿으면 숨이 턱까지 찼다. 이틀 동안 아무것도 먹지 못한 채, 내 오줌을 받아 마시는 것이 유일한 식사요 수분 섭취였다. 그날을 그렇게 지내고 밤이 오자 몸이 후끈거리면서 어쩐지 혈기가 도는 느낌이 들었다. 내일이 오면 서서 움직일 수 있겠지 하는 희망 속에서 잠이 들 수 있었다.

다음 날, 과연 몸을 일으켜 세울 수는 있었지만 왼쪽 다리와 허리의 통증은 여전했다. 절뚝거리며 걸음을 옮길 때마다 통증이 온몸을 휩쓸고 지나갔다. 이런 상태로 먼 여행은 역시 무리라는 생각이 들었지만, 나는 예정했던 대로 북쪽으로 출발하기로 마음먹었다. 이렇게 행려병자 꼴을 하고 고아에 남아 있는다고 해서 무슨 뾰족한 수가 있을 것도 아니기 때문이었다.

내가 가야 할 길은, 고아에서 뭄바이까지 24시간, 뭄바이에서 델리까지 28시간, 다시 델리에서 히말라야의 다람살라까지만 이틀, 버스와 기차로 밤낮을 쉬지 않고 가도 꼬박 나흘 이상 걸리는 먼 길이었다. 그길은 처음 인도에 와서 고행을 시작했던 길이다. 나는 그 길을 한번 되짚어 보고 싶었다. 그리고 인도를 떠나기 전에 히말라야의 다람살라에 가서 티베트의 승왕(僧王) 달라이 라마도 꼭 한번 뵙고 싶었다.

쓰러지더라도 가다가 쓰러지자……. 비장한 각오를 세우고 나는 방갈로를 나섰다. 방갈로 앞에서 내 몸을 의지할 만한 울퉁불퉁하고 볼품없는 나무 막대기 하나를 주웠다. 그것을 지팡이로 해서 걸음을 옮겼다. 그것은 결국 인도를 완전히 떠나 뉴욕으로 갈 때까지 나를 지탱해 주었다.

발을 옮길 때마다 번개처럼 등골을 치는 통증과 인도의 저 낙후한 교통수단 때문에 여행은 생각보다 더 힘들었다. 제시간에 오는 법이 없는 버스를 겨우 타면, 쓰러질 듯 탈탈거리며 달리는 그것의 진동이 허리에 자꾸만 충격을 주었다. 밤낮을 계속 달리는 기차에서는 벽에 붙어 있던 의자를 내리면 층층이 잘 수 있는 잠자리가 되어 겨우 몸을 눕힐 순 있었지만, 불편하기는 마찬가지였다.

식수도 문제였다. 차가 멈추면 인도 사람들은 우그르르 내려서 웅덩이 같은 곳에 고인, 세균이 득실거리는 물도 개의치 않고 마셨지만, 나는 그럴 수 없었다. 그들은 어려서부터 면역이 되어 괜찮은지 몰라도,

나는 한때 그것을 마셨다가 심한 설사와 배앓이를 했던 경험이 있기 때문이었다. 나는 고행 중에 훈련을 쌓은 대로, 물 대신 내 오줌을 받아 마시는 쪽을 택했다.

그렇게 나는 히말라야까지 갔다. 5일 만에 열대의 여름에서 한대의 겨울로 옮겨 간 것이다. 티베트인들이 사는 다르질링과 다람살라에서 몇 달을 머물렀다. 추위와 불편한 잠자리, 그리고 여전히 계속되는 통증 때문에 무척이나 고생스러웠다. 그 고생의 보람이라면 아무래도 달라이 라마를 만나 뵐 수 있었다는 것일 게다.

달라이 라마는, 지붕이 초록색 양철로 덮여 있기 때문에 사람들이 '그린 하우스'라고 부르는 임시정부 청사 겸 관저에 거처하고 있었다. 약간 커다란 집이라고만 느껴지는, 허술한 외양을 한 건물이었다. 며칠 전에 접견 신청을 해 두었다. 지금과는 달리 그를 방문하는 외국인이 그리 많지 않았기 때문이었는지 만나는 절차에 큰 어려움은 없었다. 어쩌면 내가 티베트와 운명이 비슷한 한국이란 나라에서 왔고 여자라는 사실이 작용을 했는지도 몰랐다.

건물의 외양을 보았을 때는 한 정부의 지도자가 집무하는 곳이란 느낌을 가질 수 없었는데, 접견실로 들어서니 그런 선입견이 씻겨 나갔다. 내부의 꾸밈새는 모두 검소하고 소박했지만 집기나 의자들이 경건함을 느낄 만큼 단정히 놓여 있었고 꽤나 널찍했다. 벽에 커다랗게 걸려 있는 티베트 특유의 탱화가 인상적이었다.

달라이 라마는 권위 의식이 없는 분이었다. 어떤 사람이라도 달라이

라마 앞에 앉을 때는 한 자리 아래에 앉게 되어 있는 티베트의 오랜 관습도 그분이 깨뜨렸다는 것을 나는 알고 있었다. 그는 다정한 친구처럼 나를 반겨 주었다. 그는 내내 영어로 말했다. 간혹 단어가 막히면 비서에게 도움을 청했다.

나는 그의 첫인사에서 한국에 대한 큰 관심을 읽을 수 있었다.

"한 종교 회합에서 한국 스님을 한 분 만난 뒤로는 당신이 첫 번째 만나는 한국 사람입니다. 한국과 우리 티베트는 여러 면에서 닮은 점이 많아 특히 친근감을 느끼고 있습니다."

사실 두 나라의 운명에는 비슷한 점이 많다. 나라가 둘로 나누어져 있는 것도 그렇고, 식민지 통치를 받았다는 것도 그렇다. 그리고 국운의 쇠잔기를 맞이해야 했지만, 그 어느 나라보다도 오랜 역사와 전통, 찬란한 정신문화를 가지고 있다. 우리는 금세, 두 나라가 한때 맞이한 불운에 대한 공통의 화제로 많은 이야기를 주고받게 되었다.

"이곳 티베트 유민들 중에는 중국 공산 치하의 티베트 땅에 가족들을 남기고 떠나온 사람들이 많습니다. 한국에도 이산가족이 많다는 것을 알고 있습니다. 당신의 가족은 혹시 남과 북으로 헤어져 있지 않습니까?"

이런 질문을 나에게 던지는 그의 눈에는 헤어져 살고 있는 동포에 대한 연민이 가득 담겨 있었다. 장군과 같이 당당하고 늠름한 풍모, 성자와 같이 인자한 얼굴, 그리고 가슴을 가득 채우고 있는 저 연민과 자비심. 나는 나라 잃은 티베트의 희망을 보는 듯하였다.

"이곳 다람살라에는 이번이 두 번째 방문입니다. 저는 수행을 위해 인도에 와 있는데, 처음 인도에 왔을 때 이곳에 와서 티베트 불교를 아주 잠깐 공부한 적이 있습니다."

"불교의 진수는 모두 티베트어로 기록되어 있지요. 당신이 수행을 계속할 생각이라면, 티베트의 문화와 종교를 공부할 수 있도록 주선해 줄 의향이 있습니다."

"아닙니다. 저는 다만 달라이 라마 전하를 꼭 한 번 뵙고 싶었을 뿐입니다."

나는 그 당시 내가 발견할 수 있는 문제에 대한 나름대로의 해답을 모두 구했고, 이젠 더 이상 새로운 종교, 새로운 가르침 속으로 다시 빠져들고 싶진 않았다. 그리고 그를 만나고자 했던 것도 한 영적인 지도자를 단지 가까이에서 보고 싶다는 다분히 인간적인 관심이 더 컸다.

이런저런 이야기를 나눈 뒤에, 나는 그때까지 소중히 품에 간직하고 다니던 인삼 몇 뿌리를 그에게 선물로 드렸다. 그것은 한국에서 인도로 떠나올 때 혹시 쓰일 때가 있을지도 모른다는 생각으로 준비해 온 것이었다. 이제 쓰일 데를 찾은 것이다. 그는 축복을 내린다는 의미로 머플러 같은 흰 천을 내 목에 걸어 주면서 다시 만날 수 있기를 바란다고 말했다.

그는 내 어깨에 다정히 손을 얹고 정원까지 몸소 걸어 나와 주었다. 눈앞으로 시리도록 푸른 하늘이 탁 트여 있었고, 만년설을 어깨까지 덮어쓴 장대한 히말라야의 산줄기가 한눈에 들어왔다. 그 장관을 함께 바라보면서 잔디밭을 잠시 걷다가 우리는 작별 인사를 했다. 비록 티베트가 나라 없는 서러움을 겪고 있으나 이렇게 훌륭한 지도자가 있다……. 티베트에 대한 지금까지의 측은했던 생각이 조금은 면해진 것 같았다.

이후로 나는 달라이 라마가 집전하는 군중집회에서 그를 여러 차례 만날 수 있었다. 그는 그때마다 나를 알아보고 도와줄 것은 없느냐고 자상한 관심을 보여 주었다.

나는 그의 관저에서 약 10리쯤 떨어진 곳에 거처를 마련하고 있었다. 산 쪽으로 좀 더 올라간 마을에 있는 헛간 같은 싸구려 판잣집이었는데, 가구라고는 삐걱거리는 나무 침대 하나와 낡은 난로 하나뿐이었다. 밤이면 어설프게 얹은 지붕의 틈 사이로 하얀 눈송이가 포르르 내려와 얼굴에 닿곤 하였다. 밤사이의 추위를 견디기 위해 옷이란 옷은 죄다 껴입고 잔다. 그리고 담요를 얼굴까지 푹 뒤집어쓴다. 안 그러면 밤사이에 눈이 얼굴에 쌓이고 말 것이기 때문이다. 안 그래도 돌아눕기 힘들 만큼 아픈 몸인 데다가, 옷까지 그렇게 껴입고 자니 한번 누우면 조금 움직이는 것도 어려워진다. 밤중에 소변이 마렵지 않도록 저녁에는 물을 일절 마시지 않았다.

그런 곳에서 한 달을 머물렀다. 거기서 매일같이 달라이 라마와 그의 주치의가 있는 마을로, 그리고 오버톤(overtone)으로 유명한 고승들이 있는 마을로, 지팡이에 몸을 의지한 채 찔뚝거리며 찾아갔던 것이다.

사실 달라이 라마보다 먼저 만난 것은 그의 주치의였다. 그는 다람살라 시내에 개인 의원을 차려 놓고 있었다. 소문에 따르면, 달라이 라마의 주치의는 임신부의 맥만 짚어 보고도 출산일을 정확히 알아낼 만큼 용하다고 했다.

그가 나를 치료해 줄 수 있으리라는 희망을 안고 나는 그의 병원을 찾아갔다. 그는 영어를 몰라 통역이 있어야 했다. 그는 좀 건성으로 진맥을 할 뿐 몇 마디 물어보지도 않았다. 그리고 특별히 왜 그렇다는 해명도 없이 둥글게 빚어 만든 환약 한 보퉁이를 주면서 말했다.

"이것만 먹으면 깨끗이 낫게 될 거요. 다시 춤도 추고 훨훨 날아다닐 테니, 그 얼굴 찡그리지 마시오."

그의 말이 별로 시원스레 믿기지 않았으나, 어쨌든 춤을 다시 출 수 있다고 장담하니 크게 절망하진 말자 싶었다. 약은 한 달 치나 되었다. 그때부터 매달릴 것은 그것밖에 없었기 때문에 열심히 먹었지만 전혀 차도는 없었다. 아무래도 그는 내 병의 원인이나 내 몸의 상태를 제대로 파악하지 못했던 모양이다.

한밤중에 잠이 깨었다. 조카 내외는 모두 자는지 고요했다. 이따금 멀리에서 질주하는 자동차의 경적 소리가 희미하게 들려온다. 캄캄한 어둠 속에서 내 몸을 어루만져 본다. 만지는 손과 만져지는 몸이 예민한 감각을 서로 나눈다. 나는 이렇게 몸으로 살아 있다.

나는 내 몸을 얼마나 알고 있었던가. 무용을 위해 몸을 열심히 단련하긴 했어도 나는 내 몸의 구조와 그 기능에 대해서는 잘 알지 못했다. 내 몸에 필요하거나 불필요한 중요한 음식조차 모르고 있었다. 내 몸의 오장육부가 어떤 색깔, 어떤 형태로 어느 위치에서 어떤 기능을 하고 있는지조차 모르고 있었다. 나는 내 몸을 몰랐다.

나는 몸과 대화를 나누기 시작했다. 하나는 나요, 하나는 내 몸이다. 나는 내 몸에게 계속 물었다. 나의 잘못이 무엇이었고, 무엇을 어떻게 했으면 좋을까를. 내 몸은 대답한다.

"너는 네가 구하는 바를 위하여 나를 혹사하기만 했다. 너는 나를 돌보지 않았다. 너는 내가 무엇을 원하는지, 얼마나 피로한지를 알지 못했다. 너는 에고의 부질없는 욕심에 쫓겨 의미 없이 나를 학대했다. 나는 더 이상 지탱할 수 없을 만큼 지쳐 있었는데, 마침내 너의 긴장이 느슨해졌을 때 본때를 보일 기회를 잡은 것이다. 나는 더 이상 너의 노예처럼 취급당하고 싶지 않다. 왜냐하면 나는, 나는 바로 너이기 때문이다."

나는 진정한 내 몸의 소리를 들을 수 있었다. 내 몸의 모든 부분이 고통의 원인을 역사처럼 담고 있다가 나에게 들려주었다. 나는 그 소리에 귀를 기울였다. 참회의 눈물이 흘러나왔다. 나는 중도를 잃었었다. 나는 자연과의 합치를 잃었었다. 앞으로 나는 언제까지나 이 몸의 소리에 귀 기울이리라. 나는 누운 채로 몸의 근육 하나하나를 조용히 움직였다. 그것은 몸의 소리에 동의하는 조용한 춤이 되었다. 눈물이 내 얼굴을 적시고 있었다.

나의 잘못을 알았으므로, 나는 다음 날부터 하루의 거의 모든 시간을 몸을 위해 투자하기로 했다. 호흡으로 몸을 주시하고, 몸을 편안하게 한 뒤, 조금씩 운동도 했다. 아직 서서 움직이는 것은 생각할 수 없는 상황이어서 누운 채로 그 모든 것을 했다. 그것은 인도에서 터득한 호흡 수련과 명상 수행을 계속 실천했다고 볼 수 있는 생활이었다.

그때부터 나는 내 몸을 체계적으로 파악해 들어가는 한편으로 여러 가지 치료법에 관한 정보도 열심히 모았다. 불편한 몸을 이끌고 여기저기 많은 곳을 뒤지고 많은 책을 들추었다. 서양 의사도 여럿 만나 보고 한의사도 여럿 만났다. 몇 가지 방법은 몸에 직접 '실험'했다. 그 당시 치료를 위한 나의 탐색 과정은 실로 '연구'라고 할 만한 것이었는데, 여러 날의 힘든 연구 끝에 확실한 결론으로 안착한 지점은 좀 엉뚱했다. 바로 호흡과 시각화(visualization)를 통한 명상이 나의 치료를 위해 가장 올바르고 효과적인 방법이라는 사실이었다. 그것은 이미 내가 갖고 있던 답이었다. 원점으로 되돌아오기 위해 그 여러 날을 헤맸던 것이다.

물론 다른 방법들이 전혀 도움되지 않았던 것은 아니었다. 나는 운동요법과 식이요법도 했다. 활동에 큰 지장이 없을 정도로 회복하는 데는 6개월 정도가, 그리고 완치하는 데까지 1년 이상이 걸렸는데, 그동안 내 몸에 적용한 모든 것이 함께 효과를 발휘한 것이다.

나는 허먼(Herman)과 모니카(Monica), 이 두 사람이 운영하는 운동요법 치료 센터를 찾아갔었다. 그들은 한때 발레를 하던 사람들이다. 여자의 몸에 이상이 생겨 발레를 계속할 수 없게 된 뒤, 그들은 치료를 위해 운동요법에 전념하다가 운동요법 전문가로 변신했다. 센터는 뉴욕에서 북쪽으로 여섯 시간쯤 떨어진 올버니란 곳에 있었다.

나는 거기에서 나 자신도 몰랐던 놀라운 사실 하나를 발견했다.

처음 찾아갔을 때 모니카가 나에게 이런저런 동작을 해 보라고 주문했다. 나의 동작을 유심히 보던 그녀는 말했다.

"당신의 왼쪽 다리가 짧아졌다."

깜짝 놀라, '설마?' 하고 실제로 재어 보니 왼쪽 다리가 유심히 관찰하면 뚜렷이 비교될 만큼 짧아져 있었다. 나는 생각해 보았다. 충분히 그럴 만한 이유가 있었다. 어느 부위보다 왼쪽 무릎 부분의 통증이 특히 심했었다. 그래서 나도 모르게 왼쪽 다리를 약간 구부린 채로, 몇 개월 동안 지팡이에 의지하고 불균형한 걸음으로 다녔다. 그동안에 다리가 그런 상태로 굳어 버렸던 것이다. 나는 그곳에서 일주일을 머물면서 나에게 적용할 운동요법의 동작들을 배웠다.

식이요법도 도움이 되었다. 보스턴에는 히포크라틱 센터라는 식이요법 전문 요양원이 있었다. 『건강을 되찾자(Let's get well)』를 쓴 앤 위그모어(Ann Wigmore)라는 할머니가 운영하는 곳이었다. 그 할머니는 당시 80세에 가까운 나이에도 불구하고 매일 활기차게 뛰어다니고, 언제나 얼굴에 홍조를 띠고 있어 마치 소녀처럼 보였다. 그녀는 자신이 창안한, 밀싹(wheat grass) 즙을 먹는 식이요법으로 자신의 암을 치료한 것으로도 유명했다.

밀을 온실에 파종하여 얼마간 기른다. 잔디 정도의 높이로 자라면 그 싹을 잘라 즙을 낸다. 나도 거기에서 생활하며 그것을 하루에 한 잔씩 마셨다. 얼마나 독한지 배 속을 얼얼하게 할 정도였다. 물론 다른 것도 먹는데, 모두 식물성이고 전혀 불을 대지 않은 것들이다. 아침에는 수박 껍질과 속을 함께 갈아 주스로 마신다. 그리고 잡곡들을 콩나물처럼 길러 그것을 생식한다. 매일 아침 목욕을 하고 운동을 계속한다. 그런 생활을 일주일 한 뒤 나 자신을 살펴보았더니, 눈동자부터 완전히 달라졌고 몸도 맑아져 있었다. 몸에서 독소가 제거되었기 때문이다.

이제는 아무런 약도, 의사도 필요 없었다.

나는 내 몸을 알고 방법을 알았다. 가장 중요한 것은 신경의 이완과 호흡이었다. 모든 생각을 다 떨쳐 버리고 단전까지 이르는 깊은 호흡을 하루 종일 계속했다. 들이마시고 내뱉는 과정이 1분에 한 번 정도가 되는 완만한 호흡이다. 호흡을 계속하면서 아픔을 느끼는 곳을 의식으로 찾아간다. 그리고 그곳을 풀어 주기 시작하는 것이다. 손이 아니라 의식으로 그곳을 마사지해 준다. 호흡이 그곳까지 이르도록 호흡을 보낸다. 숨은 아랫배까지 들어왔다가 다시 나간다. 그 과정을 모두 뚜렷이 의식한다.

호흡에 의식을 집중하고 완만한 호흡을 계속한다. 그러면 호흡은 아픈 곳에 이르러 그곳에 '공간'을 만들어 준다. 통증은, 신경이 눌리어 공간이 없어진 데서 비롯되었기 때문이다. 말하자면, 아픈 부위로 호흡을 전달해서 그동안 접히고 말리고 어지럽게 된 신경들을 자연스러운 상태로 풀어 주는 것이다.

눈을 감고 있지만 이 모든 것을 눈으로 보듯 그려야 한다. '시각화'다. 그러고는 아픈 부위 주변을 조금씩, 근육이 제각기 놀면서 자유롭게 움직일 수 있도록 해 준다. 이때 근육을 떨거나 털어 주는 운동이 효과적이다. 말보다는 훨씬 섬세하고 복잡한 과정이지만, 이 모든 과정은 마치 구겨진 옷을 다림질해 주는 것과 같다. 시각화와 함께 긍정적인 마음가짐이 무엇보다 중요하다.

나는 생활 전체를 병을 고치는 데 중심을 두고 매일매일 정성을 다했다. 뉴욕에 돌아왔을 때부터, 몸이 그런 상태여서 더 그랬는지는 몰라도 그 어느 때보다도 춤이 추고 싶었다. 인도에서 수행하는 동안 이미 마음은 무용으로 돌아와 있었기 때문에 춤추는 사람들이 그렇게 행복해 보일 수 없었다. 다시 걸을 수 있게 된다면 나는 무엇보다 먼저 춤부터 추리라⋯⋯. 아니, 나는 이미 누워서도 춤을 추고 있었다. 어쨌든 당장은 몸을 낫게 하는 것이 최대의 과제였다. 그 몇 개월 동안, 나는 전적으로 내 몸을 치료하는 데 매달렸고 그것이 나의 유일한 '직업'이었다.

그러자 나의 몸이 서서히 차도를 보이기 시작했다.

내 몸에 이상한 현상, 아니 충동이 일어났다.

몸이 차츰 회복되어 정상을 되찾기 시작했을 무렵이었다. 왠지 자꾸만 어린애 같은 몸짓을 하고 싶어지는 것이다. 몸짓뿐만이 아니었다. 말과 모든 행동도 어린애처럼 하고 싶었다. 중심이 없는 듯한 움직임으로 아장걸음을 걸어 보고, 또 기어도 다녔다. 잘 때는 엎어져서, 또는 배 속의 태아처럼 몸을 꼬부리고 자곤 하였다. 그냥 방에 드러누워서 뒹굴고, 뒹굴다가 발가락을 빨고, 발가락을 빨다간 방바닥을 핥았다. 그게 그때의 일이었다.

종일을 집 안에 틀어박혀 앉아서 어린애처럼 기고 놀고 움직이고 있는 것이 그렇게 행복하고 기쁠 수가 없었다. 밖에 나가서 해야 할 모든 일은 그것에 비하면 너무도 무의미한 것으로 보였다. 그것은 새로운 몸을 얻는다는 데서 오는 충동이었다. 결국, 나는 새로 태어나고 있었던 것이다.

청신한 몸을 새로 얻을 때의 이 신선한 체험은 1년 뒤 「탄생(First Being)」이란 작품으로 표출되었다. 뉴욕 라마마 극장에 독무로 올린 그 작품으로 나는 다시 무용계로 복귀했다. 「탄생」에는 아무런 무대 장치를 쓰지 않았다. 나는 옷을 입은 듯 안 입은 듯한 어린아이의 모습으로 바닥에 누워 갓난아이의 천진스러운 움직임을 보여 주었다. 발가락을 빤다든지, 발을 머리 뒤에다 대고 흔든다든지, 엎치락뒤치락하면서 웅얼거린다든지, 마루를 빨아 본다든지……. 그리고 어머니 배 속의 양수랄까, 집이나 고향을 상징하는 커다란 풍선을 안고, 그것을 굴리고 그것을 따라 굴러가서 안기도 했다. 모든 것이 다시 태어나던 그 시기의 체험과 반영이었다.

새로운 육신으로, 새로운 영혼으로 나는 태어난다……. 그런데 새로운 육신과 새로운 영혼으로 태어나는 이 생명을 안아 줄 새로운 어머니는 어디 계신가? 나에겐, 이런 나를 갓난아이로 대해 주고, 먹여 주고, 입혀 주고, 씻겨 줄 새로운 어머니가 필요했다. 새로 태어나는 이 생명을 안아 들일 그런 어머니가 없다면 참으로 한이 될 것만 같았다. 꼭 일주일만이라도 그렇게 살아 보고 싶었다. 꼭 일주일만이라도, 그런 응석받이 육신, 응석받이 영혼으로 살고 싶었다. 그러고 나면 죽을 수 있을 것 같았다. 아니, 그러고 나면 다시 어른으로 성장해서 살 수 있을 것 같았다. 그러나 그런 어머니는 어디에도 없었다.

1979년 말, 나는 마침내 나를 낳아 주셨던 현실 속의 어머니를 찾아 그 곁으로 돌아가기로 했다. 몸을 움직일 때마다 아직 희미한 통증이 느껴졌지만, 그래도 새롭기만 한 몸을 안고 어머니를 찾아가는 것이었다. 나는 모두 말하리라. 이 한때의 심정을, 나의 깊은 의식 속에 잠재된 모든 감정을 털어놓으리라. 당신의 품에서 다시 갓난아이로 살고 싶노라고…….

그러나 나의 기대는 무너졌다. 어머니는 이미 당신의 몸조차 제대로 돌볼 수 없는 상태셨다. 78세의 고령에, 고혈압과 신경통으로 고생하고 계셨다. 나는 말을 하지 못했다. 나의 말은 어머니의 가슴만 더 무겁게 할 것이었다. 나는 응석을 부릴 수 없었다. 고작해야 말없이 어머니의 손가락을 끌어다 한번 깨물어 보고 빨아 보았을 뿐이다. 어머니는 그런 내 손을 잡고, 왜 이렇게 손이 말랐느냐 하셨다. 보살펴 줄 어머니를 필요로 하는 것은 나보다도 오히려 당신이셨다. 나는 그런 어머니를 조용히 껴안았다. 그리고 주름 많은 얼굴과 흰 머리를 쓰다듬어 보았다. 나는 속으로 말했다.

'어머니, 이젠 제가 당신의 어머니예요.'

나는 어머니가 계신 곳에서 그리 멀지 않은 청주대학교에 교편 자리를 얻었다. 그동안 떠돌이 자식으로서 지은 죄를 조금이나마 갚고 싶어서 그 곁에 머무르기로 한 것이다.

그 무렵부터 춤을 다시 추기 시작했다. 몸이 완치되지는 않았지만, 정상적인 생활을 할 수 있을 정도는 되었다. 움직일 때마다 여전히 희미한 통증이 느껴졌다. 그러나 까짓 희미한 통증쯤 내가 춤추는 데 아무런 장애가 되지 않았다.

어떻게 되었을까, 내가 만약 반신불수의 상태로 남아야 했다면? 그래도 춤을 계속 추었을까? 아마 계속 추었을 것이다. 누워서도 추기 시작했던 춤이었으니까.

치료될 기미가 보이지 않던 동안에는, 춤을 못 추게 될지도 모른다는 불안감이 없지 않았었다. 그러나 그렇게 되었더라도 나는 결국 그 상황을 긍정적으로 받아들였을 것이다. 그런 상황을 초래한 것도 결국 나 자신이기 때문이다. 반신불수의 육신일지라도 축복으로 받아들이고 그 상태로 춤을 추었을 것이다. 춤은 팔다리를 다 갖춘 사람만의 전유물은 아니니까. 춤은 앉은뱅이도 출 수 있는 거니까.

1984년, 이곳 볼케이노 아트센터에서 무용 워크숍을 가졌던 때의 일이다. 참가자 한 명이 비디오테이프를 나에게 건네주었다. 자기가 구성한 무용 작품을 보여 주고 싶다는 것이다. 아마추어의 작품인지라 나는 큰 기대 없이 그것을 보기로 했다.

불구자인 두 명의 남자가 휠체어 위에 앉았다. 그리고 두 여자가 휠체어 뒤에 섰다. 젊은 남녀 두 쌍으로 이루어진 무용 작품이었다. 휠체어에 앉은 한 남자는 다리가 없었다. 그는 30대 중반이었는데, 베트남에서 두 다리를 허벅지까지 잃었다고 했다. 또 한 명의 남자는 다리가 있긴 했지만 형태만 있을 뿐 쓰지는 못하고 평생을 휠체어 위에 앉아 살고 있다고 했다. 진짜 불구자들인 것이다. 어느덧 나는 처음과는 달리 유심히 작품을 보게 되었다.

우선 무용수들의 사연이 감동적인 얘깃거리가 된다. 그리고 춤이란 아름다운 몸이 있어야만 하는 것이라고 생각하는 상식적인 사람들에게 충격을 줄 만하다. 그들이 이것을 본다면 춤의 영역을 좀 더 넓게 볼 수 있을 것이다.

신나는 음악이 배경으로 깔리고 두 휠체어가 활발히 무대를 누비기 시작한다. 불구자들이지만 상체는 비교적 자유롭고 강인한 느낌을 준다. 때로는 여자 무용수들이 휠체어 뒤에 바짝 매달려 균형을 맞추는가 하면, 그것을 썰매처럼 타고 함께 달리기도 하고, 휠체어와 여자들이 따로 한 방향으로 굴러가기도 한다.

작품성 자체는 따질 게 못 되었지만 나는 가슴이 찡한 감동을 받았다. 그렇게도 신나게, 즐겁게, 행복하게, 마치 어린아이처럼 자유롭게 움직이는 모습……. 온전한 육신이 뽐내는 선의 아름다움보다 더 큰 아름다움이 거기에 있었다. 뒤에 그들과 이야기를 나누게 되었다. 두 다리를 잃은 젊은 남자가 나에게 이렇게 말했다.

"나는 나의 몸에 대하여 자부심을 느낍니다. 신이 나에게 준 이 몸, 비록 다리는 잃었지만, 이게 내가 가진 전부거든요. 나는 이 상태에 만족하고 신에게 감사합니다. 당신 보기에도 내가 이 몸을 사랑하고 있는 것 같지 않으세요?"

나는 고개를 끄덕여 주었다. 눈물이 나올 듯 나의 목이 좀 답답해졌다. 한때나마 몸의 불편함 때문에 춤을 못 출까 봐 불안해한 적이 있었던 나……. 나에 대한 반성으로 생각이 미치자 순간적으로 부끄러움마저 느껴야 했다. 나는 말했다.

"몸에 대한 당신의 생각, 그리고 당신의 몸, 다 아름답군요."

나는 진심으로 그의 몸을 아름답다고 생각했다. 그의 몸이 아름다운 이유는 그 속에 자유로움을 담고 있기 때문이었다. 비록 불구의 몸이지만 그는 스스로의 몸에 긍지를 느끼고 있었다. 몸에 긍지를 느끼면, 그 긍지에 비례한 만큼의 자유로움이 그 속에 담기는 법이다.

그것은, 이런 일을 생각해 보면 쉽게 이해할 수 있을 것이다.

사람이면 누구나 자기 신체 중에서 못났다고 생각하는 부분을 한두 군데쯤 갖고 있기 마련이다. 어떤 사람은 비정상적으로 자주 입을 가린다. 어떤 사람은 아예 주머니에 한 손을 찔러 두고 있다. 모두 정상적인 기능을 하는 입이요 손이지만, 못났다고 생각해서 감추고자 하는 것이다. 그런 사람의 행동은 부자유스럽다. 정상적인 입으로 웃지도 못하고 정상적인 손으로 악수도 못하는 그들이야말로 진정한 의미의 불구자라고 할 수 있다. 그들의 행동은 부자유스러울 뿐 결코 아름답지 않다.

그러나 못난 부분을 스스럼없이 드러내 보이겠다고 생각해 버리면 그의 행동이 자유스러워질 수 있다. 그때, 상대방의 눈에는 그 못난 부분이 결코 보이지 않는다. 못난 부분이 드러났다는 자연스러움이 보일 뿐이다. 자연스러움이 무엇인가? 바로 아름다움이다.

자기 몸의 못난 부분, 부족한 부분까지도 다 인정하고, 자기 몸에 대해 긍지를 느낄 수 있을 때, 비로소 사람은 자유로운 몸을 갖게 되는 것이다. 그리고 그 자유로운 몸은 아름다운 것이다.

1960년대 일본에 서구풍이 요란하게 불어 닥쳤다. 여성의 외모를 서양의 기준으로 보기 시작했다. 여자들이 앞다투어 코를 세우고 쌍꺼풀 수술을 했다. 외풍 잘 타는 한국도 성형외과 의사들을 부자로 만들어 주었다. 당시 나는 미국으로 가려고 하던 참이었다. 우습지만 나도 그 때는 미국 가서 괄시받지 않으려면 코도 높이고 눈도 키워야 되는 건 아닌가 하고 고민까지 했었다. 그때 만약 나에게 그렇게 부추기는 친구라도 있었으면 금방 넘어갔을 것이다. 그런 친구가 없었던 게 천만 다행이었다.

나는 그 얼굴 그대로 지금까지 25년 이상을 서양 미인들 사이에서 버텨 왔다. 오히려 그들로부터 아름답다는 말까지 들어가면서 말이다. 역시 동양 여인의 아름다움은 쭉 찢어진 실눈과 자기를 내세우지 않는 얌전한 코에 있다. 이민 붐 이후 뉴욕에도 한국 출신 여자들이 많아졌다. 그러나 서양 여자처럼 얼굴을 변조한 사람들이 많아서, 언뜻 보아선 한국에서 왔는지 남미에서 왔는지 혈통을 분간하기가 힘들다. 본래의 자연스러움이 사라진 그런 얼굴을 보면서 느끼는 것은 늘 우울함이었다.

나는 인도라는 지리적 공간을 떠났지만 인도에서 배운 명상을 떠나지는 않았다. 명상은 줄곧 내 생활 속에 있었다. 나에게 있어 명상이란 정신과 육체가(사실 이 둘은 하나다.) 동시에 참여하는 하나의 '운동'이다. 이 운동으로 나는 스스로의 병까지 치료할 수 있었던 것이다.

나는 건강을 회복한 이후, 나의 몸에 대하여 더욱 주의를 기울이고 애정을 보내자고 다짐했다. 되찾은 건강을 지키자는 것이다. 그것은 생활 속에서 명상을 계속하는 방법을 통해 이루어졌다. 사실 건강 유지란 별 게 아니다. 항상 몸을 인식하고 습관을 잘 들이면 되는 것이다. 가장 먼저 할 일은 자기 몸에 대한 관찰과 연구다. 자기 몸을 일주일만 연구하고 나면 간단한 산수보다도 더 쉽게 모든 것을 풀어 나갈 수 있다. 그리고 모든 병은 결국 신경의 과로에서 오는 것이므로 너무 욕심을 부리지만 않으면 된다. 무엇이든 지나치게 하다 보면 조화가 깨어지는 법이다. 조화가 깨어진 상태, 그것이 바로 병이다.

이제 명상은 어느 때보다도 내 가까이 있었다. 명상의 구체적인 방법들은, 책에서 배우기도 했고 전문가에게서 전수받기도 했지만, 가장 중요한 부분은 나의 몸이라는 체험의 덩어리에서 직접 읽어 냈다. 근본적인 명상의 원리를 터득하기만 하면 무엇을 통해서든 명상할 수 있기 때문에 방법은 너무나 많았다. 나는 체험의 세밀한 부분들을 잘 살펴 많은 방법을 직접 고안해 내기도 했다. 그러고는 언제 어디서든 명상을 했다.

어느 곳에 오래 머물지 않고 항상 떠나는 것이 나의 삶인지라, 나는 그런 만큼 긴 여행을 자주 하게 된다. 10시간, 20시간 이상 버스나 기차 또는 비행기를 타야 하는 때도 잦다. 한때 나도 그런 시간을 견디는 것을 고역으로 생각했던 적이 있었지만, 이젠 그렇지 않다. 그만큼의 명상 시간이 주어졌다 싶어 오히려 반갑게 느껴진다.

명상이라는 '운동'은 몸을 크게 움직여서 하는 운동이 아니므로, 비록 비좁은 자동차나 비행기 속일지라도 얼마든지 가능하다. 주위의 시선을 염려하지 않아도 된다. 실제로 몸을 움직여서 해야 할 때도 있지만, 아주 작은 움직임으로 대신할 수 있으므로 그때도 문제는 없다.

교통수단을 이용한 여행은, 노동이나 도보 여행처럼 육체를 직접 썼을 때의 상쾌한 피로감과는 달리 불쾌한 피로감을 준다. 이 피로감을 쌓아 두면 안 된다. 수시로 이것을 풀어 주어야 한다. 평범한 동작들로도 쉽게 풀 수 있다. 목과 어깨를 천천히 돌린다든지, 어깨를 들썩인다든지, 팔목과 발목을 돌린다든지, 앉은 채로 무릎을 좀 폈다 굽혔다 한다든지……. 특별할 것은 아무것도 없다. 그냥, 몸을 좀 풀어 줘야지 하고 마음만 먹으면 몸이 저절로 그런 동작들을 찾아낼 것이다. 문제는 그 일을 얼마나 몸에게 마음 놓고 맡길 수 있는가다.

피로는 눈으로 먼저 온다. 손바닥을 마주 비벼 뜨거워지면 눈꺼풀 위에 잠시 대어 그 열기를 전해 준다. 그러고는 안구를 돌리거나 눈을 여러 번 꼭 감았다 뜬다. 이것을 10분쯤 반복하고 나면 금방 신선한 기분을 되찾을 수 있다.

손을 서로 마사지하게 할 수도 있다. 그리고 자연스럽게 얼굴에서 시작하여 근육과 뼈의 흐름에 따라 몸의 각 부분을 손으로 살짝살짝 누르거나 문지를 수도 있다. 그러나 이런 일마저 귀찮고 멋쩍다면 따로 방법이 있다. 바로 호흡이다. 실은 이 호흡이 가장 중요하다. 호흡이야말로 명상의 거의 모든 것이라 할 만하다.

앉은 자세로 아니면 선 채로 크게 숨을 들이마신다. 그 숨을 코에서 허파로, 아랫배로, 그리고 다시 척추 꼬리뼈에서부터 척추뼈 하나하나를 더듬으며 위로 올려, 목 뒤로, 머리로 올렸다가 이마를 거쳐 다시 코로 내보내는 것이다. 아주 느리게, 천천히 긴 호흡으로, 그 호흡의 흐름을 조정해야 한다. 이것을 처음 하는 사람은 호흡의 흐름 자체를 느끼기가 어려울지도 모른다. 그리고 과정을 지켜보면서 하는 호흡이 힘겹게 느껴질지도 모른다. 처음에는 무엇이나 그런 것이다. 그러나 처음에만 그럴 뿐이다. 익숙해지면 호흡을 통해 싱싱한 생명의 흐름을 느낄 수 있게 된다.

호흡은 저절로 되는 것인데 왜 거기다 귀찮게 신경을 쓰는 이상한 짓을 하느냐고 할 사람이 있을지도 모른다. 하지만 그것을 이상하다고 여기는 것이 오히려 더 이상하다. 호흡은 가장 근원적이고 가장 기본적인 생명의 원천이다. 이렇게 근본적인 것에 의식을 모아 보지 않는다는 게 진짜 이상하고, 충분히 숨을 들이쉬는지 충분히 내쉬는지 한 번도 살펴보지 않았다는 게 진짜 이상하다. 쓸데없는 미래의 공상이나 보람 없는 과거의 추억에 빠져 있는 시간은 아까워하지 않으면서, 생명의 원천인 호흡을 검토하기 위해 시간을 쓰는 데 인색해선 안 될 것이다. 우리에게 정작 중요한 것은 미래도 과거도 아닌, 지금 이 순간 우리를 살아 있게 하는 호흡이 아닌가.

나의 병을 치료할 수 있게 해 준 것도 결국은 호흡이었다. 호흡 하나만으로도 위장병, 심장병, 척추 이상, 신경통 등 여러 가지 병을 고치는 사람들을 나는 많이 목격하였다. 이 호흡과 함께 늘 몸에 대한 의식(awareness)을 놓치지 않을 수만 있다면 건강은 자연스럽게 유지될 수 있다.

복잡한 생각을 많이 하는 것이 명상이라고 오해하는 사람들이 가끔 있지만, 호흡과 몸에 의식을 모으고 순간순간을 지켜보는 것이야말로 진정한 명상이다. 호흡에 유념하면서 자기 몸의 이상적인 자세를 의식

속에 간직하고 항상 그 자세를 생각해야 한다. 그러면 잡스러운 것들은 모두 물러가고 우리는 순수한 상태에 머무르게 된다. 매 순간을 그렇게 살 수 있다면 우리는 '자연'이 된다.

나는 무용계로 완전히 복귀했다. 나의 몸은 예전보다 더 건강해져 있었다. 다시 무용가로 돌아간 것인데, 전과 달라진 것이 있다면, 무용과는 상관없이 인도에서의 수행 체험을 나누고 싶어 하는 사람들이 주변에 하나둘 모여들기 시작했다는 것이다. 명상 지도를 좀 해 달라는 요청도 여기저기서 자주 들어왔다. 스스로는 명상 지도를 할 자격이 있다고 자부하고 싶지 않았지만, 어쨌든 체험을 나눈다는 것은 좋은 일이라고 생각했기 때문에 그 요청에 응하곤 했다.

그때마다 나는 스스로의 체험을 통해 얻은 것을 그들에게 전했다. 생활을 뿌리치고 구도를 떠나고자 하는 사람들을 대상으로 한 것이 아니었기 때문에, 내가 전한 것은 생활 속에서 쉽게 실천할 수 있는 까다롭지 않은 명상법들이었다. 하지만 어느 것이나 모두 명상의 기본적인 원리와 진수를 담을 수 있도록 했다.

나의 병을 고치기 위해 스스로에게 적용했고 또 남들에게 지도하면서 시도했던 것들을 혹시 도움이 될까 해서 여기에 정리해 본다. 기본적인 것만 추리니 열두 가지가 된다. 물론 순서가 있는 것은 아니다. 이것들을 동시에 할 수도 있고, 사정에 따라서 어느 한 방법을 집중적으로 실천할 수도 있을 것이다.

생활 명상의 열두 가지 기법

1. 마주 본다

조용한 환경에서 편안한 옷차림으로 가족, 동료, 또는 연인과 가부좌를 틀고 마주 앉는다. 가부좌 자세의 이상적인 모습은 좌불상의 모습을 보면 된다. 어깨를 내리고 가슴을 펴고 척추를 길게 세우고, 목뼈를 꼿꼿이 세우되 턱은 내린다. 호흡은 아랫배로 하며 가슴의 움직임은 부드럽게 한다. 서로의 얼굴을 침묵으로 주시한다. 시간은 10분 정도가 이상적이고, 적어도 5분 이상 한다. 다음은 서로의 왼쪽 눈을 들여다본다. 시간은 길수록 좋다. 두 사람 사이의 간격은 한 사람이 들어앉을 수 있을 정도가 좋고 서로 손을 맞잡아도 좋다. 이 상태로 서로의 귀중한 체험을 이야기한다.

2. 본질을 묻는다

위와 같은 자세로, 한 사람은 질문자가 되고 다른 한 사람은 응답자가 된다. 질문자는 상대방에게 '당신은 무엇입니까?' 하고 진지하게 묻는다. 응답자는 '나는 ~입니다.' 하고 그 상황에서 자유롭게 떠오르는 대답을 한다. 뒤이어 질문자는 똑같은 질문을 반복한다. '당신은 무엇입니까?' 응답자의 대답은 달라질 것이다. 이것을 10~15분 정도 계속한 다음, 서로 역할을 바꾼다. 이 질문을 일상생활 속에서 놓치지 않는다면 삶이 달라질 수도 있을 것이다.

3. 하루를 반추한다

잠들기 전, 자리에 누워 그날 있었던 일을 되돌아본다. 그 시각으로부터 거슬러 올라가 그날 아침에 눈을 뜨던 순간까지 모든 행위를 빠짐없이 되새긴다. 그리고 그것을 제3자의 입장에서 객관적으로 지켜본다.

4. 정지해서 지켜본다

어떤 행위에 임하기 직전, 아니면 과정 중에 정지한다. 정지하여 침묵으로 상황을 지켜본다. 그리고 그 행위를 계속한다.

5. 항상 지켜본다

자기의 생각이나 행위를 항상 의식적으로 지켜본다. 자신이 무슨 생각을 하고 있는지, 무슨 행위를 하고 있는지 스스로 의식하며 그 생각, 그 행위를 한다.

6. 호흡으로 명상한다

조용한 장소를 정한다. 항상 그 장소면 더욱 좋다. 온도가 알맞고, 배가 부르지도 고프지도 않은 상태에서 편안한 옷차림으로 한다. 가부좌 자세로 앉는다. 방법은 다음 세 가지가 있다.

6-1. 위에서 말한 자세로, 호흡의 들어가고 나옴의 감각을 느끼며 코끝과 코언저리에 의식을 둔다. 눈을 지그시 감고 입술을 편하게 한 뒤 턱을 내리고 이빨과 이빨 사이를 약간 떨어지게 한다. 턱의 긴장을 풀

고 눈 사이의 긴장도 푼다. 도중에 어떤 생각이 들어오면, 그것이 불청객임을 알고 내보내고 다시 의식을 코언저리에 둔다. 처음엔 일상의 호흡보다 좀 더 깊은 호흡이 필요하다. 그 감각을 느끼기 위하여 숨소리까지 낼 필요는 없다. 최저 10분에서 30분까지 한다. 다시 일어나 걷거나 운동을 한다. 요가 자세를 취해 보는 것도 좋다. 그런 다음 다시 호흡을 계속한다.

6-2. 자세는 마찬가지. 이번엔 아랫배에 의식을 둔다. 아랫배 배꼽 약간 밑을 중심으로 삼고 그 속에 큰 풍선이 하나 있다고 느낀다. 숨을 들이쉬면 그 풍선이 부풀고 숨을 내쉬면 그 풍선이 가라앉는다. 똑같은 모습이 아랫배에서 일어나도록 한다. 아랫배가 부풀었다가 다시 가라앉는다. 이것도 처음에는 20~25분 정도 하다가, 차츰 시간을 늘려 30~45분 정도 한다. 5~10분 정도 쉬고 다시 계속한다.

6-3. 자세는 마찬가지. 발끝부터 머리끝까지 '의식'으로 온몸 전체를 한 군데도 빠짐없이 훑어본다. 처음에는 한 번 훑어보는 데 30~45분 걸리나 점점 시간이 줄 것이다. 이 기술이 진보되면 자기의 오장육부, 동맥과 정맥의 흐름, 그리고 뼛속까지도 보이게 된다.

위에 보인 세 가지 명상법은 산스크리트어로 '비파사나'라고 하는데 호흡에 대한 주시, 또는 통찰(insight)이라는 뜻이다. 이 명상법은 붓다가 수행했던 방법으로 알려져 있으며, 현재도 동남아나 인도의 승려들이 계속하고 있다. 서양에도 일부 소개되었다. 생활 속에서 실천할 수 있는 이 명상법으로 깨달음의 경지로 갈 수도 있다. 건강, 마음의 안정, 스트레스의 해소 등 여러 면에서 우리 현대인에게 필요한 명상법이다. 위 세 가지 방법 중에서 한 가지를 골라 한동안은 한 가지만 하는 것이 좋다.

7. 금식과 침묵의 날을 정한다

일주일에 하루는 되도록 씹는 음식을 먹지 않고 견뎌 본다. 과즙이나 물만으로 그날을 지내고 되도록 침묵을 지킨다. 그리고 그날은 자연 속에 있도록 한다.

8. 한 가지 행위에 열중한다

음식을 먹을 때는 먹는 데만, 공부할 때는 공부에만, 운전이나 운동, 사랑할 때까지도 그 한 가지 행위에 열중한다. 동시에 두 가지 이상을 하려고 애쓰지 않는다. 음식을 먹을 때는 씹는 과정 전부를, 그리고 그 맛을, 음식의 형태와 색깔을, 그리고 씹힌 음식물이 목으로 넘어가는 과정을 모두 놓치지 않고 의식한다. 물론 음식을 오래 씹을수록 좋다.

9. 에너지를 발산한다

조용한 시간을 택해 자기 몸의 에너지를 발산한다. 누워서나 서서, 발이나 머리, 아니면 팔, 어떤 부분에서든 동작이 시작될 수 있도록 한다. 척추를 서서히 흔들어 뱀 같은 동작이 나올 수도 있을 것이고, 어린아이처럼 기어가는 동작이 나올 수도 있을 것이다. 어떤 동작이든 그냥 자유롭게 몸에서 일어나도록 내버려 둔다. 점점 동적으로 변하여 춤이 된다. 좋은 음악을 틀어 놓고 하면 더욱 좋다. 그저 육체가 움직여지는 대로 춤을 춘다. 격렬하게 또는 차분히. 몸을 떨기도 하고 흔들기도 하고 마루를 구르거나 뜀뛰기를 해도 좋다. 이렇게 한두 시간 계속한 뒤 휴식을 취하고 본래의 상태로 돌아간다.

10. 소리를 지른다

자연에 나가 마음껏 소리를 지른다. 우는 소리, 웃는 소리, 동물 소리, 신의 소리, 그 어떤 소리라도 좋다. 모든 소리를 자유롭게 크게도 작게도 내 본다. 마음껏 울거나 웃어도 좋다.

11. 즐겁게 받아들인다

모든 행위 또는 일을 즐거움으로 맞이한다. 즐겁게 일하고 즐겁게 놀고 즐겁게 산다. 모든 것을 즐거움의 대상으로 보고 긍정적으로 받아들인다.

12. 풀고 용서한다

당신에게 한이 있는가? 한은 정신적인 암이다. 그것은 실제로 육체적인 암으로 발전할 수도 있다. 우리에게 한이 남아 있는 한 우리의 영혼은 영원히 자유로울 수 없다. 그 한은 우리 영혼 일부에서 움츠리고 있기 때문이다. 암적인 요소, 그런 에너지를 '풀어놓으면(release)' 우리는 그것에 더 이상 괴롭힘을 당하지 않아도 된다. 풀어놓는다는 것은 용서하는 것이다. 모든 것은 용서를 통해 흔적 없이 사라질 수 있다.

스트레스도 일종의 한이다. 모든 정신적인 스트레스와 긴장은 육체의 근육의 형태에까지 영향을 준다. 정신적으로 풀면 육체적으로도 풀린다. 자신에게 한이나 분노, 그런 것이 계속 함께 있다면 그것을 일으킨 상황을 재현해 본다.

아무도 없는 방이나 야외에서 한다. 혼자 하는 것이 좋지만 믿을 만한 친구가 있어 주는 정도는 괜찮다. 상황을 재현하는 도중 숨이 거칠어지거나 분노가 찾아오면 조용히 그 자리에서 중지하고 심호흡을 몇 번 한다. 그 상황을 객관적으로 바라보도록 한다. 그래도 분노나 격정이 가라앉지 않으면 행위로 발전시킨다. 마음속의 상대방을 때리고 싶다면 때린다. 베개나 벽을 그 상대방으로 이용한다. 상대방을 죽일 수도 있을 것이다. 소리 지르고 싶으면 소리 지른다. 그런 행위를 하는 자신을 지켜본다. 그 모든 상황을 의식하면서 해야 한다. 마침내 분노와 격정이 가라앉을 때까지, 또는 지칠 때까지 계속한다. 그러고는 묻는다. 용서할 수 있는가? 그 일을, 상대방을, 그리고 자신을. 이 용서는 진실인가? 진실한 용서가 아니라는 판단이 들면 그 문제는 다시 다루어져야 한다. 모든 것을 진실로 용서할 수 있다는 확신이 들면 그때 용서의 편지를 쓴다. 마지막으로 그 용서의 편지마저도 불태워 없앤다.

몸이란 무엇인가?

어느 때는 거추장스럽기만 하고, 멀리 날아가고 싶은 것을 꽉 붙잡는 구속이라고 느껴진다. 어느 때는 그것만큼 소중한 것이 없고, 그것만이 진정한 나의 재산이라 느껴지기도 한다. 몸은 양면성을 지닌다.

몸은 물질이다. 물질이기에, 그것이 보전되기 위해선 다른 물질들을 필요로 한다. 이로 인해 모든 욕망, 모든 세속적인 욕망이 생겨난다. 그래서 욕망에 사로잡혀 자신의 존재가 자유롭지 못하다는 것을 깨달을 때면 몸은 어서 벗어던져 버려야 할 것으로만 느껴진다. 그러나 몸은 소중한 것이다. 몸은 인생이라는 체험을 살게 해 주기 때문이다. 몸이 생긴다. 그것은 탄생이다. 몸이 없어진다. 그것은 죽음이다. 탄생에서 죽음에 이르는 모든 체험이 그 속에서 이루어진 인생은 체험이다. 인생이란 무슨 최종적인 성과를 얻고, 무슨 최종적인 결과를 내기 위해서 살아야 하는 것이 아니다. 인생은 체험, 다시 말해 체험하는 '과정'이다. 우리 인생에 단 하나 목적이 있다면 그것은 '인생을 과정으로서 체험해야 한다.'는 것이다. 그러나 몸이 없이는 그 체험의 현장을 찾아다닐 수 없다. 그러하기에 몸은 소중한 것이다.

몸은 물질이지만, 또한 가장 영적인 물질이다. 바로 영을 보전하는 신성한 장소이기 때문이다. 이 신성한 장소는 죽는 그날까지 신성하게 보전해야 한다. 몸은 내 삶의 화두가 된다. 필요 이상의 욕망으로 스스로를 타락시키고 있지 않은지 늘 살피도록 몸은 나에게 계기를 마련해 준다. 몸은, 어디까지가 나에게 허용되는 최소한의 욕망인지를 알려 주는 척도가 된다. 이 몸을 건강하게, 정결하게, 신성하게 보전하는 데 꼭 필요한 것이 아니면 모두 지나친 욕망이요, 세속적인 욕망이다. 이 몸은 나의 법당인 것이다. 나는 그 속에서 경건해진다.

나는 멍청한 듯 앉아 있을 때가 많다. 문득 오해하고 남들은 나에게 무슨 생각을 그리 골똘히 하고 있느냐 한다. 나는 아무 생각도 하지 않는다. 나는 그냥 앉은 채로 몸의 에너지가 흐르는, 진동하는 것을 느끼고 있을 뿐이다. 그 감각과 은밀히 만나고 있을 뿐이다. 아무도, 그 어느 것도 그사이에 끼어들 수 없다. 시간은 흐르나 나는 그 시간을 잊었다. 사람이 곁에 있으나 나는 그 사람을 잊었다. 나는 나의 몸에 커다란 감사를 느끼며 그냥 앉아 있다.

조용히 나를 내 몸에 맡겨 본다.
나의 몸은 점점 무거워진다.
나의 중심에서 열이 생긴다.

나의 맥박은 조용히 뛰고,
공기는 나를 숨 쉬게 하고 있다.
나의 손발이 따스해짐을 느낀다.

나의 모든 것을 내 몸에 맡겨 버린다.
맥박은 조용하고 숨결은 유난하다.
나도 사라지고 내 몸도 사라진다.

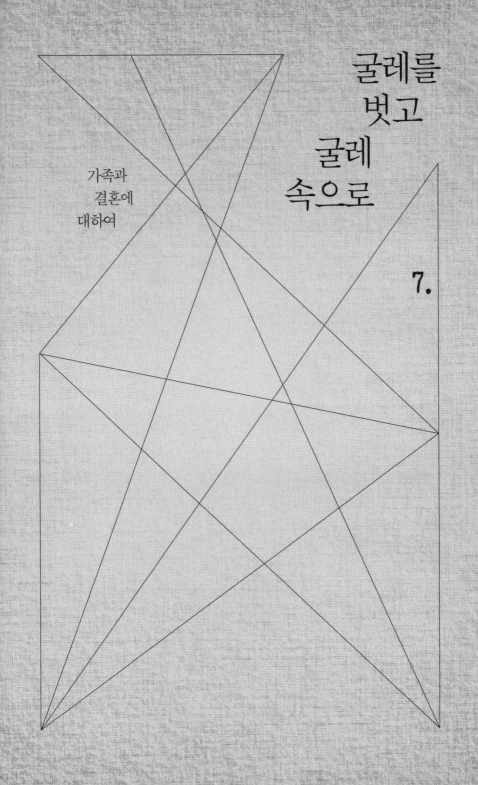

굴레를 벗고 굴레 속으로

가족과
결혼에
대하여

7.

누군가는 묻는다. 결혼한 것을 후회하지 않느냐고.

나는 다른 모든 일에 대해서와 마찬가지로

결혼한 것에 대해서도 후회하지 않는다.

결혼함으로써 오히려 자유로워진 면이 없지 않다.

결혼이 무엇인지 해 보지 않은 상태에서

늘 가져야 했던 갈등과 환상으로부터

나는 완전히 자유로워진 것이다.

한국에서 어머니 곁에 머무른 시간은 그리 길지 않았다. 채 2년이 못 되는 짧은 기간이었는데 그동안 나에게는 많은 변화가 있었다. 나의 효도도 변변히 받아 보시지 못한 채 어머니는 돌아가셨다. 평생 처음으로 번듯한 직업도 가져 보았다. 청주대에서 전임 강사로 현대 무용을 가르치는 교단에 섰는데 만 2년도 못 되어 그만두었다. 이런저런 변화보다도 더 큰 변화가 있었다. 나는 결혼을 했고 아이를 가졌다. 나이 마흔이 넘어서 말이다.

1981년 7월, 남편과 함께 아이를 배 속에 품고 나는 다시 뉴욕으로, 뉴욕의 무용계로 돌아왔다. 로스앤젤레스에 있는 한국 무용계의 원로 박외선 선생에게 다시 뉴욕으로 왔노라고 알리는 전화를 했다. 그녀는 한국 현대 무용의 원로로서 이화여대에서 가르치다 은퇴한 뒤 미국에서 조용히 여생을 보내는 중이었다. 나의 근황을 간단히 알려 드렸다.

"저 결혼했어요. 아이도 가졌구요."

"당신이 결혼을? 당신이 임신을?"

그녀가 깜짝 놀라서 소리를 지르는 바람에 도리어 내가 놀랐다. 그녀는 두 번 세 번 진담이냐며 확인을 했다. 나는 "예, 그랬다니까요. 정말이라니까요." 하고 거듭 다짐을 드렸지만 그녀는 믿지 않으려 했다. 그 어떤 것에도 얽매이지 않겠다며 남자처럼 떠돌아다니던 사람이 갑자기 결혼했다는 것만 해도 충격인데 게다가 임신까지 했다니 도무지 믿기지 않는다는 것이다.

"언제는 인도로 도 닦으러 간다고 해서 사람을 놀래더니 이번엔 또……. 나는 안 믿어요. 내 눈으로 직접 보고, 내 손으로 직접 만져서 확인하기 전까지는."

그러더니 그녀는 정말로 며칠 뒤 그 먼 곳에서 미국을 가로질러 뉴욕까지 날아왔다. 직접 확인을 하겠다는 생각으로 일부러 왔다는 것이다. 그녀는 다짜고짜 아직 표시도 나지 않는 내 배부터 만져 보았다. 그러고는 한 번은 내 얼굴을 가만히 들여다보았다가, 또 한 번은 이 사람이 남편이냐는 듯 남편 얼굴을 들여다보았다가 하면서, 한동안 아무 말도 못 하고 입만 벌리고 있었다.

"아무튼 축하해요. 근데 도대체 무슨 심경의 변화를 일으킨 거죠?"

한참 만에 침묵을 깨뜨리고 그녀가 한 말이었다.

심경의 변화? 물론 있었다. 사람은 성장하면서 그 철학과 가치가 변하는 법이다. 환경이 바뀌고, 그 육신이 자라 늙으면서 변하듯이. 나에게는 큰 심경의 변화가 몇 번 있었다. 앞으로도 또 몇 번이 더 올지 그것은 나 자신도 모른다.

나는 '결혼 같은 것은 하지 않는다.' 주의자였다. 물론 갈등이 없었던 것은 아니다. 돌이켜 보면, 나의 20대와 30대는 결혼을 할 것인가 말 것인가, 아이를 낳을 것인가 말 것인가 하는 심적 갈등이 늘 깔려 있던 시절이었다. 결혼을 하게 된다면 아주 늦게, 자식을 낳게 된다면 여자로서 아이를 가질 수 있는 마지막 기회를 이용하고 싶었다. 젊은 시절 나는 너무나 욕심이 많았기 때문이다.

기약도 정처도 없는 여행을 하고 싶었다. 끝이 보인다 싶은 공부도 하고 싶었다. 사랑도, 구도도 하고 싶었다. 하고 싶은 그 많은 것들이 모두 여자로서 젊음 없이는 하기 어려운 일들이었다. 그 모든 것이 내가 누구에겐가 매인 몸이 되면 실행하기 어려운 일들이었다. 나에겐 젊음과 함께 자유가 필요했다.

내 유년 시절의 관념은, 여자가 결혼을 하면 인생은 거기에서 정지한다는 것이었다. 여자는 아이를 낳고 남편을 섬기기만 하면 그것으로 끝이다. 주변의 결혼한 여자들을 통해 나는 그것을 늘 눈으로 보았다. 그랬기에 그 결혼이라는 것이 나에게는 전혀 선망의 대상이 아니었다. 나는 결혼을 못 하면 못 했지, 절대로 나의 청춘 시절을 희생하진 않는다……. 나는 그렇게 다짐했었다. 어릴 때부터도 그랬다. 중학교 시절에 한 친구와 나는 이런 말을 주고받곤 했다.

"결혼 같은 건 하지 말고, 꼭 마흔까지만 원도 한도 없이 마음껏 살고 싶다."

"그다음엔?"

"자살하는 거야."

한때의 일이지만 정말 그러고 싶다는 생각을 했었다. 그러던 내가 나이 마흔이 넘어 결혼도 하고 임신도 했으니, 실은 그것을 순순히 믿어 준 사람에게는 의아할 수밖에 없는 일이었다.

이윽고 박 선생은 정신을 차렸는지 이것저것 우리의 결혼 내력에 대해 캐묻기 시작했다.

"신랑이 아주 젊은데? 이 젊은 남편은 무엇 하는 분인가?"

남편은 28세의 추상화가였다. 나는 40세의 무용가였다. 우리 사이엔 12년이란 세월의 차이가 있다. 그녀는 우리 두 사람의 연령차 때문에 역시 놀라서 입을 딱 벌리고 말았지만, 내가 결혼했다는 사실을 알게 되었을 때보다 더 놀란 것 같진 않았다.

주변 사람들은 하나같이 내가 결혼했다는 사실을 현실로 받아들이지 않으려 했다. 결혼식 자체가 소리 소문 없이 치러진 탓도 있었지만, 내 이력을 알고 있는 사람들에게 나의 결혼은 상상하기 힘든 일이었기 때문이다. 한때는 뜬금없이 미국으로 간다고 해서 사람을 놀래고, 또다시 도를 닦겠다며 인도로 훌쩍 떠나서 사람을 기절시키더니, 속세로 도로 돌아온 것만 해도 어리둥절한데 이번엔 어울리지 않게 결혼을 해서 가족을 만들다니! 그렇게 떠나고, 또 떠나고 한 것은 가족 같은 것에 얽매이지 않겠다는 뜻이 아니었느냐는 것이다. 나로서도 그들의 충격이 이해가 갔다.

그동안 나는 가족에게서 벗어나고자 애썼던 사람이었다.

나의 가족은 어린 시절의 기억 속에 있다. 나는 얼룩진 기억의 창을 닦아 본다. 가족 중에서 내가 가장 사랑한 사람은 아버지였다. 내 어린 시절, 아버지는 나의 가까운 친구였으며 가장 중요한 선생이었다. 아버지도 왠지 많은 형제들 중에서 나를 특히 귀여워해 주셨다.

해방되던 해였던가 보다. 나는 다섯 살이었다. 우리는 만주에서 조국으로 돌아오는 마지막 열차에 간신히 몸을 실었다. 콩나물시루처럼 사람들로 빽빽이 들어찬 그 열차에 우리를 위한 자리는 지붕 꼭대기뿐이었다. 장마철이었던지 비가 계속 내렸다. 우리는 커다란 포장천을 함께 둘러쓰고 그 빗속을 밤낮으로 달렸다. 침침한 그 포장천 속에 아버지가 있었고, 어머니와 그 품에 안긴 여동생이 있었다. 그리고 불안감 때문에 어머니 손을 꼭 잡은 내가 있었다. 만주에서 태어난 여동생은 아직 젖먹이였는데 어머니는 젖이 안 나왔다. 동생과 나는 배가 고프다고 무척이나 칭얼댔던 것 같다.

어느 정거장에 열차가 멈췄을 때였는데, 아버지는 이런저런 말씀도 없이 포장천 밖으로 나가 버리셨다. 나는 아버지가 사라졌다고 생각했다. 그러나 잠시 후에 아버지는 어디서 얻었는지 밥 한 그릇을 가지고 돌아오셨다. 우리는 그것을 조금씩 나눠 먹고 허기를 때울 수 있었다. 이것이 아버지에 대한 첫 기억이다. 아버지는, 없으면 불안해지는, 그리고 우리를 배불리 먹여 주는 고마운 분이었다. 열차가 다시 달리기 시작했다. 그때부터는 나의 손이 아버지 손을 꼭 잡은 채였다.

우리는 충청도 시골로 돌아왔다. 부모님이 만주로 가셨던 것은 나를 낳고 얼마 되지 않아서였다. 그리고 3년 뒤 만주에서 동생을 보았다.

아버지는 이따금 동생과 나를 앉혀 놓고 농담 반 진담 반으로 한탄하시곤 했다.

"너희 둘은 계획에 없었는데 이렇게 뒤늦게 태어나 늦도록 나를 고생시켜."

나는 그런 말씀에 어린 나이에도 공연히 죄송해지곤 했다. 물론 말씀은 그렇게 하셨지만 아버지는 나를 전혀 짐스럽게 생각하시진 않았던 것 같다.

나는 초등학교에 들어갔다. 검은 무명 몸뻬에 분홍 인조 치마, 노랑 명주 저고리, 검정 고무신, 등에 대각선으로 맨 보자기 책보. 이것이 내가 기억할 수 있는 그때의 내 모습이다. 그 모습을 하고 나는 한 10리쯤 되는 길을 걸어 학교로 갔다. 그러나 갈 때보다는 돌아오는 길이 늘 더 즐거웠다. 집에는 아버지와의 행복한 오후 한때가 기다리고 있었기 때문이다.

나의 하루 중 가장 즐거웠던 순간이 떠오른다. 오후, 양지바른 마루에 봄날의 따스한 햇살이 꽃가루처럼 떨어져 내린다. 아버지는 마루에 앉으신 채로, 학교에서 돌아오는 나를 번쩍 들었다가는 당신의 무릎 위에 눕히신다. 그러고는, 어디 보자 하시면서 나를 어루만져 주신다. 나는 햇빛이 부셔 눈을 감는다. 아버지는 손으로 나의 양 볼을 문지르고, 예쁘다고 하시며 온몸을 쓰다듬어 주신다. 코는 코대로, 턱은 턱대로, 목, 팔, 등, 나의 온몸을 선에 따라 부드럽게 어루만져 주시는 것이다. 그러면 나는 그대로 소르르 잠이 들거나 아버지의 갑작스러운 장난에 부신 눈을 떠야 했다.

톡톡, 아버지는 나의 배를 두드리시면서 귀를 기울여 들으신다.

"아, 너 오늘 아욱국을 먹었구나."

나는 덜컥 놀라면서 신기해한다. 아버지는 계속, "아, 무엇도 먹었구나, 또 무엇도 먹고……." 하시면서 소리만 듣고 짚어 나가시는데 하나도 틀리지 않는다. 그 어렵던 시절, 어렵게 군것질한 것까지도 놓치지 않으신다.

때로 아버지는 다른 방법으로 학교에서 돌아오는 나를 맞이하신다. 내 모습이 대문에 나타나면 곧바로 아버지는 등을 돌리며 말씀하신다.

"그래, 네가 오려고 등이 가려웠구나. 자, 10원어치만."

'10원어치만.' 하시면 등만 긁어 드리면 된다. '30원어치만.' 하시면 몸 전체, 머리부터 발바닥까지, 그리고 귓속도 긁어 드려야 한다. 작은 손으로 그렇게 몸을 긁어 드리면 아버지는 눈을 지그시 감고서 입가에 미소를 머금는다. 긁기를 마치면 약속된 보수는 한 번도 지불되는 법이 없지만 나는 매번 속아 드린다. 등을 긁어 드리며 학교에서 있었던 일들을 맨 먼저 아버지께 보고 드린다. 다 남들에게는 하지 못하는 이야기들이다.

"반장한테 연애편지를 썼어요. 보내는 사람은 다른 애 이름을 적고요. 그게 그만 들통이 나서 교무실에서 벌을 받았어요."

아버지는 흠흠 하고만 계신다.

봄이 되면 심부름하는 언니 친순이를 따라 아버지가 좋아하시는 씀바귀며 냉이를 캐러 다녔던, 또 여름이 되면 동네 아이들과 맨발로 산딸기를 따러 다녔던 고향. 때로는 논에 나가 우렁이와 골모도 잡고, 겨울이면 얼음판에서 사내아이들이랑 팽이도 돌리고 제기도 차던 고향. 벼가 누렇게 익는 때면 쨍쨍거리는 태양 볕에 앉아 새 떼를 쫓느라 허수아비 보초도 서고, 여름 달밤이면 동네 처녀들을 따라 강으로 나가 목욕도 하고, 강강술래 놀이도 했던 고향. 어린 시절의 그 정겨운 무대에서 언제나 나의 가장 다정한 친구는 아버지였다.

아, 내가 왜 이런 추억에 잠겨 들고 있을까. 나는 아버지를, 가족을 떠났다는 얘기를 하려던 참이었는데……. 먼저 그들을 사랑했다고 말하고 싶었나 보다. 그래, 나는 그들을 모두 사랑했다. 그들도 나를 사랑했다. 나는 그런 가족의 따뜻한 사랑 속에 푹 잠기어 뼈마디가 느슨해지도록 녹아 있고 싶었다.

그러나 그 마음을 떨치고 나는 그들을 떠나 멀리 갔다. 나에겐 떠나야만 하는 이유가 있었다. 하고 싶은 것이 너무 많았던 것이다. 나는 아무 거칠 것 없는 자유로운 삶을 살고 싶었다. 그런 나에겐 가족의 따뜻한 사랑마저도 불편한 것으로, 구속으로 여겨졌던 것이다.

가족은 나의 사랑이면서 또한 나의 구속이었다. 나는 가족의 품에 머무르고 싶은 마음을 자유에 대한 갈망으로 희석시키며 머나먼 타국으로 떠났었다. 돌아올 기약조차 없는 떠남이었기에 아픔도 컸다. 그렇게 벗어났던 가족이요 구속인데, 이제 결혼함으로써 그것을 자진해서 만들어 냈다. 스스로 생각해도 놀라운 변화가 아닌가.

내가 처음 그를 만난 것은 1980년 11월의 어느 날, 한때 서울시립무용단 단장을 지낸 이청자 씨의 작품 「침묵의 소리」 공연이 있었던 남산의 국립극장에서였다.

나는 그날 공연장에서 아주 신선한 충격을 받았다. 무용도 무용이었지만 내 눈에 더 신선하게 다가온 것은 무대 미술이었다. 나는 훌륭한 무대 미술 담당을 만나기 힘들다는 것을 경험으로 알고 있었다. 대담하고 순수하게 모든 것을 처리한 무대에 매료되어서, 공연 프로그램을 펼쳐 보니 거기에 한 남자의 이름이 보였다.

그날 공연이 끝났을 때, 무대 뒤로 평소 알고 있던 이청자 씨를 찾아 갔다. 이런저런 얘기를 나누던 끝에 나는 무대에서 받은 인상을 그녀에게 털어놓았다. 그랬더니 그녀는 "바로 이 사람이야." 하면서 마침 곁을 지나가던 남자를 불러 세우고는 인사를 시켰다.

"이쪽은 홍신자 씬데, 당신 무대에 반했대요."

"아, 홍신자 씹니까!"

그는 마치 나를 위해 뭔가를 준비해 오기라도 했다는 듯이 그렇게 말하면서 반색을 했다. 잠시였지만 나는 진짜로 그가 호주머니에서 뭐라도 꺼내 줄 것 같은 착각을 했다. 그러나 그는 호주머니에서가 아니라 기억 속에서 그 뭔가를 끄집어냈다.

"제가 고등학교 다닐 때 《공간》이란 잡지에 특집으로 소개된 홍 선생님을 처음 보았습니다. 그때 '한국에도 이렇게 대단한 여자가 있구나.' 하고 생각했죠. 꼭 한 번 뵙고 싶었는데, 정말, 영광입니다."

내가 진짜 무슨 대단한 사람이 된 듯한 느낌이 들게 하는 말투였다. 그러면서 약간 당황한 듯, 수줍은 듯한 표정으로 나를 보았는데, 커다란 안경 너머로 큰 눈이 반짝이고 있었다. 훤칠한 키에 넓은 어깨, 의지가 굳어 보이는 턱이 한눈에도 씩씩한 인상을 주었지만, 어딘지 여린 감성을 숨기고 있는 것 같았다. 몇 마디 나누어 보지 않았는데도 열의와 열성이 넘치는 미술가라는 인상을 강하게 받았다.

《공간》에 내가 소개되었을 때라면 아마 1973년 「제례」한국 공연을 전후한 무렵이었을 것이다. 그때라면 나는 30대 초반이었는데, 고등학생이었다고 하니 그는 겨우 10대였다는 얘기다. 그러나 나는 아직 미래의 운명은 짐작조차 못 한 채였고, 단지 젊고 신선한 한 청년 예술가를 만나고 있을 뿐이었다.

"언젠가 기회가 되면 무대를 부탁드리고 싶어요. 며칠 내로 전화 한 번 주세요."

"예, 그러죠."

우리는 서로 연락처를 교환했다. 그날은 그뿐이었다.

며칠이 지났다. 우리는 전화 통화를 했다. 전화를 먼저 건 것은 나였다. 나는 그때 서울에 머무르던 중이었고 며칠 후에 청주로 내려가야 했다. 갑자기 그가 생각났고 왠지 내 쪽에서 궁금해지는 것이었다. 그의 첫인상이 그의 무대만큼이나 나에겐 강렬했던가 보다. 그는 전화를 하겠다고 약속했는데…….

"아, 홍신자 씹니까!"

전화 속에서도, 그는 마치 나에게 뭔가 준비해 온 것을 꺼내 줄 듯한 말투로 그렇게 말했다. 나는 다시 서울로 올 것이지만 당분간 청주로 내려가 있을 예정이니 연락은 그리로 해 달라는 말을 했다. 그는 가기 전에 한번 만나자고 했다. 나도 실은 그를 만나서 얘기를 나누고 싶었다.

다음 날인가 우리는 만났다. 이 젊은 화가는 홍익대 미대를 졸업했는데, 재학 시절 교수들과 해외에서 전시회를 함께 열 만큼 재능을 일찌감치 인정받고 있었다. 그의 재능이야 나는 무대로써 이미 확인한 터였다. 프랑스에 유학을 떠났었는데, 지금은 돈을 좀 마련해서 다시 떠나기 위해 준비 중이었다. 나중에 간접적으로 들은 것이지만, 그는 재학 시절 '잘생기고, 건방지고, 활개 치고 다니는 사람'으로도 유명했다고 한다. 약간 의례적이기도 한 그 만남을 통해 나는 그에 대해 많은 것을 알게 되었다. 그러나 그는 그 의례적인 만남을 통해 변화를 보이기 시작했다.

그 뒤로 우리는 자주 만났다. 그가 완전히 변화를 보인 것은 세 번째 만났을 때였다. 우선 말투부터 변했다. 언제나 무엇을 꺼내 줄 듯한 말투에서, 이젠 무엇을 '당장 꺼내 주는' 말투가 된 것이다.

그는 아주 열렬한 사람이었다. 하여간 나는 40년 만에 이렇게 열렬한 사람을 처음으로 만났다. 나 자신도 무척 열렬한 사람이라고 자부하지만 그때의 그에 비하면 아무것도 아니었다. 나는 어떤 한 사람에게 그토록 열렬히 몰입해 본 적이 없었기 때문이다.

나는 무용에 몰입했었다. 나는 스승과 그 가르침에 몰입했었다. 그러나 내가 그 속으로 나 자신을 감연히 던졌을 때도 언제나 중심은 '나'였다. 나는 스스로를 던졌지만 항상 '나'를 찾기 위해서였다. 그런데 그는 다른 사람에게 자신을 완전히 던지고 자신은 그 속에서 사라져 버리고 없는 것이었다. 그는 불이었다. 물속을 지나가는 것을 두려워하지 않았다. 그는 물이었다. 불 속을 지나가는 것을 주저하지 않았다. 내일 또 만나기로 하고 오늘 헤어지는 것인데도 언제나 그의 눈가엔 이슬이 촉촉이 맺혀 있었다.

그의 너무나도 열렬한 몰입에 나 자신도 변하고 있었다.

결혼하고 한참 지난 나중의 이야기지만, 그는 이런 말을 했다.

"고등학교 다닐 때 그 엄청난 공연이 화제에 오르는 것을 보면서, 장차 이런 여자와 결혼할 수 있다면 얼마나 좋을까 하는 환상을 가져 보곤 했지. 그래서 이청자 씨 공연이 있던 날 당신을 처음 만났을 때는 이게 꿈인가 생시인가 정신이 얼떨떨하더라구."

결코 우연만은 아닌 우리의 만남, 우리 운명의 갑작스러운 소용돌이에 그는 나보다는 더 준비가 되어 있었던 것 같다.

"나 오줌 좀 누고 올게."

나는 웃기자고 한 말이 아닌데 아이들이 와 하고 웃었다. 청주대에서 현대 무용 실기를 가르치고 있던 어느 날 오후였다. 학생들 전부가 여학생이었다.

"왜 웃니?"

"그냥 우스워요."

한 학생이 그렇게 말하자 또 다들 와 웃는다. 오줌 눈다는 말을 너무 무심히 뱉어 놓아서 우스웠나 보다. 그리고 보니 조금 전에도 나는 애들에게 그렇게 말하고 화장실을 다녀왔었다. 오줌이 왜 이렇게 자주 마렵지……. 나는 그들에게 스트레칭을 하고 있으라고 말하고는 그들의 웃음을 뒤로한 채 화장실로 갔다.

생각해 보니 문득 짚이는 게 있었다. 내 생리 주기는 시계처럼 정확한 편이었는데 어쩐 일인지 월경이 꽤 오래도록 소식이 없다. 평소에도 오줌이 자주 마려운 체질이긴 하지만, 한 시간에 두 번씩이나 화장실을 다녀와야 할 정도는 아니었다. 날짜를 되짚어 본다.

그의 부모님께 처음으로 인사를 드리러 갔던 날이었다. 아래층에 계신 부모님께 먼저 인사를 드리고 이 층에 있는 그의 방에 가서 얘기도 하고 책도 보고 하는 동안 어느새 밤이 깊어졌다. 이제 일어서야 할 시간이 되었는데 멀쩡하던 날씨가 갑자기 변했다. 비가 억수같이 쏟아지기 시작한 것이다. 비가 좀 잦아들면 택시를 잡아타고 가야겠다고 생각했는데 좀체 잦아들 줄 몰랐다. 이윽고 시간은 통금 시간에 가까워졌다.

"지금이라도 택시를 잡아 줄까?"

그의 부모님은 걱정을 하며 우리의 의사를 물었다. 나는 시간도 어정쩡하고, 빗길을 뚫고 가는 것도 엄두가 나지 않았다. 우리는 선뜻 대답을 못 하고 머뭇거리면서 서로를 쳐다보았다. 우리는 함께 있고 싶었다. 마침내 우리는 비를 핑계로 그날 밤을 같이 보내게 되었고 나는 그를 받아들였다. 계획했던 것은 아니었지만 그 순간 나는 한 생명의 잉태를 어렴풋이 예감했다.

화장실을 다녀오니 어느덧 수업을 마칠 시간이 되었다. 수업이 끝나고 부드러운 분위기가 되자 학생들과 둘러앉아 잡담을 나누게 되었다.

"선생님은 참 이상해요."

"뭐가?"

"선생님은 다른 분들 같지 않아요. 수업 중에 화장실쯤 그냥 다녀오셔도 되는데 꼭 '나 오줌 좀 누고 올게.'라고 하시고 그것도 충청도 사투리로 말씀하시거든요. 그런가 하면 밀개떡 같은 이상한 게 잡숫고 싶다지 않나, 낡은 신발에 핫바지 차림을 하고 다니시기도 하고."

"그런 게 마음에 안 든다는 말이로구나. 앞으로 조심하지, 뭐."

"아녜요, 그게 아녜요. 참 좋다는 말씀예요. 어머니 같은 느낌이 들거든요."

"어머니?"

"예, 어머니요. 어머니 같은 선생님 손 한번 잡아 보면 안 돼요? 이상해요. 선생님은 어머니 같으면서 또 항상 애기 같기도 하거든요."

나는 한 학생에게 손을 쥐인 채 미소를 지었다. 그렇지, 나는 지금 어머니면서 동시에 애기일지도 몰라. 그들을 갑자기 모두 한 품에 안고 싶은 충동이 들었다. 병원에서 검사를 받아 보았더니, 역시 임신이었다.

몇 달 뒤 우리는 성북동의 조용한 한식집에서 양쪽 집안 식구 스무 명만 모인 가운데 조촐한 약식 혼례를 올렸다. 주례는 서예가 김충현 선생이 맡아 주셨다. 나는 우리 앞에 주례가 앉아 있는 걸 보고서야, '아, 이런. 우리가 결혼을 하는구나.' 하고 정신이 번쩍 들었다. 다음 해엔 우리 희가 태어나고, 그리고 나는 엄마가 되었다.

결혼식을 올리기 전, 부모님은 이미 돌아가시고 안 계셨으므로 나는 큰 오라비를 찾아 우리의 결혼 계획을 알렸다. 그는 문자 그대로 펄쩍 뛰었다.

"아버지께서 살아 계셨다면 넌 이미 청량리 정신 병원으로 들어가고 말았을 것이다. 내가 하고 싶은 말은 바로 그거야."

나는 대뜸 반발했다.

"천만에요. 아버지께서 살아 계셨다면, 이렇게 뒤늦게라도 짝을 만나 결혼하게 되어 정말 기쁘긴 하다고 춤을 추셨을 거예요."

"나도 물론 네가 뒤늦게라도 짝을 만나 결혼한다니 기쁘긴 하다. 하지만 상대가 누구냐? 도대체 너희는 서로 쳐다보기나 했어?"

상대는 열두 살 연하의 미술학도다. 물론 우리도 그것을 알고 있다. 하지만 육체적인 나이의 차이가 중요하지는 않았다. 이미 우리는 많은 생각을 거친 뒤였고 거기에 아무런 문제가 없다는 결론을 갖고 있었다. 큰 오라비의 생각이 우리와 다르다는 것을 확인했으며 더 이상의 토론은 필요 없었다.

물론 그의 집안에서도 반대가 있었다. 하지만 그는 어떤 반대에도 스스로를 굽히지 않을 만큼 주관이 뚜렷했다. 그리고 우리 결혼에 대한 가족의 반대 의견을 한마디 말로 무의미하게 만들어 버린 것은 뜻밖에도 그의 아버님이셨다.

"신발이 자기 발에 편해야지, 남 보기에 아무리 좋으면 무얼 하겠느냐?"

나의 결혼은 적극적인, 딱히 자유를 위한 선택은 아니었다. 나의 결혼은 어떤 의미에서 '타협'이었다.

인도를 다녀온 뒤 결혼에 대한 나의 생각은 달라져 있었다. 나는 결혼해도 되는 사람으로 바뀌어 있었다. 물론 인도가 나에게 결혼을 하라고 말해 준 것은 아니다. 나는 다만 인생이란 어차피 환영(幻影)이란 것을 깨달았을 뿐이다. 인간은 태어나고 죽고, 꽃은 피고 지고, 세상은 변하지만, 거기에서 한 발짝 물러서서 보면 그 변화하는 다양한 양상들에는 아무 뜻이 없다. 하나의 세계를 넘어, 더 높은 차원에서 보면 인생은 환영이란 것이 확연히 느껴지는 것이다.

"잠을 자고 있을 때, 그 순간에 그대는 행복하다고 느끼는가?"

수행 시절의 스승 니사가다타는 그렇게 물었다. 그리고 스스로 대답을 들려주었다.

"행복하다, 불행하다의 느낌조차 없을 것이다. 그것이 그대의 자연스러운 상태다. 이따금 꿈이 피어올라, 스스로 행복하다고 또는 불행하다고 느끼겠지만 꿈에서 깨어나면 그뿐이다. 너는 꿈꾸고 있다는 것을 알기만 하면 된다. 꿈속에서 꿈을 진행하듯 너는 그렇게 살면 된다. 인생은 환영이기 때문이다."

인생은 환영이다. 이것은 허무주의적인 입장을 담고 있는 말이 아니다. 어떤 것에도 큰 의미가 없다는 뜻이지만, 그래서 아무것도 하지 말라는 것이 아니라, 오히려 무엇을 해도 좋다는 것이다. 자연스러운 흐름에 역행하는 행위가 아니라면 어떤 일에도 두려움을 가지지 않아도 된다는 것이다.

인생이 환영이란 것을 깨달은 이후, 나는 결혼을 찬양하지도 않았지만, 부정적으로만 보지도 않게 되었다. 결혼을 둘러싼 젊은 시절의 생각들은 모두 무의미해져 버렸기 때문이다. 결혼을 해서 나 자신이 없어져도 상관없는 것인데 나는 쓸데없는 아집과 에고를 키우고 있었다. 이젠 결혼의 인연이 생기면 하고 그것이 없으면 안 하는 것이다……. 그러나 본심을 말한다면, 나는 여전히 결혼의 반대편에 서 있었다. 결혼을 할 수도 있다고 생각했지만 결혼이라는 형식과 제도 속으로 들어가고 싶진 않았던 것이다.

그러나 그때의 상황은 나 혼자만의 것이 아니었다. 거기엔 다른 두 인격체가 있었다. 그 사람, 그리고 몸속에 자라고 있는 아이. 나의 의식은 관습이나 관념에서 자유롭다고 생각했으나 나의 현실은 여전히 그것에서 자유롭지 못했다.

나는 타협해야 했다. 사회적 제약을 어느 선까지는 인정하고, 한 남자와 장차 태어날 아이를 존중하고 보호한다는 의미에서 결혼을 선택해야 했다. 나 스스로는 결혼을 하지 않아도 그 남자와의 관계를, 그리고 태어날 아이와의 관계를 하나의 현실로 순수하게 수용할 자신이 있었다. 그러나 내가 결혼을 부정해 버리는 순간, 한 남자와 아이로부터 사회에서 설 자리를 빼앗는 것이 되어 버린다. 특히나 아이는 태어나는 순간 '사생아'라는 이름으로 운명지어질 것이었다.

선택의 순간이 왔을 때, 나는 삶의 한 과정으로서 결혼을 받아들여야 한다는 판단을 하게 되었다. 남녀가 함께 살아 본다는 것, 아이를 낳아 본다는 것을 이승에서 내가 걸어가야 할 또 하나의 체험의 과정으로 받아들인 것이다. 타협을 통해 얻어지는 자유도 있었다. 우리 모두를 색안경 쓴 시선으로부터 보호할 수 있었던 것이다. 나는 결혼 속으로 뛰어들었다. 결혼을 하더라도 그것에 구속당하지 않으면 된다는 생각을 하며.

우리는 결혼한 직후 거처를 뉴욕으로 옮겼다. 빈민가의 허름한 아파트 6층 꼭대기 방이 우리 집이었다. 엘리베이터는 당연히 없었다. 군데군데 허물어지고 여기저기 삐거덕거리는 건물이었는데, 특히 밤이면 쥐들의 극성이 말도 못 하게 심했다. 어둠 속에서 몰려나온 쥐들이 온 방을 헤집고 돌아다니며 보따리와 음식을 갉아먹는 통에 잠을 잘 수가 없었다. 나중에 딸 희를 낳았을 때는 정말로 이놈의 쥐들이 갓난아이를 물어 죽일까 봐 걱정을 해야 했다.

뉴욕 다운타운, 우리가 살던 동네 이름은 스탠턴이었다. 스탠턴 거리 176번지. 거리의 풍경은 전쟁 끝의 폐허 같고 사람들의 몰골은 패잔병 같다. 이곳에 와 보지 않고 말로만 들어서는 정말 실감이 안 가는 곳이다. 길에서는 한낮에도 마약 거래자들이 서로 싸우고 죽인다. 지척에서 들리는 소방차 사이렌 소리에 창문을 내다보면 바로 맞은편 건물에 불길이 치솟고 있다. 그곳에선 흔한 일이다. 낡은 건물의 소유주들은 워낙 싼 집세 때문에 수지가 맞지 않아 불을 지르고는 보험금을 노리는 것이다. 그렇게 버려진 흉흉한 건물들이 즐비하다. 우리가 살고 있는 아파트도 언제 그런 위험에 처할지 모른다.

경찰차가 밤낮으로 순찰을 하지만 거리에는 질서 대신 쓰레기만 가득 쌓여 있다. 마약 중독자들이 골목 모퉁이에서 직접 주사를 놓거나 서로 놓아 주는 모습을 때가 낀 창문 너머로 언제든 볼 수 있다. 빈 건물을 밖에서 봉해 놓고 안에서는 마약 거래가 이루어진다. 스페인어를 쓰는 남미 출신이 대부분인 이곳 빈민들은 어쩌다 생긴 1달러로 맥주 한 잔, 그리고 소음에 가까운 잡담과 싸움질로 내일도 없는 오늘을 보낸다.

우리가 이런 곳에 살게 된 것은 물론 싼 집세 때문이었다. 나는 전위 무용을 했고 남편은 추상화를 그렸다. 전위 무용이나 추상화나 돈이 안 되기는 마찬가지였고 그런 만큼 우리는 가난했다. 250달러가 채 안 되는 돈으로 방을 구할 수 있는 곳은 뉴욕 시내에서 그나마 그곳뿐이었다.

희를 낳고 얼마 되지 않았을 무렵이었다. 친구 한 사람이 우리 집을 방문하고 싶다고 전화를 했다. 가난하기로는 우리 못지않은 젊은 전위 음악가였다. 그는 험한 이 동네의 분위기를 소문으로 들어서 알고 있었던지 걱정스레 물었다.

"내가 그곳에서 다시 살아서 나올 수 있을까요?"

"무슨 소리예요. 나는 이곳에서 이렇게 핏덩어리를 낳아서 기르고 있잖아요. 걱정 말고 와요."

그 가난뱅이 작곡가는 전화를 끊은 지 10분도 안 되어 나타났다. 적어도 40분은 걸릴 것이라고 생각했는데 너무 빨리 나타난 바람에 우리는 깜짝 놀라 물었다.

"아니, 아까 전화할 때 이 동네에 와 있었던 거예요?"

"아뇨. 택시를 타고 바로 문 앞까지 왔어요. 택시 문을 닫기가 무섭게 곧장 건물 안으로 뛰어 들어왔지요."

"당신이 택시를? 당신같이 가난한 사람이?"

"안 그래도 이번이 태어나서 세 번째 타 보는 택시였어요."

그런 곳에 우리의 신방이 차려졌고 그 이후로 7~8년가량을 그곳에서 살았다. 우리 결혼 생활의 치열한 전쟁과 따뜻한 평화도 그곳에 있었다.

전생에 아마도 나는 구도 생활을 열심히 하던 수행자가 아니었을까. 그런데 이생에서 다시 수행을 했던 걸 보면, 아무래도 그 전생에서 완전히 득도하지 못했던 모양이다. 전생에서 나는 무엇에 실패했을까? 어쩌면 그것은 결혼을 해 보지 못했다는 것이 아닐까? 그래서 이 세상에 와서야 뒤늦게 결혼도 하고 아이도 낳으며 인간으로서 겪어야 하는 모든 과정을 밟아야 했던 게 아닐까?

비록 나이 마흔에 이르러서야 시작한 뒤늦은 결혼이지만, 그 이후 지금까지의 과정을 위해 내가 다시 환생한 것일지도 모른다는 생각이 들기까지 한다. 결혼 생활이란 것이 너무 행복하고 좋은 것이었기에 하는 얘기가 아니다. 오히려 지독하다고 할 만큼 괴로운 때가 더 많았다. 그러나 바로 거기에 숙제를 푸는 듯한 인생의 의미가 있다고 느꼈다. 나의 타고난 모든 기질은 철저히 혼자서 가게끔 되어 있었는데, 나와 갈등을 일으키는 존재가 이제는 항상 따라붙고 있었다.

내가 막 결혼했다는 소식을 들은 한 선배는 이런 말을 했었다.

"네가 인도에서 고행 3년을 했다지만 진짜 고행은 지금부터야."

그 말은 현실이 되었다.

막상 결혼을 하고 보니, 어릴 때 생각처럼 그것으로 인생이 끝나는 정도는 아니었지만 나는 어느 때보다도 큰 구속감을 느꼈다. 제일 큰 이유는 그가 나를 '너무 사랑한다.'는 것이었다.

배 속에 든 아이와 함께 시작했던 결혼 생활이었기에, 아이를 낳기까지의 기간과 그 아이를 기르던 6개월 정도의 기간은 여느 신혼부부들처럼 정신이 없었다. 정신이 없었기에 별문제도 없었다. 그러다가 6개월 된 딸 희를 서울로 보낸 뒤쯤부터는 우리 생활 속에 심각한 폭발이 자주 일어났다.

사실, 뉴욕 생활은 남편으로서는 전혀 예정에 없던 일이었다. 그는 프랑스로 다시 돌아갈 예정이었다. 하지만 나는 춤을 위해 뉴욕이란 무대가 필요했다. 바람직하기야 둘이 뿔뿔이 각자의 길을 가는 것이었겠지만 그러지를 못했다. 남편은 프랑스를 포기하고 뉴욕으로 나와 함께 길을 나섰다.

"뉴욕에도 화단(畵壇)이 있고, 쟁쟁한 화가들이 있다. 나의 유학이란 것도 결국은 화가로서 자극을 받으면서 작업할 수 있는 곳에 있자는 거니까 뉴욕이라도 괜찮아. 사실 산속만 아니라면 어디라도 괜찮아."

'괜찮아, 괜찮아.' 했지만 그는 아무런 토대가 없는 뉴욕에서 아마도 크게 절망해야 했을 것이다. 뉴욕 화단에 무슨 연줄도 없었고, 가난한 형편에 화실로 쓸 만한 작업 공간을 따로 마련할 수도 없었으므로 처음엔 그저 막막하기만 했을 것이다. 10평 남짓한 아파트가 우리의 유일한 생활 공간이었고 그의 작업실이었다. 그는 뜻하지 않게 뉴욕이란 '산속'에 있게 된 것이다.

그는 온 신경을 쏟으면서 그림에 몰두했지만 뜻대로 되지 않는다는 것이 내 눈에도 역력히 비쳤다. 그는 아주 예민한 사람이었다. 알 수 없는 격정이 한번 그를 뒤흔들어 놓을 때면 그는 아주 신경질적이고 과격한 행동을 보였다. 와지끈하는 소리에 놀라 돌아보면 그의 캔버스가 여지없이 박살 나 있고, 그는 불끈 쥔 주먹을 부르르 떨며 말없이 서 있곤 했다. 그것은 그의 좌절감이었다. 나는 그의 지독한 좌절감을 보면서 몸을 떨곤 했다.

우리는 서로를 잘 이해해 주는 편이었다. 특히나 그는, 평균적인 여성으로 자라지 못한, 그래서 변변한 요리조차 따뜻하게 해서 내놓지 못하는 나에게 불평 한마디 하지 않았다. 그리고 거칠 것 없는 나의 언행도 잘 받아 주었다. 나도, 크게 노력한 것은 없지만, 막다른 곳에 처한 그의 상황을 따뜻한 마음으로 감싸 주고 싶었다. 나의 도구는 침묵이었다. 나는 침묵으로 그의 폭발하기 쉬운 예민함을 늘 보아 넘겼다. 무용과 그림을 놓고 뜨거운 입씨름도 자주 벌였지만 그것도 어디까지나 서로를 이해하는 차원의 토론이었다.

그러나 날이 갈수록 그는 변하고 있었다. 폭언도 자주 들었다. 아니 실은 그는 원래부터 그런 사람이었을지도 모른다. 아이를 한국으로 보낸 뒤로는 그의 변화가 더욱 뚜렷해졌다. 캔버스를 박살 내는 소리도 좀 더 커졌다. 요란한 소리를 내며 물건을 던지는 일도 잦아졌다. 처음에는 숟가락 같은 간단하고 견고한 물건이었는데, 차츰 파편이 복잡하게 흩어지고 음향 효과가 대단한 유리컵 같은 것을 골라 던졌다. 유리컵은 언제나 내가 있는 쪽 벽에 부딪혀 떨어졌지만, 나는 그것이 언제나 나를 겨냥한 것이 아니라 바로 자신을 겨냥해 던진 것임을 알 수 있었다.

급기야 그는 자기 몸도 던져 버리려고 했다. 어느 날, 평소처럼 약간 옥신각신한 뒤였다. 그는 아주 느리고 나지막하지만 힘이 밴 목소리로 내게 말했다.

"당신은 나를 사랑하지 않는 것 같아. 나를 사랑해?"

나는 아무 말도 하지 않았다. 말을 할 수가 없었다. 왜냐하면 나는 그를 사랑할 때도 있고 사랑하지 않을 때도 있기 때문이었다. 아마도 그 순간의 진심은 '사랑하지 않는다.'였을 것이다. 내가 말없이 한참 동안 앉아 있기만 하자 그는 자리에서 벌떡 일어났다. 그러고는, 잘 있어 하고 무뚝뚝하게 말한 뒤 창문을 향해 뚜벅뚜벅 걸어갔다. 그가 창에 바짝 다가섰을 때에야 나는 그가 진짜 6층 아래로 뛰어내릴 수 있는 사람이라는 것을 떠올리고 정신없이 달려가 그의 허리를 꼭 끌어안았다.

특별한 사건이 그를 폭발시키는 것은 아니었다. 모든 것이 뜻대로 되지 않는 우리의 상황이 그를 그렇게 만들고 있었다. 작은 문제가 생겨나면 그것이 차츰 자라나 증식되다가 어느 날 큰 싸움이 되고 마는 것이었다. 실컷 싸우고 나서 왜 싸웠는지 생각해 보면 늘 그 싸움의 이유가 석연치 않았다. 가난과 좌절 때문이었다. '진짜 고행은 지금부터.'라던 선배의 말이 실감 났다. 나는 나 자신이 비천한 에고 덩어리일 뿐이라는 것을 어느 때보다도 자주 확인했고, 그럴 때마다 나 자신에 대한 모멸감 때문에 몸을 떨어야 했다.

한동안 나는 이 모든 것이 나에 대한 그의 '환상' 때문이 아닐까 생각도 해 보았다. 그는 처음부터 저돌적이라는 느낌이 들 만큼 나를 사랑하는 듯했다. 그는 청춘을 나에게 던져 버렸다고, 촉망받는 화가로서의 길도 반쯤은 나를 위해 던져 버렸다고 자주 말하곤 했다. 아마도 어릴 때부터 나에 대한 환상을 키워 오다가 어느 날 그 환상의 주인공이 나타나자 앞뒤를 가리지 않고 돌진하게 되었을 것이다. 그리고 환상이 깨어지자 그것이 환멸로 변했던 게 아닐까.

그러나 내 생각은 틀렸다. 그가 환상을 갖고 있었던 것도, 그 환상이 깨어지면서 문제를 일으켰던 것도 사실이었다. 하지만 그것은 작은 문제로 이미 끝나 있었다. 더 큰 문제는 오히려 그런 후에도 여전히 그가 나의 빈약한 실체를 지나치게 집착하는 데 있었다.

이젠 남아 있는 유리컵도 없었다. 유리컵 대신 깨어질 만한 것이면 무엇이든 벽에 와서 부딪혔다. 그는 한쪽 끝에서 그림에 몰두하고 나는 다른 쪽 벽을 향해 돌아앉아 무용을 구상하거나 하고 있던 중에 갑자기 이런 일이 생긴다. 언제나 그것은 등 뒤에서 날아와 내 옆쪽에 맞아 떨어지기 때문에 나는 깜짝 놀라면서 돌아본다.

"뭐, 뭐야? 뭐야 또?"

"당신은 나를 사랑하지 않는 것 같아. 나를 사랑해?"

나는 그게 그가 날 사랑하는 방법 같다는 생각도 했다. 그의 행동에 나도 저항하기 시작했다. 그러면 그는 거의 죽일 듯한 기세로 나왔다. 그런데 나는 털끝 하나 다치지 않았고, 죽어 나가는 것은 언제나 그릇들, 그리고 그의 캔버스들이었다. 가장 심했던 어느 날에는 우리가 가진 그릇 중 깨어질 수 있는 것들은 하나도 남김없이 다 깨어져 버렸다. 그날은 발걸음을 옮기기 위해 수북한 파편들을 발로 밀치며 다녀야 했다.

그 이후 우리는 그릇을 다시 사지 않았다. 돈도 없을뿐더러 어차피 사다 놓으면 다시 깨어질 것이었기 때문이다. 한두 개 남은 그릇으로 우리는 버티기로 했다. 우리는 마치 탁발승처럼 그릇 하나로 밥도 먹고 국도 먹었다. 우리에게 어울리는 생활이었다. 어디서 사 올 수도 없는 그의 초기 작품들이 모두 그렇게 사라졌다.

아주 무딘 칼이 하나 있었다. 얼마나 무딘지 사과도 잘 깎이지 않았다. 어느 날 내가 칼이 잘 안 든다고 불평했더니 그는 이런 말로 나의 기를 팍 꺾어 놓았다.

"잘 드는 칼 사다 놓지 마. 나도 나 자신을 믿을 수 없으니까."

가난.

모든 건 가난 때문이었다는 생각이 들기도 한다. 6개월 된 우리 희를 서울로 보내야 했던 것도 결국은 가난 때문이었다. 그리고 바로 그 가난 때문에 희야 아빠는 막노동이나 페인트칠을 하러 다녀야 하기도 했다. 나는 나대로 통역 일거리 등을 찾아다녀야 했고……. 우리의 예술은 밥벌이에 보탬이 되지 않았다. 특히 희야 아빠는 누가 그림을 사겠다고 해도 팔지 않으려 했다. 팔기 위해 그리는 것도 아니고 자기 손을 떠나도 될 만큼 완성된 작품이 없다는 것이었다. 그 사람다운 말이었다.

그나마 푼돈벌이도 희야를 낳기 전후의 몇 달 동안엔 제대로 하지 못했다. 우리의 가난은 희야를 낳아 기르던 그 무렵이 제일 심했다. 우리는 극빈자에게 배급되는 식량 쿠폰으로 생활해야 할 만큼 사정이 절박했다. 그것을 타기 위해선 절차가 간단치 않았다. 우선 제출해야 하는 서류가 아주 많았다. 나는 서류를 만들기 위해 희야를 업고 겨울의 뉴욕 거리를 이리저리 헤매야 했다.

서류 준비를 마치면 지역 구호청에서의 인터뷰가 기다리고 있는데, 어지간히 가난하지 않고선 정말 못할 짓이었다. 흑인들, 외국에서 온 이민들, 극빈자들이 우글우글 북새통을 이루고 있는 사무실에서, 아침부터 줄을 서도 하루 종일을 기다려야 했다. 등에 업힌 희야는 그런 곳에 가면 왜 그리 큰 소리로 잘 울던지…….

겨우 차례가 와서 서류를 내밀면 흑인 여직원이 사람은 쳐다보지도 않고 서류만 들여다보면서 왜 돈이 없느냐고 꼬치꼬치 캐묻기 시작해서 사람 진을 뺀다. 한참 만에 쿠폰을 내밀면서 '다음!' 하고 외칠 때까지도 그녀는 내 얼굴을 한 번도 쳐다보지 않는다. 2주에 한 번씩 그 짓을 해야 했는데 너무도 지치고 낯 붉어지는 일이었지만, 그래도 한 번 타는 것을 돈으로 환산하면 150달러 정도의 무시 못 할 액수가 되었다.

여러 날치 식량을 한꺼번에 사다 둘 수 없는 형편이었다. 하루하루의 교통비를 걱정해야 하는 생활이었다. 그래서 조금 더 싼 라면을 사기 위해 몇십 분쯤 더 걸어가는 것은 예사였다. 라면 서너 개를 사면 10센트쯤 깎아 주는, 한국인 부부가 운영하는 가게의 단골이 되었다. 우리가 항상 꼬깃꼬깃한 돈 몇 달러를 가지고 와서 라면이나 값싼 야채 따위만 찾으니까 그들은 우리를 금방 기억하게 되었다.

"오늘은 싼 물건이 이런 게 들어왔어요."

그게 그들의 인사였다. 나중에 그들의 인사는 변했다.

"이거 어때요? 너무 시들어서 팔기엔 좀 뭣하지만."

우리가 저 지옥 같은 스탠턴 거리에서 벗어나지 못하게 한 것도 가난이었다. 그 허름한 아파트에서 갓난아기인 희를 바닥에 재우고 불을 끄면, 밤중에도 몇 번씩 깨어나 아이의 가슴에 귀를 대어 보아야 했다. 바로 그놈의 극성스러운 쥐 때문이었다.

동네에 불이 자주 났다. 돈밖에 모르는 건물주들이 수시로 불을 냈는데, 소방차가 일찍 출동해서 불길이 금방 잡혀 버리면 그들이 노리던 보험금은 나오지 않는다. 그러나 그들은 포기하지 않고 예닐곱 차례씩이라도 시도해서 결국은 건물의 골조만 시커멓게 남겨 놓곤 했다. 그러면 하루아침에 입주자들은 집과 가족을 잃게 되지만 건물주는 '심증은 있지만 물증이 없어서' 체포되지도 않았다. 이웃 건물에 불이 나면 나는 갓난아기인 희를 가슴에 꼭 껴안고 발을 동동 굴렀다. 만약 이 건물에 불이 난다면 어떤 식으로 이 아이를 탈출시켜야 할까…….

식량 쿠폰과 남편의 막노동 덕분에 근근이 버텨 나가고 있었지만, 생활을 정상적으로 하려면 나도 뭔가 일거리를 찾아야 했다. 그러나 아이를 달고서 할 수 있는 일이 있을 리 없다. 아이를 두고는 잠깐의 외출도 힘들었다. 담배나 피우고 음악을 크게 틀어 놓는 동네 아낙들에게 아이를 맡길 수도 없었다. 맡기자면 돈이 들기도 했지만, 심한 사람은 아이를 봐 준다고 받아 놓고는 수면제를 먹여 잠만 재운다는 얘기도 들렸다. 그래서 어디를 가더라도 나는 희를 품에 안거나 등에 업은 채였다.

희와 어디든 함께 간다고 생각했지만 역시 큰 어려움이 따랐다. 희를 서울에 있는 그의 부모님께 당분간만 맡기는 게 어떻겠느냐는 생각이 그 무렵 우리에게 자연스럽게 떠올랐다. 출산을 전후한 무렵의 절박한 생활 속에서 멈춰 버린 것이 너무 많았다. 한동안 희를 업거나 안고 보이스 클래스와 발레 스튜디오에 나가 보기도 했지만, 무용가로서 본격적인 활동을 재개할 수는 없었다. 희를 낳기 전 의욕에 차서 구성했던 무용단 '래핑 스톤'은 개점휴업 상태였다. 더구나 나는 그 무렵 컬럼비아 대학교 대학원에서 무용학 박사학위 논문을 제출해야 하는 상황이었는데, 그것마저도 제목만 써 놓은 상태였다.

마침내 우리는 많은 생각 끝에 희를 6개월만 보냈다가 데려오자는 결론을 내렸다. 그 정도 기간이면 남편이나 나나 활동 기반을 잡고 생활도 웬만큼 안정되어 있을 것이라고 생각했다. 그때쯤이면 좀 어렵더라도 낮에는 희를 좀 번듯한 탁아 시설에 맡기고 큰 지장 없이 활동할 수 있을 것으로 예상했다.

가난했던 우리였기에 아이를 서울로 보내는 방법도 정상적이지 못했다. 당연히 나나 남편 중의 한 사람이 안고 다녀와야 했겠지만 우리는 그럴 수조차 없었다. 우리에게 그만한 가욋돈이 있었다면 희를 보낼 생각도 하지 않았을 것이다. 지금 생각하면 아찔하기만 하지만, 우리는 아이를 대리로 '전달'하는 방법을 찾아냈다. 외국으로 입양되는 고아들에게 쓰는 방법과 비슷한 것이다.

여행사를 통해 200달러만 주면 아이를 전달해 주겠다는 한 여행자를 찾아냈고, 케네디 공항에서 출발하기 직전 그 사람을 처음으로 만날 수 있었다. 노랑머리의 젊은 서양 여자였다. 그녀에게 아이를 건네

주기 전에 불안한 심정으로 여러 가지를 부탁했는데, 그녀는 고개를 건성으로 끄덕거리며 담배만 계속 빨고 있었다.

내 몸속에 있었고 내 품속에 안겨 있었던 아이. 나에게 여자로서의 충만감을 체험하게 해 준 나의 딸 희. 6개월 동안 이 가슴에 안겨 한 번도 떨어지지 않았던 너. 어디든 함께 가자고 생각했는데……. 희는 엄마의 숨소리가 이상한 것을 느꼈던 것인지 젖꼭지를 입에서 떼지 않고 자꾸만 품속으로 파고 들어왔다. 울먹이는 이 가슴의 진동을 벌써 느끼고 있었나 보다. 비행기 출발 시각이 임박했을 때, 자꾸만 가슴에 엉기는 아이를 마지막으로 잔인하게 뜯어내어 그녀에게 건넸다. 내 가슴에서 아이와 함께 그 무엇인가가 함께 뜯어져 나가고 있었다. 희는 비행장이 떠나가라 울기 시작했다.

우는 희를 안고 그녀가 탑승구 속으로 멀어지고 있었다. 나는 그녀를 도로 불러내야 하는 것 아니냐고 나 자신에게 물었다. 생각이 달라졌다고 간단히 말하고, 아무 일도 없었던 것처럼 아이를 도로 찾아와야 하는 것 아니냐고 나 자신에게 물었다. 내가 틀림없이 잘못하고 있는 거라는 생각에 눈물을 흘리면서 머리를 흔들 때, 그녀의 모습은 이미 보이지 않았다. 나는 가슴을 쥐었다. 많은 생각 끝에 내린 결정이었지만 밀물처럼 회의가 밀려와 무릎이 꺾였다. 비행기가 하늘로 떠오른 뒤에도 아이의 가느다란 울음소리가 내 귀에 계속 들려오고 있었다.

가슴이 찢어지는 아픔 속에서 나는 나 자신의 모순을 들여다보았다. 엄마로서의 본능을 저버리고 뉴욕에 남아 있어야 할 만큼 나에게 중요한 일이 과연 무엇인가? 내가 추구하는 그것은 무엇인가? 피치 못할 사정이라지만, 나의 무용, 나의 학업, 우리의 가난과 우리의 저 열악한 생활 환경이 모든 것을 변명해 줄 수는 없을 것 같았다. 나는 결국 에고의 갈망을 충실히 뒤쫓고 있을 뿐이지 않은가……

나의 딸 희는 그렇게 고아처럼 떠나갔다. 비행기는 이미 떠났는데도 나는 한참 동안 공항을 벗어날 수가 없었다. 공항을 맴돌면서 나는 나를 달랬다. 아무 일도 없을 것이다. 아이는 무사히 도착할 것이고, 그리고 아주 잠깐이다. 6개월은 금방 흐를 것이다. 한 번도 품에서 내려놓지 않았던 아이를 그렇게 보내고 돌아오면서 나는 자꾸만 가슴을 내려다보았다. 자꾸만 보아도 나의 가슴은 텅 비어 있었다.

며칠 후였다. 한국에 있을 때 친분이 있던 왕년의 대언론인 홍종인 선생이 뉴욕에 와 며칠 머무른다는 소식이 왔다. 일흔이 훨씬 넘은 할아버지지만 천진함과 귀여움이 느껴지는 분이었다. 그의 그런 성격 때문에, 처음 만났을 때부터 나는 마음이 푸근해져서 항렬을 따져 보곤 "바로 내 조카뻘이군요." 하면서 그의 어깨에 손을 올려놓기까지 했었다. 그는 그때 "아이고, 아지매." 하고 받아넘겼었다. 우리는 연락을 드리고 곧바로 마중을 갔다.

"결혼했다지? 애기 낳았다는 소식 들었어. 축하해. 축하하는 의미에서 내가 한턱내지."

"애기도 한국에 가고 없는데, 무슨 축하는요."

"응?"

우리는 식당으로 들어갔다. 나는 그간의 사정을 말씀드렸다.

"딸애는 한국에 도착해서 며칠 동안 아무것도 먹지 않고 울기만 했대요. 그리고 일주일 동안을 내리 울기만 하는데, 아무리 달래도 소용이 없더래요. 할머니가 뒤늦게 손녀를 넘겨받고 고생 많이 하시는 거죠. 그래도 지금은 많이 나아졌다는군요. 먹기도 하고 잘 놀기도 한다니까."

"애기가 며칠을 먹지도 않았다고?"

"글쎄, 그랬다는군요."

내 입에선 남의 일처럼 태연한 대답이 흘러나왔지만, 순간적으로 나는 거의 울어 버릴 것 같은 심정이 되었다. 그는 남의 일인데도 계속 "아이고 저런." 하면서 안타까움을 연발했다. 나는 품에서 딸애의 사진을 꺼내 놓았다.

"예쁘지요?"

"그럼, 누구 딸인데. 이 아이도 보통내기는 아닐 거야."

그는 음식값을 치른 뒤, 100달러 지폐 한 장을 내 손바닥에 쥐어 주면서 애기 예쁜 옷이나 하나 사 보내 주라고 했다. 그리고 그는 마침내 울먹이면서 안경 속으로 눈물을 닦아, 내 가슴을 소용돌이치게 만들었다.

"나는 나이는 많지만 마음은 순 물렁이야."

내가 오히려 위로하는 입장이 되어 그의 어깨를 조용히 쓰다듬었다.

"잠깐 보낸 거예요. 6개월 뒤엔 도로 데려올 거예요, 꼭요."

6개월이 지났다. 6개월이 지났지만 기대했던 것처럼 상황이 변하진 않았다. 그동안 변한 것이라면 우리 부부가 그때부터 심하게, 자주 싸웠다는 것일 게다. 우리 사이의 큰 전쟁은 거의 그 무렵에 벌어졌다. 그리고 우리 희를 가슴에 안고 싶은 나의 충동이 걷잡을 수 없이 커지고 있었다는 것일 게다.

1년이 흘렀을 때도 상황은 마찬가지였지만, 더 이상 방치해 두어선 안 된다는 생각이 고개를 번쩍 들었다. 나는 무리를 해서라도 희를 데리러 갈 수밖에 없었다. 한국으로 가기 위해 케네디 공항에 도착하니 너무도 생생한 1년 전의 기억이 또다시 가슴을 치게 만들었다. 그 이후 공항은 늘 희를 생각나게 하는 장소가 되었다. 희에 대한 죄의식, 희야 할머니에 대한 송구스러움으로 마음이 착잡하기도 했지만, 비행기에 오르던 순간부터는 내내 희와의 행복한 상봉만을 그리고 있었다. 희를 만나면, 이 가슴으로 희를 꼭 끌어안으리라. 꼭 끌어안으면, 다시는 내 품에서 놓지 않으리라.

그러나 나를 기다리고 있는 게 절망일 줄은 몰랐다. 희는 엄마라는 존재를 까맣게 잊은 뒤였다. 품에 안겨 젖을 빨던 희는 이제 걸음마를 떼고 있었다. 나는 북받치는 가슴으로 아이를 안으려고 팔을 벌렸다. 아이는 무슨 흉한 것이라도 만난 양 자지러지게 울음을 터뜨렸다. 그 자지러지는 듯한 울음은 내가 아이를 만지려고 할 때마다 터져 나왔다. 그리고 무서운 듯이 고개를 돌려 버리는 것이다. 나는 그 아이를 안고 싶어서 병이 날 지경이었지만 아이는 그렇게 내가 손만 뻗어도 소스라쳤다.

아이는 할머니, 할아버지, 고모 외에는 누구에게도 잘 가지 않는다고 했다. 나는 새삼스럽게 아이를 고아처럼 날려 보냈던 내 잘못을 탓했다. 얼마나 충격을 받고 두려움에 떨었을까. 다 내 잘못이었다.

시댁 식구들과 둘러앉은 저녁때였다. 할아버지가 희에게, "엄마 어디 있니?" 하고 물었다. 내가 엄마라는 것을, 실은 '엄마'라는 단어와 함께 나를 이미 확인시켜 준 뒤였지만, 희는 다른 곳으로 고개를 돌렸다. 거듭 물어도 손가락으로 장롱이나 다른 사람을 가리켰다. 나는 한국에 머무르면서 한두 달쯤 정성을 기울이면 원래의 모녀 관계가 회복되리라고 생각했지만 그것은 오산이었다.

이런 상태로는 미국으로 데리고 갈 수 없었다. 엄마를 남으로만 알고 할머니 품에서 떨어지지 않으려고 하는 아이에게 또 옛날 같은 충격을 안길 수는 없었다. 나는 소리 없이 눈물을 흘리면서 뉴욕으로 혼자 돌아와야 했다. 그리고 다음 해를 기약했다. 그때쯤이면 말도 좀 배우고, 엄마가 눈물로 참회하면 그것을 받아들일 수도 있지 않을까.

다음 해에도 달라진 것은 없었다.

그리고 그다음 해에도 마찬가지였다.

행복한 상봉을 꿈꾸며 한국으로 가고 다시 눈물을 머금고 미국으로 돌아오는 것이 나의 연례행사가 되었다. 희와 내가 대화를 통해 모녀로서의 일체감을 회복하기까지에는 7년의 세월이 걸렸다. 희는 엄마를 이해하기 시작했다. 그러나 희는 이렇게 말했다.

"그렇지만 나는 엄마를 따라가지 않아. 할머니, 할아버지가 돌아가실 때까지 여기서 살 거야."

희의 그런 입장은 열두 살이 된 지금까지도 끄떡도 않는다.

가슴은 아팠지만 결국 나는 이것을 또 하나의 다른 상황으로 받아들여야 한다는 것을 깨달았다. 나는 생각했다. 아이는 누구의 소유물이 아니다. 나는 지금 아이에게 애착을 보이면서 어떤 보상을 구하려고 한다. 나는 이 애착을 버리기 위해 싸워야 한다. 내가 살아가야 할 과정은 모든 세속적인 것에 대한 애착을 버리기 위한 싸움의 과정이다. 어떤 큰 존재가 있어 나에 대한 중대한 시험으로서 아이를 낳아 기르게 했고, 이제 이런 상황 속으로 나를 몰아 왔는지도 모른다. 나는 한때의 구도 생활을 통해 이제 세속적인 애착을 모두 끊었다고 장담했었다. 그랬기에 결혼도 하고 아이도 낳을 수 있지 않았던가. 이 아이가 내 품으로 돌아와야만 한다고 고집하지 말자. 이것 또한 이 아이의 운명이다. 이 아이는 스스로 자라날 것이다. 그리고 스스로의 길을 선택할 것이다.

그런 생각을 하면서 나는 결혼 생활을 하는 동안, 현실과 싸우고 많은 것을 갈망하면서 어느새 구도자의 자세에서 멀어져도 한참 멀어져 있었다는 각성을 불꽃처럼 되찾게 되었다.

아이가 한국에서 그렇게 스스로 정착해 나가는 동안 우리의 생활도 그 상태대로 굳어져 갔다. 나는 그러지 말아야지 하면서도 남편에 대해 간섭을 자주 하게 되었고, 남편은 남편대로 자기식의 사랑을 나에게 퍼부었다. 서로에게 강요하는 것도 많아졌다. 우리는 서로 자유를 못 느끼고 있었다. 그것은 우리 모두에게 도움이 되지 않았다. 나는 서서히 탈출을 꿈꾸기 시작했다. 자유를 안에서 찾아서 찾아지지 않으면 밖으로 나가서 찾아야 한다는 것을 나는 이미 터득하고 있었기 때문이다. 어느 날 심하게 다툰 뒤였을 것이다. 내가 말했다.

"어느 날 아침 일어나서 내가 안 보이거든 내가 아주 떠난 거라고 생각해."

많은 생각 끝에 한 말이었는데 그는 한마디로 내 말문을 막았다.

"공연한 헛수고 마. 태즈메이니아에 가 있어도 찾아낼 테니까."

태즈메이니아는 호주 밑에 있는, 지구상에서 가장 남쪽에 있는 섬의 하나다. 그는 충분히 그럴 수 있는 사람이었다. 나는 탈출 기도 자체를 밖으로 드러내어선 안 된다는 것을 알았다. 그리고 탈출하더라도 그가 그것을 자발적으로 수용할 수 있는 단계에 이르지 않는다면 아무 소용이 없다는 것도 알았다. 그것은 불완전한 탈출이 될 것이고, 오히려 그것 때문에 우리는 더 괴로워질 것이었다.

나는 두고 보기로 했다. 대신 나는 그로서는 가로막을 수 없는 공적인 기회들을 하나도 놓치지 않았다. 한 달이든 두 달이든 공연이나 그밖의 공적인 일로 집 밖, 뉴욕 밖, 나라 밖으로 나갈 경우가 생기면 그때마다 마다하지 않고 길을 나섰다. 그런 기회가 뜻하지 않게 자주 생기기도 했다. 또 없으면 내가 스스로 만들기도 했다.

우리 사이에 필요한 것은 거리와 공간이었다. 사실, 부부라는 일종의 관습적인 연대감 때문에 무조건 매일 같은 곳에서 함께 살아야 한다는 강박관념이 무엇보다도 큰 문제였다. 우리는 서로를 너무 당연히 거기에 있는 존재로 생각하고 있었다. 마침내 우리는 서로의 존재를 잊어버릴 정도가 되어서 서로에게 무엇을 강요하는 것마저 당연시하고 있었다. 하지만 잠깐만 정신을 차려서 생각해 보면 우리가 서로를 구속해야 할 이유가 하나도 없었다.

나는 현명한 부부 생활을 영위하는 사람들을 주변에서 볼 수 있었다. 그들은 부부 생활에 본디 절대적인 형태가 있을 수 없다는 것을 잘 보여 주었다. 그 여자는 나의 친구였다. 그들 부부는 각자의 일을 가지고 있고 각자의 공간을 가지고 있었다. 일주일의 5일 동안을 열심히 각자의 일을 하며 따로 살다가 주말이 되면 서로 연인처럼 다시 만난다. 그리고 그 시간은 서로에게 완전히 바친다. 그들에게는 아무런 문제도 없다. 그것은 별거도 아니고 이혼도 아니고 정상적인 부부 생활일 뿐이었다. 나는 그들의 생활을 보면서, 부부 간에 이만큼의 자유를 서로 허락하지 않는 것이 오히려 이상하다는 느낌을 받았다.

타고르의 소설 속에 이런 장면이 나온다. 한 남녀가 사랑에 빠졌는데, 남자가 결혼하기를 원했다. 여자는 한 가지 조건만 들어준다면 결혼하겠다고 했다. 여자가 제시한 조건은 가까운 곳에 두 채의 집을 지어 둘이 따로 살아야 한다는 것이었다. 그것은 서로를 파괴하지 않기 위해서였다.

"우리는 정원을 걷다가 우연히 마주칠 수도 있을 것이며, 연못에서 배를 타다가 만날 수도 있을 것입니다. 이따금 제가 당신을 초대해 차를 대접하거나, 반대로 당신이 나를 초대할 수도 있을 것입니다. 물론 초대를 거절할 자유가 우리에겐 있어야 합니다. 서로의 자유 속에서만 아름다운 사랑이 커 나갈 수 있으니까요."

남자가 그 조건을 받아들이지 못함으로써 그들의 결혼은 이루어지지 않았다. 안 하는 것보다 아름다울 수 있는 결혼은 바로 이런 결혼뿐일 것이다. 나는 결혼하기 전에 이런 조건을 다는 것을 왜 생각하지 못했을까?

나는 자주 짐을 꾸려 떠났다. 중국, 일본, 독일, 프랑스 등지로 드물게는 1년에 한두 번, 자주는 대여섯 번까지 떠났다. 언제든 그는 나를 가로막지 못했다. 내가 늘 냉정하고 단호했기도 했지만, 모두가 '공적인' 일이었기 때문이었다. 결혼한 지 6년쯤 되었을 때, 가장 오래 집을 떠나 있을 수 있는 기회가 왔다. 미국 정부 차원에서 운영하는 예술진흥기금(NEA)이 지원하는 예술인 교환 제도의 혜택을 입게 된 것이다. 프랑스에서 한 안무가가 미국으로 와서 연수와 활동을 하고, 미국에서 한 안무가가 그런 식으로 프랑스로 떠난다. 나는 프랑스에서 3~4개월가량을 머물 수 있었다. 나는 그때 내가 이렇게 떠날 수 있을 만큼 자유롭구나 하고 생각했다.

그러는 동안 남편도 변하고 있었다. 우선 외적인 변화부터 눈에 보였다. 곳곳에 붙은 금연 표지판만 보면 불평하곤 하던 그가 담배를 깨끗이 끊었다. 그렇게 마셔 대던 술도 일절 마시지 않았다. 쳐다보지도 않던 명상 서적을 읽었고 명상 음악에 조예가 깊어졌다. 그림도 변했다. 초기의 격정적이던 색채와 터치 대신 면이 깊고 부드러운 구도적(求道的)인 화풍이 되었다. 그리고 특히 눈에 띄는 것은, 육식을 일절 하지 않고 채식만 하게 된 것이었다. 그릇 하나에 숟가락 하나, 습관이 된 금욕과 금식으로 그에게선 진짜로 탁발승 냄새가 나기 시작했다. 차츰 "나를 사랑해?" 하고 묻는 일도 없어졌다. 외적인 변화에서 나는 그의 내적인 변화를 짐작만 할 수 있었다.

어느 날이었다. 내가 또 며칠 뒤 어디로 떠난다는 말을 했을 때, 그는 뜻밖의 말로 나를 놀라게 했다.

"당신은 항상 떠나는 사람이잖아. 더 이상 당신을 기다리다가 지쳐 내 중심을 잃긴 싫어. 나는 항상 여기 이 자리에서 내 자세를 잡고 있을 테니, 오고 싶을 때 오고 가고 싶을 때 가도록 해."

그는 부드럽게, 진심으로 말하고 있었다. 그것은 나의 자유를 인정한다는 말이었다. 그리고 동시에 자신의 자유를 선포하는 것이기도 했다.

"나도 홀로 서 있기로 했어. 어차피 홀로 서지 않고서는 궁극적인 자유에 이를 수 없는 것 아니겠어?"

이곳 볼케이노에 내 자리를 잡게 된 것도 그즈음이었다. 그때부터 쭉 우리 가족은 태평양을 끼고 삼각형이 되어 살고 있다. 나는 이곳에, 남편은 뉴욕에, 희는 서울에 있다. 속사정을 모르는 사람들은 '콩가루집안'이라고 할지도 모르지만 우리는 그렇지 않다. 우리는 누가 뭐래도 가족으로서 서로 일체감을 느끼고 있다. 다만 우리 사이에 대양(大洋)이 흐를 정도로 우리는 서로에게 큰 자유를 주고 있을 뿐이다.

다른 가정이 중요시하는 모여 살기의 원칙이 우리 가정에선 산산조각 나 있다. 하지만 진정 중요한 것은 그게 아니라는 생각이다. 흔히들 가정은 편안한 곳이라고 말한다. 하지만 가정이 자유로운 곳이라곤 말하지 않는다. 이상한 일이다. 자유 없는 편안함이 어떻게 있을 수 있겠는가?

우리는 이렇게 떨어져 지내지만 전보다 더욱 크게 서로를 느끼고 있다. 우리는 떨어져 있기만 한 것이 아니라 서로 만나고 모이기도 하고, 때로는 작업을 함께하기도 한다. 남편과 내가 서로 싸우기만 한 듯이 얘기한 감이 없지 않지만, 실은 서로의 예술로써 아름다운 동반자 역할을 한 때가 더 많았다. 그리고 인생과 예술, 구도, 사랑에 대하여 열띤 논쟁으로 긴 밤을 훌쩍 새운 적은 수도 없이 많았다.

1989년 초청을 받아 서울 세종문화회관에서 공연한 「섬(Isle)」은 이렇게 뿔뿔이 흩어져 사는 우리 가족이 함께 모여 탄생시킨 작품이다. 안무는 물론 내가 했다. 추락한 비행기 동체 모양의 장치로 무대를 충격적으로 꾸며 준 것은 희야 아빠였다. 그리고 희까지도 무용수의 일원으로 무대에 올라섰다. 희는 관객의 눈에 "다른 무용수가 하나도 보이지 않았다."는 말을 들을 만큼 잘해 주었다.

우리는 우연 또는 필연으로 각자 현재의 위치에 삶의 자리를 선택해 살게 되었지만 저마다 불만 없이 살고 있다. 가끔 서로를 초대하고 서로의 초대에 응하지만, 누구 하나 자기의 공간으로 서로를 끌어들이려 애쓰는 사람은 없다.

남편이 뉴욕에 살게 된 최초의 발단은 나였는데, 지금에 와선 오히려 그가 뉴욕을 떠나지 않으려 하고 있다. 나는 1년에 2~3개월쯤 뉴욕에 가서 그의 곁에 손님처럼 머문다. 이제 그는 "나를 사랑해?" 하고 잘 묻지 않지만, 만약에 묻는다면 나는 "진심으로 사랑한다."고 대답할 것이다.

딸 희도 자의로 한국에서 살게 된 건 아니지만, 스스로 그곳을 떠나지 않겠다고 말하고 있다. 역시 1년에 2~3개월쯤 나는 서울로 가서 그 아이 곁에 친구처럼 머문다. 내가 안아 주면 울기는커녕 까르르 웃음을 터뜨린다. 희는 이제 나에게 이런 말을 할 정도로 자랐다.

"신문, 방송 같은 데다 마흔 넘어서 나를 낳았다는 이야기 좀 그만해. 남부끄러우니까."

누군가는 묻는다. 결혼한 것을 후회하지 않느냐고. 나는 다른 모든 일에 대해서와 마찬가지로 결혼한 것에 대해서도 후회하지 않는다. 결혼함으로써 오히려 자유로워진 면이 없지 않다. 결혼이 무엇인지 해보지 않은 상태에서 늘 가져야 했던 갈등과 환상으로부터 나는 완전히 자유로워진 것이다. 결혼이라는 '고행'의 과정을 거치지 않았다면, 이 볼케이노 정글 속에서 느끼고 있는 이 크나큰 자유의 실체를 내가 알수 있었을까?

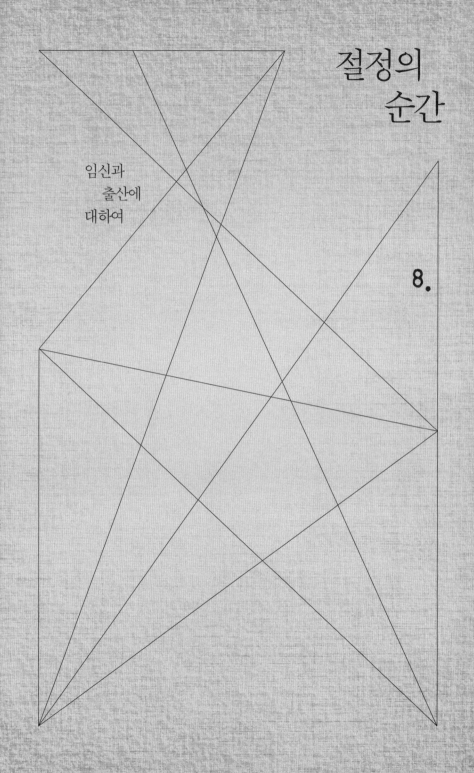

절정의
순간

임신과
출산에
대하여

8.

여자의 인생에서 가장 절정기는

임신에서 출산에 이르는 기간이 아닐까?

나는 그렇다고 생각한다.

내 몸속에서 아이가 자라고 있을 때

나는 정신적으로나 육체적으로 어느 때보다도

큰 충만감을 느꼈다.

모든 것을 긍정적으로 받아들일 수 있었고,

한 생명을 품고 있다는 사실에서

몸의 성스러움도 느낄 수 있었다.

나의 배가 점점 불러 와 만삭을 향해 가고 있을 때, 나는 거울 속의 내 모습을 보면서 생각했다. 여자의 몸매는 바로 이렇게 완성되는구나……. 잔뜩 부른 배를 끌어안고 있는 내 몸매가 그렇게 아름다울 수가 없었다. 비로소 내 몸의 완전한 형태를 찾은 듯한 느낌이 들었다.

　흔히들 날씬한 팔다리, 그리고 특히 가느다란 허리에 여성미의 기준을 두고 있지만, 실로 그런 몸매란 얼마나 불완전한 것인가. 나는 늘 거기에 뭔가 빠진 게 있다는 느낌을 받았는데 이제 그게 뭔지 알 것 같았다. 원시 유물이나 인디오들의 토산품에서 여인상들은 하나같이 만삭의 여인 형상을 하고 있다. 거기엔 이유가 있었다. 바로 그런 여인이 아름답기 때문이었다. 누가, 왜 이런 몸매를 창피스럽다고 할 수 있을 것인가.

　아이를 낳기 일주일 전, 이따금 나의 작품 사진을 찍어 주곤 하던 한 사진작가에게 만삭의 내 모습을 촬영해 달라고 의뢰했다. 부질없는 일 같기도 했지만, 내가 언제 다시 이렇게 완전하고 아름다운 몸매를 다시 가져 볼 수 있을 것인가 하는 생각에 그것을 영상으로 고정시켜 두고 싶었던 것이다. 지금도 이 사진들이 남아 있어서 내 한때의 보람을 상기시켜 주곤 한다. 거기엔 알몸으로, 부끄러움보다도 자랑스러움을 한껏 느끼고 있는 얼굴로 내가 서 있다.

여자의 인생에서 가장 절정기는 임신에서 출산에 이르는 기간이 아닐까? 나는 그렇다고 생각한다. 내 몸속에서 아이가 자라고 있을 때 나는 정신적으로나 육체적으로 어느 때보다도 큰 충만감을 느꼈다. 모든 것을 긍정적으로 받아들일 수 있었고, 한 생명을 품고 있다는 사실에서 몸의 성스러움도 느낄 수 있었다. 나의 정신은 더욱 겸허해졌고 나의 육체는 민감해졌다. 성적으로도 물론 가장 예민한 시기였다.

나에게 임신은 여느 사람의 경우처럼 결혼의 당연한 부산물이 아니었다. 어떤 의미에서는 결혼보다 먼저 내 의식이 수용한 것은 임신이었다.

아이를 낳았을 때 내 나이는 만 41세였다. 아이를 이렇게 뒤늦게 낳게 된 것은 결혼을 뒤늦게 한 것과 비슷한 이유에서였다. 젊은 시절, 나의 머릿속에선 아이 낳는 일을 둘러싸고 많은 생각이 엎치락뒤치락했었다. 나는 아이를 낳고 싶지 않았다. 그것은 두려움 때문이었다. 출산 그 자체로 인한 고통이 두렵기도 했지만, 가장 큰 두려움은 하고 싶은 많은 것들을 못 하게 된다는 것이었다.

사실 임신이란 무용가에게 큰 지장을 줄 수 있다. 무용가에게는 날렵하고 기민한 몸이 가장 중요한 무기이기 때문이다. 모든 싸움과 훈련이 그것을 통해 이루어지므로 몸매와 체중 관리에 쏟는 그들의 노력은 가히 필사적이다. 예술적 성취를 위해 나아가다 보면 배를 바짝 졸라매게 되고 어느덧 죽기 아니면 살기가 되고 만다. 이런 판국에 아이를 낳는다는 것은, 몸매는 물론이요 쌓아 올린 모든 것을 일순간에 무너뜨리는 일이 될 수 있다.

　더욱이 무용가들 사이의 경쟁의식은 치열하다 못해 살벌하기까지 하다. 동료 무용가들이 한 발 한 발 앞서 나가는 것을 볼 때면 자기 초만 타들어 가고 있다는 극도의 초조감에 휩싸이게 된다. 마침내 이것이냐 저것이냐 선택해야 할 상황이 오면 아이 대신 무용을 선택하는 사람이 허다한 것이다. 그래서 뉴욕의 무용계, 예술계, 나아가 뉴욕이란 대도시 전체가 아이를 볼 수 없는 곳으로 점차 변해 가고 있다. 나도 그런 길을 걷고 있었다.

　하지만 나에게 엄마가 되고 싶은 모성 본능이 없진 않았다. 나도 모르게 어느 순간 아이를 낳아 품에 안고 있는 내 모습이 상상되곤 했다. 이 본능이 어느 날 불쑥 고개를 쳐들면, 그것은 아이 낳기를 거부하는 나의 예술적 성취 욕구와 순식간에 충돌을 일으키고 팽팽하게 대립해서 나를 깊은 갈등 속에서 허우적거리게 만들곤 했다. 그 깊은 갈등 속에서 나를 건져 올려 주는 것은 언제나 '시간'이었다. 나에게는 아직 시간이 있다, 그 생각이었다.

　많은 위험성 경고들이 있긴 하지만, 여자는 폐경기가 올 때까지, 그러니까 평균 45세까지는 아이를 가질 수 있다. 나는 젊었으므로 그 나이가 되기까지는 충분한 시간적 여유가 있었다. 아직 둘 중에서 어느 쪽이든 선택이 가능했다. 막차가 떠나기 직전에 결심을 내려도 늦지 않으니 나는 초조해하지 말자고 생각했다. 내가 그 시기에 가서 어떤 결정을 내릴지는 모르는 상태였지만, 그렇게 생각하니 적어도 초조함은 덜어 낼 수 있었다. 나는 임신을 그렇게 반쯤은 미룬 채로, 반쯤은 거부한 채로 젊은 시절을 보냈다. 아이를 낳지 않는다면 영원히 낳지 않을 것이고, 낳게 된다면 아마도 45세에 낳게 될 형편이었다.

그런데 내가 아이를 낳은 것은 마흔한 살 때였다. 그러니 실은 '뒤늦게'가 아니라 너무 '일찌감치' 낳은 것이다. 내가 왜 마흔하나라는 너무 '이른' 나이에 아이를 낳게 되었는가? 그것은 내 의식의 변화가 그 전에 왔기 때문이다. 그 변화는, '무용을 포기하고 아이를 낳자.'가 아니었다. 나에게 두려움이 없어진 것이다. 자유로운 생활을 포기해야 할지도 모른다는 두려움이 늘 있었는데, 그것은 죽음에 대한 두려움이 없어지면서 함께 없어져 버렸다. 죽음을 두려워하지 않는다면 다른 그 무엇이 두렵겠는가.

그리고 어차피 인생은 환영인 것이다. 어떻게 살아도 별 차이가 없는 것이니, 다만 자연스러운 흐름에 역행하지만 않는다면 무엇을 해도 좋지 않은가. 그리하여 그 나이에 자연스러운 흐름의 하나로서 임신이란 사건이 내게 다가왔을 때 나는 그것을 순순히 수용했다. 물론, 아이를 낳는 대신 내가 추구해야 한다고 믿었던 모든 것이 모두 에고의 부질없는 갈망임을 깨달았다는 것도 한 가지 이유가 되었다.

춤은 추어야 했지만, 다시 생각해 보면 아이를 낳는 것과 춤은 별개의 문제였다. 젊은 날의 생각처럼 춤과 임신은 꼭 양립할 수 없는 성질의 것이 아니었다. 게다가 나는 현대 무용, 그것도 전위 무용을 하고 있었으므로 고전 발레를 하는 사람보다는 사정이 좋을 수 있었다. 나는 마음의 준비가 되어 있었다. 그런 상황이 오리라고 믿지는 않았지만 춤을 못 추게 되어도 좋다고 생각했다. 못 추게 되더라도 그것은 어디까지나 공연을 못 하게 된다는 의미일 뿐이니까. 본연적인 인간의 행위로서의 춤은 사지가 없어져도 출 수 있는 것이다. 그리고 임신과 출산으로 잃을 것도 없겠지만, 잃는 게 있더라도 훈련으로 되찾을 수 있다는 자신감도 있었다.

실제로 춤은 임신 중이라 해도 출 수 있는 것이었다. 나는 임신 초기에는 물론 임신 8개월이 될 때까지도 춤을 추었다. 「끝나지 않는 춤(Continuing)」은 임신 8개월에 뉴욕의 라마마 극장에 올린 작품이다. 임신부로서 가능한 동작만으로 구성한 작품이었는데, 임신부가 춤을 춘다는 사실만으로도 화제가 되었다. 그리고 임신부가 춤을 춘다는 사실에 동정을 느껴서였는지는 몰라도 관객의 반응도 썩 좋았다.

일단 임신을 하자, 그때까지 나를 구성하고 있던 다른 모든 것은 내 존재 뒤로 숨었다. 그때부터 나는 다른 그 무엇도 아닌, 장차 세상의 빛을 볼 아이에 대한 걱정과 기대로 머리가 가득 찬 미래의 엄마였을 뿐이다. 아들일까 딸일까? 처음 아기를 만나는 순간은 얼마나 떨리고 조심스러울까? 눈, 코, 입, 사지가 다 정상적으로 달려 있을까? 한편으론 한심하고, 한편으론 엄청난 생각들로 들뜬 채 하루를 보내곤 했다. 배속에 아이를 품은 평범한 아낙으로서 그런 상념에 기쁘게 젖어들고 있는 내가 그렇게 순수해 보일 수가 없었다. 그러다가 짐짓 마음이 가라앉으면 내가 한 생명을 태어나게 한다는 사실의 무거운 의미를 곱씹곤 했다.

임신 3개월이 되었을 때였다. 한 달 전 나의 임신 사실을 확인해 주었던 의사 선생이 배에 청진기를 갖다 대면서 말했다.

"아기 심장 소리 한번 들어 보겠어요?"

"심장 소리요?"

나는 가벼운 흥분과 기대감을 느끼며 기다렸다. 그러나 그 소리가 몇십 배로 확대되어 북소리처럼 쿵쾅거리며 들려오는 순간 나도 몰래 흠칫 놀라고 말았다. 즐거움이나 신기함보다는 어떤 섬뜩한 느낌이 온몸을 타고 전해져 왔다. 나는 순간적으로 눈을 질끈 감고 어깨를 올렸던 것 같다.

"왜, 놀라셨어요?"

"아, 아뇨."

나는 병원을 나와 컴컴한 해 질 무렵을 터벅터벅 걸어 집으로 돌아왔다. 누구와도 말하고 싶지 않았다. 내 방으로 들어가 문을 잠근 채 그대로 오래도록 혼자만 있고 싶었다. 내 몸속에 또 하나의 존재가 있다, 무서운 생존 본능을 가진. 내 몸속에 모든 것을 의식하는 또 하나의 존재가, 또 하나의 영혼이 자라고 있다. 지금까지 나는 임신했다는 사실을 관념적으로만 받아들이고 있었다는 것을 알았다. 그 존재를 너무도 선명히 느낀 지금, 한 생명을 탄생시키는 행위의 의미가 새삼 어깨를 짓누르고 있는 것이었다.

이 존재를 어떻게 맞이해야 할까. 이 아이는 어쩌면 내가 외로울까 봐 지난겨울 눈이 많이 오던 날 돌아가신 어머니가 내 속으로 돌아오신 것인지도 모른다. 아니면 아직 이 세상에 다시 오시기 어려워서 당신을 대신할 아기를 보내셨을지도……. 이 아이는 누구인가? 나의 몸을 9개월간 빌려 이 세상에 나올 이 생명을 후회 없이 대접해야 할 것이다. 나는 앞으로의 날들을 정결한 영혼과 육신으로 보내야겠다고 생각했다. 그는 미래의 붓다일 수도, 미래의 성모 마리아일 수도 있으니까.

방에 불도 켜지 않은 채 그렇게 앉아 있자니 결과를 궁금해하는 그이의 전화가 왔다.

"병원 간다고 그랬지?"

"의사가 아기 심장 소리를 들려줬어."

"벌써 심장이 뛸 정도로 자랐어?"

그가 느끼는 것이 무엇인지 알 수 없었다. 그도 이 사실에 놀라고 있을까? 그는 단순히 기쁘기만 한 건지도 몰랐다.

임신 초기엔 고생이 많다고들 했는데 내 경우엔 별로 그렇지 않았다. 가끔 속이 메스껍고 입맛이 없는 정도였다. 그 무렵 나는 청주대에 강의를 나가고 있었다. 변함없이 여섯 시면 잠자리에서 일어났고, 통근 버스를 타고 서울에서 출발하여 학교에 도착하면 여덟 시 반, 아홉 시부터는 현대 무용 실기를 가르치기 시작하는 생활이었다.

아직은 아무런 무리가 없었다.

배도 아직 부르지 않고 얼굴색도 변함이 없어 학생들도 아무도 모르는 채였다. 아직 정식 결혼도 하지 않은 여자가(더구나 교수가) 임신을 했다 하면 모두 불안해하겠지 싶어 굳이 드러내지 않기로 했다. 적어도 외적인 생활에는 누가 봐도 아무런 변화가 없는 것이었다.

눈에 띄는 변화는 아무것도 없었지만 내 입맛이 남모르게 변하고 있었다. 어느 날부터 갑자기 고구마가 먹고 싶었다. 보리감자, 또는 쑥밀개떡, 아욱죽도 먹고 싶었다. 왜 이런 음식들이 먹고 싶은 걸까? 생각해 보니 그것들은 바로 내가 어렸을 때 시골에서 먹던 음식들이다. 임부들이 먹고 싶어 하는 음식들이 제각각이라더니, 내 경우엔 아주 어린 시절 시골 벽촌에서 먹던 음식들이 떠오른 것이다. 세계 일주를 몇 번씩 하고 미국에서만도 십수 년을 살았어도 역시 나는 충청도 깡촌의 촌뜨기였다. 피를 속일 수 없듯이 고향도 속일 수 없다. 내 배 속에 든 생명이 나를 고향으로, 그리고 본래의 모습으로 불러 가고 있었던 것이다.

흔히 죽음을 앞둔 사람들이 유난히 고향을 그리고, 옛 입맛을 떠올리고, 본디의 모국어를 되찾는다고 했다. 이승만 전 대통령이 그렇게 모국어를 제대로 구사하지 못해 애를 먹었는데, 별세하기 얼마 전부터는 망명 중인 타국에서 그렇게 기를 쓰고 한국말만 하려 했다지 않던가. 나도 얼마쯤 죽음에 가까이 가 있는 걸까? 그래서 아련한 원천에 대한 회귀심이 생기는 것일까?

나는 그때 내가 죽음과 탄생의 중간 지점에 서 있다는 생각을 했다.

한 생명이 자라나 탄생하려 하고 있고, 한 생명이 그를 길러내기 위해 조금씩 죽어 가고 있다. 아마도 그렇게 죽음과 탄생의 중간 지점에 서 있기에, 어린 시절의 음식이 다시 생각나고, 걷던 그 길들이 걷고 싶고, 어머니가 그리워지고 있는 모양이었다.

특히 그리워지는 것은 어머니였다. 나는 어머니 품에 안겨 어리광도 부리고 배를 보이며 쓰다듬어 달라 하고 싶었다. 그러나 어머니는, 제발 시집가서 애나 좀 낳고 살면 얼마나 좋겠느냐고 늘 말씀하시던 나의 어머니는 이미 돌아가시고 안 계셨다.

고구마나 보리감자 같은 것이야 시장에서 어떻게든 사서 쪄 먹으면 그만인데, 쑥밀개떡은 어머니가 만들어 주시던 것을 먹을 줄만 알았지 만드는 법은 배워 두지 못했다. 그런 것을 어디서 살 수도 구할 수도 없었다. 그래서 그런지 시간이 지날수록 더욱 먹고 싶어졌고, 강의 중에도 불쑥 생각이 나곤 하는 것이다. 하루는 수업이 끝났을 때 학생들을 보고 말했다.

"너희는 혹사 쑥밀개떡 먹고 싶지 않니? 너희 중에 만들 줄 아는 사람이 있으면 언제 좀 만들어 와서 나눠 먹자."

하물며 나도 그것을 만들 줄 모르는데, 지금 아이들이 그것을 만들기는 고사하고 구경이나 해 봤을까. 농담 반 진담 반이었다. 그런데 뜻밖에 한 학생이 말한다.

"밀개떡이라면 우리 어머니가 가끔 만드시긴 하는데……. 왜 선생님은 하필이면 쑥밀개떡 같은 게 먹고 싶으세요?"

"그건……."

나는 얼버무렸다.

"그냥 어린 시절이 그리워서. 어린 시절에 많이 먹었거든."

6. 25 무렵 우리는 자주 끼니로 그것을 먹었다. 아주 부자들이야 그런 것을 안 먹었지만, 우리 마을에서는 그나마 형편이 나은 사람들이나 먹을 수 있는 고급 음식 축에 들었다. 맛도 있었고, 끼니를 거르기 일쑤였던 그 시절의 우리를 지탱하게 해 준 것을 보면 영양도 풍부했던 모양이다.

그러고 지나갔는데, 며칠 후였다. 강의실에 들어가자 예전의 그 학생이 수줍은 듯한 얼굴로 쑥밀개떡을 가지고 왔다면서 종이로 싼 것을 내밀었다.

"아이구, 이런, 고마워라. 수업이 끝나면 잔디밭으로 집합이다. 거기서 같이 나눠 먹자구."

말은 그렇게 하고 받아 놓으니 영 궁금해서 견딜 수가 없다. 슬쩍 열어 보니 옛날식 그대로 거뭇한 밀개떡에 쑥이 드문드문 박혀 있다. 입에서 군침이 금방 도는 게 도저히 참을 수 없어 학생들 보는 앞에서 염치도 없이 얼른 한 입 집어 먹고 말았다. 그러고는 쩝쩝 소리에 참 맛있다는 말까지 해 가며 보는 사람이 침이 나오도록 오물거렸다. 역시 인간의 정서란 열 살 미만에 다 만들어지는가 보다. 30년이 넘게 쑥밀개떡을 아주 잊고 지냈었는데 말이다.

그 학기로 내 짧은 교수 생활은 끝났다. 3학기 만에 끝난 것이다. 나의 임신이 이유가 되었던 건 아니다. 자세히 얘기할 성질의 것은 아닌 듯하지만 나에게 학교에 대한 환멸이 찾아왔다. 학교 측에서도 나를 달가워하지 않았다.

그때 나는 임신 중이었으므로 단순하고 소박하고 유쾌한 것만 생각하자는 마음을 갖고 있었다. 그래서 그런지 학교 사회의 일면에서 느껴야 했던 불유쾌한 감정이 그 무렵의 유일한 얼룩처럼 기억에 남아 있다.

모든 것은 내 잘못이었던 것 같다. 나는 강의 시간을 통해서만 학생들을 만나고, 그들에게 사랑과 열정을 쏟으면 되는 것으로 알았다. 그런데 강의 바깥에서 뜻밖의 많은 일이 벌어지고, 비록 학교라는 순수한 사회지만 거기에도 자잘한 암투와 알력이 있었던 것이다. 나는 그것을 몰랐었다.

나는 현대 무용을 담당하고 있었고, 나 외에 한국 무용과 서양 고전 무용을 담당하는 몇 명의 교수가 있었다. 무용과 학생들은 3학년으로 진학하면서 각자 전공을 선택하게 되고, 그에 따라 지도 교수까지 결정된다. 한 학생이 있었다. 그 학생은 모든 조건이 현대 무용에 걸맞았고 스스로도 여러 차례에 걸쳐 현대 무용을 선택할 것이라는 얘기를 하곤 했다. 그런데 막상 그 학생이 선택한 것은 한국 무용이었다. 나는 그 학생이 그렇게 마음을 바꾼 이유가 궁금하여 물어보았다.

"아무래도 현대 무용은 어려운 것 같아서요⋯⋯."

약간 엉뚱한 대답이었다. 지금까지 그런 식의 얘기는 한 번도 하지 않았을뿐더러, 또 무용치고 어렵지 않은 무용이 있을 수 없기 때문이었다. 자신 없이 말꼬리를 흐리고, 게다가 고개를 숙이며 눈빛을 피하는 게 왠지 이상하다는 느낌을 주었다.

학생들의 전공이 결정된 상황을 보아도 수적으로 균형이 맞지 않았다. 적어도 학생 중 3분의 1은, 그러니까 우수한 학생이나 열등한 학생도 3분의 1씩은 현대 무용을 선택하는 게 옳은데 결과는 그렇지 않았다. 처음엔 그것을 내가 부족한 탓이라고만 생각하고 강의를 더 성실히 해야겠다고 다짐했을 뿐이었다.

그러다가 시일이 지나자 모든 것이 확연해졌다. 교수들 사이에 학생 포섭 경쟁이 있었다는 것을 뒤늦게 알게 되었다. 교수들이 학생들을 상대로, 그것도 전체 학생이 아니라 선별된 학생들만을 상대로 사적인 자리를 만든다거나, 방학을 이용해 여행을 떠난다거나 하면서, 유능한 학생들을 자신의 지도 아래 두기 위한 노력을 한다는 것이었다. 학생들의 진로가 자신의 주관이나 적성이 아니라 그런 정실에 따라 결정된다는 사실이 나를 서글프게 했다. 교수가 학생들을 상대로 일종의 정치를 한다는 느낌이 들자 찾아온 것은 환멸이었다.

그리고 그 경쟁 과정에서 누군가를 깎아내릴 필요가 있었던지, 이런저런 사정을 모르는 애매한 내가 여러 번 도마 위에 올랐다는 사실도 알게 되었다. 그것도 무용 지도자로서의 자질이나 교수 능력에 대해서가 아니라 나의 차림새나 사소한 행동에 대해 입으로 칼질을 하고 있었던 것이다.

"지가 뭔데 바지 위에 치마가 달리고, 치마 위에 치마가 또 달린 괴상한 옷을 입고 다니고, 신발은 또⋯⋯."

그런 말을 간접적으로 듣게 되니 썩 개운치 않았다. 시일이 지나자

과내 교수들끼리 모이는 자리에서 은근히 이런 말을 내비치는 사람도 있었다.

"홍 선생은 교수보다는 역시 예술가 생활이 더 어울릴 것 같죠."

'당신이 우리와 함께 이 학교에 있다는 게 몹시 못마땅하다.'는 뜻으로 그 말을 해석해 주지 않는다면 그들이 매우 섭섭해 할 것 같았다. 아마도 내 잘못이 크고 내가 부족한 탓이겠지만, 어쩌다 이 지경이 되었을까 의문이 솟았다. 하지만 더 깊이 생각하지는 않기로 했다. 우선 환멸이 더 크게, 더 먼저 왔기 때문이다.

얼마 후에 학과장으로부터도 토씨 하나 다르지 않은 똑같은 말을 듣게 되자, 말이 어디에서 시작하여 어디로 흐르는지 그 경로가 환히 보이는 듯했다. 나는 그들의 말이 옳다고 생각하기로 했다. 학생들을 상대로 정치를 해야 하는 게 교수라면 나한테는 전혀 어울리지 않는 것이니까. 나는 학교를 그만둘 결심을 했다. 교수란 학생들과 사랑을 나눌 수 있다는 면에서 퍽 매력적인 직업이긴 했지만, 그 면을 빼고는 미련이 남을 만한 것이 아무것도 없었다.

그 학기 종강까지는 아직 한 달 정도가 남아 있었다. 임신 4개월째여서 몸이 조금씩 무거워지기 시작했지만 테크닉 클래스를 지장 없이 해낼 수 있을 정도였다. 몸보다 무거운 것은 마음이었다. 하지만 곧 종강이니 그때까지 성실히 가르치자고만 생각했다. 다음 학기엔 아마도 이 학교에 나오지 않을 것이고, 그다음에 다시 또 이 아이들을 만나게 될지 어떻게 알 수 있으랴.

아무것도 모르는 채 열심히 나만 믿고 공부하고 있는 학생들이 갑자기 측은해지기 시작했다. 잠시였지만 나와 사랑을 함께 나눈 너희들······. 나는 이 충청도 시골에서 태어나고 자라나 저 먼 세상으로 나가 후회 없이 모든 것을 다 해 보았다. 너희들 중에서도 신념을 갖고 두려움 없이 한번 멋지게 인생을 춤추어 볼 수 있는 사람이 나왔으면······. 나는 마음으로 그들 모두를 껴안으며 기원했다.

학기가 끝났을 때 나는 한국에 더 이상 남아 있을 이유가 없었다. 사직서는 학교에 이미 제출한 상태였다. 교수직을 제안해 오는 다른 학교도 있었지만, 나는 파출부나 정원사 같은 일자리라면 모를까 교수 생활을 새로 시작하고 싶진 않았다. 어머니가 돌아가시고 없는 고향을 뒤로하고 또 다른 고향 뉴욕으로, 얼마 전 약식으로 혼례를 올린 남편과 함께 떠난 것은 그 무렵이었다.

한 달에 한 번쯤은 병원에서 정기 검진을 받아야 정상이겠지만, 나는 뉴욕에 도착한 지 두 달이 넘도록, 그러니까 임신 6개월이 지나도록 병원을 찾아가지 않았다. 아이를 병원에서 낳고 싶지 않았기 때문이다.

병원에서 이루어지는 분만은 '폭력적'이다. 진통이 오면 촉진제를 주사하고, 분만이 순조롭지 않으면 겸자 같은 기구로 아이의 머리를 꽉 집어내거나, 메스로 산모의 복부를 갈라 반강제적으로 아이를 끄집어내기도 한다. 그리고 가위로 갓 나온 아이의 탯줄을 성급히 자르고 엉덩이를 한 번 때린 다음, 조그만 상자에 집어넣어 며칠 동안 신생아실에 '수용'한다. 정해진 면회 시간이 되기 전까지는 어머니를 만나 보지도 못한다. 이 모든 것은 태어나는 아이에 대한 '폭력'일 뿐이다. 그것은 결코 영적인 존재를 맞이하는 행위라고 할 수 없다.

르 부아예(F. Le Boyer)라는 프랑스 사람은, 『폭력 없는 출산(Birth without Violence)』이라는 책에서, 아이가 어머니의 자궁 경도를 통해 나올 때의 상황과 그 이후 며칠간의 환경이 그 아이의 인격 형성에 절대적인 영향을 미친다는 주장을 하기도 했다. 그는, 난산으로 태어난 아이는 뇌에 충격을 받게 되고 그것이 잠재적인 스트레스로 쌓여 있다가 성장 후에 과격한 성격으로 나타난다는 것을 예로 들었다.

분만은 가장 성스럽고도 동물적인 행위이다. 그리고 사랑의 결실이다. 자연의 섭리가 한순간에 표출되는, 무엇보다도 지극한 아름다움이다. 나는 그 아름다움을 기계적이고 난폭한 한순간의 '작업'으로 전락시키고 싶지 않았다. 모든 분만은 또 하나의 붓다나 예수가 태어나는 순간일 수도 있지 않은가. 나는 태어나는 새로운 생명을 성스럽게 맞이하고 싶었다. 오래전부터 내가 꿈꾸고 있었던 것은 자연분만, 그것도 '영적인' 자연분만이었다.

소음이 없는, 도시에서 떨어진 한적한 교외, 또는 자연 속이라면 더욱 좋으리라. 곁에는 벗들이 있어야 한다. 한 생명이 태어나는 순간을 지켜볼 수 있는 것은 커다란 축복이라고 하였다. 나는 그 축복을 나의 벗들에게 베풀 것이다. 그들은 나에게 힘과 용기를 줄 것이다. 그들은, 성스러운 음악이 흐르는 속에서, 나의 다리를, 팔을, 어깨를, 그리고 배를 사랑스럽게 쓰다듬어 줄 것이다. 태어나는 아기를 위하여 주위에 너무 밝은 빛은 없애고, 방 안엔 향을 피우고, 따뜻한 물을 준비하여 경건하게 그 순간을 맞이할 것이다.

나의 고통은 어느새 즐거움으로 승화하고, 그 즐거움은 아기를 낳는 순간 순결한 오르가슴으로 나의 몸에 퍼져 나갈 것이다. 그 순간이 오면 벗들은 다가와 불룩 나온 나의 동산에 따뜻한 입을 맞추고 환희에 찬 얼굴로 새 생명이 태어나는 것을 볼 것이다. 그들은 내가 미처 볼수 없는 그 깊은 곳까지도 볼 수 있으리라, 한 생명이 잉태되고 자라서 나오고 있는 그 길을. 그것이 곧 신의 자리라는 것도 느낄 수 있으리라.

드디어 아이가 태어난다. 주위엔 즐거운 노랫소리가 퍼지고, 벗들은 아기를 나의 가슴에 안겨 줄 것이다. 만 9개월을 나의 배 속에서 자라난 그 생명과 처음으로 얼굴을 맞댄 나의 눈에는 감사의 눈물이 젖어 흐르리라. 신이 보낸 또 하나의 생명, 너는 벗들의 품속을 사뿐히 거친다음 다시 내 품에 돌아와 잠시 휴식을 취할 것이고, 그러면 나는 너와나를 잇던 탯줄을 내 손으로 끊을 것이다. 벗들이 땀에 젖은 내 몸을 부드럽게 어루만져 주는 동안 너와 나는 잠이 들 수도 있을 테지…….

나는 그렇게 꿈꾸고 있었다. 단지 꿈만 꾸고 있었다고 할 수도 있을 것이다. 그러나 그런 꿈을 현실 속에서 실천하고 있는 사람들이 있었다. 바로 자연분만주의자들이다. 그런 사람들만이 모여 하나의 공동체 마을을 형성하기까지 했다.

스티븐 개스킨(Stephen Gaskin)을 중심으로 한 '농장(Farm)'이라는 공동체 마을이 있었다. 처음에 샌프란시스코에서 11명으로 출발했던 이들은 순회강연을 통해 단기간에 200여 명의 동조자를 만나 테네시주 서머타운으로 옮긴 뒤 농장을 개척했다. 지금도 성공적으로 운영되는 공동체의 하나로 손꼽히지만, 그 당시엔 구성원이 수천 명에 이를 정도로 흥성했었다. 그 공동체의 일원이 되기 위해서는 개인 재산을 처분하고 청빈한 삶을 살기로 서약해야 한다. 그 안에서는 화폐가 유통되지 않고 완전한 자급자족과 물물교환으로 한 가족 같은 생활이 이루어진다. 그들을 하나로 묶고 있는 중요한 이념이 바로 '영적인 자연분만'이었다. 이곳에선 일절 마취약이나 칼, 가위 같은 것을 쓰지 않는다. 지도자인 스티븐의 아내가 쓴『영적인 산파술(Spiritual Midwifery)』은 미국 내에서 널리 읽힌 책의 하나로 이 방면의 교과서처럼 되어 있다.

그 공동체의 일원이 되겠다는 생각까지는 해 보지 않았지만, 분만에 대한 그들의 생각에는 전적으로 공감이 갔다. 꿈같은 나의 분만에 대한 구상도 이런 현실적 바탕 위에서 생겨난 것이었으므로, 단지 상상으로 끝나는 게 아니라 얼마든지 실현 가능성이 있었다.

나는 자연분만 광경을 담은 영상을 몇 번 본 적이 있었다. 그 순간처럼 신비하고 숨이 조이고 등이 굳어지던 적은 없었다. 눈물이 저절로 나오고 목이 멨다. 분만의 고통 자체가 위대하다는 생각이 들었다. 저 엄청난 일을 해낸 산모……. 체험하지 않고서는 아무도 그 순간을 알수 없을 것이다. '도통(道通)'이 아무리 위대하고 그 체험을 위하여 일생을 헤매지만 과연 저 순간의 체험과 비교할 수 있을까. 나도 여자인데 저런 체험을 거치지 않고 무슨 깨달음을 얻었다고 말할 수 있을 것인가.

인도 경전엔 여자가 어린애를 낳는 순간 도통이 올 수도 있다고 가르친다. 일리가 있다. 그 순간 산모의 육체는 극한의 상태에 이른다. 항상 육체와 정신은 하나로 연결되어 있으니 정신의 큰 변화가 그 순간에 올 가능성은 얼마든지 있다.

분만을 통하여 네 번째 차크라(chakra)가 열린다는 이야기도 있지 않은가. 인간의 몸에는 일곱 가지의 성정(性情)이 발원하는 일곱 군데의 에너지 중심, 곧 차크라가 있다. 네 번째 차크라는 바로 가슴인데, 사랑과 자비가 일어나는 곳이다. 아무리 냉정하고 이기적인 성격의 여자라도 그 순간만큼은 이 차크라가 열릴 수 있는 것이다. 그래서 출산을 경험한 뒤에는 사랑이 넘치는 사람으로 성격 자체가 변하곤 한다.

한 생명을 탄생시키는 것은 무한한 사랑이 없이는 불가능한 일이다. 지극한 고통의 순간을 넘긴 여인은 비로소 자비의 문이 열리어 위대한 어머니의 마음을 비치게 된다. 그리하여 모든 어머니는 늘 인자하고 눈물이 많은 것이다. 열린 신의 마음처럼 어머니의 가슴도 열려 있어, 그의 앞에서 모든 법칙이나 관념 따위는 빛을 잃고 만다.

"아니, 40대 임산부가 6개월이 넘도록 병원에 한 번도 오지 않으면 어떻게 합니까!"

뒤늦게 병원을 찾아갔더니 우둔해 보이는 30대 백인 의사는 무슨 큰 일이라도 난 것처럼 소리를 버럭 질렀다. 한국에서 한두 번 병원에 가긴 했어도 그것은 임신 여부를 확인하기 위한 정도였으니 그의 말대로 사실상 병원에는 처음 온 것이나 마찬가지였다.

나는 그동안 병원을 찾아오는 대신 뉴욕 근교에 있는 자연분만 센터들의 문을 두드리고 다녔다. 그러나 내가 얻은 것은 실망뿐이었다. 초산인 산모로서 나이가 너무 많아 예측하기 힘든 일들이 일어날 수 있으므로, 하나같이 그 방법을 추천할 수 없다면서 받아들이지 않으려 했다. 나를 받아 주겠다는 곳은 또 터무니없이 비싼 비용을 요구해서 가난한 나의 의기를 꺾었다. 오랫동안 기대하고 꿈꾸어 왔던 대로의 자연분만은 이젠 힘들어진 것이다. 나의 꿈은 병원에서의 자연분만으로 한 단계 낮아졌다. 그리고 무거운 발걸음을 돌려 찾은 곳이 바로 이 병원이었다.

세인트 빈센트 병원. 이 가난뱅이가 진료비 걱정을 크게 하지 않고 들어설 수 있는, 많지 않은 병원 중의 하나였다. 뉴욕 시에서 재정을 지원하기 때문에 의료비 체계가 영세민 위주로 되어 있었다. 환자의 수입에 따라 치료비가 책정되고, 500달러만 지불하면 일단 아기를 받아 주고 본다. 나 같은 가난뱅이는 아마 500달러로도 넘칠 것 같았다. 일단 이 병원으로 정해 놓고 매월 정기 검진을 받기로 했다.

첫 진찰을 받는 날인데, 의사는 소동이나 난 듯이 굴고 있었다. 왜 아직 양수 검사조차 받지 않았느냐면서 난리였다. 미국에서는 35세가 넘어 첫 임신을 한 사람은 무조건 이 검사를 받게 되어 있다는 것이다. 그러면서 눈을 동그랗게 뜨고 손바닥으로 자기 이마를 때려 가며, 별 무식한 여자 다 보겠다는 듯이 지껄이는 것이다. 내가 무슨 미개인이나 범법자라도 된다는 투였다.

양수 검사란, 아기집에 긴 바늘을 찔러 양수를 채취하여 그것으로 태아의 이상 여부를 가리는 검사다. 검사를 통해 이상을 발견했을 때 조치를 취할 수 있어야 하므로, 검사 시기는 늦어도 임신 3~4개월이 되기 전이어야 한다. 나도 그것을 모르는 바 아니었지만, 양수라는 게 모든 것을 정확히 말해 주는 시료가 되지 못할뿐더러, 바늘이 태아의 위치를 잘못 잡으면 오히려 위험을 초래할 수도 있다는 것을 알고 있었다. 또 이상을 알아낸다 한들 그 생명을 어쩔 것인가? 죽일 것인가? 인위적인 손길을 더하는 것보다는 차라리 운명에 맡기고 싶었다.

의사는 나를 미개인 취급하고 있었고 나는 의사가 못 미더웠다. 그가 분만 예정일을 잡아 줄 때 특히 그렇게 느껴졌다. 그는 내가 계산한 날짜보다 한 달을 더 앞서 얘기한다. 어떻게 그럴 수 있느냐고 했더니, 큰 자로 배의 둘레, 너비, 앞뒤를 다 재어 보고 수치로 그것을 알 수 있다는 것이었다. 나는 속으로 웃음이 나왔지만 의사의 자존심을 건드려서 좋을 게 없다고 생각하고 잠자코 있었다. 물론 결과는 내가 옳았다.

나는 불필요한 논쟁 대신, 내가 원하는 분만에 대한 이야기를 했다. 나는 수술을 피하고 싶다고 말했다. 나는 자궁 경도를 통해 자연분만을 함으로써 분만의 고통을 약물로 변질시키거나 조작하지 않고 순수하게 체험하고 싶었다. 의사는 고개를 갸웃거렸다. 지금으로서는 어느 것도 장담할 수 없으니까 우선 병원에 개설된 자연분만 강좌를 남편과 함께 들으라고 했다. 12주 코스였다. 나는 남편과 함께 그 강좌를 꼬박 들었다.

마침내 나에게도 진통이 오기 시작했다. 초저녁부터 미약한 진통이 찾아왔다. 그날 저녁에는 이웃집 여자가 와서 저녁 짓는 것을 도와주었는데, 아기를 낳은 지 얼마 되지 않은 여자였다. 그녀는 자기가 경험한 진통의 순간을 이렇게 말했었다.

"거대한 트럭이 주기적으로 배 위로 지나가는 것 같았죠. 그런 트럭이 몇 대나 지나갔는지 몰라요."

어렴풋하던 진통이 밤 12시경이 되니까 너무도 분명해졌다. 남편이 구급차를 불렀다. 병원으로 실려 가는 동안 남편은 내 손을 꼭 잡고 있었다. 진통은 느슨한 간격으로 찾아왔지만 한번 찾아와서 몸을 휘감으면 머릿속에 아무런 생각도 남지 않았다. 그러나 아직은 그게 트럭이 배 위를 지나가는 느낌은 아니었다.

병원에 도착하자, 간호사는 진통이 오는 것을 모니터로 볼 수 있게 하기 위해 배 위에다 장치를 부착하느라 벨트를 숨도 못 쉬게 조여 놓고, 양다리를 벌려 받침대 위에 묶었다. 그러고는 꼼짝 말고 있으라 했다. 방법이 부자연스러워서 나는 지레 지치고 힘겨웠다. 의사들은 가끔 와서 경도에 손가락을 쓱 집어넣어 보고는 '아직 멀었군.' 하면서 또 금방 사라졌다. 그들의 시선이나 행동에서, 나는 내가 인간이 아니라 마치 전시장의 물건이라는 느낌을 받아야 했다. 남편만이 계속 내 곁을 지켰다.

진통도 진통이었지만 벨트 때문에 배가 더 아프고 숨이 가빴다. 벨트를 좀 느슨히 늦추어 놓으면 뚱뚱하고 퉁명스러운 흑인 간호사가 다가와서 확인한 뒤 다시 꽉 조여 놓고 간다. 그런 일이 반복되자 급기야는 서로 간에 신경전이 벌어졌다. 나는 다시 벨트를 늦추어 놓았다. 간호사가 다시 왔다. 그녀의 말이 명령조로 거칠어졌다.

"분명히 말해 두겠는데, 당신, 자꾸 이러지 마!"

흑인 간호사가 이게 마지막이라는 듯이 벨트를 사정없이 꽉 졸라매는 바람에 나는 윽 하고 숨을 들이켜야 했다. 그녀는 눈을 부릅뜨고 검지를 세워 나를 향해 흔들면서 경고 표시를 했다. 그러고는 또 휙 돌아서 갔다. 나는 벨트를 다시 풀어놓으려고 했다. 그러자 말없이 곁에 서 있던 남편이 나를 말렸다. 물론 남편이 말리지 않아도 나에게는 그럴 여유가 없었다.

"온다!"

모니터를 보고 있던 남편이 외쳤다. 내가 진통이 오는 것을 느끼기도 전에 벨트에 부착된 모니터가 먼저 그래프를 그려 내고 있었던 것이다. 순간, 내 배 위로 거대한 트럭이 달려오고 있었다. 그때부터 진통의 간격이 밭아지고 더욱 격렬해졌다. 남편이 다시 "준비!" 하고 외치면 또다시 트럭이 몇 분간 떼 지어 배 위로 지나가고, 잠시 후 다시 남편이 "준비!" 하고 외치면 또 지나가고……. 어떤 고문이 이보다 심할 수 있을까. 그러기를 몇 시간, 나는 거의 탈진 상태가 되었다. 남편은 계속 내 곁에서 손을 잡고 "준비!"를 외쳤다. 그도 지쳐 보였다. 그는 진통이 오는 내내 물 한 모금 마시러 가지 않고 내 곁을 지키고 있었다.

나는 벨트를 풀고 침대에서 벗어나고 싶었다. 그래서 마루에 엎드려 짐승처럼 신음하고 호흡하고 자연스러운 상태로 몸을 움직인다면 이 고통도 쉽게 견뎌 낼 수 있을 것 같았다. 그러면 이 고통이 이렇게 오랫동안 계속되지도 않을 것 같았다. 그러나 그런 생각이 머리에 떠오르기가 무섭게 다시 격렬한 진통이 머릿속에서 생각을 지워 버렸다.

여자가 아이를 낳는 것은 본능적이고 순수한 동물적 행위이다. 그런

데 이렇게 억지로 몸을 구속하고 있으니 이것은 고문이요 폭력이란 느낌밖에 들지 않았다. 나는 그런 경황에도 이 병원을 나가게 되면 곧바로 이런 억지스러운 분만 대신 한국의 재래식 분만을 되찾고 보급하는 운동부터 펼치고 싶다는 생각까지 했다. 잠시 사그라졌다 다시 온몸을 휘감는 진통에 다시 이를 악물었다.

진통이 촉급하게 계속되자 의사가 나타났고 고함을 치며 나에게 이런저런 지시를 계속해 댔다. 진통이 28시간 가까이 계속되었으므로 나는 거의 까무러칠 지경이었다. 얼마의 시간이 흘렀을까. 아이의 머리가 보이기 시작한다는 소리를 언뜻 아련히 들은 것 같았다. 나는 의사의 말소리에 귀를 기울였다.

"아이의 머리가 돌아갔다. 수술이 필요하다."

수술? 그 순간 너무나도 큰 허탈감에 몸을 떨어야 했지만, 이젠 자연분만이 중요한 것이 아니었다. 아이만 무사히 나올 수 있다면 어찌 되어도 좋다 싶었다. 알아서 하라고 말했다. 아무래도 이 모든 것이 그들이 서툴러서라는 느낌이 들었지만 그 상황에서는 달리 어떻게 해 볼 도리가 없었다.

바로 옆에는 중국에서 온 젊은 여자가 진통을 겪고 있었다. 그쪽은 나보다 앞서, 수술을 해야 한다는 판정을 받아 놓고 있었다. 그러나 그 중국인 부부는 수술은 절대 안 된다고 완강히 버텼다. 남자는 수시로 중국에 전화를 하고 와서는 의사에게 다른 말은 아무것도 모른다는 듯 "노(No)!"라고만 연거푸 말했다. 순서대로라면 그들이 먼저 받게 되어 있는 수술이었지만, 그들은 버티고 나는 응낙한 상태였기 때문에 내가 먼저 수술실로 옮겨졌다. 남편은 의사의 제지를 받고 수술실 문 앞에서 내 손을 놓았다.

"용기를 내!"

수술실에서도 다시 기구를 이용해 아이를 꺼내 보려는 시도가 이루어졌지만 소용이 없었다. 드디어 팔에 주사가 꽂히고 준비가 끝나 곧 수술이 시작될 참인데, 누구의 연락을 받고 왔는지 원장이 나타났다. 그는 나를 체크해 보고 나서 나의 담당 의사를 향해 말했다.

"수술이 꼭 필요하다고 생각하나?"

"환자가 이미 수술에 동의했습니다."

담당 의사의 짧은 대답에 원장은 무슨 말인가를 하려다가 말고 돌아서 나가 버렸다. 마취 주사를 맞고 나자 정신이 금방 없어져 버렸다. 깨어 보니 입원실이었고 그렇게 빨리 수술이 끝났나 하고 놀랐다.

내가 솜씨 없는 의사에게 수술을 받는 동안, 중국인 산모는 노련한 원장의 손에 의해 자연분만으로 아기를 낳았다는 것을 나중에 알게 되었다. 그들은 자기들이 원하던 대로 수술 없이 아기를 낳은 것이다. 내가 조금만 더 기다렸다면 나도 자연분만을 할 수 있었을 것이다. 그러나 운명이 그랬던 모양이다. 어떻게든 그 상황을 무사히, 빨리 넘기려고만 생각했던 것이 그런 결과를 빚어내고 말았다. 원장이 아이를 받아 주러 올 수 있다고 예상하지 못했던 탓도 있었다. 어쨌든 나는 내가 바라는 분만과는 정반대의 방식으로 아이를 낳고 말았다. 분만에 대한 나의 꿈은 꿈으로 끝나고 말았던 것이다.

마취에서 깨어난 지 얼마 후에 간호사가 아이를 데리고 와 잠시 면회를 시키고는 도로 데리고 갔다. 나는 아직 상태가 좋지 않았기 때문에 그 아이를 제대로 품어 보지도 못했다. 하루 종일 병상에 누워 잠깐 만난 아이를 생각하며 나는 편지를 썼다. 물론 아이는 받아 볼 수 없을 테지만.

희에게.

네가 내 몸속으로 들어오던 날은 억수같이 비가 왔었다. 그러더니 너는 꼭 비 오는 날에 태어났구나. 고백하지만, 실은 너를 잉태한 후 4개월이 지나서야 아빠와 엄마는 한국의 어느 조용한 한식집에서 약식 결혼식을 올렸단다. 어쩐 일인지 그날도 유난히 비가 많이 내리더구나.

물이 항상 나는 좋았단다. 물을 보면 우선 그 속에 들어가 있고 싶다는 생각부터 하지. 그래서 햇볕이 쨍쨍한 그런 날보다는 마음이 촉촉이 젖어지는 느낌이 드는 비 오는 날이 더 좋아. 물을 항상 그리워하는 체질에 맞게 너와 엄마는 비 오는 날에 너를 배고, 비 오는 날에 결혼을 하고, 비 오는 날에 너를 낳았다. 너도 비 오는 날에 태어났다는 사실이 싫진 않겠지?

세상으로 나오느라 참으로 고생이 많았다. 물론 엄마도 고생을 했고. 28시간씩이나 엄마의 자궁을 못 빠져나오고 끙끙대다 마침내 7척 거구에 손재주 없는 서양 의사가 칼로 엄마의 배를 가르고 훔치듯이 너를 빼내었으니, 너는 한편으론 후련하기도 했겠지만, 아마도 놀라움의 충격이 더 컸을 것이다.

그렇게 나오려 몸부림치다 막상 세상에 나와 보니 엄마는 마취약에

곯아떨어져 있고……. 너의 섭섭함이 오죽했을까. 난생 모르는 낯선 손이 태를 자르고 목욕을 시키고, 갓난아이들만이 울고 있는 낯선 공간에 너를 내려놓았을 때, 기억하지는 못하겠지만 너는 분명 느꼈으리라. 그렇게 그리던 세상이 이런 것인가. 아차 하고 후회도 많이 했겠지. 도대체 엄마라는, 아빠라는 사람들은 모두 어디로 사라진 거야?

날이 밝자 엄마와 상봉을 시킨다고 간호사가 잠깐 너를 데려왔더라. 정신이 들고서는 그게 너와 나의 첫 만남인데, 나는 몸을 가눌 힘도 없고 의식이 몽롱하여 제대로 미소도 짓지 못하고 너를 멀거니 바라보기만 했던 것 같다. 너는 그런 나를 무표정하고 무심하다고 했겠지만, 내 가슴속까지 그랬던 건 아니야. 뭐랄까, 난 가슴이 철렁했어. 참으로 조심스럽기만 한 첫 만남이었다구.

네가 이 엄마를 누구인지 다 알고 있는 것처럼 보여서 실은 슬그머니 겁이 났단다. 너는 갓 태어난 아기지만 나보다 더 오래된 영혼을 갖고 있을지도 모른다는 생각이 들었지. 그리고 어쩌면 네가 얼마 전 돌아가신 너의 외할머니의 변신일지도 모른다는 생각, 네가 내 영혼의 안내자일지도 모른다는 생각도 들었어.

안타까운 것은 너를 마음대로 내 가슴에 안아 볼 수 없는 것이었어. 엄마는 바로 몇 시간 전 네가 나온 그 갈라진 배를 몇십 바늘 꿰맨 후였으니까. 그냥 덤덤한 모습으로 만나는 그 운명. 그토록 귀중하게 9개월을 이 배 속에서 기르며 우리의 상봉을 기다려 왔는데. 우리의 첫 만남은 이렇게도 무겁고 착잡한 것이었으니.

난 말이다……. 신성한 음악이 들리고 아늑한 촛불이 밝혀진 자연 속에서, 가까운 벗들이 고통을 격려해 주고 그들과 손을 잡고 힘을 합하여 너의 탄생을 맞이하고 싶었어. 그런 자연분만을 계획하고, 시골에 있는 자연분만 센터의 문을 두드리기도 했는데, 그곳 사람들이 뭐라고 했는 줄 알아? 당신은 마흔이 넘었고 또 첫아이라 위험해서 이 방법을 추천할 수 없어요. 여기저기 알아봤지만 희망적이지 못했어.

그래서 온 것이 바로 이 병원이야. 수입이 거의 없다시피 한 영세민들이 진료를 받는 뉴욕 시 관할 시립 병원. 가난한 엄마를 걱정할 건 없어. 진료비는 거의 무료니까.

기대하던 대로는 아니지만, 그래도 나는 자신을 갖고 자연분만을 하고 싶었어. 그런데 이 겁 많은 서양 의사들은 우선 고개부터 설레설레 젓더니, 결국은 그것도 실패한 거야. 내 생각엔 의사가 나의 자연스러운 자세를 방해하고, 흑인 간호사가 와서 내 발을 매달아 놓고 하는 바람에 더 그렇게 된 게 아닌가 싶기도 해. 어쨌든 너는 그렇게 어렵게, 험하게 이 세상에 첫발을 디뎠어. 이미 태어난 마당에 어떤 공간, 어떤 상황 속에서 태어났다는 생각을 오래 할 필요는 없겠지. 다만 굳세게, 대담하게 살아야지 하는 생각이나 하자구.

이제 며칠 후면 우리는 스탠턴 거리 176번지로 간다. 스탠턴 거리는…… 미리 얘기해 두긴 뭣하고, 그냥 대단한 거리라고만 알아 둬. 이제 우리 집으로 가면 넌 거의 너만 한 크기의 쥐들을 만나게 될 거야. 그것들이 너하고 씨름을 하자고 할지도 몰라.

너의 엄마가

어린 희를 볼 때마다, 내 몸에서 태어난 아이이기 때문에 자식이라고 부르긴 하지만, 영혼은 나보다 훨씬 어른스럽다고 느낄 때가 많았다. 그 눈빛을 보면 어딘지 나보다 훨씬 깊은 데가 있는 것 같았다. 어머니가 돌아가신 지 오래지 않아 갖게 된 아이였기 때문인지 아이와 어머니를 나도 모르게 자주 연결 짓게 되었는데, 그래서 더욱 그런 생각을 하게 되었는지도 모른다. 윤회에 대한 절실한 체험 때문이었을 수도 있을 것이다.

그 아이가 나보다 더 오래된 영혼을 가졌을 것이라는 느낌은 수시로 나를 찾아왔다. 그래서 지금도 나는 그 아이를 어린애로만 취급하지를 못한다. 무엇을 시킬 때나 말을 할 때도, 결코 명령조로 하지 않고, 나는 이런 생각인데 너는 어떠냐고 항상 의견을 교환하듯 한다. 그리고 그 앞에 서면 내 마음가짐이 흐트러지지 않았는지 늘 자신을 돌아보게 되는 것이다.

희를 내 품속에서 기른 것은 6개월밖에 되지 않는 짧은 기간이었지만, 그동안에 나는 그 아이를 품에서 내려놓은 적이 없었다. 보모를 들일 만한 형편도 되지 않았기 때문에 잠깐의 외출도 언제나 둘이 함께, 어디를 가도 둘이 함께였다. 아이를 달고서는 생활비를 벌 일거리를 찾을 수 없어서 참으로 쪼들리는 생활이었지만, 그렇게 아이를 안고 다니는 동안에는 온 우주를 안은 듯한 충만감을 느꼈다.

희를 낳은 지 6주가 되었을 때, 나는 그 애를 끈으로 동여 안고 센트럴 파크 웨스트에 있는 존 데바(John Deva)의 보이스 클래스에 갔다.

희야와 단둘이 집 안에만 틀어박혀 있다가 한 오랜만의 외출이었다.

여자는 아기를 낳으면 온몸이 다 변한다고 한다. 그러잖아도 출산 후에 머리가 사정없이 빠지는 게 심상치 않았다. 언젠가는 활동도 재개해야 할 것인데, 공연에 '소리'를 자주 쓰는 나는 우선 성대가 건재한지 알아보고 싶었다. 그리고 이상이 있다면 지금부터라도 정상을 회복하기 위해 훈련을 해야 할 것이었다.

환경이 다른 곳에 가면 우리 희가 낯설게 느끼겠지만, 역마살을 타고난 엄마를 둔 그 아이의 운명으로서는 일찌감치 적응을 시작하는 것도 서로를 위해 좋을 것이라고 생각했다. 담배나 피우고 아침부터 디스코 음악을 크게 틀고 있는 우리 동네 아낙들에게 맡기기보다는 차라리 우리 희는 엄마와 함께 어디든 가는 것이다.

옆에 뉘어 놓고 발성 연습을 한다. 성대에는 별 이상이 없다. 아이는 곤히 자는 척하다 자주 깨곤 한다. 열심히 지도하시는 선생님께 죄송스럽다. 우는 모습이 발성 연습이라도 따라 하는 것 같다. 다시 아기를 안고 왔다 갔다 하면서 계속한다.

발레 클래스에도 나가기 시작했는데 그때도 당연히 희와 함께였다. 출산 2주 전까지도 계속 나가던 스튜디오였다. 지나 로메트(Zina Romett)라는, 많은 무용가를 길러낸 사람이 운영하고 있다. 그는 상처를 입었던 사람이나 출산한 사람, 그리고 오랫동안 무용을 쉬다가 재개하는 사람들에게 적합한 훈련 테크닉을 발전시킨 사람이다.

아이를 데리고 나간 첫날, 훈련 중인 무용수들이 죄다 아이 있는 쪽에만 신경을 쓰는 눈치였다. 무용 학도들의 정신을 산만하게 한 것 같아 피아노 옆에 뉘었던 아이를 탈의실에다 옮겨 놓았다. 아이가 10분도 못 되어 울기 시작한다. 이젠 숫제 보고 싶은 사람 쉽게 보라고 정면 거울 앞에 애를 놓는다. 클래스가 끝나자 무용수들이 우르르 모여들었다. "어머, 예쁜 아기네!" 하며 서로 보자고 난리다. 당연한 일이다. 무용계에서는 갓난아이를 구경하기가 매우 힘들기 때문이다.

그들도 내심으로는 모두 엄마가 되고 싶은 여자들이다. 다만 무용계에서 성공하기 위해 그런 본능적 욕구를 모두 접어 두어야 했을 뿐이다. 몸매와 기회를 잃지 않기 위해 뼈를 깎는 훈련을 해야 하는 지금, 아이란 참 엉뚱하고도 팔자 좋은, 그리고 청천이 무너지는 얘기가 아닐 수 없다. 그들에게는 임신과 출산이 은퇴와 같은 말로 들리는 것이다. 그런 판국인데, 한 무용가가 유유히 갓난아이를 안고 나타나 스튜디오 한구석에 놓고 춤을 추고 있다. 그런 내 모습이 그들 눈에는 어떻게 비쳤을까. 아마 부럽기도 하고 한심하기도 했을 것이다.

"헤이, 너는 세계적인 무용가가 되어 이름을 떨치겠구나. 엄마 젖을 먹으며 벌써부터 발레 클래스에 나오고 있으니 말야."

누군가 그렇게 말하자 모두 크게 웃는다.

"20년 후가 기대되는걸. 스테이지에서의 예명은 뭐로 할래?"

"리 희(Lee Hee)."

나는 자랑스럽게 대답하며 아이를 내려다보았다. 희는 어느새 방긋이 웃고 있었다.

희는 내내 모유만을 먹었다. 어디를 가도 함께였으니, 사람들로 붐비는 시내에서도 희가 배고프다고 보채면 나는 가슴을 풀어 젖을 물려야 했다. 한국 같으면 너무도 당연한 모습인데 이곳 뉴욕 사람들은 신기한 눈으로 쳐다들 본다. 그러면 나는 그 모습을 굳이 감추려 하지 않았다. 이 뉴욕, 예술 또는 사업으로 성공해 보리라고 각축하는 이 도시에는 가족, 모성애, 이런 따뜻한 것이 철저히 결핍되어 있다. 이 가슴을 드러내어 메마른 그들에게 사랑을 설교할 수만 있다면 그것은 아름다운 일이 아닌가.

갓난아이를 구경하기 힘든 도시여서 그런지 희는 어디를 가도 눈길을 끌었다. 한번은 칸딘스키의 그림 전람회가 있다고 해서 희를 안고 간 적이 있었다. 그런데 거기에서 그림은 감상하지 않고 우리 뒤만 따라다니는 사람이 있었다. 서양 남자였는데, 알고 보니 그는 아이를 보고 있었다. 내가 수상쩍다는 눈길을 보냈더니, 그는 순진한 얼굴로 씩 웃으며 이런 말을 했다.

"진짜 예술품은 여기 있는 것 같지 않아요?"

나도 웃어 주고 말았다. 정말이다. 작은 아기는 신이 창조해 낸 예술품이다. 어떠한 예술도 여기 신비로만 가득한 아기와 비교할 수 없다. 그들의 맑은 눈동자, 그리고 아름다운 형태와 움직임. 보면 볼수록 그 순수함 속에 끌려들어 가고 만다. 아기를 모르는 채 살아가는 사람이 있다면, 그들도 석양이 다하기 전에 가슴에 안아 보아야 한다. 그리고 바라보아야 한다.

일생 동안 아이를 갖지 않겠다고 다짐하던 때가 엊그제 같다. 그러나 지금 나는 한 아이의 엄마가 되어 있고, 그 아이만 보면 나는 이제까지 이 세상에서 한 일이 아무것도 생각나지 않는다. 다만 이 아이를 탄생시켰다는 것만이 생생할 뿐, 나머지는 별로 실감 나는 일들이 기억에 남아 있지 않다. 여자로서 가장 본능적이고 당연한 일이지만 나는 희야만 보면 나 스스로가 그렇게 위대하고 대견해 보일 수가 없다.

모든 관념은 끊으면 끊어지는 쇠사슬이다. 그것을 끊어 버리고 나오면 무슨 큰일이라도 생길 것 같지만 전혀 그렇지 않다. 아무 일도 없는 것이다. 오히려 자유가 기다리고 있다. 모든 관념의 쇠사슬을 하나씩 끊어 벗어던지고, 사랑을 공부하며 자유를 깨닫는다. 그 순간순간의 닦음을 더욱더 잊지 말고 살아야겠다. 쇠사슬을 끊을 수 있다는 사실만 알면 생활은 곧바로 스승이 된다. 생활을 통하여 깨달음을 얻는 현자가 될 수 있는 것이다.

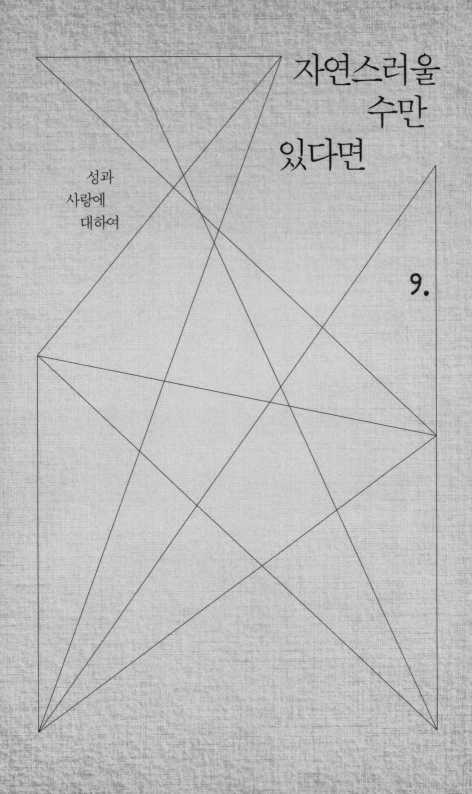

자연스러울
수만
있다면

성과
사랑에
대하여

9.

무관심한 자의 손가락은 어디를 가리키는지 알 수 없고,

증오만 남은 자의 그것은 엉뚱한 곳에 가 있다.

그러나 사랑으로 가득한 자의 그것은

언제나 정확한 곳을 가리키고 있다.

사랑이 없다면 우리는 인생길을 영원히 헤매고 말 것이다.

도시에서는 있기 어려운, 도시인들은 이해하기 어려운 섹스 이야기 하나를 하겠다. 이곳 빅 아일랜드의 볼케이노, 나의 집을 찾아왔던 사람들 사이에서 있었던 일이다. 다분히 부도덕하고 불법적인 것으로 들리기에 십상이기 때문에 나는 이 이야기의 본질을 해치지 않기 위해 변호사를 하나 대동할 필요를 느낀다. 그 변호사는 바로 이곳의 자연이다.

　이곳의 자연은 참으로 아름답고 신비롭고 순수하다. 달리 표현할 말도 없는데 이 말만으로는 부족함을 느낀다.

　이 섬의 가장 큰 특징은 어디를 가나 꽃과 나무를 눈 가득히 볼 수 있다는 것이다. 발을 옮기면 도처에 꽃들이 귀여운 몸을 도사리고 있다. 이름을 물어보아도 아무도 아는 사람이 없는 풀꽃 하나조차도 그 색깔이 예사롭지 않다. 너무나 강렬하고 싱싱하다. 눈을 들면 나무 꼭

대기 위에 울긋불긋한 꽃들이 만발해 있다. 나는 그렇게 높다랗게 잘 자란 나무들이 머리에 꽃을 가득 이고 있는 모습은 이곳에서 처음 보았다. 그것은 기이할 정도의 아름다움을 느끼게 해 준다.

난초류는 이곳의 특산품이기도 한데 그중에는 '낙원의 새(Bird of Paradise)'라는 운치 있는 이름을 가진 것이 있다. 그것의 생김새는 정말이지 낙원의 새라는 느낌을 준다. 이렇게 생기 넘치는 식물들 속에 휩싸여 있노라면 태초에 조물주가 설계한 낙원의 모습이 바로 이러하지 않았을까 싶은 생각이 든다. 그래서 그 이름이 우연히 붙은 것은 아니라는 생각을 하게 되는 것이다.

이 섬의 아름다움을 이야기할 때 빼놓을 수 없는 것이 또 있다. 그것은 블랙 샌드 비치, 섬의 가장자리 곳곳을 장식하고 있는 검은 모래 해변이다. 야성적인 야자수들을 병풍처럼 뒤로 끼고 태평양의 파도를 함함히 안아 들이고 있는 그 모습은 신비롭기까지 하여 그 위에선 상념조차도 머리를 떠나 버린다.

아득한 옛날 이곳의 원주민들은 대지의 여신 펠레(Pele)의 존재를 믿고 받들었다고 한다. 이 섬의 암석은 그녀의 뼈요, 토양은 그녀의 살이다. 해안에 넓게 펼쳐진 용암대 위에 그녀에게 제사 지내던 신당의 흔적이 유물처럼 남아 있다. 불과 30여 년 전에 대규모 용암 분출이 있어 현대식 건물들이 들어서 있던 그 해안을 지금의 모양처럼 온통 까맣게 뒤덮어 버렸는데, 원시적인 신당 건물의 주춧돌 부근만은 고스란히 남겨 놓아 신화에 생명을 불어넣어 주고 있는 것이다. 전설도 있다. 이 섬의 돌이나 흙, 그러니까 펠레의 뼈나 살을 가지고 이 섬을 떠나는 사람은 필경 심한 병을 앓게 된다는 것이다. 지금도 여행자들이 그것을 가지고 갔다가 우편으로 도로 보내오는 경우가 심심찮게 있다고 한다. 이런 원시의 신화 속에 묻혀 블랙 샌드 비치를 걸을 때면, 마치 여신 펠레의 부드러운 속눈썹을 사뿐히 밟고 있는 기분이 되곤 하는 것이다.

몇 년 전, 비슷한 시기에 이곳으로 두 명의 남자와 한 명의 여자가 각각 나를 찾아왔다. 한 남자는 중년이었고, 나머지 남자와 여자는 젊었다. 정글 속 나의 집에서 며칠 숙식을 하는 동안 모두 스스럼없는 친구 사이가 되었다. 얼마 후 세 사람은 의기가 투합하여 섬의 이곳저곳을 둘러본다며 나에게서 침낭 셋을 빌려 함께 떠났다.

그들이 돌아온 것은 이틀이 지나서였다. 모두 얼굴이 빨갛게 그을린 게 해수욕을 꽤나 열심히 즐긴 것 같았다. 그날 밤, 나와 단둘이 이야기를 나누게 된 여자가 나에게 말했다.

"저를 나쁜 여자로 생각하시겠죠?"

"무슨 소리야?"

나는 뚱딴지같은 그녀의 말에 반문을 던졌다.

"하긴 그렇게 생각하셔도 할 수 없어요. 하지만 나는 어디까지나 그렇게 하는 게 자연스럽다고 생각했어요."

그녀는 지난 이틀 동안에 있었던 일을 털어놓았다. 그들은 첫날 오전에 소문난 곳 몇 군데를 둘러본 뒤, 오후에는 블랙 샌드 비치로 갔다. 아무도 없는 해변에는 따갑게 내리비치는 태양과 유난히 잔잔한 파도만이 남아 그들에게 손짓하고 있었다. 그들은 수영복도 준비해 가지 않았는데, 도저히 그런 태양과 파도의 유혹을 뿌리칠 수가 없었다. 그들은 모두 알몸이 되어 어린애들처럼 깔깔 웃으며 바닷속으로 뛰어들어 수영을 시작했다. 속옷이라도 걸치고 수영을 할 수도 있었겠지만 순수한 대자연 속에서 그런 꼴불견을 하고 있다는 게 너무 한심하게 느껴졌다는 것이다. 그들은 석양이 올 때까지 내내 물속에서 놀았다.

이따금 지치면 검은 모래 위로 나와 몸을 눕혔다가 기운을 되찾으면 다시 물속으로 뛰어들고, 다시 검은 모래 위에서 몸을 말렸다가 파도의 품에 몸을 던지고……. 그렇게 해가 떨어질 때까지 물놀이를 하는 동안, 짠 바닷물에 절어 그들의 살갗은 거뭇한 빛을 띠면서 꼬들꼬들해질 정도가 되었다. 그런 살갗이 우스워 서로 만지며 깔깔거리고 장난을 쳤다. 어느덧 어둠이 찾아왔는데, 그들은 잠을 자기 위해 네 개의 벽이 있는 공간을 찾아가고 싶진 않았다. 자연스럽게 해변에 나란히 누워 별을 보면서 잠을 청하게 되었고, 그날 밤 그녀는 두 남자를 모두 받아들였다. 이틀이 그런 식으로 지나갔다.

"어느 한 사람을 선택하거나 둘 모두를 배척하는 것은 옳지 않다는 생각이 들었어요. 역시 저를 나쁜 여자라고 생각하시겠죠?"

나는 고개를 가로저었다. 나는, 좋다 나쁘다, 또는 옳다 그르다는 판단을 하고 싶지 않았다. 사실을 사실로 받아들였을 뿐이다. 나에게 그것을 도덕적으로 심판할 아무런 의무도 자격도 이유도 없었기 때문이다. 나에게는 그것을 도덕적으로 심판하기 위한 잣대조차도 없었다. 어느 공간, 어느 시간에 철칙처럼 여겨지는 율법도 다른 공간, 다른 시간 속으로 옮겨 놓으면 아무런 의미가 없어져 버리지 않는가. 인간의 의식만 변하면 모든 도덕률은 깨어질 준비가 되어 있는 것이다.

나는 그들을 이해할 수 있었다. 거대한 자연의 순수함 앞에 충격적으로 부딪히고 나면, 인간이 지닌 지금까지의 고정 관념은 깨어져 없어지거나 형태가 변한다. 그들은 그런 상태에 처했던 것이다. 사람들은 그들의 행위, 그리고 그들을 부당하다고 하지 않는 나까지도 함께 엮어 비정상이라고 말할지 모른다. 하지만 정상과 비정상을 규정하는 기준들을 무너뜨리고 나면 생각은 얼마든지 달라질 수 있다. 그들보다도 비정상적인 경우가 도시에는 훨씬 많다.

자연이라는 충격 장치가 없는 도시에서는 성에 대한 일반적 고정 관념이 훨씬 억압이 되고 압박이 된다. 그것을 깨트려 줄 것을 찾기가 쉽지 않기 때문에, 그것에 대한 개인의 일탈은 훨씬 병적이고 눈물겨운 것이 되어 버린다. 도시의 그들을 보노라면 오히려 블랙 샌드 비치의 세 사람은 건강하게만 느껴진다.

그들 세 사람은 며칠 후 건강한 얼굴로 웃으면서 정글을 떠나갔다. 그들이 그 뒤에 어떻게 되었는지 분명한 소식을 듣지 못했지만 그 이후가 중요할 것은 없다.

몇 년 전 '래핑 스톤'의 창단 멤버로 활동했던 필리스(Phillis)라는 여자가 있다. 천진한 얼굴에 조용한 성격이었지만 일단 무대에 오르면 황야의 들고양이처럼 돌변하여 멋진 춤을 추어 보이는 타고난 무용수였다.

그러나 그 당시 20대 후반으로 아직 미혼이었던 그녀에게는 이런 문제가 있었다. 영원한 사랑을 꿈꾸며 남자와 교제를 시작하지만 번번이 그 관계가 순식간에 끝나 버린다는 것이다. 하룻밤을 지내고 나선 이미 서로 매력을 잃어 아침에 차 한 잔도 나누지 않은 채 돌아선다. 세 번 이상 만나는 경우도 드물고, 그러다가 잘 가야 한 2주간 지속된다. 남자에게서 버림을 받거나 그녀 자신이 실망을 느껴 쉽사리 파국이 오는 것이다.

"이럴 바에야 차라리 여자를 사랑하는 게 나을 것 같아. 그 여자와 결혼도 하고. 여자끼리라면 실망을 느끼지도 않고, 일생 상처받지도 않으며 영원히 사랑할 수 있지 않을까?"

필리스의 말은 레즈비언이 되고 싶다는 얘기였다. 그러나 여자끼리라고 할지라도 실망을 줄 수 있고, 또 다른 상대를 찾아 현재의 상대를 떠날 수도 있지 않은가. 나는 그녀에게 이렇게 말했다.

"네가 백조로 태어나지 못한 이상, 영원한 사랑을 꿈꾸기보다는 순간이나마 그 누구와 함께 지낼 수 있다는 것을 소중히 여겨야 하지 않겠니?"

백조는 철저한 일자일웅(一雌一雄) 동물이다. 몇 년 전, 보스턴 근교의 시골에서 열두 살짜리 소년이 호수에 사는 백조 한 마리를 죽였다. 소년은 미성년인데도 7년형을 선고받았다. 소년이 죽인 것은 한 마리뿐이었지만 몇 시간 후에 그 짝인 백조까지 맥없이 떠다니다가 저절로 죽고 만 것이다. 죽음으로써 연인을 뒤따르는 영원한 사랑의 상징이 될 만하다.

영원한 사랑, 그것은 필리스만의 소망이 아니다. 우리가 모두 꿈꾸는 이상일 것이다. 하지만 이상의 사랑을 꿈꾸면서 우리가 찾아 헤매는 것은 무엇인가? 현실에 없는 환상의 연인을 찾고 있는 것은 아닌가? 현세에서 못 만나면 내세에서라도 만나려는 듯이 그렇게 찾아 헤매는 것은 아닌가? 그러나 그 보일 듯 말 듯한 신기루는 찾아가 보면 단지 허공일 뿐이다. 필리스, 나도 너의 심정을 느낄 수 있다. 나도 한때 영원한 사랑을 꿈꾸는 자였으니까.

뉴욕에서 3년 이상 독신으로 살면 동성연애자가 되지 않을 수 없다는 말이 있다. 이유를 분석해 낼 수는 없지만 현실은 그 말을 입증해 준다. 오죽하면 넷 중 하나는 동성연애자라고 할 정도가 되었을까?

희야 아빠가 잠시 야채 가게에 나가고 있을 때였다. 저녁에 돌아오면 그날 있었던 슬프거나 재미있는 일들을 얘기해 주곤 했는데, 어느 날은 이런 이야기를 들려주었다. 야채 가게 가까이에 시각장애인들만 사는 아파트가 있어서 희야 아빠는 그곳으로 자주 배달을 나갔다. 그날도 평소처럼 그 아파트에 배달을 갔더니 멋진 시각장애인 신사가 야채 봉지는 받지 않고 그의 손을 덥석 잡더라는 것이다. 처음에는 앞 못 보는 시각장애인이라 위치를 잘못 잡았나 했는데 그게 아니었다. 시각장애인 신사는 애정을 요구하고 있었다. 희야 아빠는 당황하여 서투른 영어로 빨리 돌아가서 일을 해야 한다고 했다. 그러자 시각장애인은 "5분, 5분이면 된다!" 하면서 달려들었다. 희야 아빠가 그를 피해 허둥지둥 빠져나오는데 뒤에서는 계속 시각장애인이 외쳐 댔다고 한다.

"5분, 5분이면 된다!"

같은 남성에게서 그런 유혹을 처음 당해 본 희야 아빠는 하루 종일 한숨이 나오고 일도 손에 잡히지 않아 일찌감치 돌아와 버렸다는 것이다. 며칠 뒤에 알고 보니 그 아파트 주민의 5분의 4가 동성연애자였다.

현재 뉴욕의 다운타운에는 동성연애자 아닌 사람이 드물 정도다. 남성끼리의 동성연애면 게이라 부르고 여성끼리면 레즈비언이라고 부르는데, 그중에서도 게이가 좀 더 많은 것 같다. 게이 레스토랑, 게이 바, 게이 목욕탕……. 가는 곳마다 '게이'가 붙어 있다. 어쩌면 레즈비언도 결코 적지 않으나 역시 여자라서 그것을 드러내기 꺼리기 때문인지도 모른다. 어쨌거나 동성연애자가 아니면 촌스럽기라도 하다는 분위기다. 우리처럼 남녀 이성 간에 결혼한 사람을 그들은 '스트레이트 피플(straight people)'이라고 부르는데, 좋은 의미도 있지만 법칙대로만 사는 답답한 맹꽁이라는 느낌도 풍기는 말이다.

이렇게 동성연애자들이 늘어나다 보니 남자에게 자기 남편을 빼앗기는 여자가 생기기도 하고 여자에게 자기 아내를 빼앗기는 남자가 생기기도 한다. 그런가 하면 남자와 남자, 여자와 여자가 결혼하는 사례도 자주 볼 수 있다. 전위 음악과 전위 무용에서 각각 세계적인 명성을 얻고 있는 존 케이지와 머스 커닝햄의 동성 결혼 관계는 너무 잘 알려져 있다.

1988년 존 케이지의 음악에 나의 안무로 「네 개의 벽(Four Walls)」을 발표하면서 그들과 서로 알게 되어, 나는 그들이 생활하는 모습을 가까이에서 지켜볼 기회가 몇 번 있었다. 그들은 둘 다 남자지만 남녀가 결혼한 이상으로 행복하게 살고 있었고, 비정상이란 느낌 이전에 오히려 아름답다는 느낌을 주었다. 예술로써 서로를 아끼고 길러 주는 그 모습에서 나는 동성 간에도 조화로운 관계가 가능할 수 있다는 것을 보았다.

뉴욕은 작가, 예술가, 연예인들이 많이 모여드는 곳이다. 그런 종류의 직업을 가진 남자의 80퍼센트가 게이라고 해도 과언이 아니다. 내가 몸담고 있는 곳도 바로 이런 세계여서, 내가 알고 있는 남자들은 하나같이 게이들이다. 컬럼비아 대학교의 교수를 비롯하여 '래핑 스톤'의 남자 무용수들까지 죄다 그렇다. 그들끼리도 질투가 대단하고 서로에 대한 소유욕이 상상을 초월한다.

나는 그들이 왜 게이가 되었는지 이유가 궁금해서 직접 물어보기도 했다. 그러면 스스럼없이, 자연스럽게 대답들을 한다. 선천적이라고 말하는가 하면, 그것이 편해서, 또는 호기심 때문에 시작했다고 말하기도 한다. 가장이 되어 떠맡아야 하는 책임에서 벗어날 수 있어서라고 말하는 사람도 있었다. 그들 중에는 이성 간의 섹스를 겸해서 즐기는 사람도 있었다.

밖에서 보면 이상하다고 여겨지지만 그들의 내면으로 들어가 그 입장이 되어 보면 누구에게나 그런 가능성이 있다는 것을 알게 된다. 속 깊은 얘기를 들어 보면 하나같이 이해가 갔다. 나도 한때 어떤 한 여자, 그 여자의 마음이 아름다워 연애 감정과 흡사한 감정을 느껴 본 적이 있지 않았던가. 어느 인간에게 일어난 사건과 상황은, 그런 계기와 환경에 처하게 되면 바로 나 자신에게도 일어날 수 있는 것이다. 나는 그들에 대한 도덕적 판단 같은 것은 하지 않기로 했다. 문제는 그들 자신이 그것을 얼마나 자연스러운 것으로 생각하느냐에 달려 있는 것이기 때문이었다.

언젠가 각 분야의 박사 과정을 밟고 있는 사람들이 모여 합숙하며 토론하는 회합에 참여한 적이 있다. 10일 동안 진행되는 이 회합의 첫날, 각자 자기를 소개하는 시간을 가졌다. 인상적이었던 것은 어떤 여자의 자기소개 내용이었다. 그녀는 자기 이름과 전공을 밝히고 나서 자기는 레즈비언이라는 사실을 특히 강조해서 말하는 것이었다. 자신이 레즈비언임을 왜 그처럼 강조하는지 나는 알 수가 없었다. 기회가 오면 그녀에게 물어봐야지 했는데, 그 열흘이 다 지나 헤어지는 날에야 그런 기회가 왔다.

"왜 당신은 특별히 강조해서 그 사실을 밝혔죠?"

그녀의 대답은 이랬다.

"내가 레즈비언이라는 것이 자랑스러워서 그런 것은 아니에요. 물론 부끄러운 것도 아니고요. 다만 그 사실을 감출 필요가 없었기 때문이었어요. 다른 사람들은 자신을 소개하면서 기혼인지 미혼인지를 밝혔잖아요? 그처럼 단순한 정보를 제공했을 뿐이죠. 레즈비언을 피하고 싶은 사람은 그런 정보를 필요로 할 거예요. 나는 사람을 좋아해요. 나중에 가서 내가 레즈비언이라는 것을 알고 실망하는 사람이 없도록 하고 싶었어요."

이런 동성연애자들을 딱히 정상적이고 건강하다고 볼 수는 없겠지만, 그렇다고 단적으로 병적이라고만 할 수도 없다. 그것은 뉴욕이란 도시에서 그들이 나름대로 찾아낸 독특한 성과 사랑의 방식이다. 그들

자유를 위한
변명

을 나무라기 전에 그런 상태로 그들을 몰고 간 환경을 생각해 보아야 할 것 같다. 진정한 사랑을 나눌 상대자를 만나기 어려운 도시의 구조, 그리고 진정한 사랑의 방법을 가르쳐 주지 않았던 사회가 그 배후에 있다.

성의 자유를 부르짖기 시작한 지 꽤 오랜 세월이 흘렀다. 한때 그 자유를 얻기 위한 노력이 섹스 파트너의 숫자를 얼마나 자유롭게 늘리는가 하는 쪽으로만 뻗쳐 나가는가 싶더니, 이제는 성별의 관념 자체를 뒤엎는 쪽으로 나가고 있는 것이다. 나는 성의 자유란 그런 외적인 것에 있다고 보지 않는다. 문제는 무엇을 자연스럽다고 보느냐는 개인의 의식에 있다고 생각한다. 그것은 성을 억압하는 관습과 관념에 대해 그 자신이 어떤 반성을 하고 있으며, 얼마나 당당히 그것을 깨뜨리느냐에 달려 있는 것이다.

나는 항상 현재를 위해 살고 있다. 가정의 미래를 위해 살지도 않고 과거에 연연하며 살지도 않는다. 항상 현재라는 삶의 순간에 서 있으며 그 순간을 선택하는 것이기에 나에겐 후회 같은 것이 없다. 후회 없는 삶을 살았고, 또한 살고 있다고 자부하는 나지만, 나에게도 한 가지 후회는 있다. 성에 대한 감각이 가장 예민한 시기에 그것을 체험하지 못하고 죽여 버렸다는 것이다. 물론 성에 대한 욕구를 억제함으로써 그만큼 에너지를 모아 다른 일에 열중할 수 있었다는 것을 부정할 수는 없다. 하지만 인생이란 바로 체험하기 위한 것이 아닌가. 성을 누리는 것도 귀중한 체험일 수 있는 것이다.

손끝이 살짝만 닿아도 온몸에 전율이 흐르는 예민한 피부의 감각은 평생 살아 있는 것이 아니다. 그것은 우리에게 아주 잠깐 동안 내려지는 신의 축복이다. 아직 나의 눈이 열려 있지 않았고 지금 이 순간을 살아야 한다는 것을 철저히 깨우치지 못한 시절이었기에, 나는 관념의 판단에 지배된 채로 청춘 시절을 그렇게 보냈다. 그것을 안 것은 청춘을 모두 흘려보낸 뒤였다.

뉴욕이라는, 모든 것이 낯설고 생경한 곳에서 나의 청춘 시절의 대부분이 지나갔다. 그 시절 나에게도 누구 못지않게 성에 대한 갈등이 많이 있었다. 알 수 없는 격정이 찾아와 나의 몸을 온통 휘감으면 나는 스튜디오에 나가 몸을 굴리고, 뛰어오르고, 달리며, 그것을 떨쳐 버리기 위해 격렬한 움직임으로 싸웠다. 그러나 몸이 피로감으로 곤죽이 되고 난 뒤에는 항상 더 큰 갈증에 시달려야 했다. 나는 금욕으로써 그것을 극복하고 순수한 자신을 지키고 싶어 했지만, 실은 달래지 못하는 갈증으로 변해 버린 성에 사로잡혀 있었던 것이다. 나는 그것이 극복이라고 생각했으나 실은 그것이 집착이요 얽매임이었음을 알지 못했다.

갈등이 많았던 그 시절, 나는 나름대로 그 갈등에서 벗어나 보고자 다른 여성들의 생각을 확인할 수 있는 강연이나 토론 모임 등을 찾아다니곤 했었다. 서구 여성의 성에 대한 태도도 궁금했고 나 자신의 인식 수준도 점검해 보고 싶었던 것이다. 그런 곳에서 충격적인 이야기들을 많이 들었다. 그러나 그 충격이 나를 변화시키지는 못했다. 그만큼 나는 섹스에 관한 한 스스로 의식의 봉건 시대를 살고 있었던 모양이다.

'섹스와 독신녀'라는 제목 아래 뉴욕 시에서 몇 주에 걸쳐 강연과 토론 교실이 열렸다. 1960년대 후반, 한창 남녀평등, 여권신장, 이런 말들이 유행어처럼 떠돌던 시절이었지만, 그들이 부르짖는 것은 아직 원초적인 단계에 머무르고 있었다. 주된 이야기는 이런 것이었다. 여성이 남성에 의해 성의 도구가 되어서는 안 된다. 성은 남자의 만족만을 위한 것이 아니고 동등한 입장에서 서로 즐기는 것이어야 한다……. 구체적인 체험의 예들이 쏟아져 나왔다.

어떤 여자는 바에 들어가 남자를 만났는데, 몇 시간 대화를 나눈 뒤 침대로 데리고 가서 남자를 자신의 성의 도구로 쓰고 나와 버렸다. 남자의 이름도 묻지 않았고 그에 대해서 아무것도 알려 하지 않았다. 어떤 여자는 남성 위주가 되고 마는 남자와의 불편한 성관계보다는 오히려 자위를 통해 얻는 만족이 더 강렬하고 행복하다고 했다. 조명을 어둡게 하고 음악을 틀고 향을 피워 올린 다음, 혼자서 지극한 환각의 세계로 들어갈 수가 있다는 것이다. 그러곤 소리도 지르고 거침없이 울기도 한다고 했다.

남자가 지배하는 섹스건 여자가 지배하는 섹스건, 아직 그 섹스라는 것을 입에 담는 것조차도 죄악시하고 있었던 나에게는 그런 사례들이 계속 크나큰 충격이었다. 그리고 병적이라고까지 느꼈다.

그 무렵 참가했던 한 테라피 세션이 기억에 남는다. 일종의 심리학적인 치료 모임이라고 할 수 있었는데, 주말에 2박 3일 동안 한적한 시골에서 이루어졌다. 나의 내면을 발견할 큰 기회가 될지 모른다는 생각으로 나는 거기에 참가했다. 나는 자유롭게 살기로 결심하기는 했지만 계속 걸리는 것도 많았고 갈등도 많았던 터라, 그것의 해결을 기대했던 것이다.

그런데 성숙한 여성들만을 대상으로 한 모임이었기에 그곳에서 주로 논의된 것은 역시 섹스의 문제였다. 그것도 유년기의 잠재적인 기억과 결부된 성의 억압, 그리고 그것으로 인한 병적인 증상이 자주 초점이 되었다.

참가자 16명이 빙 둘러앉고 한 명씩 그 가운데로 나아가 자신의 문제를 풀어놓는다. 그러면 치료사(therapist)인 리더는 그 문제에 따라 질문을 하거나, 당사자의 심리적 억압의 원인이 될 만한 상황을 재현하게 하기도 한다. 그러는 동안 참가자 스스로 직접적으로건 간접적으로건 마음속에 응어리진 것을 발견함으로써 그것을 해소하는 것이다.

갸름하고 예쁘장한 얼굴에 몸매가 날씬한 제인이라는 여자의 차례였다. 20대 후반이었는데, 말도 대담하게 잘하고 표현을 시원시원하게 해서 처음부터 눈에 띄던 여자였다.

그녀는 성에 관한 한 절름발이나 다름없었다. 남자와 성관계를 맺고 있는 중간에 꼭 어머니가 나타나, 무슨 추한 짓을 하고 있느냐고 해서 깜짝 놀란다는 것이다. 그것은 현실이 아니고 착각인데도 그 순간을 지나고 나면 몸이 싸늘하게 식어 버리기 때문에 전혀 오르가슴을 느끼지 못한다고 했다. 그런 착각이 저절로 일어나지 않으면 스스로 또 그런 상황을 상상하게 되곤 해서, 지금은 성관계를 생각하는 것 자체가 두렵다고 했다.

문제는 어린 시절에 있었다. 그녀가 아주 어렸을 때, 그러니까 서너 살 때였다. 그녀는 자주 성기에 손을 대 보고 느끼는 것을 즐겼는데, 어느 날 그 장면을 어머니에게 들켰다. 어머니는 심한 욕설과 함께 꾸지람을 했다.

"추하고 보기 싫다. 제발 그따위 짓 좀 하지 마!"

이런 사실이 드러나자 리더는 상황을 어린 시절로 끌고 갔다. 리더가 요령 있게 유도했기 때문에 그녀는 정말 서너 살짜리 아이가 된 것처럼 움직였다. 그녀는 다리를 벌리고 손으로 성기를 마음대로 만지기 시작했다. 문득 그녀의 상상 속에 어머니가 나타났는지 그녀의 표정이 무겁게 일그러졌다.

"어머니가 당신을 어쩌진 못해요. 당신이 원하는 대로 해요."

리더가 격려하고 응원하자 그녀는 다시 몸을 흔들며 더욱 대담하게 움직였다. 그러고는 울부짖기 시작했다.

"자, 봐요! 나는 지금 이렇게 즐기고 있어요. 싫어요, 계속할 거예요!"

그녀는 계속 외치며 보란 듯이 몸을 앞으로 내밀었고, 마침내는 오르가즘에 이르러 몸을 뱀처럼 꼬며 격렬히 요동을 쳤다. 너무나도 광적인 그 장면이 폭풍처럼 지나고 나자 그녀는 흑흑 흐느끼기 시작했다. 리더가 말했다.

"이제 당신의 문제는 끝났습니다. 당신은 이제 그 오랜 시간 멍들어 있던 문제로부터 해방되었습니다. 당신에게 다시는 그런 문제가 없을 것입니다."

나의 볼에도 눈물이 흐르고 있었다. 나에게는 저런 일이 없었던 것일까? 아니면 워낙 단단하게 단속해 놓았던 터라 표면에 떠오르지도 못하고 있는 걸까? 둘러보니 참가자 모두의 눈에서 눈물이 흐르고 있었다. 우리는 돌아가며 그녀를 안아 주고 쓰다듬어 주었다. 나는 그때 그녀를 동정할 위치에 있다고 느꼈었지만, 지금 생각해 보면 나 역시도 동정을 받아야 했던 여자였던 것이다.

사랑은 섹스와 다른 것이지만 그것은 서로 관련이 있다. 왜냐하면 섹스는 사랑이란 집을 지을 수 있기 때문이다. 라즈니쉬는 간단한 말로 그것을 표현해 주었었다.

"사랑은 성으로 이루어졌지만 성이 아니다. 그것은, 타지마할이 벽돌로 이루어졌지만 벽돌이 아닌 것과 마찬가지다."

중요한 것은 사랑이다. 인간은 본능적으로 사랑을 표현할 때 행복을 느낀다. 그 대상이 무엇이든. 신이든, 동물이든, 뒤뜰에 심어 둔 꽃이든, 어떤 형상을 한 돌이든. 그 무엇에라도 우리는 사랑을 표현하고 싶어 한다. 사랑하는 순간 우리는 살아 있음을 확인할 수 있기 때문이다. 무엇에 대한 사랑이든 사랑하는 마음은 신의 것이다.

뉴욕에서 동성연애자 이상으로 많이 볼 수 있는 것은 애완동물에 지나치게 집착하는 사람들이다. 강아지나 고양이를 자기 아기라고 포대기에 둘러업고 다니기도 하고, 목욕을 매일 시키는가 하면 머리를 예쁘게 잘라 준다고 미장원에 데리고 가기도 한다. 머리에 리본도 달아 주고 예쁜 목걸이를 걸어 주기도 한다. 음식은 고기 중에서도 가장 부드러운 부분을 잘게 다져 갖은 양념으로 요리를 하여 먹인다. 자기는 간단히 먹어도 애완동물만은 맛있고 영양가 높은 음식을 먹이고 싶어 하는 것이다. 개는 집을 지키고 고양이는 쥐를 잡아먹는 동물에 불과하다는 상식을 가지고 뉴욕에 살면 가는 곳마다 충격이다.

무용을 같이 하던 재능 있는 클린턴이라는 청년의 집에 큰 스튜디오가 있어서, 일요일이면 우리 열성분자 무용가들이 그곳에 모이곤 했다. 어느 날, 내 어깨와 목 언저리에 긴장이 쌓여서 나는 클린턴에게 좀 풀어 달라고 했다. 클린턴이 손으로 목과 어깨를 만져 주고 있는데, 그의 애완동물인 검은 고양이가 눈치를 보며 계속 주위를 어슬렁거리고 있었다. 그러다가 고양이는 바싹 다가와 바로 옆에서 야옹 소리를 계속 내기 시작했다. 클린턴이 말했다.

"고양이가 지금 왜 이러는 줄 알아? 질투 때문이야. 누구와 가깝게 앉아서 얘기만 해도 둘의 대화를 방해하려고 계속 야옹거리지."

그러면서 그 고양이를 안아 쓰다듬고 어루만지고 키스해 준다. 예의상 그 고양이에 대하여 어느 정도 관심을 표현해 주어야 할 것 같아 내가 한마디 했다.

"저 고양이 요즘 살이 좀 찐 것 같은데."

물론 세심한 관찰의 결과는 아니었다. 그냥 해 본 말일 뿐이다.

"아, 그러잖아도 다이어트를 시키고 있는 중이야."

그는 대뜸, 심각한 화제라도 만난 양 진지하게 말했다. 그러면서 자기가 얼마나 그 고양이의 음식 조절에 신경을 쓰고 있는지 미주알고주알 봇물을 터뜨린다. 자기 애완동물이니 알맞게 살찌고 날씬하게 만들고 싶은 것이야 당연하겠지만, 자연식 비타민을 하루도 거르지 않고 먹이기까지 한다니 놀랄 수밖에 없었다. 요즘 사람들이 자연식에 많은 관심을 쏟고 있는 건 잘 알고 있었지만, 고양이 음식까지, 아니 고양이 영양제까지 자연식으로 제조한다는 소리는 그날 처음 들었다. 애완동물의 영양 많은 음식이 상품으로 많이 나와 있다는 것은 나도 안다. 종류와 상표가 하도 많아 어느 날 선물로 고양이 과자를 사 가려고 하다 애를 먹기까지 했으니까.

미국으로 갓 유학 왔을 당시, 나는 아르바이트로 고양이 돌봐 주는 일을 한 적이 있다. 그 집에는 시커먼 고양이가 아홉 마리나 있었다. 나로서는 그들을 구별조차 할 수 없었는데, 그들에게는 모두 따로 이름이 있었다. 고양이들의 주인은 자식도 없는 늙은 유태인 부부였다. 그들이 가장 좋아하는 일은, 그 고양이들을 놓고 누구는 성격이 어떻고 누구는 성격이 어떻고 하면서 이야기하는 것이었다. 나의 일 속에는 고양이 밥 주는 외에 그런 이야기를 꾹 참고 들어 주는 것도 포함되어 있었다.

어느 날 고양이 밥을 주다가 싱크대 옆에 너무 먹음직한 비스킷이 놓여 있어 주인 안 보는 사이 한 입 집어 먹었는데 맛이 이상했다. 상표를 유심히 살펴보니 고양이 과자였다. 씹기 시작한 비스킷을 도로 뱉을 수도 없고 주인이 볼까 무섭기도 하여 억지로 꿀꺽 삼켰는데, 참으로 창피하고 쑥스럽고, 그런 내가 비참해 눈물까지 찔끔 나왔었다.

인간은 외롭고 선천적으로 사랑을 표현하기를 갈망한다. 그게 본능이다. 그러나 그렇게 애정을 쏟을 대상으로 인간을 찾지 못하면 그 애정을 동물에게 쏟아 버린다. 동물을 사랑할 때 그들은 그 동물에게 아무것도 기대하지 않는다. 무조건적이다. 아마도 동물은 인간을 배반하거나 거역하지 않기 때문일 것이다. 동물에게 그처럼 사랑을 쏟는 것을 나는 나쁘다고 보진 않는다. 그러나 인간에 대해서도 그렇게 무조건적일 수 있었다면 인간과의 사랑이 불가능하지 않았을 것이다. 그렇지 못하다는 데 문제가 있다. 인간에 대한 그들의 사랑은 항상 조건적이다.

뉴욕의 유명한 전위 피아니스트 마가렛 렝 탕(Margaret Len Tang), 필리핀 태생의 그녀는 줄리아드에서 박사학위를 받았다. 나와는 몇 번 작업도 같이 했는데, 그녀의 애완동물은 개였다. 얼마나 개를 좋아하는지 남편에게 이런 선언을 했을 정도다.

"당신 없이는 살아도 이 개 없이는 하루도 못 살아요."

개에 대한 그녀의 사랑은 감동적이다. 그녀는 길을 가다가 주인 없는 떠돌이 개를 보면 가게에서 먹을 것을 사서 먹이고 가야 직성이 풀린다. 개가 이유가 되었던 것 같지는 않지만, 그녀는 실제로 남편과 이혼을 했고 개와는 헤어지지 않았다.

지금은 한국 모 대학에서 교수로 존경받는 P 씨도 한때는 나처럼 배고픈 뉴욕의 무용 학도였다. 그의 아르바이트는 개를 돌보는 일이었다. 정각 낮 열두 시가 되면 개를 아파트에서 데리고 나와 산보도 시키고 대소변을 보게 한 다음 다시 아파트에 데려다 놓는 일이었다. 개 주인은 개를 사랑하는 마음에서 이 일을 성실히 해 줄 수 있는 사람을 고르기 위해 몇 번의 특별한 면담을 거쳐 착실해 보이는 이 한국 학생을 선택한 것이다. P 씨는 매우 착실했다. 기계처럼 그 시간에 어김없이 그 일을 했다. 그러던 어느 날, 타고 다니던 오토바이가 고장 나는 바람에 그는 평소보다 10분 늦게 도착했다. 그 사실을 알게 된 주인은 다음 날 그를 불렀다.

"학생, 생각해 봐. 자네라면 대소변을 꼭 봐야 하는데 10분을 참으라면 즐겁겠어? 그것이 우리 개에게 얼마나 고통스러운 일인지 상상이나 해 봤어? 우리 개는 훈련이 잘되어 있어 그 일을 열두 시 정각에 치르지 않으면 치명적이야."

용서를 빌려던 P 씨는 말을 채 꺼내지도 못했다.

"우리 개에게 그토록 큰 고통을 준 대가로 당신은 해고야. 내일부터 다른 사람이 올 거야."

그들의 동물에 대한 사랑은 무조건적이고 너무나 열렬한 것이지만 인간에게 돌아갈 만한 여분이 없었던 것이다. 어찌 인간보다 동물을 더 사랑할 수 있을까. 노여움까지 불러일으킬 정도다. 그러나 그런 그들도 껴안아 주고 싶다. 비록 대상이 동물일지언정 그들이 사랑하는 마음은 숭고하기 때문이다. 다만 사랑의 대상을 애완동물 이상으로 넓혀 가지 못하는 그들의 병적인 집착이 안타까운 것이다.

사랑이 있는 자에게는 호랑이도 덤벼들지 않는다고 한다. 실제로 맹수가 우글거리는 산림 속에서 일생을 살면서도 맹수에 당하지 않는 자가 많다. 그들이 무슨 도술을 부릴 수 있어서가 아니다. 동물의 감각은 인간보다 예민하다. 동물들은 자신을 향하는 적의를 감각으로 알아차린다. 단지 그 감각만으로 눈에 보이지 않는 먼 거리의 적을 추적한다. 그 감각으로 그들은 사랑과 자비심으로 충만한 자를 알아보는 것이다. 동물들은 자신에게 두려움을 불러일으키는 대상이 아니면 공격하지 않는다.

그에 비길 바는 아니지만 나에게도 비슷한 경험이 있다.

인도에는 떠돌이 미친개들이 아주 많다. 아무 데서고 예기치 않게 이런 개들의 공격을 받을 수 있다. 그런 개에 물려 죽는 사람의 숫자도 적지 않다. 막다른 골목 같은 데서 눈빛이 심상찮은 공격적인 미친개 한 마리와 정면으로 맞닥뜨리게 되면 섬뜩한 공포감이 엄습한다.

인도에 간 지 얼마 되지 않았을 무렵, 처음 그런 상황에 처하게 되었을 때는 그냥 도망치려고 했다가 더욱 곤경에 처하고 말았다. 한 마리 개가 짖자 어디에서 나타났는지 순식간에 그런 개들이 무리를 이뤄 몰려오는 것이다. 그들은 으르렁거리면서 나를 포위해서 꼼짝 못 하게 해 버렸다. 그리고 금방이라도 덤벼들 듯이 위협한다. 발걸음을 조금만 옮겨 놓으려 해도 그들의 움직임이 재빨라지면서 포악하게 짖고 이빨을 드러낸다. 식은땀을 흘리며 공포에 떨다가 언뜻 떠오르는 생각이 있었다. 저들을 두려워하지 말아야겠다는 생각이었다. 나는 두려움 때문에 그들을 경계하고 거부하고 은근한 적대감마저 느끼고 있었던 것이다. 저들은 예민한 동물의 감각으로 그것을 알아차리고 있을지 모른다 싶었다.

그때 나는, 모험이지만, 마음을 턱 놓고 경계심을 풀어 버렸다. 들떠 있던 호흡을 진정시키고, 너희가 나를 죽여도 좋다는 듯 완전한 무방

비 상태로 서서, 한 마리 한 마리를 사랑을 품고 바라보기 시작했다. 잠깐의 시간이 흐르자 우리의 대치 상태가 그렇게 위험스럽진 않다고 느껴지는 순간이 왔다. 그래서 나는 평화로운 콧노래를 조용히 흥얼거리며, 완만한 동작으로 멀리 향한 아름다운 선을 몸으로 그려 보았다. 그들은 내 동작에서 공격성이 보이지 않았던지 별로 변화를 보이지 않았다. 나는 이윽고 사랑스러운 표정과 태연한 걸음걸이로 천천히 움직이기 시작했다. 개들은 잠깐 뒤따라오다가 더 이상 오지 않았다. 그 이후로 어디에서든 그런 개들과 자주 맞닥뜨렸지만, 그때마다 태연한 마음으로 그들을 마주했고 그것이 효과를 발휘했는지 한 번도 물린 적이 없었다.

사랑의 위대함은 식물의 실험으로도 증명된다. 두 개의 같은 식물을 같은 조건으로 나란히 놓고 기를 때, 한 식물에만 사랑의 말을 해 주고 만져 주면 그렇게 하지 않은 쪽보다 훨씬 성장이 좋다고 한다.

매일 매일의 생활에서 사랑을 찾자. 그리고 그 사랑을 베푸는 공부를 하자. 사랑을 베푼다는 것은 권력이나 돈을 베푸는 것보다 더 보람 있는 일이라고 성현들은 가르쳤다. 그러나 베푼 사랑이 되돌아오지 않을 때의 실망을 염려하여 차라리 사랑을 안 하겠다고 철문으로 자기 가슴을 무장하는 사람도 있다. 그러고는 누군가가 사랑을 안고 접근해 오면 두려움과 긴장을 먼저 느낀다. 그들은 그것의 승부가 어찌 될 것인가를 걱정하는 것이다. 가슴에서 시작된 사랑이 머리로 옮겨지면 알지 못하는 사이에 계산과 방어만이 남고 만다. 가슴을 헤치고 조용히 엿들어 보라. 사랑의 힘이 용솟음치고 있을 것이다. 그 사랑의 힘이 온몸으로 퍼져 감을 느낄 것이다. 그것은 이 세상 무엇과도 바꿀 수 없는 신비의 전율이다.

사랑은 상대방에게 철저히 아무것도 요구하지 않는 것이다. 그가 하고자 하는 것을 자유롭게 선택했을 때 격려해 주고 축복하는 것이 바로 사랑이다. 사랑의 이름 아래 남편은 아내를, 아내는 남편을, 부모는 자식을, 선생은 제자를 구속할 때가 많다. 그것은 사랑이 아니라 자신의 욕심이며 기대일 뿐이다. 질투나 소유욕을 우리는 빈번히 사랑으로 착각한다. 그러고는 그것이 무엇인지 판단하기도 전에 미리 사랑이란 이름을 붙여 상대에게 부담을 주고 구속하기 시작하는 것이다.

사람들은 사랑이라는 단어를 조건으로 붙인다. 그러므로 그 사랑이라는 것은 조건에 어긋나면 언제든 깨어질 수 있다. 부모와 자식 사이의 사랑마저도 그런 예가 없지 않다. 자기들의 사랑에 의하여 태어난 자식에게까지 조건을 붙인다.

"이렇게 하면 너는 예쁘고, 저렇게 하면 너는 미운 애다."

그리고 외롭고 가난해질 노후를 염려하여 지식을 생각하기도 한다. 이것은 순수한 사랑이라고 할 수 없다. 마침내 자기를 보호하고 자신의 소유물을 안전히 담보하기 위한 것이지 이를 어찌 사랑이라 말할 수 있는가. 자식을 한 인간으로서 존중하고 사랑하기보다는 자기들이 생애에 이루지 못한 한이나 꿈들 때문에 위하는 것이면 얼마나 슬픈 일인가. 그것은 자신의 에고에 봉사하는 것이지 결코 사랑이 아니다. 자식의 탄생이 바로 사랑 그 자체였고 그 자라는 과정이 모두 사랑이었다면, 이미 그것으로 충분하지 않은가.

우리 생명의 근원은 사랑에서 시작되었다. 우리 존재의 본질은 바로 사랑이다. 우리 자신이 사랑으로 충만할 때 우리는 남에게 사랑을 베풀 수 있다. 미움을 가진 사람은 미움으로밖에는 남을 대할 수 없다.

항상 여행자인 나는 길을 물으면서 간다. 길을 알려주는 사람들의 손끝에서 때로는 사랑, 때로는 증오, 때로는 무관심을 본다. 무관심한 자의 손가락은 어디를 가리키는지 알 수 없고, 증오만 남은 자의 그것은 엉뚱한 곳에 가 있다. 그러나 사랑으로 가득한 자의 그것은 언제나 정확한 곳을 가리키고 있다. 사랑이 없다면 우리는 인생길을 영원히 헤매고 말 것이다.

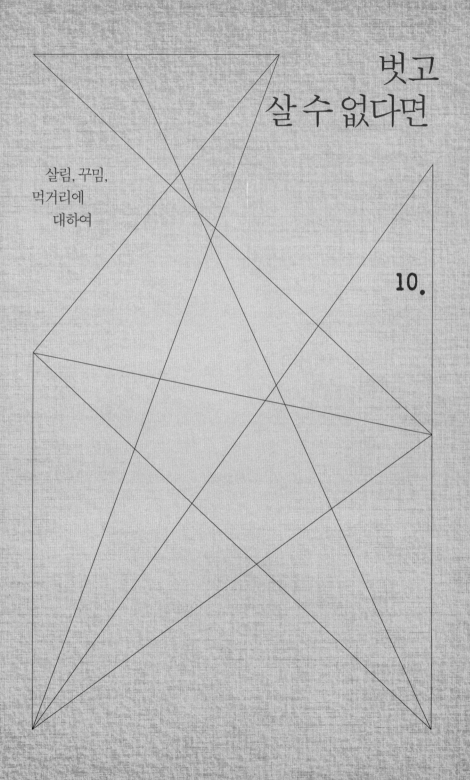

벗고
살 수 없다면

살림, 꾸밈,
먹거리에
대하여

10.

입어야 하기 때문에, 먹어야 하기 때문에

많은 욕망이 확대 재생산된다.

궁극적으로 옷도 입지 않고

음식도 먹지 않고 살 수만 있다면,

우리가 바라는 것도 그만큼 줄어들 것이다.

그러나 그럴 수 없다면 최소한으로,

최저한으로 간단히 소박하게 입거나

먹는 것이 좋다는 생각이다.

내면적인 충만감을 얻을 수 있는 사람은

외부에서 많은 것을 구하지 않아도 된다.

마침내 나의 자동차가 수명을 다했다.

이곳 볼케이노에선 자동차 없이는 식료품도 살 수 없고 편지 한 장도 찾아올 수 없다. 2년 전 나는 큰마음 먹고 고물 자동차 하나를 장만했다. 모델명이 붙어 있었을 만한 자리에는 작은 구멍만 두 개 뚫려 있기 때문에 자동차에 대한 세세한 잡지식이 없는 나는 정확한 차종을 모른다. 남들이 닷지(Dodge)라고 해서 그런 줄로만 안다. 차의 정확한 이력은 아무것도 모르지만 생산된 지 30년이 넘은 것은 분명하다. 내가 이 차에 대해 아는 것은 색깔이 푸른색이고, 범퍼는 한쪽만 겨우 고정된 채 너덜거리고, 전체적으로 여기저기 심하게 찌그러져 있다는 게 전부다. 이것이 내 차로구나 하고 알아볼 수 있는 데까지밖에 모르는 셈이다. 그렇지만 기름만 넣으면 지장 없이 굴러가 나를 목적지까지 데려다주었다.

탕탕거리는 시끄러운 소음이 앞뜰에 울려 창문을 내다보니 할머니 비이가 차를 몰고 들어오는 중이었다. 소리는 요란하게 울리고 있었지만 자동차는 꾸물꾸물 기듯이 들어오고 있었다. 밖으로 나가 비이를 맞았더니 그녀는 아주 진땀을 뺐다는 표정을 하며 차에서 내린다. 그러고는 차를 한 팔로 짚고 기대어 서서 말한다.

"이 차보다 내가 오래 살 수 있기를 기원했는데 마침내 그 꿈이 이루어졌다."

300달러밖에 안 되는 헐값에 나에게 팔려 와 열심히 봉사해 준 차가 마침내 치명적인 고장을 일으킨 것이다. 비록 기계지만 나는 잠깐이나마 애도(?)하는 기분이 되어 자동차에 대한 몇 가지 회고를 해 본다.

운전은, 내 일을 잘 도와주는 할머니 비이가 거의 도맡아 했다. 한 20킬로미터쯤 떨어진 우체국이나 식료품 가게로 나가는 것이 외출의 대부분이다. 그것도 비이 혼자 다녀오는 때가 많지만 이따금 같이 가기도 한다.

도로를 달리다 보면 교통순경을 만나게 된다. 미국에선 안전띠를 매지 않는 것을 엄격히 단속한다. 이 차에 안전띠가 성하게 남았을 리가 없다. 위쪽은 고정된 부분이 떨어져 창문 위에 달린 손잡이에 질끈 동여맨 상태다. 아래쪽도 고정시킬 갈고리가 떨어져 나갔다. 저만치 교통순경이 보이면, 안전띠를 어깨 위를 지나 가슴 앞으로 옷고름처럼 형식적으로 슬쩍 드리우기만 하는 것이다. 아래쪽은 덜렁거리지만 교통순경은 거기까지 자세히 보지는 않는다. 오히려 교통순경은 이런 차가 어떻게 굴러가나 하는 데에만 온통 신경을 쏟고 있는 얼굴이다. 그러면 우리는 교통순경에게 손을 한 번 흔들어 주고 태연히 지나가는 것이다.

한번은 교통순경이 심각한 얼굴로 차를 세웠다. 나는 안전띠를 걱정했는데 문제는 그게 아니었다.

"제발 부탁인데, 이 차를 다시 보지 않게 해 줄 수 없겠소?"

내리는 광경도 재미있다. 운전석에는 항상 비이가 앉고 조수석이 내자리가 된다. 차에서 내릴 때면 비이가 먼저 내려 내 쪽 문을 열어 줄 때까지 나는 기다리고 있다. 그녀가 공손한 동작으로 문을 열면 그제야 나는 차에서 내려선다. 우리 사이에 무슨 주종관계가 이루어져 있기 때문이 아니다. 조수석 쪽 문은 안에서는 열 수 없기 때문이다. 물론 그렇게 설계된 것은 아니다.

내가 앉곤 하는 앞좌석의 창문은 손잡이를 돌려 오르내릴 수 있긴 하지만 늘 그게 잘 안 된다. 일단 올리면 다시 내릴 생각을 않는 게 좋고, 한번 내리면 다시 올릴 생각을 않는 게 좋다. 뻑뻑함을 무릅쓰고 최대한 올려도 위쪽의 한 뼘 정도는 끝까지 닫히지 않은 채로 남는다. 항상 여름인 이곳에선 찬바람을 염려하지 않아도 되니 그 상태로도 견딜 수 있다. 그러나 자주 내리는 비를 뚫고 달려야 할 때면 얼굴 가득히 빗물에 젖어야 하는 즐거움을 감수해야 한다.

언젠가 주유소에서 기름을 넣으면서 정비를 부탁했더니 정비공이 이런 말을 했다.

"주인하고 꼭 어울리는 차다. 박물관에 가 있어야 할 멋진 차를 도로에서 보게 되어서 매우 영광이다."

그러고는 이곳저곳을 점검해 보더니 보닛을 한 번 탕 치고 나서 엄지를 똑바로 세운다.

"훌륭하다. 석유만 고갈되지 않는다면 앞으로 10년은 굴릴 수 있겠다."

그런데 그의 말이 빈말이었다는 것이 결국 판명되고 만 것이다. 차는 이제 다시 굴릴 수 없게 되었다. 움직여 보려고 하면 소음만 심하게 나면서 엉금엉금 기듯이 겨우 움직일 뿐이다. 차의 중요한 부품이 망가졌는데 워낙 오래된 차종이라 그런 부품을 구하려면 미국 본토로 나가 봐야 할 것이라는 말에 그냥 며칠째 앞뜰에 세워 두고만 있다. 며칠 후 이곳을 떠날 때는 다른 사람의 차에 신세를 져야 할 것 같다.

내가 가난했던 탓도 있지만 나에게 있는 물건들은 대부분 이렇게 낡은 것들이다. 세간이라야 많지도 않고 변변한 것도 없다. 죄다 파치나 중고품들을 처분하는 염가 판매장에서 장만한 것들이다. 옷부터 시작하여 신발, 그릇에 침구까지 대부분 그렇다. 우선 돈도 적게 들지만 부담 없는 물건들이어서 마음이 편한 것이다.

나는 항상 낡고 허름한 옷들을 홀렁홀렁하게 입고 다닌다. 그게 편하고 자유로워서다. 새 옷은 거의 사 본 적이 없다. 어렸을 때부터 새 옷을 별로 못 입고 자랐다. 형제들이 많았는데 나는 밑에서 두 번째였기 때문이다. 그런 습성이 어릴 때부터 길러졌던 탓인지 남이 입던 옷이나 헌 옷, 낡은 옷에 아무런 거부감이 없다. 다림질이나 세탁에 크게 신경 쓰지 않아도 되고 큼직한 옷이면 나에겐 더 이상 좋을 게 없다.

입어서 편한 옷은 누덕누덕해질 때까지 기워서 입기도 한다. 10년을 넘게 입는 바람에 너무 누덕누덕해져서 최근에야 벗어 놓은 바지가 하나 있다. 원래 어머니의 고쟁이였는데 나한테 물려진 뒤로는 외출복으로 변신했다. 풍덩한 몸뻬처럼 생겼지만 밑감이 고와서 겉에 입어도 아무 지장이 없었다. 그것을 입고 뉴욕이건 서울이건 대도시 중심가를 활보해도 그게 원래 고쟁이였다는 것을 눈치채는 사람은 아무도 없었다. 파티 같은 데 참석하면 서양인들은 하나같이 입을 모았다.

"뷰티풀!"

물론 새 옷을 사는 때도 없지는 않다. 시상식 같은 공식적인 행사 때문에 마지못해 새 옷을 장만하는 수가 있다. 1990년 중앙문화대상 수상자로 내가 결정되었을 때다. 무용가에게는 최초로 수여된다고 했다. 나는 평소처럼 허름한 꼴을 하고 시상식장에 가려고 했다가 주위 사람들로부터 핀잔을 들었다. 문화부 장관에서부터 언론사의 기자, 쟁쟁한 문화계 인사들이 다 모이는 행사인데, 자칫하면 그 사람들 모두를 모욕하는 일이 될 수 있다는 것이었다. 그럴 수 있겠다 싶어 시상식을 한두 시간 앞두고 뒤늦게 부랴부랴 시청 앞에 있는 지하상가로 달려가 새 옷을 한 벌 사서 입고 식장으로 향했다. 새 옷인 데다 정장이라 역시 몸에 끼고 불편해서 행동거지도 이상해졌다. 시상식을 겨우 치르고는 곧장 화장실로 가서 원래 입던 옷으로 갈아입었다. 내가 그 정도로 헌 옷에 길들어 있었던 모양이다.

곤란한 것은 선물로 옷이 들어올 때다. 상대방은 나를 생각해서 준 것이지만 너무 화려하거나 격식을 차리는 옷이라 나에게 편하지 않을 때가 있다. 한번은 미국에서 몇 년 전 어떤 팬을 만났는데, 꼭 주고 싶은 것이 있다면서 포장된 선물 하나를 내밀었다.

"일본의 유명한 패션 디자이너가 만든 옷인데 당신에게 잘 어울릴 거예요."

받을 때도 부담이었는데 집에 가서 풀어 보니까, 역시 부담스러웠다. 동양적인 옷이긴 했지만 디자인이 너무 화려하고 유행을 민감하게 반영한 것이었다. 꽤 큰돈을 값으로 치렀으리라는 것도 알 수 있었다. 하지만 그 옷은 나에게 어울리지 않았다. 나에게 어울리는 옷이란 입은 것 같지 않은 편안한 옷이다. 준 사람의 성의를 생각하면 즐겁게 입어야 하겠지만, 입으면 가슴이 답답하고 불편해서 여간해서 입게 되질 않았다. 그대로 꽤 오래 묵혀 두었는데 어느 날 그 옷이 마음에 든다는 사람이 있기에, 선물한 사람에게는 미안하지만, 바로 줘 버렸다.

물론 새 옷을 굳이 입지 않겠다고 고집하는 것은 아니다. 다만 옷은 편한 게 좋다는 생각일 뿐이다. 그래서 새 옷, 헌 옷을 떠나서 나는 큼직한 옷을 입는다. 그런 옷 속에서는 살갗의 숨구멍들이 마음 놓고 편히 숨 쉴 수 있고 바람과 공기의 온도까지도 직접 느낄 수 있다.

신발도 마찬가지다.

한 신발은 20년이 넘도록 신었다. 원래 무용하던 어떤 동료가 신던 것인데 모양은 나막신의 발 부분을 잘라낸 것 같이 생겼고, 뚝배기처럼 우직하고 실팍한 게 고향의 느낌을 주었다. 한번 신어 보았더니 안이 널찍하고 발이 잘 논다. 결국 그 친구에게서 신발을 사게 되었고 그때 이후론 거의 그것만 신고 다니다시피 했다. 튼튼하고 실용적인 데다가 무엇보다 편했기 때문이다. 인도에 가 있을 동안에는 대체로 맨

발로 다녔지만, 맨발이 아닐 때는 이 신발을 신고 있었다. 몇 번을 보수해서 신다가 더 이상 신을 수 없을 상태가 되었을 때에야 그 신발은 내 발에서 벗어났다. 그게 바로 몇 년 전의 일이다.

그 신발은 내 발에 비해 한 치수쯤 컸다. 그래서 급하게 뛰다 보면 벗겨져 나가 다시 쫓아가서 주워 신어야 하는 불편이 가끔 있었다. 하지만 발을 자유롭게 놀릴 수 있다는 편안함이 더 컸다. 앉아 있거나 걸음을 걸을 때, 또는 차를 기다릴 때 충분한 발 운동을 할 수 있다. 발을 넓혀 보고 늘려 보고 하는 온갖 운동을 신발 속에서 다 하는 것이다. 특히 발가락 사이에도 공기가 돌아 움직임이 시원하고 즐겁다. 보통 진지한 무용가가 아니면 발의 율동이 얼마나 중요한지를 미처 모를 것이다. 이제 그 신발은 없어졌지만 지금도 한 치수쯤 큰 신발을 신는 것만은 변함이 없다.

이런 나의 차림새가 멋이 있는지 없는지는 모르지만 나는 그것에 구애받지 않는다. 사람들은 의아한 눈초리로 왜 그런 옷을 입고 또 그런 신발을 신고 다니느냐고 한다. 이해할 수 없다는 것이다. 나는 그러는 사람들이 더 이해가 안 간다. 몸을 꽉 죄는 옷을 입고 발에 꼭 끼는 신발을 신는 것이 오히려 이상하지 않은가? 넥타이로 목을 꼭 조른 양복 차림이나 하이힐을 신은 타이트스커트 차림이 내게는 더 이상하다. 아무리 생각해도 우선 답답하고 불편할 것 같기 때문이다.

나의 살아가는 태도를 항상 염려해 주던 한 선배는 왜 99명이 가는 길을 따라가지 않고 혼자서 다른 길을 가느라고 그렇게 고생하느냐고 했다. 남들이 다 하는 것처럼 차리고 다니면 서로 편할 것인데 괜한 빈

축을 사지 말라는 것이다. 하지만 내가 그들을 모방한다고 누구에게 도움이 되는 것은 아니다. 나는 공연히 나를 괴롭히며 남들을 따라가고 싶진 않다.

역사에 빛을 남긴 성자나 철학자들은 돌에 맞고 십자가에 박히면서까지 그들이 옳다고 믿는 길을 걸었다. 나는 그들과 비교할 바는 아니지만, 나에게 가해지는 박해라 해야 고작 따가운 눈총일 뿐이지 않은가. 군이 굽힐 이유가 없다. 남의 눈총이 무서워 타협하는 자는 자기 인생을 산 것이 아니라 남의 인생을 살았다는 것을 나중에야 알게 될 것이다. 결국엔 허무를 느낄 것이다.

모두가 하는 대로 해야 하고 그렇게 하는 것이 정상이라는 생각은 고정 관념일 뿐이다. 이른바 이 땅에서 정상이라는 것도 시대와 공간을 벗어나면 더 이상 정상이 될 수 없다. 우리가 고정 관념에 사로잡혀 있는 한 향상과 발전을 향한 문은 열리지 않는다. 이것도 가능하고 저것도 가능하고, 하나도 있고 둘 이상도 있을 수 있다는 생각을 가진 자는 이미 깜깜한 험로를 벗어나 빛이 있는 대로에 들어선 수행자라 할 수 있다.

깨달음이 무엇인가? 많은 사람이 깨달음에 대한 엄청난 환상들을 가지고 있지만, 실은 깨달음이란 것도 단지 고정 관념이 깨어진 상태일 뿐이다. 물론 그 상태로 가기가 쉬운 것은 아니다. 그것은 자신의 생각을 스스로 벗어나는 길이니까.

솔직히 말하면, 간편하고 말고를 떠나 옷이든 신발이든 아무것도 걸치지 않은 채 살고 싶다. 옷을 입지 않고 사는 것이 훨씬 자연스럽고 자유롭다는 것을 나는 직접 체험해 보았다.

1967년경, 그러니까 미국에 유학을 온 지 얼마 되지 않았을 무렵이다. 함께 아파트를 얻어 생활하던 타이앤이라는 여자가 한 가지 제안을 해 왔다.

"나는 며칠 뒤에 뉴저지에 있는 나체촌에 가려고 해. 너도 같이 가지 않을래?"

"나체촌?" 하고 나는 깜짝 놀라 물었다.

"그래, 나체촌."

나는 나체촌이 있다는 말을 들어 본 적이 있었고 그것에 흥미를 느껴 본 적도 있었지만 거기에 간다는 생각은 해 본 적이 없어서, 선뜻 같이 가겠다고 말할 용기가 나지 않았다. 호기심은 보이면서 대답을 못 하고 머뭇거리는 나에게 타이앤은 설명을 덧붙였다.

"그냥 휴양지야. 식당에 수영장, 숙소, 배구장, 강당도 있고 온갖 편의 시설이 다 있는. 다만 사람들이 모두 벗고 있지."

"남자들도 있을 거 아냐."

"물론."

"난 겁이 나서……."

"겁날 것 없어. 네가 안 간대도 난 간다. 가지 않을래?"

그때 내 나이 스물일곱이었고, 외간 남자 앞에서 벗은 몸을 내보인다는 것은 꿈도 꿀 수 없었다. 충청도 시골 양반집에서 앞단속 뒷단속을 하며 자라온 나에게 그것은 곧 죄악과 마찬가지였다. 솔직히 겁이

났고 많은 사람 앞에서 알몸을 보일 생각을 하니 몸이 자꾸만 움츠러들었다. 하지만 그곳이 어떤 곳인지 구경하고 경험해 보고 싶다는 생각이 한쪽에선 굴뚝처럼 솟아났다. 나는 생각했다. 미국에 온 뒤로는 뭐든 해 보고 싶은 걸 하기로 했잖아? 설마 무슨 일이 있으려고? 나는 심호흡을 한 번 하고 용기를 내어 말했다.

"좋아, 같이 가자."

나체촌은 뉴욕에서 차로 서너 시간을 달려야 하는 곳에 있었다. 타이앤의 차를 얻어 타고 그곳에 도착해서 직접 눈으로 보니 생각했던 것보다 훨씬 더 충격적이었다. 타이앤의 말대로 모든 시설이 갖춰진 커다란 휴양지 같았는데, 남자와 여자, 늙은이와 아이들, 홀쭉이, 뚱뚱이 할 것 없이 하나같이 벌거벗은 몸을 한 채로 오가고 있었다. 그런 모습으로 아무렇지도 않게 이야기하고 걸어 다니고 마시고 웃고 떠들고 하는 그들의 모습이 너무도 낯설고 기이해 보였다.

내가 진정 저들같이 자연스럽게 행동할 수 있을까……. 처음 옷을 벗는 순간이 가장 힘들었다. 나체 생활 공간으로 입장하기 위해선 목욕탕의 탈의실같이 생긴 건물을 지나야 했고, 우리는 거기서 나누어 준 광주리에 입었던 옷들을 모두 벗어 담아야 했다. 나는 광주리를 내밀면서 문득 한기를 느꼈다. 기후가 무척 따뜻한 곳이어서 절대 그럴 리가 없는데도 순간적으로 춥다는 착각을 한 것이었다.

문자 그대로의 나체촌으로 완전히 발을 들여놓고서도 한참 동안 나는, 어딘가를 가리긴 가려야겠는데 막상 가리자니 어디를 가려야 할지 모르겠다는 느낌 속에서 계속 엉거주춤해 있었다. 몸 중에서 평소에 자신이 없던 부분에 특히 신경이 쓰였고, 사람들의 시선이 그곳에만 와 달라붙는 것 같아 움직일 수가 없었다. 그러다가 사람들이 나에게 특별히 신경을 쓰는 것 같지도 않고 그들은 그들 나름대로 자유롭게 행동하고 있을 뿐이라는 것을 알게 되었다. 나도 저들처럼 자유로울 수 있어야 하는데……. 나는 내가 밖에서 너무 많은 생각들을 끌고 들어왔다는 사실을 깨달았다. 그러자 알몸을 부도덕하게 생각하고 있는 내가, 자신의 몸을 지나치게 의식하고 있는 내가 갑자기 한심하게 느껴졌다.

식당에도 수영장에도 배구장에도 그 어디에도 천 조각 하나 걸친 사람이 없었다. 그렇게 완전히 벗은 몸으로 그곳에서 벌어지는 각종 행사에 참여하며 일정 기간 동안 휴가를 즐기는 것이었다. 보통 사람들이라면, 특히 여자들이라면 자신의 몸이 너무 뚱뚱하다거나 배가 나왔다거나 너무 야위었다거나 하는 사실을 의식할 만도 할 텐데 아무도 개의치 않는 눈빛이다.

시간이 흐르자 나도 차츰 익숙해졌다. 나는 그저 인간들로 이루어진 숲에 들어와 있을 뿐이라고 생각하게 되었다. 숲에는 큰 나무가 있는가 하면 작은 나무도 있다. 마른 나무가 있는가 하면 우람한 나무도 있다. 그중 어떤 나무를, 그리고 한 나무의 어떤 부분을 특히 우스꽝스럽다고 볼 이유가 어디에 있는가. 모든 것이 아주 자연스러울 뿐이다. 그때부터 나도 행동이 자유로워지기 시작했다.

아니, 오히려 내 몸의 불만족스러운 부분들을 늘 의식하면서 남 앞에 과감히 자신을 내보이지 못하고서 웅크린 채 살아온 지난날들이 어이없게 느껴졌다. 지금까지 살아온 것이 모두 속아 살아온 것 같다는 기분이 들었다. 나는 모든 관념을 훌훌 벗어던지고는 용기를 내어 즐거운 기분으로 그들과 합류했다. 그 뒤로 그곳에서의 일주일은 정말 신나는 경험이었다.

그곳에서 나오기 전날, 타이앤은 이곳 생활이 어땠느냐고 물었다. 나는 이런 델 같이 오자고 해서 고맙다고 몇 번씩이나 되풀이해서 말했다.

일주일 동안을 그 속에서 살다가 떠날 때가 되어 나오던 날 나는 전혀 예상치 못했던 상황에 처하게 되었다. 내가 벗어 놓았던 옷들을 다시 받아들고는 그것이 나의 것이 아니라는 느낌을 받은 것이다. 그냥 나의 것이 아니라는 느낌을 넘어서 무슨 흉측하기 짝이 없는 물건으로 보였다. 만지기도 싫었다. 내가 왜 이런 것을 입어야 하나 하는 거부감이 거세게 일어났다.

어쨌거나 이제 알몸으로 돌아다니면 경찰에게 붙들려 가는 세상으로 다시 나가야 해서 옷을 입긴 입어야겠는데, 거부감 때문에 온몸이 뒤틀리는 것이었다. 옷을 입으면서 나는 끌려가는 노예처럼 서글프고 우울했다. 옷을 벗기보다는 입기가 더 괴롭다는 사실을 나는 그때 처음으로 깨달았다. 발걸음을 옮길 때, 손을 들었다 내릴 때, 살갗에 닿는 옷의 감촉이 역겹고 거북했다.

차를 타고 돌아오면서 한참이 지나서야 우리는 정말 며칠 만에 처음으로 옷을 입고 걸어가는 사람을 보았는데 그렇게 이상해 보일 수가 없었다. 마치 내가 잠깐 달나라에라도 온 듯한 착각이 들었다. 옷을 입은 사람이 이상하다는 생각을 하면서 문득 나 자신을 보면 나 또한 옷을 입고 있다. 몇 시간에 걸쳐서 옷 입은 사람을 보고 또 보고 할 때까지 나는 몇 번씩 나 자신에게 여기는 나체촌이 아니고 '착복촌(着服村)'이라고 주의를 주어야 했다. 옷은 너무도 낯설고 부자연스러운 물건이었다.

나는 또다시 인간들로 이루어진 숲으로 들어왔다. 그런데 이번에는 어떤 나무는 빨간 블라우스를 감고 있고, 어떤 나무는 보랏빛 셔츠를 걸치고 있는 것이다. 그것은 명백히 우스꽝스러웠다.

그때 나는 생각했다. 인간이 더 영적으로 진화하고 나면 결국은 옷을 벗게 될 것이다. 거꾸로 옷을 벗음으로써 영적으로 진화한 상태에 이르게 될지도 모른다. 옷을 입지 않은 인간은 허세를 부리지 않을 것이다. 옷을 입지 않은 인간은 싸우지도 않을 것이다. 옷을 입지 않은 인간은 거짓말을 하지도 않을 것이다. 왜냐하면 그 모든 것이 우스꽝스러울 것이기 때문이다.

나는 지금도 그때 타이앤의 권유에 따라 그곳에 가 보길 정말 잘했다고 생각하곤 한다. 만약 그때 가 보지 않았다면 지금이라도 가려 했을 것이다. 나는 그곳의 체험을 통해 사람을 허울이 아닌 존재로서 보는 훈련을 시작했다고 할 수도 있다. 그리고 옷을 입지 않는 것이야말로 훨씬 더 자연스러운 것임을 알았다. 벗고 사는 것이 제일 좋겠지만, 그럴 수 없다면, 입지 않은 듯 최소한으로 입고 살아야겠다는 것도 그때 품은 생각이다.

최소한의 삶이 가장 편한 것이다. 많으면 많을수록 불편하다.

예전에 사진 촬영을 위해 어떤 일본인 집을 방문한 일이 있다. 그 집에는 현관에 들어설 때 갈아 신어야 하는 슬리퍼, 거실로 들어설 때 갈아 신어야 하는 슬리퍼, 침실에서 신는 슬리퍼, 욕실에서 신는 슬리퍼, 부엌에서 신는 슬리퍼 등이 따로 있어서 장소를 옮길 때마다 슬리퍼를 갈아 신어야 했다. 얼마나 번거롭고 신경이 쓰이던지……. 결국은 실수를 하고 말았다. 화장실에 다녀오는데 주인의 시선이 내 발에 가 있다. 욕실에서 신는 슬리퍼를 그냥 거실까지 신고 나왔던 것이다. 그날은 하루 종일 슬리퍼를 정리정돈해서 규칙에 맞게 신는 것만으로도 벅찰 지경이어서 얼른 그 집을 떠나고만 싶었다.

집이며 가구며 많은 살림살이들을 먼지 하나 나오지 않을 정도로 정리정돈하면서 사는 사람들도 있지만, 나는 그렇게 살 수는 없을 것 같다. 정리정돈이 하루 일과가 되고 말 것이기 때문이다. 내 천성 탓도 있다.

사람들은 내 얼굴이 아버지를 많이 닮았다고 했다. 실은 얼굴뿐만 아니라 여러모로 나는 아버지를 닮았던 것 같다. 아버지는 몇 시간이고 한 자리에서 꼼짝 않고 생각에 잠기기를 좋아하셨는데 나 역시 그것을 좋아했다. 그래서 어머니는 늘 말씀하시곤 했다.

"부녀가 똑같이 돌부처처럼 그러고 있으니 답답하다, 답답해."

그러다 보니 집안에서는 나를 게으르다고 했는데 내가 생각해도 부지런한 편은 아니었던 것 같다. 그럴 때마다 어머니는, 제발 훌훌 일어나서 파닥파닥 움직이고 집 안도 깔끔히 좀 치우라고 성화를 부리셨다. 그렇지만 아버지도 그렇고 나도 그렇고 별로 신경을 쓰지 않았다. 주위가 좀 너저분할수록 나는 오히려 마음이 편했다.

지금까지 어디에 살았을 때나 항상 내 주위에는 옷가지며 종이나부 랭이, 음식들이 널려 있곤 했다. 심한 경우에는 방 안에 발 디딜 자리가 없어 발로 쓰윽 널브러진 것들을 밀치며 걸음을 떼야 하는 때도 있었다. 사람들이 보면 그야말로 귀신 나올 곳이라고 했겠지만 나는 그런 것에 신경을 쓰지 않는다. 그래, 좀 너저분하긴 하다. 그러나 그게 어쨌 단 말인가?

옷이나 신발의 효용은 사람의 신체를 보호하는 데 있을 것이다. 그 본래의 기능을 도외시하고 모양에 집착하게 되면 그때부터는 그것이 장식이 된다. 장식을 위해 몸의 형태까지 구속하는 지경에 이르면 그 것은 가식이 된다. 가식은 가식일 뿐 본질이 아니다. 누군가가 당신을 만난 뒤 당신의 옷만 기억하고 당신이란 사람은 까맣게 잊어버린다면 당신은 행복하겠는가? 그런데도 우리는 옷을 벗고 나면 그 사람이 누 군지 알 수 없을 만큼 심하게 옷을 입고 있다.

여자의 경우 화장도 마찬가지다. 한 듯 안 한 듯 자연스럽게 화장한 얼굴은 즐거운 마음으로 볼 수 있다. 하지만 화장했을 때의 얼굴과 화 장을 지운 얼굴이 도무지 같은 사람의 얼굴 같지 않을 정도로 지나친 화장은 보기가 역겹다.

나는 화장을 꼭 해야 한다거나 하지 말아야 한다고 고집하진 않는 다. 다만 하는 것보다는 안 하는 게 더 좋다는 생각이다. 화장에 공을 들일수록 본래의 얼굴에서 멀어지는 것 같아서도 그렇지만, 무엇보다 그 과정이 귀찮기 때문이다. 시간도 지나치게 많이 걸리고 공정도 무척 복잡하다. 안 하면 덜 예뻐 보이겠지만, 치장 차리다가 신주 개 물려 보내는 따위의 짓은 하고 싶지 않은 것이다. 공연할 때도 기초화장 이상은 하지 않는다.

하지만, 꼭 한 번 화장을 제대로 해 보고 싶은 적이 있었다.

화장도 잘 하지 않는 내 모습을 가장 불만스러워한 사람은 바로 어머니셨다.

"제발 화장도 좀 예쁘게 하고, 옷도 좀 예쁘게 입고, 속옷도 좀 자주 갈아입거라. 남같이 사는 꼴 좀 보면 한이 없겠다."

시집가란 말 다음으로 어머니가 자주 하신 말씀은 바로 그것이었다. 그러면서 내 손을 억지로 붙잡아 끌고 화장품 가게로, 양장점으로 데려가려 성화를 하시곤 했었다. 길고 긴 타향살이로 당신의 가슴에 못만 박아 드린 이 딸이 어머니는 끝끝내 밉지 않으셨던가 보다. 헤어질 때면 언제나 문밖에 나와서 배웅을 하셨고, 멀리에서 돌아보면 오래도록 작은 점으로 마냥 서 계시던 어머니. 그 어머니가 돌아가신 것은 이 불효녀가 결혼하기 한 해 전이었다.

나는 가시는 어머니의 마지막 모습을 지켜보기 위하여 며칠을 그 곁에 있었다. 눈을 감은 채 혼수상태로 계신 지 9일째 되는 새벽녘에 어머니는 눈을 마지막으로 부르르 뜨셨다. 그러고는 숨을 거두셨다. 나는 손으로 어머니의 눈을 감겨 드렸다. 내가 저세상으로 가시는 어머니께 보태 드린 것은 그것뿐이었다.

어머니의 장례를 치르던 날, 내가 화장하기를 그렇게 바라시던 어머니의 상여 뒤를 곱게 화장한 얼굴로 따르고 싶다는 생각이 문득 들었다. 그랬으면 어머니는 아마도 크게 기뻐하며 떠나셨으리라. 그러나 상심해 있는 다른 사람들의 가슴을 다시 도려낼 수는 없었다. 나는 어머니의 화장품 그릇을 만지작거리기만 했을 뿐이다.

자유로운 삶이란 꾸미지 않는, 가식 없는 삶이다. 본래의 모습을 솔직하게 모두 드러내는 삶, 그것이 자유로운 삶이다. 태어날 때부터 가식적인 사람은 없다. 가식은 교육받는 것이다. 내가 자란 환경은 나의 솔직한 천성을 억눌렀지만 그것을 점점 벗기고 나니 나는 본래의 솔직한 천성을 되찾을 수 있었다. 나는 어떠한 나의 모습도 이 세상에 부끄러울 것이 없다고 생각한다. 솔직하지 않으려는 것이 우스운 일이다. 에고를 내세우려는 의식을 없애면 가식이란 게 있을 필요가 없다.

가식을 앞세우고 산다든지 규격에 맞춰서 일을 한다든지 하면 우선 나 스스로가 피곤해져서 견딜 수가 없다. 그래서 나 편해지자는 생각으로 나를 단속하고 규제하는 것을 깨어 버리고, 나 자신을 놓아 버리는 식으로 살아왔다. 그랬더니 상대방도 그런 나에 대해 편안하게 생각한다는 것을 알게 되었다.

"당신하고 있으면 왠지 마음이 편하다."

그런 말을 곧잘 듣곤 했다. 내가 특별히 잘해 주는 것은 없다. 다만 있는 그대로를 다 보여 주니까 그 자연스러움에서 편안함을 느끼는 것이다. 이쪽에서 무장을 해제한 상태로 있는데 상대방이 불안을 느낄 이유가 전혀 없다.

원래 고기를 못 얻어먹고 자란 사람이라 한때는 고기를 자주 해 먹는 집을 부러워한 적도 있다. 그러다 고기가 흔한 미국 땅에 와서는 고기를 오히려 멀리하게 되었다. 처음에는 살이 찐다는 것 때문에 일부러 먹지 않았는데, 명상과 요가에 관심을 가지기 시작한 1970년대 초부터는 고기가 저절로 싫어졌다. 왠지 그 씹는 느낌이 좋지 않았다. 한창 무용을 위해 육체 단련을 열심히 할 때라 에너지 소모도 많고 해서 고기를 먹어야 하지 않을까 생각도 들었지만 먹지 않아도 전혀 지장이 없었다. 야채나 곡류만으로도 충분한 영양 섭취가 가능했다.

지금처럼 완전한 채식가로 변한 결정적인 계기는 아마도 네팔의 카트만두 작은 성전에서 한 의식을 목격했던 게 아닐까 싶다. 소를 제물로 바치는 의식인데 그 방법이 잔인하기 이를 데 없었다. 이른 새벽 사람들이 살아 있는 소를 성전 마당으로 끌고 와 예리한 칼로 목을 딴다. 그러고는 목동맥 혈관을 끄집어내어 그것을 마치 소방 호스처럼 제단을 향해 돌리면 세찬 핏줄기가 마당을 가로질러 날아간다. 30분가량의 시간이 흐르는 동안 끌려 왔던 소는 처음의 힘차고 늠름한 모습을 잃고 차츰 기운이 빠져 비틀거리다가 결국 쓰러진다. 쓰러진 뒤에도 소는 꿈틀거리며 경련을 계속했다. 피가 제단을 온통 붉게 물들이는 동안 그 옆에선 신들린 듯한 송가가 울려 퍼지고 음악이 연주되고 있었다. 50년 전만 해도 그날이 오면 사람을 그런 식으로 바쳤다고 했다. 신성한 의식이란 느낌은 전혀 없었고 인간의 잔인한 악취미만 느낄 수 있을 뿐이었다. 아무튼 그 이후 고기를 볼 때면 그 장면이 떠오르곤 해서 절로 시선이 돌아갔다.

고기를 먹기 위해 인간이 저지르는 행위들을 보면 좀 지나치다 싶은 부분이 많다. 역시 네팔에서 목격한 일이다. 한 골짜기에서 가축을 대규모로 도륙하고 있었다. 수백 명도 넘는 사람들이 양이며 닭, 토끼 등의 가축을 한 마리씩 끌고 와 장사진을 치고 차례를 기다리고 있었다. 저쪽 끝에선 도살꾼이 섬뜩하게 생긴 칼로 가축들의 목을 내려치느라 정신이 없었다. 그날은 1년 중에 하루뿐인 성스러운 날이라고 했다. 저마다 가축 한 마리를 잡아 사원에 바친다는 것이다. 그러나 형식적으로 바칠 뿐, 그것을 도로 끌고 가서 요리해 먹는 것은 원래의 임자였다. 결국은 고기를 먹기 위해 그런 핑계를 걸고 잔인한 행사를 대규모로 벌이고 있었던 것이다.

인간은 원래 고기를 먹는 동물이 아니었다. 인간 스스로가 입맛을 그렇게 개척했을 뿐이다. 결국 불필요한 살상을 계속하면서, 생존을 위해 꼭 필요한 것도 아닌 음식을 먹고 있는 것이다. 게다가 매일매일 다 먹고도 남을 만큼의 소와 돼지를 죽인다.

최근에는 소나 돼지, 닭 등 각종 동물을 빨리 크게 하기 위하여 특별한 종류의 성장 호르몬을 투여하기까지 한다고 한다. 본래 제 크기의 배나 더 크게 하여 고기양을 늘린다는 것이다. 그래서 그 고기들을 먹고 자란 아이들이 비정상적으로 성숙하여 9살 계집아이가 유방이 발육되고 월경을 하고 심지어는 임신을 하게 되는 사례까지 보고되고 있다. 특히 미국이나 푸에르토리코 등 고기를 가장 많이 먹는 지방에서 이런 아이들을 많이 볼 수 있다고 한다. 결국 고기를 먹기 위해 인간 자신까지도 괴이한 호르몬으로 변종시키고 있는 것이다.

한국에서는 아직도 고기를 대접하는 것이 최상의 대접이라고 생각한다. 내가 육식을 하지 않는다는 사실을 모르는 이는 나를 잘 대접하겠다는 생각에 육류를 사 주겠다고 해서 약간 곤혹스럽게 만들곤 한다. 나는 소박한 음식 한 가지를 시켜 다 먹고 나오는 것이 가볍고 부담이 없어 좋다고 생각한다.

1989년 가을, 나의 무용단 '래핑 스톤'이 외국 현대 무용단으로는 처음으로 중국 정부의 초청을 받아 베이징과 톈진에서 「섬」을 공연했다. 그때 이런 일이 있었다. 중국은 그 당시 천안문 사태 때문에 세계의 비난 여론의 표적이 되었던 게 얼마 전이라, 자유 진영과 이렇게 교류하고 있다는 것을 과시하기 위해 외국의 예술가들을 유난히 극진히 대접했다. 한 연회에서 옛날 장개석 총통의 비서였다는 분이 내 옆에 앉아 내 접시에 손수 음식을 담아 주기까지 하면서 여러 가지로 신경을 써 주었다. 그런데 그가 골라다 준 것이 하나같이 육류로 요리한 것이었다. 내가 건드리지도 않고 있자 나중에서야 그는 눈치를 채었다.

"당신 채식주의자요? 아, 당신도 오래 살 거요. 내 친구가 채식주의자인데 아주 건강하거든."

나는 혼자 있을 때는 거의 현미밥 한 그릇으로 식사를 한다. 반찬은 있으면 먹고 없으면 먹지 않는다. 간장이나 깨소금 약간으로 반찬을 대신할 때가 많다. 이런 식생활이니 적어도 먹기 위해서만큼은 큰돈을 벌어야 하는 일은 없다.

사람이 먹을 수 있는 양에는 한계가 있다. 어떤 사람이라고 엄청나게 큰 위장을, 화려하게 빛나는 위장을 가지고 있는 것도 아니다. 그런 의미에서 인간의 모든 한 끼는 평등한 것이다. 그러나 개중에는 그 한 끼에 지나치게 큰 의미를 부여해서 유난을 떠는 사람들이 있다. 맛난 음식, 호화로운 음식을 찾아 차를 끌고 먼 길을 나서기도 한다. 나는 꺽꺽한 현미밥 한 그릇도 진수성찬 이상으로 음미하면서 먹을 수 있고, 그것으로도 배를 불릴 수 있으며, 그것으로도 창조적이고 빛나는 일을 위해 쓸 고귀한 에너지를 얼마든지 생산할 수 있다고 생각한다.

입어야 하기 때문에, 먹어야 하기 때문에 많은 욕망들이 확대 재생산된다. 궁극적으로 옷도 입지 않고 음식도 먹지 않고 살 수만 있다면, 우리가 바라는 것도 그만큼 줄어들 것이다. 그러나 그럴 수 없다면 최소한으로, 최저한으로 간단히 소박하게 입거나 먹는 것이 좋다는 생각이다. 내면적인 충만감을 얻을 수 있는 사람은 외부에서 많은 것을 구하지 않아도 된다. 많은 것이 없어도 견딜 수 있는 사람으로 자신을 길들인다면 필요한 것이 점점 없어질 것이다. 필요한 것이 점점 없어지면 욕망도 하나하나 없어질 것이다. 그것이 바로 한 걸음 한 걸음 자유에 다가가는 길이 아니고 무엇이겠는가.

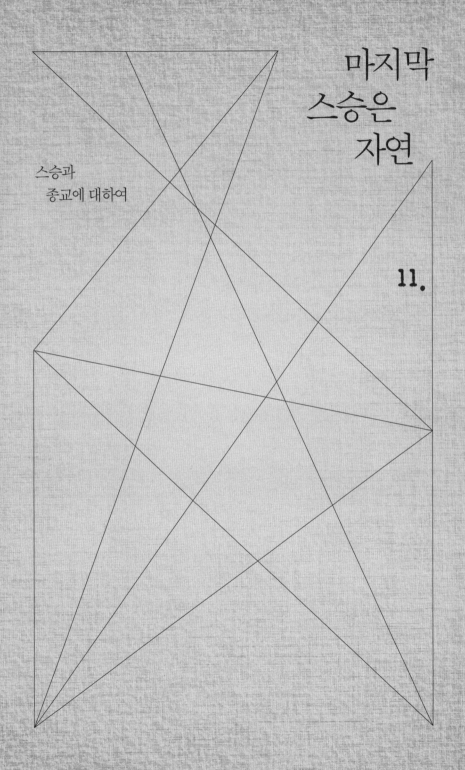

마지막
스승은
자연

스승과
종교에 대하여

11.

그저 하루 종일

하늘이나 바람에 흔들리는 수풀만 보고 있어도

완전한 깨달음이 오는 것 같다.

자연이야말로 스승이요, 구루요,

자신을 정확히 비추어 볼 수 있는 거울이다.

이제 더 이상 다른 스승은 필요하지 않다.

자신이 비록 아무것도 아닌 존재라 할지라도

그 스승의 넉넉한 품속에 남아 있을 수 있으니까.

나의 구도의 길에는 두 스승이 있었다.

　라즈니쉬, 그리고 니사가다타 마하라지. 라즈니쉬가 아니었다면 나는 마하라지 또한 만날 수 없었을 것이다. 나는 라즈니쉬가 잠시 방황했던 나에게 그를 소개한 것이 아닌가 싶기도 하다.

　라즈니쉬는 나에게 조복(surrender)하는 것이 무엇인지 체험하게 해주었다. 나는 그에게 완전히 굴복했으며, 그 굴복이 참으로 아름답고 귀중한 것임을 알았다. 나는 그의 앞에서 내 정체를 완전히 드러냈다. 있는 그대로의 나의 모습, 빈약한 나의 모습을 말이다. 엄청나게 큰 존재 앞에 큰 힘으로 부딪히자 나는 깨어진 채로 나를 완전히 풀어헤쳐 놓을 수밖에 없었다. 나는 부질없는 나의 생각으로 그와 견주기를 포기했다. 나는 그에게서 어떤 보상을 구하지도 않았다. 그저 머리를 조아린 것이다.

"여기에 와서 수행하라."

그 한마디로 그는 자기의 가슴을 열어 주었고, 나도 가슴을 열고 그의 정신 속으로 뛰어들었다. 나는 나의 어떤 모습도 그 앞에서 감출 필요가 없었다. 병든 곳을 치료하기 위해서 가장 먼저 할 일은 덮고 있는 것들을 걷어 내고 병든 곳이 드러나게 하는 것이다. 그는 나에게 아무런 기적도 보여 주지 않았고 그 무엇도 약속해 주지 않았지만, 나는 일체의 의심을, 그리고 나 자신을 버렸다.

그와 내가 어떤 경지에 있었는가는 중요하지 않다. 중요한 것은 조복했다는 것이다. 조복은 아름다운 것이다. 그 대상이 무엇이든. 그 대상이 구루여도 좋다. 아니면 돌이나 나무, 들꽃이라도 좋은 것이다.

마하라지……

그가 없었다면 나는 아직도 인도에 머무르고 있었을지 모른다. 아마도 히말라야의 어느 동굴 속에서 그렇게 살고 있었을 것이다. 그는 일생을 한 칸 다락방에서 살았지만 무엇 하나 부러워하는 것이 없었다. 그는 깨달은 자였기 때문이다. 나는 그를 통해 진리를, 이 우주의 신비를 엿볼 수 있었다. 나도 그와 같이 이름도, 명예도, 제자도, 가진 것도 없이 살다가 가고 싶다.

마하라지는 사창굴을 낀 시장터에 살고 있었다. 열 명 이상이 앉으면 서로 무릎이 닿을 정도의 다락방이 그의 집이었다. 진리를 갈구하는 구도자들이 인도 전역으로부터, 세계 각국으로부터 그를 찾아 사창가와 시장통을 지나 그 좁은 다락방으로 오고 있었다. 창녀들과 시장 사람들은 우리가 왜 그를 찾는지조차 알지 못했다.

마하라지는 우리가 누구인지, 어디서 온 무엇을 하는 사람인지에 대해서는 묻지 않았다. 우리가 인생의 비밀을 물으면 그것에 절대적인 언어로 대답을 던질 뿐이다.

　"나는 지난 2년간 라즈니쉬의 제자였습니다. 그러나 이젠 마하라지의 철학이 알고 싶습니다."

　그를 처음 만났던 날 나는 그런 말로 나를 소개했다.

　"라즈니쉬…… 그는 좋은 일을 하고 있다. 라즈니쉬, 묵다난다, 모두 다 좋은 일을 하고 있지. 그들은 깨끗하게 빨래를 해. 나는 다림질을 하는 사람이야. 빨래가 다 된 후에만 나에게 오지."

　그곳에 온 사람들은 대개 한두 사람의 구루를 거친 사람들이었다. 라즈니쉬나 묵다난다 등 인도의 고명한 구루를 거친 다음 이곳을 찾아온 것이다. 나는 뜨거운 봄베이의 옷장만 한 그의 다락방에서 매일같이 그를 뵈었다. 그가 나의 등을 떠밀어 세상으로 보내기 전까지 6개월 동안 우리의 질문과 대답은 맹렬하기만 했다.

　어느 날, 배꼽을 놓고 허탈한 웃음을 계속 짓는 나를 향하여 그는 말했다.

　"너는 이제 떠나기 바란다. 거리의 춤추는 거지가 되든, 이름 없는 동네의 아낙이 되든, 무엇을 택해도 좋다. 너는 이미 삶은 환영일 뿐이라는 진리를 엿보았기 때문이다. 가라. 가서, 갠지스 강가에 앉아 죽음을 기다리든, 도시의 인기 높은 광대가 되든, 결국은 별 차이가 없을 것이다. 다만 네가 원하는 바에 따르라. 아무 두려움을 가질 것 없다."

　그날 나는 그의 산보 시간을 기다렸다. 그는 하루에 꼭 4마일씩 걸었다. 나는 그의 뒤를 따라 걷다가 라시(요구르트로 만든 인도 음료)를 한 잔 사 드리고 싶다고 청해, 가까운 차 가게로 갔다. 그는 아무 말이 없었다. 나 역시 아무 말이 없었다. 묵묵히 차를 나누었고, 차를 다 마셨을 때 우리는 일어섰다. 헤어짐도 여느 때와 다름없이 그렇게 담담했다.

원래 나에겐 종교가 없었다. 한때는 종교에 관심을 두고 경전을 탐독하고 종교인들과 많은 대화를 나누고 교회와 절을 열심히 기웃거렸지만, 역시 종교를 가졌다고 할 만한 때는 없었다. 종교 근처를 배회하며 내가 느낀 것은, 종교는 인간을 제한한다는 것이었다. 경전과 사원에 소속되어 개성 없는 존재로 변해야 하는 것이 종교라고 할까. 그것에 묶여 더 자유롭지 못하게 되는 것이다. 물론 종교를 갖고 있는 사람들의 입장에서는 또 다를 수도 있을 것이다. 사실, 경전 속에도 경전에 너무 얽매이지 말라는 말이 나오니까 말이다.

종교를 가진 사람들 중에는 그 종교가 절대적인 것이라 믿고 있어서 다른 종교를 가진 사람에 대해 적대감까지 품는 사람이 있다. 그 자체가 모순이라는 생각이 든다. 성경에 진리가 있고 불경에 진리가 있다면, 그 모두는 하나일 수 있다. 어떻게 표현하느냐 하는 방법과 의식을 달리하고 있을 뿐, 그 원천으로 들어가면 결국 하나일 수 있는 것이다. 종교가 생기기 전부터 인류는 존재했다. 경전이 생기기 전부터 진리는 있어 왔다.

내가 종교를 가질 수 없었던 것은 이것을 택하면 저것을 부정해야 한다는 속박 때문이기도 했다. 하나일 수 있는 진리의 두 가지 면 중

하나는 선택하고 하나는 버려야 한다는 것이 모순임을 알았을 때, 어느 것도 선택하지 않음으로써 그 모두를 받아들이기로 한 것이다.

서울에서의 일이다. 언젠가 약방에서 생리대를 사고 있는데 한 스님이 들어오더니 목탁을 두드리기 시작했다. 시주를 구하는 것이다. 그러자 약방 주인이 대뜸 소리쳤다.

"우리는 예수 믿어요!"

그의 말투에는 어디를 감히 들어왔느냐는 뚜렷한 적대감이 배어 있었다. 그러자 스님은 눈을 동그랗게 뜨더니, 크게 잘못 들어왔다는 표정이 되어 목탁을 한 번 멋쩍게 딱 치고는 휙 돌아서서 나갔다. 뭔가 잘못되어 가고 있다는 기분이 들었다. 약방 주인과 스님, 두 사람 모두에 대해 연민의 감정이 일었다. 단지 시주를 얻으러 왔을 뿐인 사람에게 약방 주인은 예수 믿고 부처 믿고를 따질 필요가 있었을까? 또 스님도 다른 종교에 대해 자유롭게 생각하자면 가능한 일인데도 못 올 데를 왔다는 표정이 되어야 했던 것일까? 누군가에게 이 이야기를 했더니 그런 일이 자주 벌어진다고 하여 더욱 놀라웠다.

종교를 향한 인간의 어떤 접근도 말릴 이유는 없다. 하지만 그것이 어떤 틀 안에 갇혀 버리는 행위가 되면 그때는 문제가 있다. 어떤 종교도 제도의 노예가 되라고 가르치지는 않는다. 종교 속에 스스로를 가두고, 그것을 자기 에고의 갈구를 충족시키고 허전함을 메워 줄 도구로 삼아서는 안 될 것이다.

스승을 따르는 행위도 종교를 갖는 것과 비교하여 말할 수 있다. 그러나 거기에는 분명한 차이가 있다. 스승과 제자 사이에는 상호 방임이 있기 때문이다. 언제든지 구도의 길을 걷고 싶은 자는 스승을 찾아갈 수 있고, 또 때가 오면 아무런 죄의식 없이 떠날 수 있다.

인도에 있을 때 크리슈나무르티의 강연에 갈 기회가 있었다. 그의 일관된 주장은 종교도 구루도 필요 없다는 것이었다. 그는 모든 사람이 자기 자신 속에 해답을 이미 갖고 있으니 스스로 그 해답을 찾으라고 말했다. 해답은 남에게서 결코 구할 수 없는 것이니 이 종교 저 종교를, 또는 이 스승 저 스승을 추종하는 것은 다 소용없는 일이고, 오직 자신의 지성으로 내면을 들여다보아야 한다고 했다. 라즈니쉬는 이에 대해 이런 말을 했다.

"구루가 필요 없다고 말하고 있는 사람은 누구인가? 그도 또한 구루이다. 바로 그는 구루의 입장에서 말하고 있는 것이다."

나는 그들 두 사람이 다 옳다고 생각한다. 결국 모든 문제에 대한 해답은 자신 속에 있지만, 그것을 깨닫기까지는 종교와 스승에게서 도움을 구할 수 있는 것이다. 그래서 때가 오면 자신의 내부에 있는 것 외에는 모두 진짜가 아님을 깨닫고 그들 모두를 버려야 하는 것이다.

마하라지를 찾아갔을 무렵 나에게는 신의 존재에 대한 깨달음을 얻는 것이 가장 절실했었다. 그는 말했다.

"바로 이 순간, 너는 신이 존재하는지조차 모른다. 한 가지 자명한 사실은 단지 네가 존재한다는 사실뿐이다. 그것만이 확인된 사실이다. 너는 신에 대해서 배웠을 뿐이지 그를 보지는 못했다."

나는 말했다.

"저는 신을 본 것 같은데요."

"너는 신의 존재를 증명할 수 없을 것이다. 바로 이 순간, 너의 존재만이 오직 분명한 하나의 사실이다. 그것만이 네가 아는 사실이다. 너는 신이 있다고 느끼고 있다. 네가 본 것은 바로 그 느낌의 반영일 뿐이다. 너에게 '나는 이렇게 있다(I am)'라고 하는 존재 의식이 없다면 다른 아무것도 거기에 없는 것이다. 모든 것은 그 존재 의식에 달려 있다. 이 세계는 네 존재 의식의 긴장 상태일 뿐이다. 네가 의식하지 못하면 너는 기억할 수 없다. 네가 기억하지 못하면 너는 세계를 알 수 없다. 신이란 마음속의 관념이다."

"그렇다면 신이란 없다는 말씀입니까?"

"흔히 말하는 그런 신은 없다. 그것은 존재에 대한 의식에 달려 있는 것이다. 이 우주를 감싼 진정한 실체는 오직 하나다. 사람마다 신에 대한 각자의 개념을 갖고 있다. 그렇다고 실체가 갖가지일 수는 없다. 삼라만상은 변화한다. 그 모든 변화하는 것을 지켜보되 그 자신은 변화하지 않는 유일한 본질이 있다. 표현하자면 그것을 신이라 할 수는 있을 것이다."

"신이라고 표현할 수 있는 그것은 어떻게 볼 수 있습니까?"

"그것에는 형상이 없다. 그 순수한 실체는 묘사될 수 없다. 우리는 다만 부정을 통해서 그것의 힌트를 얻을 수 있을 뿐이다. 그것 이외의 모든 것이 부정되고 나면 그것만이 남을 것이다."

신을 사이에 둔 나와 마하라지의 문답은 날이 가도 끝이 없을 것만 같았다. 하루의 문답을 마치면, 나는 홀로 하염없이 바닷가를 걷거나 강가에 앉아 신을 응시하는 마음으로 멀리 저녁노을을 늦도록 바라보곤 했다. 어느덧 뭄바이에 어둠이 내리면 나는 나의 숙소(역시 다락방이었다.)로 돌아와 열기로 가득한 좁은 공간에 지친 몸을 눕혔다. 그리고 다시 날이 밝으면 신을 찾기 위해 마하라지를 방문했던 것이다.

"호흡을 지켜봄으로써 우리의 생명이 연장되고 우리의 몸과 마음이 정화된다. 우리가 호흡을 통하여 얻으려는 것은 바로 자신에 대한 자각(atma-siddhi)이다. 옴(Aum)은 다른 것이 아니라 바로 호흡인 것이다. 나를 의식한다는 것과 호흡은 하나로 연결되어 있다. 숨 쉬지 않는다면 스스로에 대한 의식도 없다. '나는 이렇게 있다.'는 의식('I AM' consciousness)은 호흡을 아는 데서 비롯된다. 모든 지식은 결국 신을 알기 위한 것이다. 그러나 기억하라. '신'이란 '나는 이렇게 있다.'라는 의식의 속칭일 뿐이다. 그러므로 네가 신의 존재를 알기 위해서는 먼저 그 의식을 얻어야 한다. 그것이 곧 이사와라(isawara), '나는 이렇게 있다.'는 의식이다."

신은 언어 너머에 있었다.

"결국 너 자신을 깨달아야 한다. 너에겐 이사와라의 체험이 필요하다."

마하라지는 언어로만 모든 것을 추구하면 결국 언어의 유희에서 헤어 나오지 못할 것이라고 했다. 그와의 맹렬했던 문답은 대부분 이제 기억에서 희미해졌지만 그 무렵의 체험 하나만은 너무도 생생하다. 나는 지금 '체험'이라고 말했지만, 그것은 어느 날 밤의 꿈이었다. 꿈이었기는 하지만, 그것은 내 생애에서 일어났던 어떤 일보다도 생생하고 진지하고 감동적인 체험이었다.

크기를 측량할 수 없는 너무나도 거대한 산을 수십만 명의 사람들이 우러러보고 있다. 그 무리 속에 나는 아주 작은 점처럼 끼어 있었다. 우리가 서 있는 아래로는 끝도 없는 계곡, 끝도 없는 강이 펼쳐져 있었다. 우리 수십만 명의 인간의 무리를 굽어보고 있는 그 장엄하고도 장엄한 산봉우리의 모습은 마치 사자가 누워 있는 형상이었다. 그것은 차갑게 보이는 웅대한 한 덩어리의 바위산이었다. 그 아래 기슭에 운집해 있던 우리는 알 수 없는 불안감에 휩싸여 있었다. 마치 최후의 심판을 기다리는 듯한 초조한 심정으로 우리는 우왕좌왕하고 있었다.

얼마의 시간이 흘렀을까. 이윽고 웅대한 바위산이 사자처럼 서서히 몸을 일으킨다. 그 움직임이 점점 커지고 격렬해지더니 바위산은 마침내 온 하늘을 가리며 일어나 엄청난 포효를 터뜨렸다. 극도의 공포와 전율이 우리 모두를 사로잡았다. 천지를 진동하는 포효, 그리고 거대한 움직임으로 쇄도해 오는 그 사자의 발아래에서 우리는 이리 쫓기고 저리 쫓기다 끝내는 모두 엎드려 울부짖을 도리밖에 없었다. 수십만 군중의 찢어지는 절규가 뭉쳐 엄청난 크기의 애원이 되었다. 온 우주의 종말이 왔구나 하는, 숨조차도 쉴 수 없는 그 순간에 나는 깨어났다.

새벽녘이었다. 아무 말도 할 수 없었다. 한동안은 아무 생각도 일어나지 않았다. 내가 그 순간에 깨어나지 못했다면 내 존재가 사라졌을 것이라고 느꼈을 만큼 생생한 꿈이었다.

그러나 어차피 꿈이었다. 꿈이란 논리적 해석을 필요로 하지 않는다. 나는 그저 충격을 받은 가슴으로 멍하니 앉아 아침을 맞이했다. 그 꿈은 나를 바꾸어 놓았다. 나의 머리와 이성은 그 꿈을 이해하지 못했지만 나의 가슴은 그것을 받아들였던 것이다.

아침의 밝은 빛이 방으로 넘어 들어왔을 때 나는 엎드려 절을 하기 시작했다. 방바닥을 향해서, 그리고 벽을 향해서, 창을 열고 바깥을 향해서 나는 절을 했다. 밖으로 나와 땅을 향해서, 하늘을 향해서, 방금 솟은 신선한 태양을 향해서 나는 절을 했다. 길가의 풀을 향해서, 굴러 다니는 돌멩이를 향해서, 뛰어가는 어린아이를 향해서 나는 절을 했다. 나의 가슴에는 아무것도 밀치고 들어올 자리가 없었다. 오직 만물을 향해 절을 하고픈 마음 그것만으로 꽉 차 있었다. 왠지는 알 수 없었다. 절을 하고픈 무조건적인 그 마음에 따라 절을 하고 또 했을 뿐이다.

그 시간 이후로 나는 달라졌다. 나는 아무것도 알 수 없는 상태가 되어 있었다. 막막하고 지루한 느낌이 자꾸만 밀려왔다. 이 존재계 전체에서의 내 위치가 미미하고도 하잘것없다는 인식이 순간적으로 찾아왔다. 그러고는 모든 것이 한꺼번에 흐리멍덩해져 버린 것이다. 특히 알 수 없는 것은 내 존재의 의미였다. 나는 그동안 수행을 통해 진정한 내 존재의 의미를 발견했다고 생각했었다. 나에겐 그것에 대한 나름대로의 답이 있었다. 그러나 이제 다시 안개에 휩싸인 것처럼 모든 것을 분간할 수 없는 혼돈 상태에 들어선 것이다.

나의 변화를 가장 먼저 알아본 사람은 마하라지였다. 나는 그에게 나의 꿈 이야기를 하진 않았다. 나는 이 꿈 이야기를 그에게뿐만 아니라 몇 년 동안 아무에게도 하지 않았다. 그는 평소와 다름없는 질문과 대답 속에서 그것을 알아냈다.

"마하라지, 당신은 신에 대한 인식을 얻기 위해선 자신을 먼저 깨달아야 한다고 말했습니다. 나에게 '나는 이렇게 있다.'는 의식이 찾아온 순간이 있었습니다. 그러나 나는 그 뒤로 나 자신을 더욱 모르게 되었습니다."

"바스(bas)!"

"바스?"

"이제 됐다는 것이다. 처음에 잔물결은 스스로 잔물결인 줄을 안다. 하지만 자신이 큰 바다 위의 잔물결임을 깨닫는 순간부터 잔물결은 아무것도 모르게 된다. 오직 큰 바다와 하나로 출렁일 뿐이다."

큰 바다와 하나로 출렁일 뿐이다…….

"그런데 이 막막함과 지루함은 무엇입니까?"

"그것을 느끼는 것이 누구인가?"

"제가 그렇게 느끼고 있습니다."

"너는 비옥한 대지와 같다. 많은 것들이 네 위에서 자라고 네 속에서 나온다. 너에게서 자라나온 것들에 대해 너는 더 이상 책임이 없다. 네 위의 초목이 죽어 사라진다 해도 너는 이 대지처럼 남아 있다."

"이 막막함과 지루함을 어떻게 하란 말씀입니까?"

"그대로 두라는 말이다. 가만히 있으면서 그냥 지켜보라. 체험하는 자는 거기에 남을 것이지만 체험은 왔다가 사라질 것이다. 너는 모든 감각적 체험을 넘어선 그것의 목격자다."

체험은 왔다가 사라진다……. 시간이 흐를수록 눈앞의 안개가 걷혀 나갔다. 그때의 내 심경을 굳이 표현한다면 '무한히 겸허해졌다.'라고 할 수 있을 것이다. 나의 머리는, 시일이 흐르면서 가슴이 받아들인 것을 이해하지 못해도 인정하게는 되었다. 어느 날에 이르러 나에게서 허탈한 웃음이 자꾸만 터져 나왔다. 마하라지는 그 웃음을 말없이 바라보았고 나는 언어 너머에서 그를 다시 만났다.

"네가 나에게 와서 새롭게 배운 것은 아무것도 없을 것이다."

"새로운 것은 아무것도 없습니다."

"그렇다. 나는 새로운 것을 가르치지 않는다. 나는 다만 구겨진 관념들을 펴 줄 뿐이다. 그러기 위해 나는 신의 관념을 다리미로 사용했다. 너는 세상으로 나가야겠지만, 거기에선 아무에게도 신은 다리미라고 말하지 못할 것이다."

지금 나에게 신을 믿느냐고 묻는다면 나의 대답은 두 가지가 될 것이다. '믿는다.'가 될 수도 있고 '믿지 않는다.'가 될 수도 있다. 그것은 표현의 문제다. 신은 있는가 하는 문제도 마찬가지다. 있다는 대답도 가능하고 없다는 대답도 가능하다.

신은 결코 천상의 옥좌에 임할 수 있는, 어떤 형상을 가진 존재가 아니다. 그러므로 어딘가에 모셔서 예배드릴 대상이 될 수는 없다. 인간의 오감으로는 신을 파악하지 못한다. 그러므로 인간의 오감에 뿌리를 둔 인간의 언어 역시 그것을 결코 묘사하지 못한다. 다만 오감을 떠난 상태의 순수한 의식이 그것을 특별한 방법으로 느낄 수 있을 뿐이다. 신은 내 안에 있다. 신은 내 안팎에 있으며 만물 속에 흐르고 있다. 굳이 말한다면 신은 이 존재계 전체인 것이다.

신을 느끼는 순간이 있다. 춤을 출 때, 깊은 명상의 순간에, 또는 거친 대자연 속에 있을 때 나는 그것을 느낀다. 내가 말하는, 신을 느낀 순간이라는 것은 곧 무아의 상태, 큰 희열의 상태, 대자유의 상태, 사마디(samadhi)와 다르지 않다. 조금씩 표현은 다르지만 결국은 같은 것을 이야기하고 있다.

나를 결정적으로 변모시킨 것은 그 하룻밤의 꿈이었다. 그 꿈은 계시처럼 다가와 나를 바꾸어 놓았지만, 생각하면 저절로 꾸어진 꿈은 아니다. 마하라지를 만나 끝없는 질문을 계속 던지는 동안 나도 모르게 의식이 조금씩 깨어지고 점점 확장되었을 때 그 꿈이 꾸어진 것이다. 내가 이미 그런 상태에 이르지 않았다면 그 꿈은 단순한 하룻밤의 허탄한 꿈으로, 또는 약간 무시무시했을 뿐인 가위눌림으로 치부되었을지 모른다.

인도를 떠난 뒤 이스라엘의 시나이 산에 갔을 때에도 나는 그 꿈속에서 느낀 것과 똑같은 것을 느낄 수 있었다. 내 육체의 부모가 따로 있는 것이 아니고 모든 것이 다 열려 있으니 곧 신이 나의 부모라는 느낌. 그것이 너무도 당연히 느껴져 왔다. 산의 거룩함, 장중한 풍모, 거기에서 뿜어져 나오는 기, 사방을 에워싼 고적감, 그리고 침묵……. 모세가 계시를 받을 수 있었던 것은 거기에서 자아를 버리고 신의 힘이 찾아오도록 자신을 열어 놓았기 때문일 것이다.

라즈니쉬…….

얼마나 많은 사람이 그를 바로 알지 못하고 있는가를 생각하면 그저 놀라울 뿐이다. 지금은 영원한 사마디의 세계로 떠났지만, 그는 열렬한 추앙과 함께 엄청난 비난을 동시에 받으며 살아야 했다.

그에게 가장 많은 비난이 쏟아졌던 때는 그가 미국에 와 있던 1980년대 초였다. 1981년 5월에 침묵을 선언했던 라즈니쉬는 그다음 달에 인도의 푸나를 떠나 미국으로 왔다. 미국 중부 오리건 주에 10만 에이커가 넘는 황무지를 한 제자가 구입하고 그 위에 라즈니쉬 푸리움을 세웠다. 오리건의 황무지는 순식간에 기적의 도시로 변모했다. 비행장이 생기고 호텔과 쇼핑센터가 들어섰다. 5만 명이 넘는 산야신들이 그곳에서 생활했고, 세계 각국으로부터 수많은 사람이 그의 눈빛이라도 한번 보기 위해서 끝도 없이 몰려들었다.

라즈니쉬 센터로부터 가끔 나에게도 연락이 오곤 했다.

"당신의 스승이 미국에 와 있다. 당신은 미국에 있으면서 왜 그를 찾아뵙지 않는가?"

그들은 아직 그의 가르침을 제대로 알고 있지 못한 것 같았다. 그의 가르침은 나의 몸속에 남아 있고 나는 그를 이미 떠나 있다. 꼭 육신으로 그를 보아야 하는가? 몇 년을 그렇게 곁에 있었으면서도 그의 뜻을 그들은 아직 모르는 모양이었다.

라즈니쉬의 아래에 조직이 형성되고 그 조직이 엄청나게 비대해졌다. 그 조직이 모든 것을 관리하고 모든 실력을 행사했기 때문에 그 세력은 지나치게 강력했다. 그 때문인지 초창기 푸나에서 그의 가르침을 받던 락시시, 두우터, 수피마스터, 시바 등 중요한 제자들이 라즈니쉬를 하나둘 떠나고 있었다. 그를 보필하던 락슈미마저도 쫓겨나듯이 그를 떠났고 실라가 그 뒤를 이었다.

그렇지만 센터의 규모는 나날이 커지기만 했다. 라즈니쉬가 산야신들의 얼굴을 한번 보기 위해서는 그들을 도열시키고 몇 킬로미터가 되는 그 앞으로 천천히 차를 몰고 지나가야 할 정도가 되었다. 라즈니쉬의 목소리는 점점 듣기 힘들어지고 실라의 목소리만 자주 들렸다. 매스컴을 상대하는 것도 언제나 그녀였다. 중요한 라즈니쉬의 메시지는 실라에게 전해지고 그녀가 이것을 발표했다.

라즈니쉬 그 자신은 아무것도 필요 없는 사람이었다. 그러나 몇 대의 비행기와 시가 150만 달러를 호가하는 롤스로이스 100여 대가 그에게 헌정되었다. 그 모든 것을 장난감이라고 생각하고 받아 놓으라는 제자들의 요청을 그는 물리치지 않았다. 그 많은 비행기와 차가 어디에 필요하느냐는 기자들의 질문에 실라가 대답한다.

"그러면 당신들은 공산주의를 원하는가?"

라즈니쉬 자신은 아무런 해명이 없다.

그는 비단옷을 입었다. 번쩍이는 보석들이 박힌 시계를 차고 황금반지를 끼었다. 나는 그의 행동들을 이해할 수 없었다. 그가 왜 푸나의 야자수 아래로 가서 조용히 지내지 않는지? 그에게 도대체 무엇이 부족하여? 이해하기 어려웠지만, 그래도 나는 그의 본질을 알고 있었고 그 본질로서의 그를 나는 만나고 있었다. 나는 기원했다. 나의 스승이었던 분, 라즈니쉬여, 그대 자신을 고이 보살피소서…….

자연히 라즈니쉬 측에 저항하는 세력이 형성되고 비난 여론이 들끓기 시작했다. 라즈니쉬가 급속도로 팽창하는 조직을 방치하지 않았다면 그런 결과가 나타나진 않았을 것이다. 물론 그는 조직을 확장하기 위해 애쓴 적이 없다. 저절로 그렇게 되었고, 그를 추종하는 사람들이 자꾸만 조직을 키워 갔을 뿐이다. 라즈니쉬가 한 일이라면 구태여 그런 움직임을 막지 않았다는 것이다. 위대한 구루는 말썽이 생기기 마련이다. 그의 측근들은 그를 신과 같은 우상으로 만들어 버렸다.

비난 여론은 먼저 오리건 주의 토박이들에게서 일어났다. 라즈니쉬 도시의 규모가 나날이 거대해져 그 자체만의 경찰, 그 자체만의 소방대, 그 자체만의 의회가 갖춰질 정도가 되자 그들에게 불안감이 일어난 것이다. 그의 세력 내에서 주지사와 상원의원이 나올 수도 있고, 그렇게 되면 마침내 이들이 주 전체를 장악하고 말지 모른다는 불안감이었다.

그를 비난하는 책, 텔레비전 인터뷰, 신문과 잡지의 기사가 쏟아져 나왔다. 한때 그의 제자였던 사람들이 그 비난 여론을 형성하는 데 큰 몫을 하고 있었다. 몇만 불짜리 고소나 고발도 자주 일어났고 갖가지 범죄 혐의들이 그에게 씌워졌다. 그는 결국, 미국 땅에 수만 제자를 이끌고 온 지 2년여 만에 강제 추방되어야만 했다. 그의 조국 인도도 그를 배척했었는데 자유의 상징인 미국에서도 배척당한 것이다. 20세기의 성자, 그의 눈을 한번 보고 죽고자 아우성치는 무리는 많으나 그가 앉을 땅은 어디에도 없었다.

사람들이 잘 알고 있는 것은 그의 타락한 면모뿐이었다. 그들은 그를 비난하는 언론을 통해 그를 읽고 그를 알았기 때문이다. 그가 세상을 떠난 지금은 그에 대한 평가가 다시 달라지고 있지만 세상 사람들은 그의 본질을 아직 잘 모른다. 내가 라즈니쉬의 산야신으로 그의 아쉬람에서 배웠노라고 하면 사람들은 말했다.

"아, 그래요? 말씀 좀 해 주세요. 그는 어떤 사람이었어요?"

저녁 식탁을 사이에 두고, 또는 차를 한 잔 나누는 짧은 시간에 그에 대한 모든 이야기를 하라고 한다. 그들은 단순히 호기심만을 느낄 뿐이다. 나의 저 지독했던 체험의 결과, 그리고 그의 무한한 가르침을 한두 마디로 쏙싹 알려주기를 원하는 것이다.

"그러니까 간단히 말해서, 그의 가르침의 요점이 뭐냐구요."

그들은 직접 나가서 체험하고 자기 자신의 것을 직접 찾으려 하지 않는다. 아무것도 투자하지 않으려 한다. 시간과 에너지, 심지어는 돈도. 단지 앉아서, 아니면 파티장에 가서, 짧고 피상적인 대화 몇 토막으로 재미있는 것만 몽땅 알겠다는 것이다. 삶 자체를 그런 게으름 속에서 받아들이려는 그들에게 내가 할 수 있는 말이 무엇인가?

"그의 책을 읽어 보시지 그래요? 그의 진지한 가르침을 담은 책이 수백 권이나 나와 있으니 아무거나 읽어 보세요. 남의 손을 빌려 간접적인 지식이나 간접적인 체험을 얻으려고만 하지 말고."

어찌 보면 나는 다행스럽다. 라즈니쉬가 푸나에서 가르치던 시절, 엄청난 조직도 없고 스승과 제자의 만남이 언제나 자유로웠던 시기에 그에게서 가르침을 받을 수 있었으니까. 그때 나는 만나고 싶을 때 그를 만날 수 있었고, 개인적인 질문을 던지고 싶을 때 던질 수 있었다. 자유로운 가르침의 전달이 가능하던 시기에 그를 만났다는 것이 내겐 행운으로 여겨진다. 그리고 그가 측근들로 인해 타락의 안개에 휩싸이기 전에 그를 떠날 수 있었다는 것도.

깨달음으로 가는 길. 그 길은 무한히 많다. 그것은 산을 올라가는 것과 마찬가지다. 이미 만들어진 길로 올라갈 수도 있고 길을 만들면서 올라갈 수도 있다. 여럿이 같이 갈 수도 있고 혼자 갈 수도 있다. 운이 좋으면 이미 올라가 보았던 사람을 만나 그의 안내에 따라 많은 시간을 허비하지 않고 올바른 길을 금방 찾을 수도 있을 것이다. 그리고 운이 나쁘면 길을 잘못 들어 수십 번의 시행착오를 거치다 결국은 못 오를 수도 있을 것이다.

우리는 깨달음의 산을 오르기 위해 길을 가고 있다. 종교와 스승이 그 길의 안내자가 될 수 있다. 그러나 그 안내자의 손을 잡고 산을 오르다가 어느 시기에는 그들의 손을 모두 놓아야 한다. 그들이 우리가 되어 대신 산을 올라 줄 수는 없기 때문이다.

나는 두 안내자를 만났다. 라즈니쉬를 만났고 마하라지를 만났다. 그리고 그들을 떠났다. 그들이 안내해 주고자 하는 곳까지 함께 손을 잡고 오르다 때가 왔을 때 서로 손을 놓은 것이다. 스승의 손을 놓아야 할 때를 제자는 스스로 알게 된다. 라즈니쉬도 마하라지도 제자를 영원히 곁에 두고 있어야 한다고 생각하지 않았다. 떠날 사람은 떠나고 더 있을 사람은 더 있고, 올 사람은 오고 갈 사람은 가고⋯⋯. 그들은 그 흐름을 결코 가로막지 않았다.

나의 두 스승은 인도에 있었다. 나는 결코 대승적인 차원에서 남들을 구원하고 함께 깨달음의 길로 가자고 이끄는 경지에 이르지는 못했지만, 그들을 떠나 망상과 잡의식으로 가득한 세상으로 다시 돌아와야 했다. 세상에서 산을 오르는 것이다.

잠깐이지만 부족한 내가 남을 가르치는 입장이 되어야 했던 때가 있었다. 우선은 대학에서 춤을 가르쳤다. 청주대에 강의를 나간 기간은 길지 않았다. 그때의 제자들 중에 무용가로 활발히 활동하고 있는 제자는 없다. 지방 대학이어서지 학생들은 대부분 졸업하면 시집을 가는 데 신경을 쏟고 있었고, 그렇지 않은 경우에도 한 가지 연속 동작을 잘 숙달해서 졸업 후 교사 생활에 도움을 얻는 정도의 포부를 가지고 있을 뿐이었다.

나는 그들의 그런 나약함에 처음엔 실망도 했다. 하지만 더 중요한 것을 전하려고 애를 썼다. 그것은, 진정한 무용가가 되지는 못하더라도 자연스러운 생활의 일부로서 춤을 받아들이라는 것이었다. 모르긴 몰라도 지금 그런 생활을 하는 제자는 꽤 있으리라고 스스로 위안을 가져 본다.

그래서 나에겐 춤 제자가 변변히 없다. 무용 학도보다 오히려 수행과 구도, 특히 춤을 통한 구도에 관심을 가진 사람들이 가르침을 받겠다면서 연락해 오는 일이 더 많았다. 그리고 그들의 열성과 열의가 학교 제자들의 그것보다 훨씬 더 컸다. 아마도 내가 그 당시 『사라하의 노래』와 『마하무드라의 노래』를 번역해 낸 직후여서 더 그랬는지도 모른다. 이 두 권의 책은 탄트라 불교의 근본인 사라하(Saraha)와 틸로파(Tilopa)가 남긴 각각의 송가에 대해 라즈니쉬가 강의한 것이다. 한국의 독자는 이 책들을 통해 처음으로 라즈니쉬를 만날 수 있었다. 라즈니쉬를 직접 찾아갈 수 없었던 그들이 그 갈증을 나를 통해 풀고 싶었는지도 모르겠다.

이런 일이 있었다. 어느 날 밤, 전라도 어디에서 교사 생활을 한다는 사람으로부터 전화가 걸려 왔다.

"얼마나 오랫동안 당신을 찾아 헤맸는지 모릅니다. 전화번호를 겨우 알아냈습니다. 좀 찾아뵈어도 되겠습니까?"

나는 별로 부담을 느끼지 않고 말했다.

"언제 기회가 되면 한번 찾아주세요."

그랬는데 그는 아직 밤중이라고 할 수 있는 이튿날 새벽에 곧바로 들이닥쳤다. 아마도 전화를 끊자마자 바로 밤차를 탔던 모양이다. 친구와 함께였다. 그러고는 수행과 명상법, 라즈니쉬에 관한 것들을 쭉 묻고 대답하는 대화를 몇 시간에 걸쳐 나누고는 또 곧바로 떠났다. 헤어지면서 그가 하는 말이 우스웠다.

"나는 여태 세상에 여자 철학가는 시몬 드 보부아르밖에 없는 줄 알았는데, 오늘 다른 여자 철학가를 만나고 갑니다."

나로서는 시몬 드 보부아르의 철학을 깊이 공부해 본 적이 없어서 그녀를 잘 알지도 못했지만, 어쨌든 그런 유명한 여자와 나를 비교해주는 것이 황감해서 하하 웃고 말았다.

그렇게 열성을 보이는 사람들이 수도 없이 많았다. 딸아이가 한 살인가 두 살쯤 되었을 무렵 나는 아이를 만나기 위해 한국에 잠시 돌아와 있었다. 하루는 아이를 포대기로 둘러업고 슬리퍼를 끌고 동네 골목을 어슬렁거리고 있는데, 젊은 남자 둘이 갑자기 나타나 반갑게 알

은체를 했다.

"홍신자 씨죠? 한국에 돌아왔다는 소식을 들었습니다."

구멍가게 주인아줌마 같은 차림이었으므로 아무도 알아볼 사람이 없으리라고 생각했던 터라 나는 깜짝 놀랐다. 알고 보니 내가 한국에 왔다는 소문만 믿고 무작정 나를 찾아 나선 대학생들이었다. 어쨌든 나를 찾아온 손님이니 들어가자고 해서 방으로 안내했다. 그들도 역시 내가 번역한 책을 보고 찾아온 것 같았다. 방으로 들어선 그들은 엉뚱한 말로 사람을 당황하게 만들었다.

"큰절을 올리고 싶은데요."

"아니, 무슨 소리!"

큰절을 받다니, 내 생리에 맞지도 않고 내가 큰절을 받을 만한 대상도 아닌 것 같아 극구 만류하는데도 그들은 굳이 큰절을 했다. 지금 생각해도 그 장면 하나하나가 우습기만 하다. 포대기로 아기를 둘러업고 있는 아줌마에게 일생 동안 찾아 헤매던 스승이라도 만난 양 큰절을 하던 젊은이들의 모습이 말이다. 하지만 대상이 돌멩이일지라도 거기에 자신을 내맡기는 모습은 아름답지 않은가.

그들은 무척 진지했다. 둘 다 대학의 요가 동아리에 들어 있었다. 그게 인연이 되어 그들의 서클 모임이 있을 때면 자주 나를 찾아오곤 했고, 내가 그들의 모임에 나가서 명상법을 소개하기도 했다. 그런 일이 몇 년간 지속되었다.

이런 열성을 보이는 사람들이 계속 모여들고 해서 지금도 1년에 한두 번쯤은 일주일이나 열흘씩 명상 캠프를 열곤 한다. 나는 스스로 깨달음으로 가는 길의 훌륭한 안내자가 될 수 있다고 생각하지는 않는다. 그렇지만 나의 손을 잡고 산을 오르려는 사람들에게 나는 손을 내민다. 부족하지만 나의 손을 잡고도 어느 지점까지는 갈 수 있기 때문이다. 나는 다만 내가 이끌어 줄 수 있는 데까지만 손을 잡아 주면 되는 것이다. 비록 산 중턱 이상은 오를 수 없을지라도.

인간 세상을 떠나 히말라야 골짜기 어느 동굴에서 내 여생을 보내고 싶어 방황하던 때가 엊그제만 같다. 그것은 나만이 성스러워지고 나만이 신과 같이 되고 싶다는 묘한 에고의 갈망이라는 것을 긴 방황 끝에 나는 깨달았다. 인간이 인간의 세계를 떠나서 살아 보려던 그 모순……. 나는 다시 인간의 온갖 요술이 너울대는 세계에 돌아와 그 속에 파묻혔다.

하나의 아픔이 사라지면 또 다른 아픔, 하나의 꿈이 깨어지면 또 다른 꿈이 피어난다. 매일매일 반성하고 깨닫고 회개하며 살고 싶다. 물이 어느 그릇에나 담길 수 있듯 우리 삶도 그런 것, 다만 순간을 놓치지 않고 사랑하며 살고 싶다.

나는 자유를 찾아 떠나고 또 떠났었지만 지금 거의 제자리로 돌아와 있다. 제자리로 돌아오기 위해 30여 년의 세월을 보낸 것이다. 그때와 지금은 분명히 다르긴 하지만, 다른 것이라고 해 봤자 똑같은 일에 대한 인식이 달라진 것뿐이라는 생각도 든다. 지금 이 순간, 시골의 개척자이시기도 했지만 평범한 촌부에 불과했던 아버지가 늘 말씀하시던 일상적인 진리를 실감하고 있는 것이다.

"산 너머엔 뭐가 있는 줄 알아? 산이 있지. 저쪽 잔디가 푸르러 저쪽에 가면 이쪽 잔디가 더 푸르러 보이지. 산 너머 행복이 있을 것 같아 산 너머 가면 거기엔 이쪽과 별다를 바 없는 세상, 그러곤 산이 또 있을 뿐이야."

종교와 스승, 그것으로부터 떠나야 할 때를 알고 그 모든 것을 떠나고 나면, 남는 것은 본래의 고향 '자연'이다. 역시 마지막 스승은 자연이다.

자연을 보고 있으면 모든 것이 저절로 체득된다. 일깨워지고 겸허해지고 순수해지고 솔직해지고……. 요컨대 '자연'스러워지는 것이다. 자연은 나의 모든 것을 알고 있다. 나의 비천함을 다 알고 있는 스승에게 감출 것이 무엇이고 숨길 것이 무엇인가. 마음 놓고 나를 드러낸다.

자연 앞에 서면 절대적인 스승 앞에 서 있는 느낌이 저절로 든다. 인간은 아무리 위대한 스승이라 할지라도 완전할 수가 없다. 그러나 자연은 있는 그대로가 완전하다. 더 이상 의심할 것이 없이 그대로 받아들이고 그대로 자신을 내맡기기만 하면 된다.

그 속을 들여다보면 또한 그것은 끊임없이 변하고 있다. 영원이라고 말은 하지만 있는 것은 순간뿐이다. 그리고 다음 순간까지 이어져 갈 것인지는 아무도 모른다. 하루에도 몇십 번씩 변하는 것이 자연이다. 자연 속에서만 이 순간을 항상 절실하게 살고 있다고 체험하며 살 수 있다. 정글 속에 비가 내린다. 그러다 다시 햇빛이 든다. 모든 것이 변해 버렸다. 내가 집 안에 있으면 그 순간을 놓친 것이 된다. 상황을 놓치지 않기 위해서는 항상 그 순간에 있어야 한다. 자연 속에선 모든 것이 항상 변하기 때문에 언제나 그 상황에 참여하게 되는 것이다. 그리고 외친다.

"오직 저것만이 진짜다!"

저것은 진짜인데 우리가 있다는 것이 허구처럼, 안개처럼, 아지랑이처럼 느껴진다.

그저 하루 종일 하늘이나 바람에 흔들리는 수풀만 보고 있어도 완전한 깨달음이 오는 것 같다. 자연이야말로 스승이요, 구루요, 자신을 정확히 비추어 볼 수 있는 거울이다. 이제 더 이상 다른 스승은 필요하지 않다. 자신이 비록 아무것도 아닌 존재라 할지라도 그 스승의 넉넉한 품속에 남아 있을 수 있으니까. 지상의 모든 스승은 떠날 수 있지만, 그리고 떠나야 하지만, 자연이라는 절대적인 스승은 결코 떠날 수 없다. 우리는 그 속에서 살아야 한다.

나는 이제 곧 여기 볼케이노 정글을 떠나 도시로 가지만, 가더라도 잠시일 뿐이다. 나는 돌아올 것이다. 이곳이 아닐지라도 결국은 나의 고향, 자연으로 돌아올 것이다.

이 세상에서 날 부르는 것이 있다면,
그것은 아이의 티 없는 눈동자,
한밤중 잠 못 이루게 하는 바람 소리,
나뭇잎을 두드리고 흩어지는 작은 빗방울,
어느덧 솟아난 무지개,
저녁노을에 비친 구름 떼,

잔디에 고스란히 앉아 있는 아침 이슬,
임자 없이 자란 들판의 갈꽃들,
그리고 새벽이 오기 직전의 이 적막과
물처럼 흐르는 어둠과 빛.

자유를 위한 변명

1판 1쇄 펴냄 2016년 4월 28일
1판 2쇄 펴냄 2022년 1월 4일

지은이 | 홍신자
발행인 | 박근섭
책임편집 | 강성봉
펴낸곳 | 판미동

출판등록 | 2009. 10. 8 (제2009-000273호)
주소 | 06027 서울 강남구 도산대로 1길 62 강남출판문화센터 5층
전화 | **영업부** 515-2000 **편집부** 3446-8774 **팩시밀리** 515-2007
홈페이지 | panmidong.minumsa.com

본문과 띠지 뒷면의 사진은 저자가 제공한 사진으로
별도의 저작권 표기는 하지 않았습니다.

도서 파본 등의 이유로 반송이 필요할 경우에는 구매처에서 교환하시고
출판사 교환이 필요할 경우에는 아래 주소로 반송 사유를 적어 도서와 함께 보내주세요.
06027 서울 강남구 도산대로 1길 62 강남출판문화센터 6층 민음인 마케팅부

판미동은 민음사 출판 그룹의 브랜드입니다.